btb

Aus Freude am Lesen

btb

Buch

Stepan Michailow ist ein Glückskind und als mehrfacher Bankengründer ein gemachter Mann. Sein enormer Erfolg in Spekulationsdingen speist sich aber nicht etwa aus der gründlichen Kenntnis ökonomischer Vorgänge. Stepan ist vielmehr ein Meister der Zahlenmystik, er hat zudem ein sicheres Händchen in der Auswahl seiner tschetschenischen Leibwächter, und: Er hört auf den Rat seines Gurus, der ebenso bewandert ist in den neuesten buddhistischen Strömungen wie in den Vertriebsstrategien von Manga-Pornos. Die 34 ist Stepan als Glückszahl verheißen, mit 43 aber soll ihn das Unglück ereilen, und das kommt prompt in Gestalt des plötzlichen Konkurrenten Firkin. Doch weil ein echter Kapitalist so schnell nicht aufgibt, steuert alles auf den großen Showdown zu. Mit überraschendem Ausgang …

Pelewin ist der Chronist der russischen Gegenwart – und so, wie er in *Generation P* der Breschnew-Zeit ein »böse glänzendes Stück Literatur« (Neue Zürcher Zeitung) abgewann, bekommt in seinem neuen Roman die Ära Putin die ihr gemäße Form: Aus dem Chaos der russischen Variante des Kapitalismus, aus der Behäbigkeit mafiöser Strukturen, aus den Perversionen der Macht braut Pelewin ein wahnwitziges Schauermärchen – die abgründige Phantasmagorie einer Übergangsperiode, die sich weigert aufzuhören.

Autor

Viktor Pelewin, geb. 1962 in Moskau, wo er heute lebt. Pelewin ist einer der erfolgreichsten russischen Autoren und genießt seit seinen letzten Romanen *Buddhas kleiner Finger* (1999) und *Generation P* (2001) Kultstatus. Für *Die Dialektik der Übergangsperiode von Nirgendwoher nach Nirgendwohin* erhielt Pelewin in Russland mit dem Natinal Bestseller und dem Apollon Grigoriev Preis zwei der renommiertesten literarischen Auszeichnungen.

Viktor Pelewin

Die Dialektik der Übergangsperiode von Nirgendwoher nach Nirgendwohin

Roman

Aus dem Russischen
von Andreas Tretner

btb

Die Originalausgabe erschien 2003 unter dem Titel
Dialektika Perechodnogo Perioda iz Niotkuda v Nikuda
bei Ėksmo, Moskau.

Verlagsgruppe Random House FSC-DEU-0100
Das FSC-zertifizierte Papier *Munken Print* für Taschenbücher aus
dem btb Verlag liefert Arctic Paper Munkedals AB, Schweden.

1. Auflage
Genehmigte Taschenbuchausgabe August 2006,
btb Verlag in der Verlagsgruppe Random House GmbH, München

Umschlaggestaltung: Design Team München
Umschlagmotiv: Roland Eschlbeck, R · M · E.
Satz: Filmsatz Schröter GmbH, München
Druck und Einband: Clausen & Bosse, Leck
MM · Herstellung: AW
Printed in Germany
ISBN-10: 3-442-73494-0
ISBN-13: 978-3-442-73494-8

www.btb-verlag.de

16 3 2 13
5 10 11 8
9 6 7 12
4 15 14 1

Dies ist eine Elegie
So wie von Wwedenski die …

Elegie 2

Es ist noch lange nicht vorbei.
Auf Schmerz folgt Schmerz,
Blei sinkt auf Blei,
Und auch the catcher in the rye
Treibt Spiegelfechterei.

Nach Mittag naht die Nacht aufs neu.
The red gets blue.
A gay goes goy.
Wach auf! Der Herr, dem Wort getreu,
Verkauft für Korn dir Spreu.

Verirrt, mein Freund. Total verschätzt.
Tür folgt auf Tür.
Was folgt zuletzt?
Das Hic et nunc ist rum wie nix,
Und dann kommt wieder Jetzt.

Auf schiefem Topf ein grober Keil.
Auf Schritt und Tritt
Ein Richtungspfeil.
Und was der sagt, glaub ja nicht, weil:
Wahr ist das Gegenteil.

Milizionär! Millionär!
Auf Druck folgt Dreck,
Auf Mord die Mär.
Am End' ist aller Geist binär:
Zum Beispiel Schnaps und Bär.

Katjuscha durch die Wiesen huscht.
Dem Gör folgt Gore,
Im Busch hockt Bush.
Ein Schäferspiel am Hindukusch.
Homer. Das Meer. Und Tusch!

Ein Urteil gibt das andere vor.
Aus Wind wird Wand,
Chlor zündet Bor.
Ein Kalauer krepiert im Rohr.
Amur. Pulsar. Amore.

Wir backen uns ein rundes Brot.
Auf Sprit folgt Shit,
Es bebt das Boot,
Erreicht die Bai im Maienrot,
Das Kind ist auch schon tot.

Vorm Auge schwankt der wilde Flachs.
Aus Reim wird Raum,
Aus Wahrheit Wachs.
Ein kleines Auto quert ihn stracks,
Das Bild kriegt einen Knacks.

Schon ist das Auto außer Sicht.
Aufblinkt
Ein Stern im Abendlicht,
Und keiner da, der mit mir spricht …
Das ist so ohne nicht.

Sigmund Freud und Feliks Dzierżyński gewidmet

Die Zahlen

OKNOW Nein, laßt mich! ... Laßt mich! ... Loslass-...
Da, das hab ich tun wollen!
STRJUTSCHKOW UND MOTYLKOW Wie entsetzlich!
OKNOW Ha-ha-ha!
MOTYLKOW Und wo ist Koslow?
STRJUTSCHKOW Er ist ins Gebüsch gekrochen!

Daniil Charms

I

Die Idee, mit der Sieben einen Pakt zu schließen, reifte in Stepan Michailow ungefähr zu der Zeit, da er zaghaft begann, über die Unterschiede zwischen den Geschlechtern nachzudenken und nachzulesen. Zunächst äußerte sich die Allianz in ganz primitiver Form: Stepan malte für unterschiedliche Lebensfälle unterschiedlich aussehende Siebenen. Eine große, doppelwandige über eine ganze Seite zum Beispiel war gut gegen Kinder, die älter und stärker waren als er. Vier spitzwinklige Siebenen in den vier Ecken eines Blattes sollten den wilden Bettnachbarn im Krankenhaus Einhalt gebieten, wenn die während der Mittagsruhe angeschlichen kamen, um ihm das Kissen auf den Kopf zu hauen oder irgendeine Scheußlichkeit vor die Nase zu legen. Eine Reihe unerfreulicher Vorfälle, vor denen die Sieben eigentlich hatte schützen sollen, zeigte jedoch, daß diese Methode nicht verfing.

Stepan kam zu dem Schluß, daß die Kraft einer einzelnen Sieben nicht genügte, und er ging daran, Seite für Seite mit zahllosen blauen Häkchen zu füllen, wobei er sich vorkam wie ein Feldmarschall, der sein Heer aufstellt, um mit ihm die Welt zu erobern. Nur daß diese Armee, wie sich bald herausstellen sollte, keine Lust zum Kämpfen hatte. Die blauen Flecke, die Stepan aus dem Sommerferienlager nach Hause brachte, nachdem er genau sieben Hefte mit Siebenen vollgeschrieben hatte, waren der schlagende Beweis dafür.

Stepan dachte darüber nach, wenn er nach der Schule die stillen Wäldchen und Schätze bergenden Müllkippen am Stadtrand von Moskau durchstreifte – bis er eines Tages die Erklärung fand. Stets hatte er aus irgendeinem Grunde vorausgesetzt, daß die Sieben in all seine Pläne eingeweiht war. Daß seine Gedanken, sowie sie in seinem Kopf entstanden, ganz selbstverständlich zu ihr fanden. Doch man mußte sich einmal vorstellen, wie viele seinesgleichen es auf der Welt gab! Stepan ahnte, daß er etwas tun mußte, um die Aufmerksamkeit der Sieben auf sich zu lenken. Damit sie von dem Bund, den er mit ihr schließen wollte, überhaupt erfuhr, damit er sich für sie abhob aus der Menge.

In den Schulstunden wurde erzählt, daß die Menschen im Altertum den Göttern Opfer darbrachten, wenn sie sie anrufen wollten. Nun war die Sieben vielleicht nicht dieselbe Art Gott wie Zeus oder Apollo, aber daß sie in übermenschlichen Dimensionen siedelte, stand fest. Gut möglich also, daß die alten Techniken funktionierten.

Zum Beispiel hatte man, wie Stepan wußte, den alten Göttern Stiere geopfert, die man zu diesem Zweck verbrannte. Über Wochen trug er sich ernsthaft mit dem Gedanken, an einem der genossenschaftlichen Kuhställe in der Nachbarschaft seiner Datscha eine rituelle Brandstiftung vorzunehmen. Eine Flasche mit Benzin und einige Streifen aus einem Fahrradschlauch, die als Zündschnur dienen sollten, lagen bereit. Erst im letzten Moment überlegte Stepan es sich anders. Das Projekt war wohl doch eine Nummer zu groß für ihn.

Aber das Benzin hatte er nicht umsonst besorgt. Stepan klaute zu Hause sieben Büchsen Rindfleisch: kriegstaugliche Blechzylinder mit einem Stierkopf im Oval, der ihn an die Emaillebilder auf alten Friedhofskreuzen erinnerte. Ein so umfängliches

Opfer bedurfte eines ordentlichen Feuers, er versengte sich die Hand dabei, doch alles in allem verlief das Ritual, das er im Wald in der Nähe seines Hauses vollzog, ohne Komplikationen.

Der Gestank des verschmorten Fleisches erinnerte an etwas weit Zurückliegendes, Verschüttetes, plötzlich fiel ihm, wer weiß woher, sogar ein Wort dafür ein: feurige Gehenna! Die Empfindung war zu flüchtig, um ihr nachzugehen – Halluzination des Gedächtnisses, Nachklang von etwas, das ihm ganz bestimmt nie widerfahren war. Und trotzdem war es dieses seltsame Hirngespinst, das ihm die Augen öffnete: für seinen Irrtum.

Worin bestand der Sinn eines Opfers? Dem Himmel wurde dargebracht, was das Seine war: Leben, Geist und Seele. Während dieses blasse Rindfleisch aus den strategischen Beständen der UdSSR nur die alte Verpackung längst verwehter Lebenskraft war – so wie die Blechbüchsen die Verpackung für das nunmehr verkohlte Fleisch. Dem Geist tote Materie opfern zu wollen war das gleiche, wie eine leere Pralinenschachtel zum Geburtstag zu verschenken. Da waren selbst die alten Zaunlatten noch geeigneter, mit denen er das Feuer entfacht hatte, denn an ihnen wuchsen wenigstens lebendige Schimmelpilze.

Der nächste Schritt war einfach und logisch. Stepan faltete sieben Zeitungsseiten zu einer schönen langen Fliegenklatsche und ging daran, Fliegen, die vom Hof in die Küche geflogen kamen, ins Jenseits zu befördern. Damit ihre Seelen an die richtige Adresse gerieten, flüsterte Stepan bei jedem Treffer einen Vers, von dem er nicht wußte, wo er ihn herhatte: »Sieben Ziegen blieben liegen, sieben Fliegen flogen weg.« Fraglich blieb, wie viele Fliegen unter Aufsagen dieses Zungenbrechers zur Sieben zu schicken anstand, ob sieben mal sieben oder siebenundsiebzig. Stepan entschied sich für die zweite Variante und war der gelobten Zahl schon ganz nahe, als ein plötzlicher Wink des Schicksals sein Projekt mit einem Schlag hinfällig machte.

Er kam von einem Buch, das der Vater auf dem Küchentisch

hatte liegenlassen, genauer gesagt, von einem Satz nur, der dort stand, wo das Buch aufgeschlagen war und Stepans Blick zufällig hängenblieb. Es ging um einen Kundschafter mit Namen Stirlitz, der beim Verfassen einer Falschmeldung darauf achtete, daß die Summe der darin vorkommenden Zahlen sieben ergab, da er an die Sieben als Glückszahl glaubte.

Stepan begriff, wie wenig konkurrenzfähig er mit seiner Fliegenklatsche in einer Welt voller Erwachsener war, die ihren Blick ebenso wie er auf Zeichen und Wunder richteten. Ihre Möglichkeiten waren ungleich größer; manche von ihnen konnten Millionen Menschen an eine magische Adresse senden – das war etwas anderes, als Fliegen zu klatschen. Erwartete er wirklich, daß die von so vielen mächtigen Verehrern umschwärmte Sieben ausgerechnet auf ihn achtgab? Reichlich naiv. Genauso hätte man von einem Elefanten mit Blasmusikbegleitung verlangen können, eine vorübersirrende Mücke zu bemerken.

So kam es, daß Stepan für längere Zeit den Glauben verlor, aus dem magischen Bund mit Zahlen irgendeinen Nutzen ziehen zu können. Schon die Idee, daß ein solcher Bund überhaupt möglich war, kam ihm zweifelhaft vor.

Es brauchte ein paar Jahre, in denen die Wunde in seiner Seele vernarbte, ehe ihm zu Ziffern und Zahlen wieder etwas einfiel.

Die Sieben war Everybody's Darling. Wer warb nicht alles um sie! Britische Superagenten, Märchenhelden, Städte, die zufällig auf sieben Hügeln standen, und ganze Engelshierarchien, die einem siebten Himmel anhingen. Die Sieben war eine teure, verwöhnte Kurtisane, und so konnte es nicht verwundern, daß Stepans schüchterne Avancen unerwidert geblieben waren. Nur: Es gab ja noch andere Zahlen auf der Welt.

Allerdings war Stepan aus trauriger Erfahrung klug genug, sich bei der Wahl einer neuen Zahl nicht zu übereilen. Welcher auch immer er sich als nächster zuwenden würde – es ließ sich denken, daß genügend Leute auf der Welt bereits dieselbe Wahl getroffen hatten. Und je größer die Konkurrenz, desto geringer die Aussicht, daß die erkorene Ziffer auf seinen Zauber ansprach oder wenigstens seine Existenz zur Kenntnis nahm. Andererseits war es logisch anzunehmen, daß zwei- und dreistellige Zahlen weit weniger Aufmerksamkeit genossen.

Die Intuition sagte ihm zwar, daß Zahlen von eins bis neun mächtiger waren als zweistellige, diese wiederum stärker als Dreisteller und so weiter. Doch hatten sich ihm Caesars Worte aus dem Geschichtsunterricht eingeprägt: »Ich will lieber in einem gallischen Dorf der erste sein als in Rom der zweite.« (Die Lehrerin hatte sich, nebenbei gesagt, versprochen und gesagt: »Ich will lieber in Rom der erste sein als in einem gallischen Dorf der zweite«, aber den Fehler hatte Stepan gleich bemerkt – so wenig Selbstvertrauen war einem römischen Kaiser nicht zuzutrauen.) Und so machte er sich gelassen auf die Suche nach seinem gallischen Dorf.

Nach reiflicher Erwägung fiel seine Wahl auf die Zahl 34. Deren Quersumme ergab sieben. Was die 34 mit einer Art göttlicher Genealogie versah, so wie gewisse griechische Heroen von Göttern abstammten. Stepan war seiner früheren Gottheit nicht untreu geworden, er hatte lediglich einen vernünftigeren Weg gefunden, sie zu kontaktieren. Eine Besonderheit kam hinzu, die die Drei und die Vier mit der Sieben verband – sie waren farbig. Stepan konnte sich entsinnen, daß für ihn früher, als er noch klein war, sämtliche Ziffern eine Farbe gehabt hatten. Inzwischen waren die meisten verblaßt: Nur die Vier war erkennbar grün geblieben, die Sieben blau, und die Drei trug auf ihrem mittleren Balken Reste von Orange.

Es gab noch etliche Überlegungen mehr, die für Stepan eine Rolle spielten. Eine davon war, daß der T-34 der fähigste russische Panzer im Zweiten Weltkrieg gewesen war – Ruhm und Erfolg mußten auf die Zahl abgefärbt haben.

Jedenfalls reifte die Entscheidung in ihm so langsam, daß er am Ende nicht mehr hätte sagen können, ob er die 34 gewählt hatte oder sie ihn.

Er war inzwischen kein kleiner Junge mehr. Die Schulzeit näherte sich dem Ende, und auf seiner Oberlippe sproß ein kleiner schwarzer Schnurrbart – wie zwei Minuszeichen, von denen er hoffte, daß sie irgendwann das von der Mathematik verheißene Plus ergeben würden. Er war besonnener geworden. Froh darüber, nun wieder einen Patron in der Welt der Zahlen zu haben, verzichtete er auf grausame Fliegenopfer. Tote Fliegen gingen seine 34 nichts an, wohl nicht einmal tote Menschen, das sah er nun ein. Er mußte einen anderen Weg gehen. Anstatt sinnlose magische Rituale zu vollziehen, mußte er dieser Zahl sein ganzes Leben weihen, die Verschmelzung mit ihr anstreben, indem er tagtäglich mit größtem Eifer seine Hingabe unter Beweis stellte.

Stepan begann damit, daß er nicht mehr wie zuvor um sechs Uhr dreißig aufstand, sondern um sechs Uhr vierunddreißig. Entsprechend rückten alle anderen von ihm zu beeinflussenden Punkte im Tagesablauf vier Minuten weiter. War ein Treffen um halb sechs vereinbart, kam er vier Minuten später, trödelte notfalls noch ein bißchen in der Vorhalle der Metrostation herum, nur um dem Zeiger Zeit zu geben, die paar Striche weiterzurücken. Für den Fall, daß der rationale Teil des Verstandes ihm einflüsterte, dies sei doch bescheuert, hatte er übrigens eine rationale Antwort parat:

Alles um uns her ändert sich immerzu, die Welt im Augenblick summiert sich aus anderen Umständen als die eine Sekunde früher oder später. Auch die Menschen, mit denen wir es zu tun haben, verändern sich unentwegt, verhalten sich je nachdem, welche Gedanken gerade in ihren Gehirnkästen aufblitzen. Schon dadurch also, daß wir im Kontakt mit der Welt eine bestimmte Position in Raum und Zeit einnehmen, betreiben wir eine durchaus bodenständige Magie – vielleicht sogar die einzig mögliche: weil wir jedesmal neu entscheiden müssen, in welche der Welten wir eintreten. In der einen erwartet uns ein vom Fenstersims fallender Topf mit Begonien oder ein um die Ecke brausender Lastwagen, in der anderen das freundliche Lächeln einer fremden Schönen oder die pralle Geldbörse am Bordstein, und all dies wohlgemerkt auf ein und derselben Straße ... Derlei Formulierungen fand Stepan natürlich erst viel später, zu einer Zeit, da er gelernt hatte, Zahlen zu Geld zu machen. Der zugrundeliegende Gedanke aber, roh und unausgeformt, war ihm schon als Schulkind vertraut.

Beim Einschlafen zählte er nun nicht mehr bis hundert, sondern bis vierunddreißig, und dann noch einmal bis vierunddreißig und immer so weiter. Wenn er nicht wußte, an welchen Tisch im Café er sich setzen sollte, zählte er so lange im Kreis, bis er bei vierunddreißig anlangte. Vor dem Sprung von der Landungsbrücke ins Meer atmete er vierunddreißig Mal tief und schnell durch. Immer wenn eine Entscheidung zu fällen war, ließ er sich auf irgendeine Weise von der gelobten Zahl leiten. Dies gab ihm das Gefühl, daß er auf Kurs war – einem einzigartigen noch dazu, der seines von allen übrigen Menschenleben unterschied. Und wiewohl sein Lebensweg äußerlich nicht von dem seiner Altersgefährten abwich, gewann er etwas Besonderes. Stepan mußte ihn nur eine ausreichende Weile gehen, um plötzlich eine Erfolgsbestätigung nach der anderen zu ernten. Oder war er früher nur nicht in der Lage gewesen, sie zu sehen?

Einmal, eines schönen Sommertages, saß er zu Hause und sah zerstreut aus dem Fenster. Plötzlich hallte von der Straße ein Wummern herein – auf einer Baustelle trieben sie mit einer Ramme Eisenträger in den Boden. Stepan hatte unwillkürlich angefangen zu zählen. Es wurden genau vierunddreißig Stöße, dann stoppte die Maschine und ließ sich nicht wieder hören. Daran wäre nun gar nichts Besonderes gewesen – hätte Stepan nicht einen Moment vor Einsetzen des Krachs den Gedanken gehabt, daß er eigentlich immer noch nicht wußte, ob es ihm gelungen war, das Herz seiner neuen Gottheit zu gewinnen. Und wohlgemerkt geschah dies an einem Sonntag, wo auf Baustellen nicht gearbeitet wird. Dieser Umstand in seiner Unumstößlichkeit war für Stepan der letzte Beweis: Das Geschehene war ein Zeichen.

Ein andermal – neue Zweifel hatten Stepan heimgesucht – schaltete er, einer Eingebung folgend, den Fernseher ein. Die Bilder kamen ihm bekannt vor: Es lief eine Folge der alten polnischen Abenteuerserie *Drei Panzersoldaten und ein Hund.* Drei Soldaten, Viererbesatzung – eine 34, hurra! Doch schon im nächsten Moment bemerkte er seinen Irrtum. Es waren drei Musketiere, aber vier Panzersoldaten. Gut, also dann drei Musketiere (Athos! Porthos! Aramis!) – und mit D'Artagnan waren sie zu viert! …

Der schale Beigeschmack dieser etwas sehr zurechtgebogenen Herleitung ließ sich ertragen – denn der Panzer, auf dem die polnischen Hundenarren herumfuhren, war ein T-34.

17

Am Morgen seines siebzehnten Geburtstags – schon deshalb ein besonderer, weil zweimal siebzehn vierunddreißig war – beschloß Stepan, sich und die Zahl seiner Wahl einer ultimativen Prüfung zu unterziehen. Er stellte ein Orakel auf: Der Pakt würde ihn nur dann ans Ziel seiner Wünsche bringen (was das für ein Ziel war, hätte er einstweilen noch nicht sagen können), wenn die Nummer der Kinokarte, die er heute zu kaufen gedachte, die Ziffern 3 und 4 enthielt. Um dem Ereignis auch zeitlich Gewicht zu verleihen, wählte er ein Kino am anderen Ende von Moskau. Die einstündige Metrofahrt war wie die Besteigung eines Tempelberges, bei der die Sünden, die man in der profanen Welt auf sich geladen hat, von einem abfallen.

Die Kinokarte kaufte Stepan genau vierunddreißig Minuten vor Vorstellungsbeginn. Er trat auf die Straße, holte tief Luft und schaute nach – wie ein Spieler, der die alles entscheidende Karte aufdeckt.

In der sechsstelligen Zahl kamen weder Dreien noch Vieren vor. Er hatte elfte Reihe, Platz Nummer fünfzehn. Stepan spürte, wie die Welt, die er sich so viele Jahre Stück um Stück zusammengepuzzelt hatte, mit einemmal zu Bruch ging. Er war durchgefallen.

Im nächsten Geschäft kaufte er eine Flasche Portwein, drückte sich in einen Hauseingang und leerte sie in einem Zug. Rauchte und ging sich den Film anschauen, für den er die Karte gekauft hatte; etwas Besseres fiel ihm nicht ein. Er setzte sich in seinen Sessel, senkte den Blick auf die Lehne vor sich – und hatte das Gefühl, daß der ganze Kinosaal zu schlingern anfing. Und das lag nicht am Portwein.

Vor ihm prangte fett, mit Permanent-Marker geschrieben, ein Graffito: *SAN-34*. Was dieses SAN bedeutete, wußte Stepan nicht – irgendeine Lehrlingsklasse vielleicht. Was 34 bedeutete, wußte er um so besser. Stepan zeichnete die Inschrift mit dem Finger nach. Das Kunstleder der Stuhlbespannung war rauh und kühl. Er zwinkerte ein paarmal, um sicherzugehen, daß seine Augen ihn nicht trogen. Dann brach ein Schrei aus ihm hervor, der den Saal erzittern ließ. Vor Unannehmlichkeiten mit dem Personal rettete ihn die einsetzende Verdunkelung. Die Vorstellung begann.

Nach diesem Vorfall wußte er, daß der Pakt, von dem er schon als Kind geträumt hatte, besiegelt war. Eine angenehme Überraschung gab es außerdem: Die Zahlen 17 und 68 erwiesen sich als natürliche Verbündete der 34. Stepan hatte ihnen diese Rolle nicht zugewiesen, sie ergab sich von selbst. Plötzlich ging ihm auf, daß die beiden im Dienste der 34 standen – als Vorboten sozusagen. Nicht die Sonne selbst, aber die Verheißung von Licht, aufglänzende Risse in der Wolkenfront.

Als Stepan begriff, daß er erhört worden war, reagierte er mit gemischten Gefühlen. Wußte er doch immer noch nicht recht, von wem erhört. Manchmal grauste ihn, wenn er sich vor Augen führte, in welch sonderbares Spiel er sich da eingelassen hatte und wie schwer es sein würde, damit wieder aufzuhören.

Derlei Versuche hatte es bereits gegeben. Zum Beispiel als ein der Zahl 34 gewidmetes Ritual von ihm verlangt hatte, vierunddreißig Stunden in einem finsteren Kellergewölbe auszuharren, wobei er es ernsthaft mit der Angst bekam. Halluzinationen stellten sich ein, die noch dazu wenig hergaben: Immer wieder sah er ein altes Weib, barhäuptig, in sackleinenem Rock, die Einweckgläser in der Ecke umsortieren, und zwar immer dann, wenn er gerade an etwas anderes dachte und nicht daran, daß es in dem Keller weder Weib noch Einweckgläser gab. Nach diesem Experiment fürchtete er um seinen Verstand und nahm sich fest vor, derlei Unsinn in Zukunft zu unterlassen. Doch die psychische Aufladung, die er der geliebten Zahl zuvor tropfenweise eingegeben hatte, ließ sich nicht einfach abschaffen. Sie existierte längst unabhängig von ihm, jedenfalls schien es ihm so. Man konnte sich noch so eifrig einreden, die 34 wäre eine Zahl wie jede andere, konnte schwören, daß diese Kindereien der Vergangenheit angehörten – tief im Inneren sah es anders aus. Er brauchte bloß eine Drei und eine Vier nebeneinander zu sehen, und die Vibration im Zentralnerv seines Ichs zeigte an, daß sein Pakt mit den Zahlen in Kraft blieb – jetzt und immerdar.

43

Aus dem pausbäckigen Jungen Stepan wurde ein ebenso pausbäckiger junger Mann – als hätten die Wachstumsveränderungen ihn letztlich nur ein bißchen aufgepumpt und den Schnurrbart ein bißchen nach oben gezwirbelt. Hätte jemand in Stepans Umgebung von seinem Geheimnis gewußt, es wäre ihm gewiß leichtgefallen, in diesem Gesicht eine 34 zu entdecken: Stepans Nase war lang und gerade wie der Längsbalken einer Vier (früher, als es noch so etwas wie klassische Bildung gab, nannte man diese Nasenform griechisch); seine Pausbacken erinnerten an eine liegende Drei, die das kleine, sich ungezwungen aufwärts kringelnde schwarze Oberlippenbärtchen wirkungsvoll schattierte. Stepan sah nett aus, erinnerte ein bißchen an das Pokémon Pikachu – nur erwachsener und erschrockener.

Trotz einer gewissen Korpulenz fand Stepan Gefallen bei den Frauen. Bei den Männern auch – doch dies aus ganz anderem Grund: Er erweckte den Eindruck eines Mondkälbchens, das man nicht sonderlich ernst nehmen mußte. Ein Trugschluß, der nicht wenige Dumpfbacken insbesondere der brutaleren Sorte teuer zu stehen kommen sollte. Stepan war alles andere als hinterhältig. Doch gefallen ließ er sich nichts.

Die Berufswahl fiel Stepan nicht schwer: Er begann am Institut für Finanzwirtschaft zu studieren. Nicht daß die Buchhalterei ihn besonders interessiert hätte – doch die Information über diesen Bildungsgang fand sich auf Seite 34 des Studienführers.

Bei näherer Beobachtung seiner Kommilitonen konnte er feststellen, daß viele gleich ihm ein Faible für Zahlen hatten. Doch gedachten sie anscheinend keinen Einfluß darauf zu nehmen, welche Zahlen ihr Leben bestimmen sollten, und kamen ihm darum wie eine Hammelherde vor. Sie huldigten der verwöhnten Sieben, wie sie der Drei Respekt erwiesen, da alle guten Dinge angeblich mit ihr zu tun hatten. Und natürlich fürchteten sie die Dreizehn. Für diese Furcht gab es sogar ein eigenes griechisches Wort: *triskaidekaphobia*. Allein von dem Wortungetüm konnte man eine Gänsehaut kriegen.

Nach und nach kam Stepan davon ab, sich unnormal zu fühlen. Eine Stelle aus Lew Tolstois Roman *Auferstehung* half ihm dabei besonders – er las ihn den Sommer über auf der Datscha, da nichts Interessanteres zur Hand war. Einer der Helden, Mitglied eines Richterkollegiums, verfuhr darin auf eine Weise, die Stepan so bedeutsam erschien, daß er die entsprechende Passage in sein Wehrertüchtigungsheft übertrug:

Als er jetzt die Stufen zum Podium hinaufstieg, schien er tief in Gedanken versunken zu sein. Er hatte nämlich die Angewohnheit, die Antwort auf verschiedene Fragen, die er sich stellte, von allen möglichen Zufällen abhängig zu machen. Diesmal hatte er sich in den Sinn gesetzt, daß ihn die neue Behandlungsmethode von seinem Magenleiden befreien werde, wenn sich die Zahl der Schritte von der Tür bis zu seinem Sessel durch drei teilen ließe, hingegen erfolglos bleibe, falls die Teilung nicht aufgehen sollte. Es waren sechsundzwanzig Schritte, doch er verkürzte den letzten und erreichte so genau mit dem siebenundzwanzigsten seinen Sessel.

Es war wohl kaum irgendein Jurist gewesen, der dem rebellischen Grafen diese Eigenart bei einem Gläschen Chartrez gebeichtet hatte, so dachte sich Stepan. Weit wahrscheinlicher war, daß Tolstoi seinen Helden mit einer eigenen Gewohnheit ausgestattet hatte. Und wenn selbst Tolstoi derlei nicht fremd war, mußte Stepan sich um seine Zurechnungsfähigkeit keine Sorgen machen.

Nachdem also diese Zweifel ausgeräumt waren, vereinfachte sich Stepans Leben zusehends. Mit eiserner Geradlinigkeit schrieb die 34 ihm alle wesentlichen Schritte vor. Was freilich nicht hieß, daß Stepan von morgens bis abends notorisch damit beschäftigt gewesen wäre, seine Zahl in die Realität einfließen zu lassen. Alltägliche Bagatellen durften in der Grauzone verbleiben – dort also, wo die meisten Leute ihr ganzes Leben zubrachten. Doch wenn eine Entscheidung von gewisser Tragweite anstand, bediente sich Stepan seiner unsichtbaren Verbündeten.

Ließ sich doch in beinahe jedem Hergang oder Ereignis ein Sektor finden, der den wärmenden Strahlen der gelobten Zahl ausgesetzt war. In der Eisenbahn (unterwegs in eine unbekannte Stadt) durfte man sich auf Platz 34 setzen; bei der Morgengymnastik konnten es vierunddreißig Liegestütze sein; das Teeglas ließ sich in vierunddreißig Schlucken leeren. Noch leichter war es, einfach bis vierunddreißig vor sich hin zu zählen. Schlicht aus diesem Grund übrigens stand Stepan im Ruf eines Mannes mit eiserner Selbstbeherrschung, der nie ausrastete, sich nie auf unnütze Geplänkel einließ, nicht einmal dann, wenn auch die Unerschütterlichsten, die die Regel beherzigten, erst bis zehn zu zählen, bevor sie eine Grobheit mit gleicher Münze heimzahlten oder dem Verleumder eine aufs Maul gaben, ins Wanken gerieten. Stepans Überlegenheit in diesem Punkt ließ sich mathematisch herleiten: $34>10$.

Doch nicht alles im Leben war eitel Sonnenschein. Eine Wolke dräute am Horizont des bis dahin makellosen Himmels, die mit jedem Tag größer wurde. Und sie kam aus derselben Richtung, aus der zuvor die Zahl 34 aufgetaucht war.

Denn da war noch eine Zahl, die sich aus den Ziffern 3 und 4 bilden ließ – die 43. Und wenn die 34 all das verkörperte, was gut an Stepans Leben war, so war die 43 ihr direkter Antipode – das Bildnis des Dorian Gray sozusagen. (Eine weitläufige Verwandschaft der 43 mit diesem Dorian – D als vierter Buchstabe im Alphabet, drei Konsonanten im Wort – genügte Stepan, den Vergleich passend zu finden.) Die 34 hatte Stepan bewußt zu seinem Schutzengel erkoren. Hingegen stahl sich die 43 in sein Leben ungerufen und ohne zu fragen, ob ihm das recht war oder nicht.

Nach und nach fielen Stepan immer mehr unangenehme Dinge auf, die mit dieser Zahl zusammenhingen. Daß die Ziffern in ihr vertauscht standen, machte aus ihr eine Art Gegenpol zur Weltharmonie – oder jedenfalls zu dem Teil von ihr, der Stepan zu Diensten war. Hierfür gab es sogar einen historischen Beweis: Im Jahr 1943 hatte die Schlacht am Kursker Bogen stattgefunden, eine der entscheidenden Panzerschlachten im Zweiten Weltkrieg – der greuliche Nachklang dieses Datums hatte in der 43 bis in die Gegenwart überdauert. Während der Schlacht waren unzählige T-34-Panzer vernichtet worden. Kurz: Die 43 stand für Tod und Verderben all dessen, was Stepan Glück und Seligkeit versprach.

Stepan begann darauf achtzugeben, bei welchen Gelegenheiten die 43 in seinem Leben auftauchte. Es war stets mit Unannehmlichkeiten verbunden. Wenn Stepan dieser Zahl begegnete, rechnete er mit dem Schlimmsten, und der vierte März war ein Tag, an dem er schon frühmorgens wußte, daß nichts als Nakkenschläge auf ihn warteten.

Konnte es aber nicht doch sein, daß er die Unbill unbewußt selbst auf sich zog? Zuweilen schien ihm das nicht ausgeschlossen. Alles konnte auf simpler Autosuggestion beruhen. Doch diese Erklärung war im Grunde keine. Die menschliche Existenz im Ganzen, so hatte ein Bekannter einmal gesagt, sei nichts anderes als eine fortwährende Séance der Selbsthypnose mit zwangsweise eingestreuten Wachphasen. So gelehrt einem das Wort Autosuggestion in den Ohren klang – Stepan wollte sein Leben nicht erklärt bekommen, er wollte es leben. Ihm war egal, welche Wörter andere dafür hatten: Die Freude, die seine Seele erfüllte, wenn ihm das Schicksal die Drei und die Vier in der richtigen Reihenfolge zusammenfügte, war vollkommen real. Und der Preis dafür war eine ebenso reale Verdrossenheit, eine Beklemmung des Herzens, wenn die Ziffern falsch zueinander standen.

Daß die Zahl 43, um die das Böse sich scharte, ungebeten in sein Leben getreten war, ängstigte ihn nicht einmal am allermeisten. Licht und Schatten waren nicht voneinander zu trennen, das hatte er immer schon geahnt. Nein, das Gespenstische lag woanders: daß er nämlich oft gar nicht sicher sein konnte, womit er es zu tun hatte – mit einer 43 oder einer 34.

Betrachtete er zum Beispiel ein Photo der Titanic, so fielen ihm als erstes die vier Schornsteine ins Auge, nebst drei Zwischenräumen. Eine 43, keine Frage. Und hätte es irgendwelcher Beweise bedurft – das Schicksal des Schiffes sprach für sich.

Andererseits wies auch die Gabel, mit der er allmorgendlich den ins Eigelb getunkten Speck aufspießte, vier Zinken und drei Zwischenräume auf. In dieser Kombination eine 34 zu sehen, die jeden Bissen, den er sich in den Mund schob, mit positiver Energie auflud, war er seit langem gewohnt. In solchen Fällen war es sinnlos, nach einer rationalen Erklärung zu suchen.

Logik und gesunder Menschenverstand hatten nichtsdestoweniger ihren festen Platz in seinem Leben. Sie fanden allerdings nicht dann Anwendung, wenn eine Entscheidung zu treffen war, sondern erst, wenn sie schon feststand. Gebraucht wurden sie, um ihr nachträglich zu einer stichhaltigen Begründung zu verhelfen.

Die flache Hand mit eingezogenem Daumen bedeutete 43, solange er sie von innen sah. Drehte er sie nach außen, war es eine 34. Das hatte nichts mit Logik zu tun. Stepan sah es so, ohne zu wissen, warum. Und hier setzte der Verstand ein. Der ihm zum Beispiel folgendes sagte: Ein Fingernagel erinnert ungefähr an das Visier eines Motorrad- oder Kosmonautenhelms. Will die Hand ihm ein gutes Zeichen geben, wendet sie ihm ihr Gesicht zu. Wendet sie sich hingegen ab, und man kriegt noch dazu den gekrümmten, wie besiegt am Boden liegenden Daumen zu sehen, dann ist das ein böses Omen: die 43. Wobei Stepan nicht daran zweifelte, daß für den gegenteiligen Fall, wenn seine Wahrnehmung ihm die Zahlen andersherum angeordnet hätte, Logik und Verstand sich auch etwas hätten einfallen lassen. Darum brachte er ihnen gegenüber die gleiche Art nachsichtige Ironie auf wie für die Prostituierten in den Nachrichtensendungen des Fernsehens; er nahm sie jedenfalls nicht ernst. Vielleicht war gerade dies der Grund für seine Erfolge im Geschäftlichen – wo nur Dilettanten glauben, daß es auf Rationalität ankäme.

34

Stepans Einstieg ins Geschäft erfolgte während der späten Gorbatschow-Zeit und auf dem damals üblichen Wege – mit Computerhandel. In diesem Gefilde gab es für seine geliebte Zahl reichlich Spielraum, für die ungeliebte natürlich ebenso. Verträge, aus deren Ordnungsnummern eine 43 ins Auge sprang, kontrollierte Stepan besonders argwöhnisch, und wenn die Zahl darin noch ein zweites Mal auftauchte, weigerte er sich endgültig, das Papier zu unterschreiben, führte die aberwitzigsten Gründe ins Feld, und es war ihm egal, was Kunden und Geschäftspartner davon hielten. Beim Ausliefern achtete Stepan darauf, daß eine Partie nach Möglichkeit vierunddreißig Geräte umfaßte (»Wir liefern nun mal so«, erklärte er einem Kunden, der einhundert XTs bestellt hatte: »Morgen vierunddreißig, übermorgen den Rest.«) Ging es um kleinere Lieferungen, dann suchte er sie so zu gruppieren, daß am ersten Tag drei Geräte hinausgingen, am nächsten vier. Danach legte er eine Pause ein, damit sich nicht doch versehentlich eine 43 ergab. Derlei Verfahrenstechniken hatte er viele parat.

Da er alle Furcht, die sein Gemüt aufzubringen in der Lage war, in der Auseinandersetzung mit Zahlen verausgabte, fürchtete er sich vor Banditen so gut wie gar nicht. Der Gedanke, jemand könnte aus einem Colt Kaliber 43 auf ihn schießen, schreckte ihn zwar, doch die Wahrscheinlichkeit, daß eine solche Waffe überhaupt auf den Markt kam, war gering. Ging das gelegentliche Auftauchen von Schutzgelderpressern mit einer wie auch immer gearteten Manifestation der verhaßten Zahl einher, benahm er sich wie jeder beliebige Hasenfuß in der Branche. Doch irrten die Banditen, wenn sie das ihrem eigenen Auftritt zugute hielten, und mußten für diesen Irrtum nicht selten bezahlen.

Einmal wurde Stepans Geschäft von einem Trupp vorübergehend in Moskau gastierender Tschetschenen heimgesucht, die sich als Urus-Martaner ausgaben. Stepans bekiffter Kopf analysierte das Wort in Windeseile, fand in ihm vermittels vertrackter Berechnungen, irgendwie ausgehend von der Stellung der Buchstaben im Alphabet und der Anordnung der Buchstaben im Wort, gleich zweimal die böse 43 versteckt. Darum ging Stepan bereitwillig auf alle Forderungen ein. Als er jedoch anderntags mit klarem Kopf nachrechnete, sah er, daß ihm ein Fehler unterlaufen war. Er rechnete noch zweimal, bevor er mit seinem Dach* telefonierte: Issa und Mussa, die Brüder und gleichfalls Tschetschenen waren. Als die Gang aus Urus-Martan das Geld holen kam, begab sich ein kurzer innerethnischer Dialog, in dessen Verlauf Issa und Mussa ihre Stetschkins zum Einsatz brachten und die Gäste aus Urus-Martan erschossen – ihre Tejps waren miteinander verfeindet.

Die tödlichen Kugeln trugen ein eingefrästes Kreuz. Das hatte mit christlicher Symbolik durchaus nichts zu tun. Ein so bearbeitetes Geschoß durchschlägt den Körper nicht, es öffnet sich beim Auftreffen wie eine gefranste bleierne Rose und schleudert den Dialogpartner sonstwohin, so daß ihm die paar Sekunden Handlungsspielraum fehlen, die ausreichen, um alles Schöne auf der Welt zunichte zu machen. Infolgedessen ging über Stepan schon bald die Fama, er sei ein zupackender, äußerst kaltblütig und grausam agierender Mann, der jedem Großmaul die baldige Begegnung mit Allah zu organisieren wisse und es sogar einzurichten verstehe, daß die Tschetschenen sich gegenseitig über den Haufen schießen.

Dieser Ruhm kam Stepan zustatten, da er beschlossen hatte, seine Geschäfte auszuweiten. Als Schuft und Mörder zu gelten konnte hierbei nur von Nutzen sein, es schützte einen vor der menschlichen Niedertracht: Personen von hoher Konkurrenz-

* Dach *(kryscha)*: Banditen oder Geheimdienstmitarbeiter, die Geschäftsleute gegen Entgelt vor anderen Banditen oder Geheimdienstmitarbeitern beschützen. Ein Dach vom Geheimdienst taugt mehr als eines von Banditen, kostet aber auch mehr.

fähigkeit wähnen in dir den ranghöheren Dämon und ziehen den Schwanz ein, suchen sich ihre Opfer lieber unter solchen, die wenigstens in Ansätzen christliche Züge erkennen lassen. Stepan war von Natur aus ein guter Mensch, geneigt, seinen Peinigern zu vergeben und Notleidenden zu helfen; dank der Episode mit den Urus-Martanern konnte er diese Charakterschwäche vor der Öffentlichkeit verbergen.

Bald schon zeigte sich, daß er einst mit dem Beschluß, ans Institut für Finanzwirtschaft zu gehen, richtig gelegen hatte. Die dort erworbenen Kenntnisse über das sozialistische Finanzwesen waren unbrauchbar (und seinem Gedächtnis ohnehin entfallen), nicht so die dort geschlossenen Bekanntschaften. Der Gewerkschaftsgruppenleiter von damals konnte Stepan jetzt helfen, seine neugegründete Bank registrieren zu lassen. Wie überhaupt auffiel, daß er viele Leute in Schlüsselpositionen noch aus Zeiten kannte, als das Busineß die Bezeichnung Komsomol trug. Echte Schwierigkeiten bereitete darum eigentlich nur eines: die Namensfindung.

Wie seine Bank heißen sollte, darüber zerbrach er sich lange den Kopf. Die zerknüllten Blätter, voll mit verworfenen Varianten (*Cash Doctor, Corpus Delicti, Civitas Dei* ...), füllten zuerst den Papierkorb, dann alle Ecken des Büros. Seine Mitarbeiter durften keinerlei Anrufe zu ihm durchstellen, solange die schwierige Geburt im Gange war, und sie begannen sich schon um den Zustand ihres Chefs zu sorgen, als die Lösung endlich feststand.

Sie war paradox. Stepan war die Inschrift wieder eingefallen, die er an seinem 17. Geburtstag an der Sessellehne im Kino entdeckt hatte: *SAN 34*. Die Buchstabenverbindung SAN wies keine direkten Verbindungen zur 34 auf. Andererseits ließ sich schwerlich ein Wort denken, das Stepans Glückszahl nähergestanden hätte. Was aber keiner außer ihm verstand, auch der scharfsinnigste Rivale nicht. Das Geheimnis war perfekt. So wurde die Sanbank geboren.

Der Name legte auch schon einige Tätigkeitsfelder nahe: Projekte, die mit Sanierung und Sanitärwesen zu tun hatten. Von Freunden und Bekannten, deren Banken nach Oasen in glutheißer Wüste oder nach tropischen fliegenfressenden Orchideen klangen, wurde Stepan ausgelacht. Was er gelassen hinnahm, denn die romantischen Namensschilder, mit denen die Mitstudenten von einst ihre Schöpfungen zierten, zogen Paragraphenreiter und Revolverhelden von meilenweit an. So war ihnen kein langes Leben beschieden, das sah man gleich. Eine Sanbank hingegen erschien als etwas derart Deprimierendes, von niemandem begehrt und darum auch niemandem ein Dorn im Auge, daß der Name (»dezent übelriechend«, wie ein distinguierter Yellow-Press-Schreiber es ausdrückte) sich als die ideale Tarnung erwies. Und manch einer wußte zu schätzen, um wieviel ruhiger im Vergleich zu irgendwelchen Glamour- oder Bonny-Banken sich heikle Transaktionen über ein Kontor bewerkstelligen ließen, das mit Sanitärgeschäften assoziiert wurde. Weniger Glamour, keine falschen Boni, dafür alle Schäfchen im trockenen.

Stepans Business wuchs und gedieh, als wäre es das häßliche Entlein in Andersens Märchen, das sich unbemerkt in einen Schwan verwandelt. Dienlich hierfür war eine elementare Imagekorrektur: Kurz vor der Bankenkrise im Jahr 1998 hatte Stepan den Namen seiner Bank optional ins Englische gewendet – *Sun Bank*. Als diese Worte unversehens auf allen Dokumenten neben dem russischen Namen auftauchten, schien es nachträglich so, als hätte das Institut von Beginn an weniger mit der Mikrobenbekämpfung im eigenen Lande als mit der anglophonen Sonnenseite der freien Welt zu schaffen gehabt, und Sanbank wäre nur die russische Transkription des eigentlichen Namens. Ganz unberechtigterweise wurde Stepans Kreation als Filiale jedweder westlicher Korporation angesehen, in deren Namen irgendwo das Wort *Sun* auftauchte. Stepan hatte es bewußt darauf angelegt, als er das Emblem für seine Bank vom Logo der Sun Microsystems abkupferte. Die Ähnlichkeit war schwer zu übersehen, nur daß anstelle der stilisierten Lettern *S-U-N* die Ziffern *3* und *4* standen, die der Graphiker so verzerrt hatte, daß ein uneingeweihter Betrachter darin nur mehr ein geometrisches Muster sah. Sowieso war von denen, die noch wußten, wie und womit Stepan angefangen hatte, kaum einer übrig – und er pflegte die alten Kontakte nicht sonderlich.

Seine Geschäfte führte er nicht anders als zu Zeiten des Computerhandels. Der Unterschied war lediglich, daß statt der Kartons mit der Aufschrift *fragile* beträchtliche Geldsummen ein- und ausgeladen wurden, und dies nicht im sichtbaren und gegenständlichen Bereich, sondern ausschließlich in der vagen Dimension elektromagnetischer Ladungen und elektrischer Stromkreise, von der Stepan kaum etwas verstand.

Alle seine Entscheidungen wurden von zwei Zahlen gelenkt und geleitet: der 34 und der 43; erstere gab grünes Licht, letztere schaltete auf Rot. Trotzdem lief es bei ihm besser als bei den meisten Konkurrenten. Als sein Erfolgsrezept galt allgemein eine ausgeprägte paradoxe Intuition; Stepan jedoch wußte, es lag nur an der Gewogenheit der 34. Wobei mitunter, in besonders langen, finsteren Winternächten, der Rationalist in ihm erwachte; dann begann er zu grübeln, wie es eigentlich sein konnte, daß Leute mit einem ganzen Stab von Konsultanten, Referenten, Analytikern und Astrologen wohldurchdachte Entscheidungen trafen und damit abstürzten, während er zuweilen einen sicheren Gewinn nur deshalb ausschlug, weil irgendwo in der Nähe eine 43 aufgeleuchtet war, oder sich umgekehrt in gefährliche Untiefen ziehen ließ, aus denen ihm eine 34 zuzwinkerte – und kräftig absahnte (nicht immer natürlich, doch häufiger als jene, die sich von ihrem Verstand leiten ließen). Nach und nach dämmerte ihm die Erklärung dafür.

Die Zeiten, ja, das Leben an sich waren letztlich so absurd, Ökonomie und Busineß dermaßen verstrickt in wer weiß was, daß jeder, der seine Entscheidungen aufgrund nüchterner Analyse fällte, sich ausnahm wie ein Idiot, der bei Windstärke neun Schlittschuh zu fahren versuchte. Nicht nur, daß der Unglücksrabe keinen Halt unter den Füßen fand; die Apparate, mit deren Hilfe er die anderen schnittig zu überholen gedacht hatte, wurden zu einer Last, die ihn ins Verderben zog. (Unterdessen stellte man überall Tafeln mit Eislaufregeln auf, optimistische Lieder erklangen, und die Kinder in den Schulen wurden auf das Leben vorbereitet, indem man sie dreifache Rittberger lehrte.)

Stepan hingegen folgte einem Gesetz, von dem die Welt nichts wußte. Anders als jene Brownschen Teilchen, die emsig auf der Suche nach dem kürzesten Weg waren und infolgedessen ihre Tage in sinnlosen Strudeln zubrachten, folgte er in seinem Leben keiner ausgeklügelten Route. Er war der vernunftbegabte Mensch in einer Meute wilder, instinktgelenkter Tiere. Wobei es gerade das Beharren auf kalkulierten Winkelzügen war, das die anderen zu Tieren machte, während seine Vernunft darin bestand, nicht den verworrenen Maßgaben des Verstandes zu folgen, sondern einer einzigen, irrationalen Regel, die keiner kannte außer ihm. Das war die wahre Magie, und sie war stärker als alle Konstruktionen des Geistes.

34

Stepans vierunddreißigstes Lebensjahr fiel in die Hochzeit der Jelzin-Epoche. Stepan wußte, dies würde das maßgebliche Jahr seines Lebens sein. Er war jung und bei Kräften, die Bank warf so viel Geld ab, daß er sich schon manchmal allein im Dunkeln fürchtete – aber darum ging es nicht. Er und die 34 würden für dreihundertfünfundsechzig Tage miteinander verschmelzen. Stepan fühlte, wie aus ihm ein sakrales Wesen wurde, etwas wie eine römische Vestalin oder ein Pontifex. Die unsichtbare göttliche Präsenz würde jeden seiner Schritte beflügeln – und das die ganze Zeit. Man mußte sie sinnvoll nutzen. Stepan strengte sich an.

Die Geschäfte liefen gut. Er verdiente viel Geld, parkte einen

Teil davon im Ausland – nicht weil er irgendwelche Befürchtungen hegte, sondern weil alle es taten. Das besondere Jahr ausschließlich mit materiellem Erwerb zu vergeuden, hätte ihm jedoch leid getan. Die Auguren des Altertums hatten die Zukunft prophezeit, indem sie von hoher Warte den Vogelflug beobachteten. Ebenso wollte er, am höchsten Punkt seines Lebens angekommen, das Wesentliche über dieses Leben erfahren. Stepan spürte, daß er hierfür die Unterstützung einer geistigen Autorität benötigte, eines Mittlers zwischen dem Chaos des Lebens und der ewigen Ordnung des Universums. Wer aber konnte das sein?

Der Gott aus der Bibel hatte in Stepans Seelenleben jedenfalls keine Chance. So wie er sie als Jugendlicher gelesen hatte, stand ihm das Bild eines grausamen, nachtragenden Despoten vor Augen, der den Geruch verbrannten Fleisches über alles liebte. Stepans Mißtrauen erstreckte sich konsequenterweise auf alle, die ihre Verbundenheit mit diesem eifernden Wüstengoblin bekundeten. Und auch die offizielle Kirche kam bei Stepan nicht besser weg: Das einzige, womit sie seiner Meinung nach eine Zeitlang wirksam die Nähe des Menschen zum Allmächtigen beförderte, war der illegale Zigarettenhandel.

Stepan für einen Vulgäratheisten zu halten, der nur die Macht des Geldes anerkannte, wäre allerdings verfehlt gewesen. Er wußte sehr wohl, daß die Zahl 34 für ihn wie eine angelehnte Tür war, durch die er mit jener Macht kommunizieren durfte, der andere Leute ungehemmt und in unendlich vielfältiger Form ihr Herz ausschütteten, darunter so mancher, die ihn monströs anmutete und abschreckte. Auf dem Jahrmarkt der Religionen gab es nun einmal kein Produkt, das seine Sehnsucht nach dem Wunderbaren besser zu stillen vermocht hätte als der Umgang mit den Zahlen.

In allem, was über die Grenzen seines Geheimbundes hinausging, hing Stepan so wie die meisten wohlsituierten Russen einem eklektischen Schamanismus an: Er glaubte an die Heilkraft der Auftritte von Sathya Sai Baba, sammelte tibetische Amulette und afrikanische Talismane, nutzte die Angebote burjatischer Heilpraktiker. Darum ging er jetzt, da er das Bedürfnis nach geistiger Wegweisung verspürte, zu der bulgarischen Wahrsagerin Binga, die in diesem Sommer in Moskau der Hit der Saison war. Es hieß, Binga sähe die Zukunft anderer Leute genauso klar wie ein normaler Mensch seine Vergangenheit.

Binga war dick und in ein Knäuel bunter Klamotten gehüllt. In dem Raum, wo sie ihre Audienzen abhielt, roch es nach Kräutern, die büschelweise an einem Faden unterhalb der Decke zum Trocknen hingen. Auf die Zimmerecken verteilt standen eine abgebrochene antike Säule, ein von der Zeit geschwärztes Spinnrad, ein altes Siemens-Röhrenradio und eine verrußte alte Sitzbank. An der Wand ein Bücherregal mit gebundenen Jahrgängen des *National Geographic,* ein Brustbild der Helena Blavatsky und ein Poster des Jugendstilmalers Mucha, darauf eine geheimnisvolle Schöne vor einem die Schwingen breitenden Adler.

Stepan war von dem Anblick frustriert. Die ethnographischen Exponate rochen nach billiger Deko. Binga ließ sich ihre Dienste so gut bezahlen, daß klar war: Sie hatte es nicht nötig, am Spinnrad zu sitzen oder Kräuter zu trocknen. Ihr Haus war der Mittelpunkt eines eigenen kleinen Gewerbegebiets mit Office, Hotel, Cafeterias, sogar einen kleinen Souvenirladen gab es. Aber vielleicht lag eben hier das Problem: Binga konnte sich einen eigenen Room-Designer leisten, der ihr das Zimmer zugemüllt hatte.

Diese Gedanken schossen ihm in Sekundenschnelle durch den Kopf; im nächsten Augenblick lächelte Binga ihn an, zeigte auf einen Stuhl, der ihrem Sessel gegenüberstand, und sagte in tadellosem Russisch:

»Stimmt, mein Lieber. Alles Übel der Welt kommt von ihnen.«

Stepan setzte sich.

»Sie sprechen Russisch?« fragte er.

»Was dachtest du!« sagte Binga und nahm ein billig aussehendes Pappkaleidoskop zur Hand. »Ich habe in Charkow Pädagogik studiert. Aber das ist lange her. Ich vermute, die pädagogischen Wissenschaften haben seitdem große Fortschritte gemacht.«

Stepan dachte daran, was er für jedes ihrer Worte bezahlen mußte, und verzichtete auf höfliche Nachfragen zur Pädagogischen Hochschule in Charkow. Binga hob ihr Kaleidoskop, richtete es wie ein Fernrohr auf Stepan und blickte hinein, dabei drehte sie es in den Händen. Plötzlich beugte sie sich vor, als gäbe es etwas Interessantes zu sehen. Während ihr dicker Finger gegen die Wandung des Pappzylinders klopfte, verzog sie das Gesicht, dann lachte sie sogar – und zwar so laut, daß die Tür zum Vorzimmer aufging und der Sekretär erschrocken hereinsah. Stepan hielt den Mund. Er war vor der Séance instruiert worden, ja keine Fragen zu stellen, solange Binga *schaute*.

Nachdem die Wahrsagerin sich wieder beruhigt hatte, blickte sie weitere drei, vier Minuten stumm in das Kaleidoskop, das sie zwischendurch immer einmal schüttelte und drehte.

»Puh!« sagte sie dann, halb mißbilligend, halb ungläubig. »Puh!«

Stepan errötete, sagte jedoch nichts. Binga legte das Papprohr zur Seite.

»Es gibt zwei Zahlen, die dein Leben bestimmen«, sagte sie. »Eine Mondzahl und eine Sonnenzahl.«

Stepan gab keine Antwort, preßte nur den Rücken fester gegen die Stuhllehne.

»Du bist im Jahr deiner Sonnenzahl«, sprach Binga weiter. »Darum meinst du, es müßte ein ganz besonderes sein. Aber in Wirklichkeit wird das ein ziemlich normales Jahr für dich. Ohne besondere Vorkommnisse. Und auch die nächsten Lebensjahre werden in Glück und Frieden dahingehen, ungefähr wie dieses. Aber wenn dein Mondjahr näherrückt, dann …«

Stepan zuckte. »Dann? … Geschieht etwas Schlimmes?«

»Dann gibt es einen Tag«, sagte Binga. »Einen ganz bestimmten Tag. Der dein Leben verändern wird. Ich kann es nicht genau erkennen – vielleicht wirst du als Sieger hervorgehen. Vielleicht auch sterben, ich weiß nicht. Oder beides. Alles wird davon abhängen, ob du imstande bist, deine Zahl bis dahin zu kräftigen.«

»Und wie kann ich das tun, meine Zahl kräftigen?«

»Woher soll ich das wissen? Ist doch deine Zahl und nicht meine. Vieles von dem, was ich sehe, liegt im Dunkeln.«

»Wie das?« fragte Stepan. »Wenn es im Dunkeln liegt, wieso sehen Sie es dann?«

»Ich sehe farbige Mosaike, die mir von der Zukunft anderer Leute erzählen. Es sind nur Bilder, die zu Worten werden. Ich kann diese Worte wiedergeben, ohne mitunter ihren Sinn zu verstehen.«

»Vielleicht kann ich ihn ja verstehen?« fragte Stepan. »Was sehen Sie denn?«

»Ich sehe deine Zukunft in drei Farben. Jede sagt etwas anderes. Betrachte ich die blauen Steinchen, sehe ich eine biblische Geschichte. Du ergreifst den Speer des Schicksals, triffst auf die Zahl des Tieres, kämpfst mit ihm, durchbohrst es. Doch vorher versucht dieses Tier dich anzufallen. Wer am Ende den Sieg davonträgt, kann ich nicht sehen – es sieht aus, als fielet ihr beide in einen Abgrund …«

Stepan mußte daran denken, daß das Fernsehbild sich aus drei Farben zusammensetzt: blau, grün und rot. Bingas Wahrsagerei schien ähnlich zu funktionieren.

»Und was sagt Grün?« fragte er.

»Grün spricht viel klarer. Grün sagt, du hättest einen Mondbruder, dem du irgendwann begegnen wirst. Dieser Mondbruder ist besagtes Tier.«

»Einen Mondbruder?« Stepan war von dem seltsam schönen Wort fasziniert.

»Ja. Wie du deiner Sonnenzahl anhängst, so hängt er deiner Mondzahl an.«

»Und diese Mondzahl ist die Zahl des Tieres?«

»Ich bin mir nicht sicher«, sagte Binga. »Es ist seltsam: Blau behauptet, es sei so. Grün hingegen sagt, es sei die 666, die biblische Zahl des Tieres, die dein Mondbruder am Arm trägt. Zwei von drei Ziffern kann ich jedenfalls deutlich erkennen.«

»Und was sagt Rot?«

»Was Rot sagt, ist so unanständig, daß ich nicht laut davon reden kann, ohne meine assistierenden Engel zu beleidigen. Und nicht bloß unanständig, sondern zum Lachen.«

»Vielleicht ließe es sich irgendwie durch die Blume sagen ...?«

»Das geht«, sagte Binga, blies die Backen auf, machte runde Augen und ließ die Luft durch einen kleinen Spalt zwischen ihren zusammengepreßten Lippen mit scharfem Geräusch entweichen.

Die Tür ging auf, der Sekretär schaute von neuem herein. Er überzeugte sich, daß alle noch am Leben waren, und bedeutete Stepan mit einer Geste, zum Ende zu kommen.

»Letzte Frage«, sagte Stepan, schon im Aufstehen. »Darf ich meiner Zahl trauen?«

»O ja«, sagte Binga. »Aber trauen wäre zu wenig. Du mußt ihr dienen. Mußt sie pflegen wie einen Rosenbusch in der Wüste. Je näher dein Mondjahr rückt, desto wichtiger wird das sein. Nur wenn du es in dieser schwierigen Zeit fertigbringst, daß die Sonnenzahl der Mondzahl überlegen ist, wirst du siegen. Und das muß unbedingt vor deinem Geburtstag geschehen.«

Stepan ging zur Tür.

»Noch was!« rief Binga ihm nach. »Eine Sonnenzahl kann beliebig sein. Eine Mondzahl genauso. Es geht nicht um Zahlen, es geht um etwas völlig anderes.«

»Worum geht es?« fragte Stepan.

Binga zuckte die Achseln.

»Wenn dir das jetzt noch nicht aufgegangen ist«, sagte sie, »wer könnte es dir je begreiflich machen?«

34

Einige Jahre waren seit Stepans Besuch bei Binga vergangen, als im Lande eine Entwicklung einsetzte, die westliche Soziologen als Paradigmenwechsel bezeichnen. Wie alle epochalen Veränderungen geschah sie unmerklich, gewissermaßen in unsichtbarer Dimension, und die Menschen erkannten sie erst nach und nach, an vielen kleinen Anzeichen, die jedes für sich genommen kaum von Bedeutung schienen.

Die erste, die ihm gegenüber in klaren Worten formulierte, was schon geraume Zeit in der Luft lag, war Meowth, eine Sprachwissenschaftlerin aus London, die von Stepans Anglophilie profitierte: Sie jobbte in seiner Bank als Fremdsprachenkorrespondentin.

Meowth war eine bezaubernde junge Frau, die verblüffende Ähnlichkeit mit einer Katze hatte. Ihre Augen waren so groß wie bei anderen, wenn sie sich gruseln. Dazu ein erstaunlicher Haarschnitt, raspelkurz mit sechs »Antennen«: Strähnen, die mittels Gel zu langen Nadeln verklebt waren (so lang und dünn, daß Meowth sogar Draht einflocht, damit sie hielten) und paarweise links, oben und rechts vom Kopf abstanden.

Neben der Arbeit bei der Bank absolvierte Meowth ein Praktikum an der Universität, wofür sie die Reste eines Stipendiums aufbrauchte, das ihr irgendein Ausforschungsinstitut zum Studium urbaner Folklore der Gegenwart bewilligt hatte. (Nach Meowths eigenen Angaben wurden solche Projekte nur finanziert, um die Budgets für die Auslandsspionage, Sektor Rußland, zu sichern.)

Meowth konnte hervorragend Russisch (ein Erbteil ihrer vor Zeiten aus Rußland emigrierten Großmutter), sah sich jedoch selbst nicht als Russin an. Wie sattelfest sie auf ihrem Gebiet war, erfüllte Stepan mit großer Ehrfurcht vor ihrem Intellekt und ihren philologischen Fähigkeiten. In stadtfolkloristischen Fragen hatte er ihr nur ein einziges Mal weiterhelfen können, nämlich mit der tschetschenischen Redensart »Einer ist keiner – nur nachladen muß man«, die er bei Issa und Mussa schon des öfteren gehört hatte. Meowth notierte sie auf eines ihrer speziellen Karteikärtchen (graubraun mit perforiertem Rand), wußte auch gleich zu sagen, daß es sich sehr wahrscheinlich um die Ableitung eines europäischen Sprichworts handelte, das der tschetschenische dem russischen Volksmund abgelauscht hatte, in Zeiten friedlicher Koexistenz als Pritschennachbarn in der Großen Baracke. Kurz: Meowth war klug und außerordentlich professionell. Darum hatte Stepan auch keine Komplexe, wenn er von ihr Dinge erklärt bekam, die eigentlich er ihr hätte erklären müssen.

Einmal beim Mittagessen im *Garash* (sie saßen in dem verglasten Erker, aus dem man auf das Kasino *Shangri-La* und auf das Redaktionshaus der *Iswestija* blickte) tippte Meowth an seinen wundesten Punkt.

»Alle wesentlichen sozialen Veränderungen«, begann sie, »werden von der Folklore sehr schnell aufgegriffen. Was derzeit in Rußland vor sich geht, berührt eine sehr tief liegende, ich möchte sagen, archetypische Schicht. Drücke ich mich zu kompliziert aus?«

»Nein, nein, ich kann folgen«, antwortete Stepan, mit der Gabel erst ein Kügelchen Reis, dann einen Streifen rohen Thunfisch aufspießend. (Er aß Sushi immer mit der Gabel.)

»Es ist das alte Thema«, fuhr Meowth fort, »der Kollision zweier Grundkomponenten der russischen Seele. Da wäre zum einen das Gütige, etwas Stumpfsinnige, Begriffsstutzige, manchmal sogar ziemlich Beschränkte, das närrische Gotteslämmchen eben. Auf der anderen Seite sein Gegenteil: das Zornige, Machtbesessene, gnadenlos Unbezwingliche. In symbolischer Hochzeit vereint, befruchten die beiden Prinzipien einander und verleihen der russischen Seele ihre unerschöpfliche Kraft und Tiefe.«

Stepan wischte sich die Lippen mit der Serviette und schielte seiner Gesprächspartnerin auf die niedlichen Brüste.

»Kann gut sein«, sagte er. »Und wo gibt es da Veränderungen?«

»Das ist eben das Spannende«, erwiderte Meowth. »Für das trottelige Prinzip stand in der russischen Stadtfolklore jahrelang der klapprige Saporoshez. Während das Prinzip des Platz-da-jetzt-komm-ich! von einem mit Banditen besetzten 600er Mercedes verkörpert wurde, dem ein Saporoshez an der Kreuzung hinten reinfährt, und es entspinnt sich der bekannte Neue-Russen-Diskurs. Worin die Symbolik der Kreuzung besteht, leuchtet ein – das Kreuz des Herrn, der Kreuzweg im speziellen, aber auch die Windrose ... Es gibt viele Gründe, weshalb die zwei Hälften der Volksseele mit Vorliebe an einer Kreuzung zueinanderfinden. Muß ich das expandieren?« Manchmal benutzte Meowth doch noch Anglizismen.

»Nein, nein, nicht nötig«, sagte Stepan. Von der symbolischen Ehe wollte er nichts weiter hören. Ganoven, »hinten reinfahren«, Diskurs – diese Kombination in einem Satz vertrug er schlecht. Das kam daher, daß Meowths Versuche, ihm den Sinn des Wortes *Diskurs* zu erklären, gescheitert waren; die einzige Assoziation, die sich jedesmal einstellte, war das Wort *kur*, was die bulgarische Entsprechung für das berüchtigtste aller russischen Dreibuchstabenworte war – weshalb er bei Diskurs jedesmal an einen Penis vom bulgarischen Discountmarkt denken mußte. Meowths Aussage erfuhr hierdurch einen düsteren Hintersinn.

»Der springende Punkt dabei ist, daß diese symbolische Ehe heute in einer neuen Form geschlossen wird. Die Soziologen haben noch nichts davon mitbekommen, während die Folklore den vollzogenen Wandel bereits abbildet. An dem Witz mit dem Mercedes und dem schwarzen Wolga läßt sich das erkennen. Aus der Analyse geht hervor, daß die beiden Grundprinzipien – das Unbedarfte und das Unbezwingliche – in der Volksmentalität neue Verkörperungen gefunden haben. Das läßt auf eine Revolution im Bewußtsein schließen, einen Paradigmenwechsel. Bin ich verständlich?«

»Absolut«, sagte Stepan. »Aber wie geht denn nun dieser Witz?«

»Kann man sich doch denken«, erwiderte Meowth. »Ein 600er Mercedes fährt an der Kreuzung auf einen schwarzen Wolga mit getönten Scheiben auf. Ein Bandit kommt aus dem Mercedes gesprungen und macht sich daran, mit dem Kolben seiner Knarre die Scheiben des Wolgas einzuschlagen. Plötzlich aber sieht er, daß ein Oberst vom FSB* in dem Wolga sitzt, und er sagt: ›Aber Genosse Oberst, Sie lassen mich hier klopfen und machen nicht auf ... Wohin soll ich überweisen?‹«

Stepan lachte nicht, der Witz deprimierte ihn.

»Was den Witz so interessant macht«, fuhr Meowth fort, »ist, daß weitere in dieser Serie nicht zu erwarten sind. Einer deckt sozusagen das ganze Muster ab.«

»Möchte wissen, wo da der Witz sein soll«, seufzte Stepan. »Das ist das Leben ...«

Die Veränderung, von der Meowth sprach, hatte er sehr wohl bemerkt, auch wenn er sie nicht annähernd so fabelhaft hätte beschreiben können. Mehr noch: Dieser *wind of changes* machte ihn frösteln.

Das Leben änderte sich gewaltig. Die Banditen zogen sich aus dem Busineß zurück wie Ratten, wenn sie eine Naturkatastrophe wittern. Zwar fuhren sie noch aus alter Gewohnheit mit den obszön teuren Autos ihre Runden, hockten in ihren barocken Palästen und schnupften Heroin, doch die großen Gipfel** wurden längst beiderseits von Leuten mit Achselklappen bestritten, die scherzhaft voreinander salutierten, bevor es zur Sache ging –

* FSB: der KGB in heutiger, politisch korrekter Bezeichnung.

** Gipfel *(strelka)*: ein organisiertes Zusammentreffen von Dächern (siehe oben) und solchen, die es werden wollen, an entlegenem Ort. Kann dazu führen, daß neu gedeckt wird.

ob man so etwas überhaupt noch Gipfel nennen durfte, war unklar. Stepan waren diese Veränderungen vorläufig nichts angegangen. Das änderte sich eines sonnigen Morgens im April, als seine Schildknappen Issa und Mussa, die schrecklichen Brüder, ins Büro gestürmt kamen.

Stepan kapierte sofort, daß etwas im Busch war. Issa und Mussa hatten ihr Kommen nicht angekündigt, und beider Anblick war besorgniserregend: übernächtigt, unrasiert (was Mussa, dem jungen Rüden, immer noch besser stand als dem Playboy Issa, den die grauen Stoppeln am Kinn aussehen ließen wie einen alten Hirten, der sich das Clubjackett aus den Trümmern eines vom Himmel auf seine Bergwiese gestürzten Flugzeugs geklaubt hat), außerdem stanken sie nach Schweiß, als hätten sie sich tagelang nicht gewaschen.

»Du mußt mitkommen, Stepan«, sagte Issa.

In seiner Stimme lag so viel Fatalismus, dazu noch die Gelassenheit des scheinbar Unbeteiligten, daß Stepan erst im Auto auf die Idee kam, sich zu fragen, ob er der Aufforderung denn unbedingt hatte folgen müssen. Über die Frage nachzudenken war bereits müßig: Die Brüder hatten ihn einfach auf den Beifahrersitz gehievt, sich selber nach hinten gesetzt und dem Chauffeur in Richtung Stadtmitte zu fahren befohlen. Die ganze Fahrt über stritten sie leise miteinander, es schien die Fortsetzung eines zuvor geführten Streites zu sein. Und so aufmerksam Stepan auch hinhörte, um zu erfahren, was auf ihn zukam und was die Brüder im Schilde führten – darüber anscheinend kein Wort. Was er durch den Verkehrslärm hindurch aufschnappte, ergab ohnehin keinen Sinn.

»Du wirst doch nicht die Ehre unserer Sippe besudeln, Bruder!« hörte er Issa sagen. »Du bist Tschetschene und kein Dzogchene, kapito? Schnüffle meinetwegen ihr Kokain, entehre ihre Frauen, kille ihre Männer – aber krieche ihnen nicht in die Seelen. Dort hat der Teufel hingeschissen! Was haben die, was der Islam nicht hat?«

»Sie behaupten«, erwiderte Mussa, »daß es möglich ist, als Regenbogen zu enden. Während du, mein lieber Issa, an deines Lebens Ende eine Leiche sein wirst und nichts weiter. Weil kein Sufi dir den Weg weist, ein Regenbogen zu werden.«

»Ein Regenbogen, hör mir auf!« rief Issa. »Das kenne ich doch! Hältst du deinen Bruder für bescheuert? Um ein Regenbogen zu werden, muß man sein Leben lang in einer stinkenden Höhle hocken. Und kann noch nicht mal sicher sein, ob es klappt – keiner hat je einen Menschen gesehen, bei dem es geklappt hat. Man sieht immer bloß den Regenbogen. Du sagst, es gäbe im Islam keine Regenbogenkörper. Das mag sein. Genauso wie es im Islam keine Astralkörper, keine Mental- und keine Mentholkörper gibt, Ätherkörper, Antikörper, alles Fehlanzeige. Doch dafür gibt es einen Schrapnell- und Granatsplitterkörper, den haben die Buddhisten nicht und die Christen auch nicht, den hat sonst keiner. Und den kannst du haben in null Komma nix, selbst im Suff oder mit dem verschärftesten Kater. Allah ist gnädig, er verschafft ihn dir in fünf Minuten, du brauchst bloß vier Kilo guten Plastiksprengstoff und drei Kilo Stahlkugeln. Und einen Zünder natürlich. Wozu ein Leben lang in einer stinkenden Höhle sitzen und irgendwelche Zaubersprüche murmeln. Es geht fix! Und sieht gut aus! Ansonsten sind diese Körper sowieso alle gleich.«

»Wie kommst du darauf?« fragte Mussa.

»Weil es nur die eine Sorte gibt.«

»Verstehe ich nicht.«

»Na wenn du das nicht mal verstehst, wie willst du dann ein Regenbogen werden?«

Issa lachte selbstgefällig. Mussa versank ins Grübeln. Von Zeit zu Zeit bedeutete Issa dem Chauffeur, wohin er fahren sollte. Wenig später waren sie auf der Twerskaja.

»Wo fahren wir denn hin?« stellte Stepan endlich die Frage, die ihn die ganze Zeit quälte.

»Zum Gipfel«, erwiderte Issa. »Oder was dachtest du?«

»Mit wem?«

»Irgendeinem Macker vom FSB. Er hätte was mit uns dreien zu bereden, sagt er.«

»Muß ich da unbedingt dabeisein?« fragte Stepan vorsichtig. »Ich bin dafür der falsche Mann ... Könnt ihr das nicht unter euch regeln?«

Issa zuckte die Schultern.

»Ich hätte nichts dagegen. Aber der Typ vom FSB, der hat drauf bestanden. Er meint, wir müßten irgendein Papier unterschreiben. Alle hätten schon unterschrieben, nur wir nicht.«

»Wer ist denn der?« fragte Stepan.

»Hauptmann Lebedkin.«

»Kenne ich nicht.«

»Ich auch nicht«, erwiderte Issa. »Dafür kennt er uns. Also lernen wir ihn besser auch kennen, in diesen Zeiten muß man Freundschaften pflegen, nicht wahr. Dort vorne an der Ampel kannst du halten, den Rest gehen wir zu Fuß. Ist nicht mehr weit.«

Die letzten Worte galten dem Chauffeur. Der Wagen stoppte.

Stepan sah aus dem Fenster. Sie waren immer noch auf der Twerskaja, in Höhe des Belorussischen Bahnhofs. Draußen war Frühling. Der Himmel zeigte ein leuchtendes, wie frisch gewaschenes Blau. Selbst der staubige Asphalt schien irgendwie Freude auszustrahlen. Stepan aber verspürte absolut keine Lust auszusteigen, um dieser Freude näher zu sein. Ganz im Gegenteil: Wäre im Unterboden des Autos eine Luke gewesen und darunter womöglich ein Gullyloch, er hätte dem sonnigen Apriltag mit Freuden ade gesagt und sich in die finstere, stinkende Unterwelt abgeseilt. Nicht aus Verbundenheit gegenüber den alten Sanbank-Idealen. Er hatte Angst, das war es.

Hinter ihm schlug die Wagentür zu.

»Steig aus, wir sind da!« rief Issa von draußen.

Auf der Treppe hinunter in den Fußgängertunnel erläuterte Issa in aufgeräumtem Tonfall, daß man bei Anfahrt zu einem

Gipfel tunlichst schon in hundert Metern Abstand zum Ort der Veranstaltung ausstieg und sich diesem in gesammelter Aufmerksamkeit näherte – nämlich um nicht »auf eine Mine zu brettern«, wie er sich ausdrückte. Nach dieser Auskunft hatte Stepan einige Sekunden gegen das schmähliche Verlangen zu kämpfen, aus dem Strom der Passanten auszuscheren, die Hosen herunterzulassen und sich zwischen die Verkaufsstände mit den Kriminalromanen zu hocken. Nie im Leben war er auf einem solchen Gipfel gewesen, sein Vorgefühl war dementsprechend flau. Hingegen schienen sich die Brüder um das Kommende überhaupt nicht zu bekümmern: Mussa war mit den Gedanken sonstwo, während Issa, den Blick wachsam schweifen lassend, munter vor sich hin pfiff.

»Wo soll's denn nun hingehen?« wollte Stepan wissen, als sie auf der anderen Seite der Twerskaja wieder ans Tageslicht stiegen.

»Wir sind fast da. Dort vorne ist es. Restaurant Yakitoria.«

Stepan erinnerte sich, das Wort schon einmal gelesen zu haben; es war japanisch und bezeichnete etwas wie eine Grillbude.

Nun denn, dachte er. Von der Straße frisch auf den Grill.

43

In dem Restaurant war Stepan noch nie gewesen. Ein nicht sehr großer Raum in Hufeisenform, der Küchentrakt in der Mitte von allen Seiten einsehbar, durch ein flaches, umlaufendes Aquarium vom Gästebereich getrennt. Dahinter standen zwei Köche: ein Koreaner, aschfahl mit Narbe auf der Stirn, der dabei war, Fisch zu schneiden und mit flinker Hand Reishügelchen zu formen, sowie sein Assistent, ein Blonder mit dunkler Brille, der mit einem großen Hackmesser Algen schnitt. Das Restaurant war so gut wie leer, außer einer Gesellschaft von Typen mit sportiv-krimineller Ausstrahlung, die in einer Ecke tafelte. Sie waren zu fünft; einer im Trainingsanzug, am Tischende sitzend, versperrte mit seinem breiten Kreuz den Gang.

Issa warf einen verstohlenen Blick zu ihnen hinüber und wechselte zielstrebig in die andere Hälfte des Raumes, wo er sich, das Gesicht den Köchen zugewandt, an den Tresen setzte. Mussa und Stepan nahmen wortlos zu beiden Seiten Platz. Stepan konnte sich denken, daß Issa den Platz mit Bedacht gewählt hatte: Das Goldfischaquarium schirmte sie von den Sportsmännern ab. Auch würde man hier, an dem schmalen, unbequemen Tresen, viel schneller aufspringen können, wenn Gefahr im Verzug war. Diese Überlegungen reichten, daß Stepan sich schon wie ein hartgesottener wilder Krieger vorkam – dem allerdings die Hände ein bißchen zitterten.

Issa bestellte: drei große Teller Sushi gemischt und Sake. Der Sake kam gleich, die drei stießen an.

»Weiß man wenigstens, wie er aussieht, dieser Lebedkin?« flüsterte Stepan.

»Keine Ahnung«, erwiderte Issa.

»Dort drüben am Tisch könnte er nicht zufällig sitzen?«

»Mann, woher soll ich das wissen, wenn ich ihn noch nie gesehen habe? Der findet uns schon.«

Stepan merkte, daß sein Eifer fehl am Platz war, und hüllte sich in Schweigen. Die Brüder sprachen auch nicht: Mussa war immer noch am Grübeln, Issa hatte ein heiteres Lächeln aufgesetzt und ließ eine Bernsteinperlenschnur durch die Finger gleiten.

Direkt vor Stepans Nase befand sich die Glaswand des Aquariums, oberhalb derer die Köpfe der Köche hin- und herhuschten. Der aschgraue Koreaner arbeitete, ohne den Blick von der Tischplatte zu heben, während der blonde Beikoch für Stepan ein freundliches Lächeln übrig hatte.

Wenn du Dummkopf wüßtest, weswegen wir hier sitzen, dachte Stepan, du würdest dir in die Hosen machen.

Vor ihm im gelblich trüben Wasser hing ein Riesengoldfisch mit gespaltenem Schwanz. Seine Brustflossen fächelten, sein rundes Knopfauge blickte Stepan rätselhaft an. Durch das Aquarium hindurch konnte man das Tranchierbrett sehen, auf dem die Hände des Kochs den Lachs in regelmäßige Streifen schnitten. Eigentlich wäre dies der Moment, den goldenen Fisch um etwas zu bitten, dachte Stepan.

»Buttje, Buttje!«, wisperte er still für sich, »mach, daß ich heil hier rauskomme … Mensch, dafür zahle ich jede Summe.«

Der Fisch winkte nur mit dem Schwanz ab und schwamm weiter.

Na, der hat's auch nicht leicht, dachte Stepan. Auf der einen Seite das Brett, wo seinesgleichen zerschnippelt wird. Auf der anderen Seite der Tresen, wo seinesgleichen verputzt wird. Entweder oder. Daß er als Fisch nur ein Dreiminutengedächtnis hat, nützt ihm auch nicht viel, denn auf der einen Seite wird pausenlos tranchiert, auf der anderen pausenlos gegessen. Alles wie bei den Menschen. Dazwischen schwimmt er, legt seinen Laich ab und hofft, daß seine Kinder es einmal besser haben werden … Und ich komme ihm noch mit Extrawünschen.

»He, ihr da in der Küche, geht's vielleicht ein bißchen flotter?« rief einer der Sportsmänner. »Wir warten seit vierzig Minuten auf den Salat.«

Der Blonde nickte, beugte sich leicht über sein Brett, schnitt die Algen etwas schneller.

»Und setz die Brille ab, du Specht, nicht daß du noch die falsche Möhre erwischst«, meinte ein anderer.

Gelächter. Wie der Beikoch mit dem Hackmesser auf seinem Brett herumpickerte, klang tatsächlich wie das Klopfen eines Spechts.

Issa sah auf die Uhr.

»Er ist spät dran«, sagte er. »Wird viel zu tun haben.«

Nun sah Mussa ebenfalls auf seine Uhr.

»Wer? Der Koch? Oder der, auf den wir warten?«

»Wie du willst«, erwiderte Issa. »Der, auf den wir warten, vielleicht. Oder der Koch.«

Die seltsame Antwort schien Mussas Grübeleien über den toten Punkt hinwegzuhelfen.

»Sag, Bruder«, begann er, »wieso sollen die gleich sein?«

»Wovon redest du?« fragte Issa.

»Du hast vorhin im Auto gesagt, der Schrapnell- und Granatsplitterkörper und der Regenbogenkörper, die wären sich gleich. Was ist daran gleich?«

Issas Miene verfinsterte sich.

»Frag mich das lieber nicht, Bruder«, sagte er.

»Wieso nicht?«

»Du bist dafür noch nicht reif.«

»Was soll das heißen: nicht reif?«

»Eben so. Wärest du es, würdest du nicht so dumm fragen.«

»Kannst du mir meine Frage beantworten oder nicht?«

»Natürlich kann ich das. Aber ich tu's nicht, sonst bist du nachher für alles übrige blind und taub.«

»Na und? Sag es mir.«

»Laß dir noch Zeit damit, Bruder.«

»Nein, verdammt noch mal, Issa, mach mir nichts vor. Rede! Ich will es wissen.«

»Ich bitte dich zum letzten Mal«, warnte Issa. »Als dein Bruder. Laß es sein.«

»A-ach, hör auf!« Mussa winkte ab. »Du willst mich bloß dusselig reden. Weil du die Antwort selber nicht weißt.«

»Ich?!« brauste Issa auf und schlug die Faust so hart auf den Tresen, daß die Karaffe mit dem Sake umkippte. »Natürlich weiß ich sie!«

»Dann sag sie mir. Ich kann selber entscheiden, was ich will. Als Mann und als Soldat!«

Mit diesen Worten hieb Mussa seine Faust gleichfalls auf den Tresen.

Issas Augen verengten sich zu zwei schmalen Schlitzen.

»Na schön«, sagte er. »Du hast es nicht anders gewollt. Dann sieh her. Und zwar genau! Daß dir ja nichts entgeht!«

Er stand auf, schob die nächststehenden zwei Tische zur Seite, wobei ein paar Stühle umstürzten. Auf der entstandenen Freifläche stellte er sich auf, legte die Hände vor dem Bauch zusammen und fing an, sich langsam auf der Stelle zu drehen, dabei wanderten die Hände am Rumpf empor.

Leider blieb Stepan nicht viel Zeit, diesen seltsamen Tanz zu genießen, nur einige wenige Umdrehungen lang. Denn als Issas Hände etwa in Brusthöhe angelangt waren, krachte es über Stepans Kopf so ohrenbetäubend, daß alle Ängste – wovor auch immer – mit einemmal hinweggefegt waren.

Der zweite Schuß fiel kurz darauf. Er klang in Stepans ertaubten Ohren schon viel weniger laut; es war, als fetzte jemand in seiner Nähe ein Stück Stoff entzwei. Issa kreiselte nicht mehr, er lehnte an der Wand. Rutschte an ihr, eine breite Blutspur hinterlassend, hinab.

Schuß drei und vier konnte Stepan mehr sehen und spüren, als daß er sie hörte – ein Schwall kaltes Wasser aus dem zerschossenen Teil des Aquariums ergoß sich ihm über die Beine, während Mussa, der neben ihm aufgesprungen war und die Hand aus der Tasche ziehen wollte, schon im nächsten Moment in Embryonalstellung neben Issa auf dem Fußboden lag.

Rings um die zwei Brüder begann sich eine gemeinsame dunkle Pfütze auf dem Fußboden auszubreiten. Darin schwamm, gleich neben Mussas geöffneter Faust, ein kleines Plastikscheibchen, in dem Stepan einen Tausenddollarchip aus dem Kasino erkannte.

Es war still geworden. Stepan konnte das restliche Wasser auf den Fußboden plätschern hören. Er hob den Blick. Wo eben noch der Goldfisch geschwommen war, klaffte jetzt eine rechteckige Lücke – das ganze meterbreite Segment des Aquariums war herausgeschossen worden. Hinter der Lücke sah er den Beikoch mit der Sonnenbrille stehen, in den Händen eine Pump-Gun von erstaunlichem Kaliber. Sein Chef war nirgends zu sehen – wahrscheinlich war er zu Boden gegangen.

An den Tischen, wo die Sportsmänner saßen, ächzte jemand.

»Alles bleibt sitzen!« rief der Beikoch und schwenkte den Lauf seiner Waffe. »Keine Aufregung! Jedi Busineß!«

Stepan, der *Krieg der Sterne* gesehen hatte, wußte nun, daß das Ärgste vorüber war. Doch im nächsten Moment spürte er, daß ihm etwas auf den Knien zappelte. In der Kuhle zwischen seinen pitschnassen Schenkeln lag, neben einem Algenstrang und einem Stück Plastik, der Goldfisch. Stepan langte danach.

»Hände auf den Tisch!« brüllte der Beikoch.

»Hier ist ein Fisch!« tat Stepan kund, nachdem er der Aufforderung schleunigst nachgekommen war.

Merkwürdig, daß diese Information den Beikoch zu interessieren schien. Er beugte sich über den Tresen und schaute Stepan zwischen die Beine.

»Tatsächlich, ein Fisch«, sagte er. »Na so was! Da müssen wir was unternehmen ...«

Er sah sich im Raum um, konnte jedoch anscheinend nicht entdecken, wonach er suchte. Also legte er die Waffe auf dem Tranchierbrett ab, kroch unter dem Tresen hinweg in den Gastraum und ging auf den Tisch zu, hinter dem wie gelähmt die Sportsmänner saßen. Er ergriff die lackierte kleine Holzbarke, auf der man bei festlichen Anlässen Sushi serviert, und schüttete den Inhalt über dem Kopf des Mannes aus, der den Witz mit der Möhre gemacht hatte. Dieser zog artig den Kopf ein, versuchte nicht einmal, den Sushiregen mit den Händen abzuwehren. Der Beikoch kehrte zum Küchentrakt zurück und ließ Wasser aus dem Hahn in die Barke laufen.

»Da!« sagte er, die Barke vor Stepan auf den Tresen stellend.

Beim zweiten Versuch bekam Stepan den Fisch zu fassen und versenkte ihn in der Barke. Nervös wedelte der Fisch mit der Schwanzflosse, schwamm erst ans eine Ende seines neuen Universums und dann ans andere, wo er zu verweilen beschloß. Währenddessen schaute der Beikoch nach unten – dorthin, wo der koreanische Koch abgetaucht war.

»Mein verehrter Herr Restaurantleiter«, sagte er, »den Fisch steckst du mir nachher ins Aquarium, hörst du? Ich habe keine Ahnung, wie das Ding aufgeht ...«

Stepan schloß die Augen.

Als er nach ein, zwei Minuten die Fassung so weit zurückgewonnen hatte, daß er die Augen wieder zu öffnen wagte, waren neue Gäste eingetroffen: drei uniformierte und zwei in Zivil. Die verstörten Sportsmänner hatte man inzwischen hinauskomplimentiert, anscheinend ohne ihnen Zeit zu geben, ihre Sachen einzusammeln – eine quietschgelbe Tennistasche stand noch auf dem Fensterbrett. Stepan sah, wie der Beikoch den Männern seinen Arm entgegenstreckte: den abgespreizten Daumen erst nach oben haltend, dann langsam abkippend, was einer der Uniformierten – den Achselklappen nach ein Major der Nachrichtentruppen, offenbar der Chef unter den Neuankömmlingen – mit beifälligem Nicken quittierte. Ein anderer Offizier stülpte sich eine Plastiktüte über die Hand, kauerte neben Issas Leichnam nieder und schlug die versengten Schöße des Jacketts zurück.

Über dem Hemd, das schwarz von Blut war, trug Issa etwas wie ein Halfter, aus dem zwei brünierte Pistolen ragten. Sie sahen aus wie Colts, nur größer. Das mußten die berühmten Stetschkins sein, diese salvenspuckenden Superkanonen, derentwegen die Brüder so berüchtigt gewesen waren.

»Das sind sie, hundert Pro«, sagte ein älterer Mann in Zivil. »In die Ballistik damit!«

Jemand zupfte Stepan am Ellbogen. Neben ihm stand der Todesschütze mit der Sonnenbrille.

»Reden wir ein Wörtchen?« fragte er.

»Wird sich kaum vermeiden lassen«, erwiderte Stepan und erhob sich.

Sie ließen sich an dem Fenstertisch nieder, wo zuvor die Sportsmänner gesessen hatten. Stepan faltete die Hände, doch man sah trotzdem, daß sie zitterten; also verbarg er sie unterm Tisch.

»Dich kenne ich, Michailow«, sagte der Blonde. »Seit langem. Und ich bin Leonid Lebedkin. Du kannst Leo zu mir sagen. Ich bin ein einfacher Jedi vom FSB. Hauptabteilung vier: Finanzterrorismus.«

Vier, fängt an wie vierunddreißig, dachte Stepan schnell. Steckt aber auch in dreiundvierzig drin. Unentschieden …

»Hauptabteilung, und dann vier, wie geht das zusammen?« fragte er. »Ich denke, Hauptabteilung kann immer nur eine sein.«

Lebedkin lachte.

Er hatte eine merkwürdige Art zu lachen, die, einmal gehört, sich für immer einprägte. Zuerst klang es herzlich und ansteckend, ließ das stupsnasige Gesicht des Hauptmanns ausgesprochen sympathisch erscheinen, man fühlte sich an die romantischen Fliegerhelden aus den ersten sowjetischen Filmen erinnert. Im Ausklang aber, zwei, drei Takte vor Schluß, gewann etwas durchdringend Kreischendes, böse Klirrendes darin die Oberhand, das im Timbre zwar ähnlich, mit einem Heiterkeitsausbruch jedoch entschieden nicht vereinbar war. Ein Klang, der Stepan grausig vorkam, auch wenn er nicht genau hätte sagen können, woran er erinnerte: Stöhnen, Bremsenkreischen, das Geheul eines Wachhunds im Gulag. Noch dazu kippte Lebedkins Kopf beim Lachen nach hinten, und unter den dunklen Brillengläsern hervor blitzten ihn zwei kalte, konzentrierte blaßblaue Augen an …

»Läßt sich erklären«, sagte er. »Auf den ersten Blick: Abteilung vier. Aber wenn's drauf ankommt, zum Beispiel für die da«, er deutete mit dem Kinn auf die Leichen, »die allesentscheidende. Klar oder nicht klar?«

Die Argumentation war klar, bestechend klar, kristallklar, sie leuchtete Stepan sofort ein.

»Klar«, sagte er. »Sie also haben uns diesen Termin hier …«

»Du kannst mich ruhig duzen«, unterbrach ihn Lebedkin. »Oder sind wir zwei so alte Knacker?«

»Ja, also du hast uns diesen Termin hier ...«

»Jawohl. Dir aber nicht, nur denen da.«

»Zu mir haben die gesagt, Sie hätten ... du hättest ... wir wären zu dritt bestellt.«

»Glaubst du eigentlich immer, was dir die Schwarzärsche erzählen? Mach nur so weiter ... Alle tschetschenischen Gorillas pflegen ihre Kunden mit auf die Gipfel zu nehmen, als lebende Schutzschilde, merk dir das. Und fünfzig Prozent aller Moskauer Geschäftsleute, die sich von Tschetschenen beschützen lassen, sind hinterher kastriert. Das ist bei denen so Sitte. Wußtest du das?«

Stepan schüttelte den Kopf.

»Na, kein Wunder. Wer gibt so was schon gerne zu. Ich hab dir also heute das Leben gerettet – und nicht bloß das, sondern noch was dazu, als Bonus sozusagen. Klar oder nicht klar? Und was sie dir sonst noch erzählt haben ... Schwätzen können die einen dumm und dämlich.«

»Mußtest du sie deswegen gleich umnieten?« fragte Stepan.

»Ich sehe, du hast immer noch nichts begriffen. Weißt du überhaupt, was dieser Issa für einer war?«

»Was denn für einer?«

Lebedkin neigte sich zu Stepan herüber – und wieder waren, diesmal oberhalb der Brillengläser, die kalten blauen Augen zu sehen.

»Ein Todeskreisler.«

»Und was soll das sein?«

»Es gibt so einen Orden tanzender Derwische mit Sitz in Konya, Türkei. Diese Leute kreiseln auf der Stelle und fallen dabei in eine Art mystische Trance. An sich ganz friedliche Leute. Nur leider nicht alle. Ein paar aus dem Orden sind zu Usama Bin Laden übergelaufen und haben eine neue Schule der Schnellfeuertechnik entwickelt. Schon mal was vom mazedonischen Schießen gehört?«

Stepan nickte.

»Und das hier nennt sich das kandaharische Schießen. Der Derwisch fängt an zu kreiseln, fällt in Trance, zieht die Knarren, Arme zur Seite … Und dann fängt der Alptraum an. Im günstigen Fall hat er nur zwei Colts oder von mir aus Glocks dabei. Da kann man mit ein bißchen Glück noch davonkommen. Aber wenn es USIs oder Agrans sind, dann ist im Umkreis von hundert Metern Ebbe mit allem, was kreucht und sich deucht. Klar oder nicht klar?«

Lebedkin fuhr sich durch die Haare.

»Der da«, sagte er und deutete in die Ecke, wo Issa lag, »war bei denen so was wie der Sensei. Über ihn waren Legenden im Umlauf. Er konnte Verse von Jelalladin Rumi rezitieren und dabei beidhändig durch die Gegend ballern, ohne hinzusehen, wie eine Nähmaschine, so perfekt. Nie hat eine Kugel ihr Ziel verfehlt. Ein furchtbarer Mann. Aber was erzähle ich dir das. Der große Schura Makedonski ist gerannt vor ihm wie ein Hase. In der Markthalle in Danilowo, bei der Aufteilung der Reviere. Stimmt's, Michalitsch?«

Der Nachrichtenoffizier, der zugehört hatte, nickte.

»Und ihr meint, er hatte hier vor zu schießen?«

»Ja, was dachtest du! Er hatte ja schon die Hände vor der Brust, eine Sekunde länger, und die Bude hier wäre ein Sieb.«

Der Major hatte sich neben Lebedkin gesetzt und eine schwarze Mappe mit kleinem Messingschloß vor sich hingelegt. Stepan sah ihm ins Gesicht, das ungerührt war wie ein Götzenbild, und seufzte.

»Vielleicht hätte er ja doch irgendwie … mit sich reden lassen?«

»Der? Ho-ho … Er glaubt uns nicht! Zeig's ihm, Michalitsch.«

Der Major öffnete seine Mappe und entnahm ihr ein Blatt. Darauf ein Bild, das aussah wie eine Teleskopaufnahme der Mondoberfläche.

»Was ist das?«

»Ein Satellitenfoto vom Ausbildungslager des Diversions- und

Sturmbataillons sufistischer Todeskreisler bei Kandahar. Hier in dem Kreis – siehst du das Fitzelchen mittendrin? Das ist das Zelt von Issa und Mussa Dshulajew. Das Foto zeigt den Moment, in dem Issa ein Satellitengespräch mit einer mobilen Rizinfabrik im Pankisi-Tal führt. Klar oder nicht klar?«

»Klar.«

»Siehst du die Ziffern in der Ecke? Sechster August, vierzehn Uhr fünfunddreißig. Das macht die Sache zweifelsfrei. Einen Mitschnitt des Telefonats haben wir auch, verlaß dich drauf.«

»Das ist ja ein Ding«, sagte Stepan.

»Und solchen Leuten gibst du dein Geld, Michailow. Was soll man dazu sagen?«

Stepan hob reuig die Hände.

»Das wußte ich doch nicht«, sagte er. »Woher sollte ich denn wissen, daß die zu diesen ... kreiselnden Finanzterroristen gehören.«

Lebedkin lachte wieder, was Stepan von neuem erschauern ließ.

»Nein, Michailow«, sagte Lebedkin. »Die sind keine Finanzterroristen. Der Finanzterrorist bist du.«

»Wie bitte?«

»Aber ja. Überleg doch mal.«

Stepan überlegte. In seinem Kopf zog ziemlich schnell Klarheit ein.

»Aha«, sagte er. »Nun ja ... Ich denke, ich verstehe. Ich verstehe doch richtig?«

»Ja.« Lebedkin nickte.

»Ja, dann ... Wenn das so ist ... Was nun?«

Lebedkin und der Nachrichtenoffizier wechselten einen Blick.

»Tja ... Ich weiß nicht ... Muß man bei so einem braven Buben nicht ein Auge zudrücken?« fragte Lebedkin. »Wie heißt es bei unserem Klassiker so schön: Kann doch als Mensch auch einer gelten, der niemals hinter Gittern saß.«

»Nein, warte, das ging anders«, sagte der Nachrichtenoffizier.

»Kann doch als Mensch auch einer gelten, der nie im Knast sein Süppchen fraß … – so ging das.«

Stepan wußte genau, daß bei Puschkin nichts von Knast, nur etwas von sauberen Fingernägeln stand. Aber ihm war jetzt nicht nach Streiten zumute.

Es entstand eine peinliche Pause, in der Stepan auffiel, daß sein Gehör vollständig wiederhergestellt war. Er hörte den Autolärm draußen auf der Straße und eine trotzige Kinderstimme: »Ich will aber nicht!« Irgendwo in der Ferne dröhnte ein Flugzeug.

»Was ist, vergeben wir ihm für dieses Mal?« kam von Lebedkin schließlich die Frage.

Der Major kratzte sich am Schädel.

»Von mir aus«, sagte er. »Wenn er aufhört, Terrorismus zu treiben.«

»Hast du gehört, Michailow?« fragte Lebedkin und guckte streng. »Daß mir ja kein Terrorismus mehr vorkommt! Das sag ich dir nicht zum Spaß.«

»Verstehe«, sagte Stepan mit Demut in der Stimme. »Ich will mir Mühe geben. Helfen Sie mir, ein neues Leben anzufangen.«

»Gut. Wir treffen uns einmal monatlich«, sagte Lebedkin. »Wie unser weiser Zar Alexander Pawlowitsch zu sagen pflegte: Unter mir soll's zugehen wie in Großmutters Stube. Und wie's zugeht in Großmutters Stube, das hab ich durchs Schlüsselloch gesehen, ha-ha-ha … Entspann dich, Michailow, alles halb so wild. Business as usual. Gleich wie ich dich gesehen hab, wußte ich, der hat mit den Ganoven nichts am Hut. Also. Wenn du in Schwierigkeiten sein solltest, mit dem Gesetz oder umgekehrt, ruf mich an. Hier hast du meine Handynummer.«

Lebedkin warf ein kleines Kärtchen auf den Tisch.

»Wir sind soweit klar?« fragte er freundschaftlich.

Stepan nickte.

Lebedkin griff nach der Mappe, aus der vorhin das Satellitenfoto aufgetaucht war, und zog ein weiteres Blatt hervor.

»Dann unterschreib das hier«, sagte er und legte das Blatt vor Stepan hin. »Damit ich notfalls was in der Hand habe, womit ich vor den Kadi ziehen kann, ha-ha ...«

Stepan blickte vor sich auf den Tisch. Es war ein Formblatt mit amtlichem Wappen und kurzem maschinegeschriebenem Text:

Absichtsmemorandum
Ich, Stepan Michailow, habe verstanden.
Unterschrift:

Stepan lag die Frage auf der Zunge, wieso Lebedkin dieses Blatt mit seinem aufgedruckten Namen bei sich trug, wenn er, Stepan, doch angeblich gar nicht geladen war. Doch er fragte nicht. Schon weil er das Lachen des Hauptmanns kein weiteres Mal hören wollte. Und weil die Frage Unkenntnis verraten und also bereits im Widerspruch zum vorliegenden Absichtsmemorandum gestanden hätte. Er aber hatte verstanden. Also seufzte er nur, warf einen Blick zum Tresen hinüber, wo immer noch die lackierte Sushibarke stand, die ihm jetzt wie ein tschetschenischer Totenschrein vorkam, und zog seinen Mont-Blanc-Federhalter aus der Tasche.

34

Das Gemetzel im *Yakitoria* hatte Stepan mit Abscheu und Entsetzen erfüllt, so wie sie jeder normale Mensch im Angesicht von Gewalt und Tod empfindet. Und trotzdem ging er gestärkt und optimistisch aus dem Blutbad hervor. Dies hatte einen einfachen Grund: Sein Dach war am dritten April ausgetauscht worden. Wirklich am 03. 04.! Damit sich die 34 noch deutlicher manifestierte, hätte es der Erscheinung eines dreifüßigen und vierarmigen Messias bedurft. Also löste besagter Paradigmenwechsel, da er nun auch ihn erfaßt hatte, ein ähnlich triumphales Gefühl in ihm aus, wie es seinerzeit der Dichter Majakowski empfunden haben mußte, als er schrieb: *Das war* meine *Revolution. Ohne Frage!*

Das Neue erreichte Stepan mit geraumer Verspätung. Issa und Mussa, seine beständigen Schatten, hatten ihn daran gehindert, die im Lande sich vollziehenden Veränderungen ernst zu nehmen. Nun, da ihm der Balken aus dem Auge gezogen war, erschien der Horizont licht und wolkenlos. Auch wenn der Rest eines Zweifels am Grund seiner Seele liegenblieb. Wußte Stepan doch, daß man hie und da im westlichen Ausland das Datum auf andere Weise schrieb, nämlich den Monat zuerst und dann den Tag – wobei herausgekommen wäre, daß die neugeordnete Existenz ihm eine satte 43 verhieß. Doch mit diesem Gedanken ließ es sich nicht leben, weshalb Stepan ihn nicht einmal ansatzweise zu denken wünschte.

Daß der Hauch des Todes ihn so unmittelbar angeweht hatte, machte aus ihm vorübergehend einen mutigen Mann: Da er dem, wovor sich zu fürchten angestanden hätte, versehentlich in Furchtlosigkeit begegnet war, verlor er nunmehr die Angst vor allem und jedem – jedenfalls bis zum nächsten heilsamen Schreck. Nur so war es zu erklären, daß er der neuen Epoche einen einigermaßen tollkühnen Willkommensgruß entsandte. Meowth hatte einen Bekannten in der Werbebranche, den sie einen »zynischen Experten« nannte und dessen professionelle Fähigkeiten sie rühmte. Stepan kaufte eine Werbefläche an der Rubljowoer Chaussee, genau an der Stelle, wo der Trampelpfad zu seiner Datscha abging. Auf der Fläche wurde das FSB-Emblem – Schild und Schwert – in Riesengröße plaziert, dazu die vom Experten ersonnene Textzeile:

SCHILD HAPPENS!*

* Natürlich eine Paraphrase auf die im angloamerikanischen Raum grassierende Redewendung »Shit happens«, die besagt, daß Schwierigkeiten meist ganz von selbst entstehen.

Ein paar Tage später rief Lebedkin bei ihm an.

»Hör mal«, sagte er, »ich bin gerade die Rubljowoer runtergefahren. Wo deine Sichtpropaganda steht. Gegen das Bild läßt sich nichts sagen. Große Klasse! Aber der Text ...«

»Was ist damit?« fragte Stepan.

»Weißt du nicht, daß es ein Sprachengesetz gibt? Na also. Daß mir dieses englische Wort von der Tafel verschwindet! Als ob wir nicht genug russische hätten! Denk nach, Stepan, laß dir was einfallen. Das Bild rühr nicht an, aber die Unterschrift mußt du ausbessern. Klar oder nicht klar?«

Stepan verstand wieder einmal. Und nahm erneut die Dienste des zynischen Experten in Anspruch. Der ertüftelte einen neuen Slogan, mit dem der alte überklebt wurde:

Ein **SCHILD** für die **BÜRGER!**

Diese Variante gefiel Lebedkin sehr viel besser. Sein Anruf kam direkt von der Rubljowoer Chaussee.

»Siehst du!« sagte er. »Jetzt spürt man den patriotischen Kopf. Ich sehe, ich habe ihn dir nicht umsonst gerettet ...«

Und damit hatte er erstaunlicherweise sogar recht.

Die Geschäfte liefen nämlich durchaus nicht mehr so glatt wie in jenen Tagen, als Stepan sein Sonnenjahr durchschritt. Die Probleme, die mit der großen Bankenkrise begonnen hatten, vergingen nicht wieder, sie wuchsen sich aus, verdichteten sich allmählich zu einer undurchdringlichen Wand, die ihm die Sicht nahm. Und auch dies hatte in gewisser Weise mit dem Paradigmenwechsel zu tun.

Die Trübungen im Finanzraum Rußland, in denen kleine Raubfische wie die Sanbank früher ihre Beute machten, hatten sich gesetzt. Alles war nun durchschaubar und klar. Geldströme, die die längste Zeit durch das mittelrussische Hügelland mäandert waren, drehten nach den schwarzen Löchern ab, über die man in der guten Gesellschaft nicht sprach, und dies aus Gründen, über die man in der guten Gesellschaft gleichfalls nicht sprach. Stepans Firma war kein solches Loch, nämlich aus Gründen, über die man in der guten Gesellschaft nicht sprach, weshalb Stepan mit der Zeit einen Haß auf diese gute Gesellschaft bekam, in der jeder über alles Bescheid wußte, aber keiner laut etwas sagen durfte. Manchmal begann er sich schon zu fragen, was an dieser Gesellschaft eigentlich so gut war.

Doch standen die Probleme der Gesellschaft ihm ferner als die seiner Branche, wo die kleinen Banken eine nach der anderen eingingen. Der gesunde Menschenverstand hätte einem sagen müssen, daß dieses Schicksal früher oder später auch eine durch Zahlenzauber immunisierte Sanbank treffen konnte – die Schutzmechanismen in Stepans Psyche ließen diese Erkenntnis einstweilen nicht ins Bewußtsein vordringen. Alpträume in der Nacht und Depressionen am Tage waren die Folge.

Banker von Stepans Kaliber pflegten das Problem zu lösen, indem sie an größere Firmen des realen Sektors andockten. Sie wurden zu sogenannten Pocket Banks. Indem sie sich auf einen Hauptkunden beschränkten, lieferten sie sich den Turbulenzen am Finanzmarkt ungefähr so aus wie ein Schwimmer, der in einem Pool mit Gegenstromanlage schwimmt. Nebenher konnten sie andere Transaktionen tätigen, hatten jedoch ein Standbein. Stepan schwebte eine solche Variante seit längerem vor. Nur hatte seine schrille tschetschenische Dachkonstruktion – dieses Erbe aus Zeiten der ursprünglichen Akkumulation – mögliche Partner immer wieder abgeschreckt. Ein Problem, das Mussa und Issa schwerlich zu vermitteln gewesen war. Es hatte gereicht, sich das vorhersehbare Mienenspiel in Mussas unrasiertem Gesicht auszumalen (erst ungläubig, dann mißtrauisch, dann wutentbrannt), damit Stepan die Lust auf derartige Manöver verging.

Doch kaum hatte dieser Teil der Unternehmensstruktur sein ausgeprägtes nationales Kolorit verloren, da fand sich der passende Partner von selbst. Ein paar Monate, nachdem Stepan mit Lebedkin Bekanntschaft geschlossen hatte, erschienen Leute bei ihm, die sich als Vertreter einer russisch-französischen Firma mit Namen Even-Treur vorstellten; selbige war (aus steuerlichen Gründen, wie Stepan sogleich verstand) im Autonomen Kreis der Ewenken ins Handelsregister eingetragen, hatte ihren Hauptsitz jedoch in Paris. Was die Herren ihm vorschlugen, war genau jene Variante, von der er immer geträumt hatte: Er sollte ihre Pocket Bank werden. (Die dazu nötige Operation hieß übrigens im westeuropäischen Bankenjargon *merder* – kompiliert aus *merger* und *tender*.)

Zunächst unterzog Stepan den Firmennamen Even-Treur einer Analyse. Das erste Wort aus vier Buchstaben, das zweite aus fünf. Wie zwei benachbarte Stufen einer Treppe. Diese Treppe schien um das Weltböse herumzuführen, wenn auch nur knapp. Stepan deutete seine Empfindungen so: Die geheiligten Zahlen schienen keine Einwände zu haben, doch es galt, in jedem Augenblick wachsam zu sein.

Einen Haken allerdings gab es: Von einer Firma Even-Treur hatte keiner je etwas gehört, es mußte sich um eine Scheinfirma handeln. Stepan konnte sich denken, was dahintersteckte: ein sogenanntes »Familienunternehmen« – angesiedelt also im Einflußbereich jener kleinen Gruppe von Oligarchen, denen es unter Jelzin gelungen war, das ganze Land zu privatisieren. Für ihn selbst hätte dies einen Aufstieg bedeutet, und zwar so steil und vehement, daß es ein angenehmes Kitzeln in der Magengrube verursachte. Noch dazu stellten die obskuren Ölmagnaten Konditionen in Aussicht, die an die unendliche Liebe und Barmherzigkeit Gottes sowie an Mahatma Gandhi denken ließen. Sie übernahmen sogar einen Teil der Schulden, die, zugegeben, Stepan in dieser Zeit schon hatte. Was sie brauchten, war eine eigene Bank am Standort Moskau, in die man von Paris aus Geld abfließen lassen konnte. Zwar konnte Stepan nicht erkennen, was sie dazu bewegen mochte, wider den Weltlauf zu handeln. War doch sonst ein jeder am Gegenteil interessiert: still und leise Geld aus Rußland herauszuschaffen – je weiter, desto besser. Doch so argwöhnisch Stepan auch hinsah, etwas Illegales ließ sich an dem Unterfangen nicht entdecken.

Die einzige Bedingung, die er den neuen Geschäftspartnern stellte, war, daß der bisherige Name der Bank bestehen blieb. Man erklärte sich einverstanden. Bis das letzte Papier unterschrieben war, konnte Stepan einfach nicht glauben, daß sein großes Problem sich derart reibungslos in Luft auflösen sollte. Als es schließlich soweit war, leistete er sich den Luxus, seine Geschäfte einmal im Stich zu lassen und ganze vierunddreißig Tage Urlaub zu machen. Just in diese Zeit fielen die Ereignisse, die seine freundschaftlichen Beziehungen zu Meowth in eine Romanze verwandeln sollten.

69

Es war dies die Saison, da das Kompromat* nur so schäumte. Gleich mehrfach druckte die Yellow Press die Mitschrift eines Telefongesprächs ab, das Stepan mit einer nicht identifizierten männlichen Person führte, welche er mit Onkel Boris ansprach. Als Kompromat ging das Gespräch nur deshalb durch, weil jedes zweite Wort von Stepan eine nicht druckreife Obszönität** darstellte. Abgedruckt sah das Ganze so aus:

X: (unverständlich)

Stepan: *Diese Namen gehen mir überhaupt auf den* [redacted], *Onkel Boris. Ferienhaus »Erosbogen«, Pavillon »Venusmuschel«,*

* Kompromat: (Abk.) Kompromittierendes Material. Wird gern zur Beweisführung herangezogen, daß ein bestimmter Offizier oder Beamter auch nicht besser ist als andere Offiziere oder Beamte. Beliebtes Sammelgebiet.

** Hier handelt es sich um Mat, einen schillernden Sektor im Wortschatz der russischen Sprache, streng tabu und in aller Munde. Bestehend aus wenigen, hochgradig emotionalen Bezeichnungen menschlicher Geschlechtsorgane nebst Ableitungen.

Pension »Tz-tz-tz« – was soll das denn? Mir als Konsumenten würde das nicht gefallen. Es führt in die Irre.

X: (unverständlich)

Stepan: Na, weil dort das große [redacted] *abgeht und kein Tz-tz-tz.*

X: (unverständlich)

Stepan: Wie? Na, zum Beispiel: Agentur »[redacted] *für Geld« oder: Klub »*[redacted] *stoßen«. Oder Salon »*[redacted]*«.*

X: (unverständlich)

Stepan: Was heißt hier dreckig. Die wollen [redacted] *zum Mengenrabatt kriegen und als Cupido dabei gelten. Das ist die ganze* [redacted]*, mein lieber Onkel Boris.*

Stepans Image litt unter dieser Veröffentlichung keineswegs. Im Gegenteil, der Skandal verschaffte ihm ordentlich Reputation. Bislang hatte er nicht den Status besessen, der die Moskauer Revolverblätter dazu angehalten hätte, heimlich mitgeschnittene Telefonate von ihm als scharfe Appetithäppchen zu reichen. Solche wie er wurden von den großen Haien geringschätzig als Pocketpicks tituliert – keine Pickpockets wohlgemerkt, sondern solche, die man selbst in die Tasche steckte. Und abgehört hatte man nicht Stepan, sondern seinen Gesprächspartner. Der aber verwendete beim Telefonieren irgendein High-Tech-Dingelchen, das der FSB nicht hatte, weshalb sein Part auf dem Band nicht zu verstehen war. Also mußte man, um den Lesern wenigstens eine kleine Freude zu machen, mit Stepans Text vorliebnehmen – worauf dieser einen Monat lang im Poll der *einhundert führenden Politiker Rußlands* gelistet wurde.

Ein paarmal wurde er daraufhin sogar mit Shirinowski verglichen. Das schmeichelte ihm sehr – Shirinowski war der einzige russische Politiker, den er respektierte. Und das nicht etwa seiner politischen Plattform wegen (darüber spricht man nicht in der guten Gesellschaft) – es war die Kunstfertigkeit seines Auftretens. Der Unterschied zwischen ihm und den anderen war der zwischen dem Starlet, das immerhin noch ein bißchen singen kann, und solchen, denen man die Prostituierte ansieht und sonst gar nichts.

Ein Nebeneffekt der Sache war, daß die Sanbank-Angestellten einen bestürzenden Eindruck vom Intimleben ihres Chefs gewannen.

Die meisten Frauen in Stepans Leben waren Professionals: gebucht bei speziellen Agenturen, erfrischend hochpreisig, von berückendem Äußeren und beim Kunden ein Gefühl hinterlassend, das Stepan einmal so ausdrückte: »Schönheit ist doch wirklich eine Scheußlichkeit!« Manche von ihnen arbeiteten auch als Models, standen also in der Hierarchie eine Stufe höher, weil sie, wie Stepan gehässig anzumerken hatte, außer ihrem Körper auch noch die davon gemachten Fotos zu Markte trugen. Und schließlich gab es noch die Super-Professionals: Schauspielerinnen, die sich mit Vorliebe die Seele fotografieren ließen – oder das, was sie dafür hielten.

Stepan pflegte die Beziehungen zu diesen Frauen nicht über das vertraglich vereinbarte Maß zu dehnen. Routinemäßig testete er ihre Zu- oder Abneigung gewissen Zahlen gegenüber, ohne viel Hoffnung, daß sich diejenige unter ihnen fand, die für ihn bestimmt war. Und sowieso spürte er intuitiv, daß ihr Verhältnis zu dem Bereich, der sein Allerheiligstes ausmachte, sehr schlichter Natur war, es war, um noch einmal mit Majakowski zu sprechen, so einfach wie das Muhen einer Kuh: je mehr Nullen, desto besser.

Traf Stepan ein Mädchen, das ihm gefiel, versuchte er also herauszubekommen, was sie von Zahlen hielt – und was die Zahlen von ihr hielten. Doch stellte er seine Fragen niemals direkt; Hintertüren gab es genug. Meistens fuhr Stepan mit seinem neuen Schwarm weit weg, irgendwohin ans Meer. Eine romantische Inseltour bietet viele Gelegenheiten, einem Menschen auf den Zahn zu fühlen. Zum Beispiel richtete Stepan es jedesmal so ein, daß die Hotelzimmer mit den Nummern 34 und 43 zur Verfügung standen; der Portier war entsprechend instruiert und bestochen.

Das kostete Stepan zwar nicht wenig – doch wo es um die eigene Zukunft ging, versuchte er nicht knausrig zu sein.

Der erste Test ging so: An der Rezeption lag eine Liste mit den Nummern der unbelegten Zimmer aus, die Stepan seiner Begleiterin hinschob: »Such dir eins aus, Liebste!« Sechs Zahlen standen jedesmal zur Auswahl, egal, wie viele Zimmer gerade frei waren. Vier davon willkürlich, sie erschienen Stepan wie leere Kammern in einer Revolvertrommel. Zwei Kammern waren geladen.

Wählte ein Mädchen die 43, war der Fortgang der Episode gnadenlos. Stepan zog sein Handy aus der Tasche und simulierte einen geschäftlichen Notruf. Aus ihm ging hervor, daß er leider unverzüglich einen amerikanischen Geschäftspartner namens Joe Jones besuchen mußte, der die Treppe hinuntergefallen war und sich ein Bein gebrochen hatte. Dem Mädchen wurde vorgeschlagen, es sich die ein, zwei Tage bis zu seiner Rückkehr im Hotel wohl sein zu lassen. Worauf Stepan mit dem nächsten Charterflug das Weite suchte.

Die Freundin verbrachte ein paar Tage in Saus und Braus, dann kehrte sie zu ihren Leithammeln zurück, wohl ahnend, daß Stepan keiner von ihnen werden würde. Das Ganze wäre gewiß kostengünstiger zu organisieren gewesen – Stepan hätte die Leidtragende vom Hoteltresen weg in die Wüste schicken können, doch er mochte diesen Karrieremädchen gegenüber nicht ungalant sein, gönnte ihnen die kleinen Freuden, wußte er doch, daß die Ärmsten außer ihren leichtverderblichen physiologischen Ressourcen keinerlei Aktiva aufzuweisen hatten – und damit sahen ihre Perspektiven kaum rosiger aus als die jener Investoren, die ihr gesamtes Kapital auf Internetprojekte gesetzt hatten.

War Test Nummer eins bestanden, kam ein zweiter an die Reihe – im Kern identisch mit dem ersten, nur in anderer Verpackung. Es erging der Vorschlag, sich einen Mietwagen zu nehmen, die Freundin durfte sich auf dem Parkplatz ein Auto aussuchen, das ihr gefiel; dessen Nummer hatte sie zu notieren. Auf den zweiten Test folgte der dritte: das Ausfüllen diverser Lottoscheine. Danach Test Nummer vier, fünf, sechs und immer so weiter. Früher oder später fielen alle durch, weshalb sich keine Frau länger als ein paar Monate an Stepans Seite hielt.

Von den Zahlen abgesehen, waren seine Ansprüche recht bescheiden. »She doesn't have to be a movie star«, trällerte er frei nach Rod Stewart vor sich hin und meinte es tatsächlich so. Ein elementares Maß an Attraktivität reichte ihm vollkommen aus; seine Traumfrau mußte keine hochkarätige Sexbombe mit Erfahrungen im Schwertschlucken sein.

Ein peinliches kleines Geheimnis hatte er allerdings. Bisweilen litt Stepan unter etwas, das in der Sprache der Psychopathologie *sexuelle Dysfunktion* heißt und in der Alltagssprache überhaupt keine Bezeichnung hat, weil man derlei Dinge lieber für sich behält. Eine Perversion steckte übrigens nicht dahinter, eher eine Bagatelle aus der Rubrik *Menschliches, Allzumenschliches*. Die Sache trat nur selten zutage und bereitete seinen Begleiterinnen zumeist keinen Verdruß.

Spürte Stepan indes wieder einmal, daß er sozusagen den Kelch der Lust nicht länger würde halten können, ohne ihn zu verschütten, vollzog er eine seltsame Handlung. Stieg plötzlich über seine Partnerin hinweg aus dem Bett, kauerte sich mit dem Rücken zu ihr davor und führte die angewinkelten Arme nach Möglichkeit so weit nach hinten, daß die Ellbogen in das Grübchen zwischen ihren Gesäßbacken stießen. Den Aufwand betrieb er, weil sich im vorgestellten Längsschnitt dieser Komposition eine 34 ergab: Die Drei wurde durch die Umrisse des weiblichen Hinterns gebildet, die Vier durch seinen Rumpf und die zurückgeschobenen Ellbogen. Es war seine Methode, die Vereinigung mit der geliebten Zahl nicht nur geistig, sondern auch körperlich zu vollziehen, worauf es keiner zusätzlichen Stimuli mehr bedurfte, daß besagter Kelch auf der Stelle umkippte (bei besonders hitzigen Gelegenheiten gemeinsam mit der Partnerin, einmal gar mitsamt dem Bett).

Stepan war sich darüber im klaren, daß Hauptmann Lebedkins Kollegen so manche Stunde im Kinosaal zubrachten und sich über diese kleine Extravaganz seines Privatlebens die Köpfe zerbrachen – im Zweifel darüber, ob das Videoband, das dieses immergleiche überstürzt vollzogene Manöver aus verschiedener Perspektive zeigte, als Kompromat taugte. Gut, das Ganze sah wohl ziemlich skurril aus. Hatte andererseits nichts Verwerfliches an sich, nichts, was irgendeine gesellschaftlich verpönte Sexualphantasie in ihrer gestaltpsychologischen Verankerung ansprach. Zumal nachdem die Masturbation moralisch vollständig rehabilitiert war, was Meowth als eine der größten geistigen Errungenschaften der Marktwirtschaft betrachtete. Stepan, überzeugt davon, daß eine so minimale Verhaltensauffälligkeit sich schwerlich gegen ihn verwenden ließ, machte sich also diesbezüglich keine Sorgen.

Andere Zahlen wären heikler gewesen. Wollte man in dieser Situation zum Beispiel eine 37 verkörpern, konnte einem die Pose leicht als Hitlergruß mißdeutet werden und somit als das perverse Bedürfnis, dem düsteren Schatten des Führers im Höhepunkt zu huldigen. Was unter Garantie nicht ohne gravierende Folgen für seine Bank geblieben wäre – auf die »korporative Telepathie« konnte man sich in solchen Fällen verlassen. So aber wirkte das Ganze wie ein Skifahrer in rasender Abfahrt, das war sogar chic. Wen sollte das stören? Da dachten sich manche ganz andere Dinge aus.

Aus Erfahrung ließ sich sagen, daß Frauen mit besagter Unregelmäßigkeit (die, nebenbei gesagt, immer dann auftrat, wenn er sich verwirrt und unsicher in seiner Haut fühlte) gut zurechtkamen. *Aber das ist zu wenig*, wie die berühmte Gedichtzeile lautet, die Tarkowskis Stalker in der Zone rezitiert. Die Frau seiner Träume sollte nicht bloß damit zurechtkommen, sie sollte seine … – sie sollte es mit ihm teilen. Ja, was eigentlich? Er wußte nicht einmal recht, wie er es nennen sollte: Geistige Ansprüche? Das paßte nicht, er beanspruchte nichts, wurde eher beansprucht.

Interessen? Das traf es auch nicht. Religion? Zu pathetisch. Aberglauben? Viel zu abfällig und abweisend.

Die Frau an seiner Seite sollte sein Innerstes fühlen, ohne allzu weit hineinzukriechen, das war es. Sie sollte um sein Bündnis mit den Zahlen wissen – gerade soviel, wie nötig war. Außerdem sollte sie selbst in ihrem Bann stehen. Anders hätte Stepan ihr nicht restlos zu trauen vermocht, wäre er den Verdacht nicht losgeworden, sie fände sich nur um des lieben Geldes willen mit etwas ab, was ihr ansonsten pathologisch und hirnverbrannt erschien.

Daß ein solcher Mensch nicht leicht zu finden war, auch bei seinen finanziellen Möglichkeiten nicht, das war einzusehen; es ließ ihn beinahe zynisch werden. Eine nach der anderen kamen die Frauen über den Laufsteg seiner Seele gewandert und machten, vorne angekommen, zügig kehrt – schwenkten die Hüften, rückten die Hütchen, lächelten und verharrten zuletzt in einer neckischen Bye-bye-Pose, bevor sie in den Kulissen verschwanden – froh, wenn außer dem bißchen Geld auch noch ein Paar Strümpfe oder Schuhe an ihnen hängenblieb.

Meowth hatte mit dieser Sorte Bekanntschaften wenig gemein. Sie war siebenundzwanzig, mithin jenseits der Alterszone (19–25), aus der Stepan seine »Nymphchen« bezog. Der Umgang mit ihr kam nicht nur seinen Fähigkeiten in englischer Konversation zugute, er erweiterte auch seinen intellektuellen Horizont. Meowth als Begleiterin machte etwas her – die Leute drehten sich um nach ihr, nicht nur wegen der »Antennen«. Außerdem hatte sie die komische Angewohnheit, beim Nachdenken am Bleistiftende zu kauen, die Spuren von Lippenstift auf dem gelben Lack brachten Stepans Blut in Wallung. Das Balzritual, das bei ihm normalerweise nicht länger als eine Stunde dauerte (Abendessen→Cocktail→Dusche), verlief diesmal in gänzlich anderem Rahmen – und er lernte gar noch etwas dazu.

34

Es geschah während einer Veranstaltung, die als sinnlich animierend zu erleben auch dem subtilsten Genießer hätte schwerfallen müssen: dem Kolloquium eines Literaturseminars, auf dem Meowth mit einem Vortrag zum Thema *Der neurussische Diskurs als Simulacrum eines sozialen Konstrukts* auftrat. Meowth besuchte derlei Kolloquien aus beruflichen Gründen, und Stepan war einmal mitgegangen – mit dem gleichen unverbindlichen Interesse, mit dem er zu Frauenschlammwrestlings oder Hahnenkämpfen mit wohltemperierter Klavierbegleitung gegangen wäre. Vielleicht konnte er so Einblick in die Welt gewinnen, der Meowth soviel Zeit opferte.

Das Kolloquium fand in einer der Moskauer Hochschulen statt. Die gruftigen leeren Korridore, durch die Meowth ihn zum Ort des Geschehens führte, ließen ihn mehrmals bedauern, daß er seinen Chauffeur und Leibwächter im Auto sitzengelassen hatte.

Schon eine Minute nach Vortragsbeginn bereute er, sich auf dieses Abenteuer eingelassen zu haben. In dem, was Meowth von sich gab, konnte er als einziges das Wort Diskurs wiedererkennen, von dem er bereits wußte, daß er seinen Sinn nie und nimmer verstehen würde. Darum hörte er schon bald nicht mehr zu, begann statt dessen in den Kunst- und Literaturzeitschriften zu blättern, die stapelweise auf den Bänken herumlagen. Als erstes griff Stepan nach einem grellorangen Almanach, öffnete ihn aufs Geratewohl und las:

Wenn von Autor und Leser die Rede ist, dürfen die beiden anderen Eckpfeiler des kreativen Vierecks, Eser und Lautor, nicht unerwähnt bleiben …

Stepan schüttelte den Kopf wie ein aus dem Wasser kommender Hund, blätterte ein paar Seiten weiter.

… stößt man auf Sätze, von denen jeder einzelne einem kleinen wa-

denbeißenden Literatur-Eumel in seiner Höhle genügend Nahrung für den Winter böte. Zum Beispiel dieser: ›Draußen fand das Gorbatschowsche Tauwetter gerade sein Ende.‹

Stepan fand nicht heraus, was an diesem Satz das Besondere war, das kleine Literatur-Eumel über den Winter bringen sollte. Anstatt den Sarkasmus des Verfassers zu teilen, versank er in Erinnerungen an Gorbatschows Zeiten, als die Sanbank in einer Atmosphäre, die von Haschisch geschwängert, doch von Pulverrauch noch frei war, ihre ersten beschwingten Schritte tat.

Damals herrschte wirklich Tauwetter! dachte er voller Nostalgie. Nur daß wir es nicht gemerkt haben.

Und er hätte in diesem Moment heulen können aus Reue über die vergeudete Jugend, sogar aus Mitleid mit dem unbekannten kleinen Literatur-Eumel in seiner Höhle, der nichts zu beißen hatte als ein halbseidenes Stück Prosa.

Ein paar Seiten weiter brachte der Almanach das große Poem irgendeiner Unterweltautorität, gewidmet, wie dem Vorwort zu entnehmen war, der Kraft des menschlichen Verstandes, die der Autor *(jüngst wieder einmal auf der Flucht durch die Taiga ...)* neu zu schätzen gelernt hatte. So hieß das Poem denn auch *Der Mensch* und begann mit der Zeile:

Habe nun, ach, Fuchs, Wolf und Bär gef...et –

Stepan konnte nicht weiterlesen: Ihm stand Beresowski vor Augen, nackt mit Taschenrechner, im flackernden Schein des Lagerfeuers.

Er legte den Almanach beiseite und griff nach ein paar dünneren Zeitschriften. Darin das letzte blasse Abendlicht jener Epoche, die neuerdings so unmenschlich, grausam und gemein erscheint, während sie doch in Wirklichkeit nur gutgläubig, hilflos und zahm gewesen ... Das alte Lied. Anrührend, aber letztlich unverdaulich, wie das graue Papier, auf dem es gedruckt war. Auf beinahe jeder Seite wurden irgendwelche *Feingeister* oder *abgehobenen Intellektuellen* aufs Korn genommen, die über das eine die Nase gerümpft, etwas anderem begeistert applaudiert haben sollten. Stepan begriff auf einmal (infolge eines schwindelerregenden geistigen Saltos), daß die hier im Saal Sitzenden, die auf ihn wirkten wie eine im Raum verteilte Schlange nach Bier, wenn nicht eine Winterschachspartakiade, daß sie genau die Feingeister und abgehobenen Intellektuellen waren, über die diese Zeitschriften herzogen.

Und dabei (so dachte Stepan mit jener Euphorie, die die plötzliche Erkenntnis eines der Geheimnisse des Weltenbaus in einem weckt) fragt sich in diesem Augenblick bestimmt irgendwo irgendwer, was wohl die Feingeister und abgehobenen Intellektuellen dazu sagen werden? Ob sie begeistert applaudieren oder nicht?

Fündig wurde Stepan zuletzt in einer Zeitschrift mit dem Titel *Hart. Nüchtern. Obszön*, kurz: *HNO*. Laut Editorial war dies das Organ der sogenannten Lingualnudisten, welche *das heuchlerische Feigenblatt vor dem herrlich-animalischen Sprachleib des Russischen nicht dulden*. Die Zeitschrift war an sich öde, da hauptsächlich aus Mat bestehend, Zoten, die in solcher Anhäufung Langeweile hervorriefen (wenngleich Kostproben wie *verfick dich drei dödel weit* oder *leck mich am arsch und versauere* angenehm überraschten, da sie hoffen ließen, daß das russische Volk in der Weltgeschichte doch noch nicht das letzte Wort gesprochen hat). Eigentlich mochte Stepan keinen Mat und gebrauchte ihn nur, wenn er meinte, daß es seinen Geschäften förderlich war – wie in jenem Gespräch mit Onkel Boris, das die Revolverblätter abgedruckt hatten. Auch in seiner näheren Bekanntschaft wurde wenig geflucht. Mit Ausnahme von Hauptmann Lebedkin vielleicht, doch das war etwas anderes: Im Munde des Jedi verwandelte sich der Mat in ein Attribut staatlicher Repression, das Schwirren einer behördlichen Knute.

Ferner bot die Zeitschrift Ausschnitte aus einem Text, der von sich behauptete, eine *Göttliche Komödie in moderner Fassung* beziehungsweise *der erste in der Sprache des Volkes abgefaßte russische Roman* zu sein. *(Vor einer vollgeilen, im Schatten alter Lindenbäume versteckten zweistöckigen Villa fuhr ein krasser marengofarbener Bugatti vor und bremste scharf.)* Dieser Text konnte Stepan auch nicht fesseln.

Für all die verzweifelten Talentproben wurde Stepan jedoch auf den letzten Seiten des Heftes entschädigt, wo ein Test abgedruckt war, der zum herrlich animalischen Sprachleib in keiner erkennbaren Beziehung stand. Bei näherem Hinsehen fiel vor allem auf, welche Grabenkämpfe alle diese konfusen, ephemeren Eintagspublikationen gegeneinander fochten. Aufschlußreich war der Test jedoch in anderer Hinsicht: Er schien sich auf seriöse Forschungen zur menschlichen Hirntätigkeit zu berufen. Vor allem die Einleitung, in der aus einer wissenschaftlichen Quelle zitiert wurde, erweckte diesen Eindruck:

Ein Grundmechanismus der Wechselwirkung zwischen den beiden Hälften des menschlichen Gehirns ist bekanntlich die funktionelle Asymmetrie. Hirnforscher Roger Sperry, der 1982 den Nobelpreis erhielt, faßte seine Untersuchungen diesbezüglich so zusammen: In jeder Hemisphäre liegen je eigene Funktionen verankert. In der linken das Sprechen, Schreiben, Rechnen. In der rechten die räumliche Wahrnehmung und das nonverbale Erkennen. Jede verfügt allem Anschein nach über ein eigenes »Selbstbewußtsein«. Eben darauf basiert unser Zwei-Stufen-Funktionstest.

Die zwei Stufen, eine für die linke und eine für die rechte Hirnhälfte, gründeten auf dem Vergleich paarweise angeordneter Fotos.

Im Test für die linke Hirnhälfte ging es um zwei Bilder, die mit *Männliches Geschlechtsteil* und *Mitschurin-Gurke* betitelt waren und das jeweilige Objekt zeigten. Der Betrachter war aufgefordert, die Unterschiede zwischen den beiden Bildern zu zählen, und durfte sich für jeden fünf Punkte gutschreiben. Auf der nachfolgenden Seite gab es die Auswertung: *Ihre linke Hemisphäre funktioniert einwandfrei, wenn Sie in der Summe fünf Punkte erzielt haben, denn es gibt nur einen Unterschied: Links ist ein Schwanz und rechts eine Gurke zu sehen.*

Der Test für die rechte Hirnhälfte verlangte den Vergleich zweier Fotos, von denen eines einen bekannten Soft Drink und das andere ein buntes Magazin mit einer Nackten auf dem Cover zeigte. Die Bildunterschriften lauteten: *Flasche Pepsi Cola* und *Alternativ-gegenkulturelles, anglophon-antiwestliches Revolverblatt* eXile*, herausgegeben von einer Moskauer Gruppe US-amerikanischer Nonkonformisten.*

Verglichen werden mußte wie oben. *Haben Sie insgesamt null Punkte erzielt,* so die Auflösung auf der Rückseite, *funktioniert Ihre rechte Hirnhälfte gleichfalls normal, Sie sind zur nonverbalen Identifikation befähigt.*

Hiermit war der Test aber noch nicht beendet. Nachfolgend wurde ein Experiment angeboten, das die Fähigkeit der einen Hirnhälfte zur Vertretung der anderen bestimmte. Hierzu war das Sehfeld zu teilen, indem man ein Blatt festes Papier senkrecht zur Heftseite stellte, so daß das rechte Auge nur das rechte Bild, das linke nur das linke Bild sehen konnte. Man hatte die Bilder zehn Sekunden lang auf diese Weise zu betrachten, dann das Heft um hundertachtzig Grad zu drehen und das Experiment so zu wiederholen, daß das rechte Auge nur das linke Bild und das linke Auge nur das rechte Bild zu sehen bekam.

Zunächst wurde mit dem ersten Bildpaar experimentiert. Kam man sinngemäß zu dem Ergebnis, daß *eine Gurke gegebenenfalls als Schwanz, nie aber ein Schwanz als Gurke zu verwenden möglich* sei, so durfte man die Austauschbarkeit von linker und rechter Hirnhälfte als vollständig gegeben betrachten.

Der Kooperationstest endete damit, daß es das gleiche Experiment am zweiten Bildpaar auszuführen galt. Linke und rechte Hirnhälfte des Probanden arbeiteten einwandfrei zusammen, wenn folgender Gedanke dabei herauskam: *Das alternativ-gegenkulturelle, anglophon-antiwestliche Moskauer Revolverblatt* eXile *wird mit CIA-Geldern finanziert.*

Während Stepan mit dem Test beschäftigt war, das Heft dabei einmal zu Boden fallen ließ, eine Seite aus dem orangen Almanach herausriß (er hatte von allen das festeste Papier) und damit herumraschelte, trafen ihn immer wieder die schrägen Blicke der Anwesenden; eine hochnäsige Dame, die aussah wie eine Schneekönigin im Ruhestand, hüstelte sogar ein paarmal in die Faust. Stepan gab jedoch nicht auf, er wollte es wissen.

Und tatsächlich ergab der Test aufschlußreiche Resultate. Es stellte sich heraus, daß seine beiden Hirnhälften ihren jeweiligen Funktionen nur unzureichend gerecht wurden. Doch waren sie in der Lage, einander zu etwa fünfzig Prozent zu ersetzen. Wenigstens die Kooperation zwischen beiden funktionierte vorzüglich – und das, obwohl Stepan nie zuvor etwas von *eXile* gehört hatte.

Die Leserbriefreaktionen auf diesen Test zeigten außerdem, daß Stepan seiner Resultate wegen nicht allzu deprimiert sein mußte. Die Hirnhälften anderer Leute schienen weit merkwürdiger miteinander zu kooperieren:

Dieses Schmierblatt eXile *alias* eXtrawiXer, *das all die Jahre der Reformen hindurch nichts Besseres zu tun wußte, als daherreisenden Pädophilanthropen zu erklären, wie man sich den hungernden russischen Teenager gefügig macht, nämlich indem man* she or he *mit estnischem* Hot boy powder *zudröhnt, ist nicht einmal das Schlimmste. Noch schlimmer ist Rußlands Regierung von heute, die dasselbe seit langem mit dem russischen Volk im Ganzen versucht. Nur daß sie dafür keine Spritzen benutzt, sondern den Fernsehturm von Ostankino. Maljuta, PR-Technologe, Angehöriger der russischen Intelligenz.*

Aber meine Herren, ich kann nicht einsehen, wieso ihr diese nonkonformistischen Zeitungsmacher so auf dem Kieker habt. Seht ihr denn nicht, daß sie sich alle Mühe geben, in den Retorten ihres kollektiven Verstandes etwas zusammenzubrauen, was Pepsi Cola unähnlich sieht? Daß jedesmal bloß Coca Cola herauskommt, ist keine böse Absicht, son-

dern eine wahre Tragödie des Geistes, ist Götzen-Dämmerung, was zu verhöhnen genauso schmählich ist, wie sich über die Columbia-Shuttle-Katastrophe lustig zu machen. Tatjana Abakus, Studentin der Philologie.

Die Wortbildung Mitschurin-Gurke *schillert für sich genommen schon in allen möglichen, doppelt und dreifach gepackten Anspielungen. Aber wenn daneben noch eine Pepsiflasche auftaucht, Leute, dann ist das eine nachgerade symbolische Tautologie. Obersortierer Tariel, Güterbhf. Birjulewo.*

CIA-Gelder? Warum denn nicht? Wenn sonst keiner welches hat? Besser CIA als Taliban. Sind doch unsere Freunde. Semjonow, Angehöriger der Grenztruppen.

Stepan hegte die Hoffnung, daß seine Hemisphären wenigstens im zweiten Anlauf ihren Job ordentlich erledigen würden, und griff daher noch einmal nach der herausgerissenen Almanachseite mit den Spuren, die ein auf schwarzen Buchstabenpfötchen darübergehuschter kleiner Literatur-Eumel hinterlassen hatte. Doch er kam nicht dazu, das Experiment zu wiederholen.

Stepan spürte, daß im Hörsaal etwas nicht stimmte. Es war still geworden: Meowth hatte aufgehört, ihr Abakadabra über Konstrukte, Paradigmen und Diskurse abzulassen. Er hob den Blick und sah, daß sie neben das Rednerpult getreten war und ihn schweigend anstarrte. Alle übrigen im Saal starrten ebenso. Stepan legte seine Papierutensilien zur Seite und setzte eine nachdenkliche Miene auf, um den Anwesenden zu zeigen, wie sehr ihn dieses Gastmahl des Geistes anging, auch wenn er einen Moment lang nicht bei der Sache gewesen war. Doch das verfing nicht. Meowth schnappte ihren Hefter mit dem Redemanuskript, schritt quer durch den Raum, nahm ihre Jacke vom Haken und verließ den Hörsaal.

Die Anwesenden begannen Stepan mit Blicken zu geißeln, doch das kümmerte ihn jetzt wenig. Er griff nach seinem Mantel und stürzte Meowth hinterher. Aus der Hörsaaltür fliegend, sah er sie schon ganz am anderen Ende des Korridors, wo dieser einen Knick machte; als Stepan dort anlangte, war Meowth verschwunden.

Der vor ihm liegende Korridor wirkte wie ein Memorial der sowjetischen Wissenschaften: Wandmosaiken zu kosmischen Themen verloren sich im Dunkeln, am Ende ein schwarzes Loch. Dort lag offenbar der Treppenschacht, wo nicht eine Lampe brannte. Seitenflure gab es keine. So schnell konnte Meowth unmöglich bis zur Treppe gelangt sein. Das hieß, sie mußte in einem der Seminarräume sein.

Er ging langsam den Korridor entlang. Nach ein paar Schritten wußte er, in welchem Raum sich Meowth verkrochen hatte. Nicht daß eine offenstehende Tür es ihm verraten hätte – davon gab es mehrere. Er wußte es einfach. So als hätte er von einer ihrer Antennen ein Signal empfangen. Er trat ein und zog die Tür hinter sich zu.

Meowth saß im fahlen Licht einer Straßenlaterne am Fenster und weinte lautlos. Er ging hin und setzte sich neben sie. Sie reagierte nicht darauf.

»He-he«, sagte er leise, »wer wird denn …?«

»Ich hatte gedacht, das Thema interessiert dich«, schluchzte Meowth. »Ich habe mir solche Mühe gegeben. Den ganzen Tag gestern habe ich geübt. Und zwar nicht für diese Leute. Du hast mich doch selber ständig nach diesen Dingen gefragt … Hätte ich das gewußt, ich hätte dich nie, nie mitgenommen.«

Er faßte sie ungeschickt um die Schultern. Meowth zuckte wie von einem Stromschlag, rückte jedoch nicht ab. Sie wußten beide, was sich gerade ereignete.

»Du hast überhaupt nicht zugehört«, sagte sie in anklagendem Ton. »Und dabei hatte ich soviel neues Material … Einen neuen paradigmatischen Witz über einen Konzertflügel in Holsterform ... Hör auf ... Und mit cross-culture-analysis ... Bitte laß das, hörst du nicht ... No always means no, you Russian swine!... Laß mich los ... Du sollst mich ... Ach, Pikachu ...«

66

Meowth war von ganz anderem Format als all die Glamourhäschen. Schon weil sie Stepan nicht als Kunden betrachtete, den es professionell zu bedienen galt (anhaltendes Stöhnen ab der dritten Friktion). Sie war derart anspruchsvoll, daß es ihn zuerst schockierte und dann anspornte, einen lange vergessenen Enthusiasmus in ihm wachrief. Als Born der Lust angesehen zu werden und nicht bloß als Geldquelle, schmeichelte Stepans Manneswürde so sehr, daß er nur mit Unlust daranging, Meowth dem üblichen Test zu unterziehen – so sehr fürchtete er, daß das Ergebnis negativ ausfallen könnte. Ihretwegen erleichterte er sogar die Bedingungen.

Stepan flog mit Meowth nach Bali. Der Anschlag lag nicht lange zurück, die Hotels waren kaum belegt, anstelle von sechs leeren Zimmern gab es auf der Liste vierunddreißig. Doch Meowth, gebeten, sich eines auszusuchen, würdigte die Liste keines Blickes.

»Is number sixty six vacant?« fragte sie.

Stepan horchte auf. Selbstverständlich war er nicht so blöd, Meowth zu fragen, welche Rolle die 66 in ihrem Leben spielte. Hätte ihn einer auf die Zahlen 34 oder 43 angesprochen, er hätte nur verständnislos mit den Schultern gezuckt oder ihm einen Vogel gezeigt. Es war einzusehen, daß auch Meowth die Geheimbuchhaltung ihres Lebens nicht ohne weiteres offenlegte. Doch Stepan merkte sich die Zahl, beneidete Meowth nebenbei um ihre wohlbedachte Wahl: gut möglich, daß ihr auf diese Weise eine Achillesferse wie seine 43 erspart blieb. Das hätte das Unmögliche bedeutet – Licht ohne Schatten, Gut ohne Böse, Freude ohne Schmerz. Stepan ahnte jedoch, daß eine solche Konstellation auch ihre Haken hatte.

Erst einmal suchte er über die 66 alles mögliche in Erfahrung zu bringen. Surfte im Internet. Erfuhr, daß die Bibel 66 Bücher hat, daß es 66 Arten von Zahnwalen gibt, daß der größte, in Namibia gefundene Meteorit der Welt 66 Tonnen wiegt und 66 % der australischen Aborigines in Städten leben. Derlei Informationen erweiterten den Horizont, hatten aber kaum einen praktischen Wert.

Also verlegte er sich aufs Experimentieren, stellte Meowth ein paar kleine Fallen. Im Restaurant bevorzugte sie Speisen, die sich auf der Karte durch zwei Sechsen hervorhoben – zum Beispiel eine in der Nummer und eine im Preis. War die Karte lang genug, wählte sie No. 66, auch wenn es sich um geröstete Schaben im Löwenzahnbett oder dergleichen unverdauliche Exotik handelte. Wobei sie niemals sagte: »Nummer 66, bitte«, sondern stets das betreffende Gericht beim Namen nannte. Woran man sah, daß Meowth diesbezüglich etwas zu verbergen hatte. In ihrer Handynummer kam viermal die Sechs vor; die Nummer ihres Golfs enthielt zwei davon. Drei Sechsen allerdings schien sie als ungutes Zeichen anzusehen.

In Stepans Augen hatte die 66 überhaupt nichts Verheißungsvolles. Optisch schien eine Ähnlichkeit zur 00 zu bestehen, das machte sie ein wenig obskur. Außerdem war sie in gerader Linie mit der apokalyptischen 666 verwandt. Manch einen hätte das abgeschreckt – nicht so Stepan, der zum Beispiel die 688 weit mehr fürchtete, da sie ein Vielfaches der 43 war.

Binga hatte zwei Sechsen erwähnt, als sie von der Zahl des wilden Tieres sprach, die sein Mondbruder am Arm tragen sollte. Doch die war ein Dreisteller, dessen entsann er sich genau. Am Ende hieß Stepan die 66 jedenfalls gut. Nicht ganz ohne Zögern zwar – doch besagte dies nur, daß er sich die Prüfung nicht zu leicht gemacht hatte und um so sicherer sein durfte.

Stepan glaubte den geheimen Lebensnerv der Geliebten schon

beinahe ertasten zu können, als er zufällig auf einen neuralgischen Punkt stieß. Den Anstoß gab ein Paar Smaragdohrringe, das er ihr zum Geschenk machte, das Ornament darin ähnelte dem Krebszeichen. Gekauft hatte er sie der wundervollen Steine wegen, die dort steckten, wo die kleinen Kaulquappen ihre Köpfe hatten. Meowth, die sonst in derlei Situationen ihrer Freude ungestüm Ausdruck zu geben pflegte, öffnete die Schatulle und wurde blaß.

»Ist was?« fragte Stepan.

»Nein-nein«, erwiderte sie, »mir ist nur ein bißchen schwindlig.«

Ein Mensch mit anderen Wegweisern im Leben hätte wohl angenommen, daß es am falschen Sternzeichen lag – in Stepans Hirn aber machte es klick. Er wußte nun, daß Meowth die Zahl 69 fürchtete: Das Krebszeichen auf den Ringen sah haargenau wie deren Spiegelbild aus.

Einige Wochen später lud er Meowth zu einem Treffen mit dem indischen Guru Swami Makananda ein, der gerade in Moskau weilte. Nicht, daß er an den Mahatma irgendwelche Fragen gehabt hätte, doch da sich ganz Moskau um eine Audienz bei ihm riß, mochte Stepan nicht fernbleiben und kaufte sich einen Platz in der Schlange.

Die Begegnung fand in einem Hotelzimmer des *Mariott* statt. Swami Makananda glich einer alten, erleuchteten Aubergine. Die bloßen Füße untergeschlagen, saß er auf dem Diwan und erläuterte dem andächtig lauschenden Stepan ein Übungssystem, das die vollständige Aktivierung des Ajna-Chakras zum Ziel hatte, jenes psychischen Zentrums, das zwischen den Augenbrauen lag. Meowth blätterte derweil mißmutig in irgendwelchen Frauenzeitschriften. Als sie den Mahatma sagen hörte, daß das Ajna-Chakra über sechsundneunzig Blütenblätter verfüge, verzog sie wütend das Gesicht und warf ihre Zeitschrift auf den Glastisch.

Auf dem Rückweg traute sich Stepan, Meowth zu fragen,

was an dem Gespräch sie so erzürnt hatte. Meowth zog die Stirn kraus.

»Mensch, Stepan«, sagte sie, »überleg doch mal, was der erzählt: Wem es gelingt, sein Chakra zu aktivieren, der wird erstens ewig jung bleiben und zweitens wird sein Körper nach dem Tod zur Mumie, auf daß er tausend Jahre überdauere. Schwer einzusehen, wozu – wenn er doch ewig jung bleibt? Und was ist das überhaupt für ein Name: Makananda? Dazu noch diese Zeitungen auf dem Tisch, der reinste Frisörladen! McDonald's für den Geist. You know, I hate spiritual fast food.«

Stepan wußte nun, daß Meowth außer der 69 auch die 96 fürchtete. Nicht nur, daß sie gegen die düstere Kehrseite der Zahlen doch nicht immun war – sie war sogar doppelt anfällig.

Was die 99 – die umgedrehte 66! – anging, so schien sie Meowth gleichgültig zu sein. Stepan hatte es mit einer steuersenkenden Wohltätigkeitsaktion unter dem Motto *99 Kinder im Nichtschwarzerdegebiet* getestet, die Meowth organisieren half. Keine Reaktionen – weder positive noch negative. Das war erfreulich. Hätte Meowth mit dieser Zahl Probleme gehabt, wäre jedes Schaufenster ein potentieller Auslöser von Depressionen gewesen. An der Seite eines derart verletzlichen Menschen durch das Leben zu gehen, hätte ihn selbst verletzlich gemacht.

Meowth war ein erstaunlich vieldimensionales Wesen. Einerseits die Schachteln mit der Stadtfolkloresammlung auf perforierten Karteikärtchen, andererseits Pokémon: Etliche dieser sympathischen kleinen Kobolde hatte Meowth ihm an die Wände seiner Datscha gemalt.

Daß die Leute ihn wegen der angeblich verblüffenden Ähnlichkeit mit einem von ihnen Pikachu nannten, störte Stepan schon lange nicht mehr. Nun erfuhr er, daß das Wort Pokémon von *pocket monster* kam (die Japaner sagten *pocket monstaa*). Die Anklänge an die Bezeichnung seiner Bank kamen ihm blasphemisch vor, brachten ihn beinahe aus der Fassung – dem Zufall seine Bocksprünge ernstlich verübeln zu wollen, wäre allerdings dumm gewesen.

Meowths Leidenschaft für Pokémon war ernster Natur. Und lag dem Kern ihrer Identity so gefährlich nahe, daß man davon erst im intimen Umgang erfuhr. Was im übrigen ihren Sex-Appeal nur noch steigerte, da der teuflische Cocktail ihrer Qualitäten so auch noch die verbotene Komponente der Kindfrau hinzugewann.

»Bitte merk dir eins«, sagte Stepan, während er das katzenhafte anmutige Wesen an sich drückte (und darüber nachdachte, daß *feline grace* ins Russische nicht zu übersetzen war, ohne gleich an eine grauhaarige Alte denken zu müssen, die fünfzehn Katzen bei sich wohnen ließ), »ich bin kein Pokémon. Ich bin eine Pokebank. Das darfst du niemals verwechseln, hörst du?«

»Pikachu«, flüsterte Meowth, und ihre scharfen Krallen fuhren ihm über die Brust, »Pikachu ... Meowth hat gewußt, eines Tages trifft sie dich ...«

So bezaubernd dieses Spiel sein konnte – Meowths Wunsch, einen Pikachu in ihm zu sehen, nahm bisweilen lästige Züge an. Hartnäckig bestand sie zum Beispiel darauf, daß er geröstete Nüsse über alles liebte; manchmal mußte er ein ganzes Tütchen davon auffuttern, bevor ihn Meowth auf Armeslänge an sich heranließ (und sowieso konnte sie, wenn ihr nicht danach war, ihre Krallen ausfahren, daß Stepan von allein auf Abstand ging). Stepan mochte Nüsse nicht besonders, schon weil man von ihnen fett wurde. Glücklicherweise ließ Meowth Beeren als Alternative gelten. Die obligatorische Nußtüte verschmähend, durfte er sich durch Verzehr einer halben Packung Ocean Spray Cranberries freikaufen. Sie waren schrecklich sauer, doch die Prozedur hatte dadurch ihren Reiz, daß Meowth ihm erlaubte, die Früchte aus den diversen warmen Grübchen ihres Körpers zu schlecken:

»My hungry little beast ... No, you can't do that! You shameless little pig!«

Außerdem verlangte Meowth, daß jedes Bett, in dem sie miteinander schliefen, mit einem blanken Draht an den Heizkörper angebunden war, damit seine *excessive electricity* geerdet wurde. Stepan hatte keine Ahnung, was genau sie damit meinte; es mußte gleichfalls mit der Rolle zu tun haben, die zu spielen sie ihn nötigte.

Zu recherchieren, wie ein mustergültiger Pikachu zu sein und auszusehen hatte, konnte er sich nicht aufraffen. Er interessierte sich absolut nicht für Pokémon, fand dieses Spiel lächerlich und hielt es für einen unschuldigen Rückfall ins Backfischalter – wie wenn eine aus alter Gewohnheit mit Puppen spielte, was ja selbst bei gestandenen Müttern vorkommen sollte. Bis Meowth eines Tages herausrückte, wie ernst es ihr damit war. Die Erklärung folgte auf eine ihrer Gardinenpredigten, die sie ihm mit Vorliebe hielt, während sie beieinanderlagen und Kraft für den nächsten Spaziergang ins Paradies schöpften. Begonnen hatte es mit einem Streit über die Mädchenband Tatu.

»Hör mal, Schweinchen«, sagte Meowth, »sag so was nie wieder! I was born in a gay and lesbian family, das ist so was wie bei euch früher ein Arbeiter- und Bauernkind, und wenn du in meiner Gegenwart noch einmal dieses Wort in den Mund nimmst, bist du mich los – und zwar für immer. Verstanden?«

Stepan nickte erschrocken – er bedauerte bereits, daß ihm das anzügliche Wort über die Lippen gerutscht war.

»Du weißt überhaupt nicht, was es bedeutet, vorurteilsfrei gegenüber einer abweichenden Lebensart zu sein. Moral tolerance ist ein Fremdwort für dich. Sieh dir das an, es ist eine Demonstration«, sagte sie und nickte zum Fernseher hin, wo das Pop-Duo eben in den BBC-Nachrichten gezeigt wurde. »Unsere Gesellschaft sorgt nicht nur für billiges Benzin, sondern auch für den moralischen Komfort, daß man gegen die Fördermethoden, die es so billig machen, protestieren darf. Immerzu laufen irgendwelche hitzigen Fernsehdebatten, wo notorischen Pharisäern die Maske vom Gesicht gerissen wird, so geht das jeden Krieg. Und dabei kommen alle gut miteinander aus. Wohingegen bei euch hier, da fahren alle einander immerzu an die Gurgel. Und von wegen Proteste, Fernsehdebatten – Pustekuchen! Weil diese Gesellschaft unterentwickelt ist, you understand? Einfach armselig. Warum protestiert ihr nicht gegen Tschetschenien?«

Gleich fielen Stepan Mussa und Issa ein.

Hm, dachte er, wie soll sich einer dem andern verständlich machen, wenn der eine auf Koks ist und der andere auf Speed? Das ergibt einen Kuddelmuddel, das glaubst du nicht. Gäb's die Jedi nicht, ich hätte bestimmt auch keine Bank mehr, nur so als Beispiel.

»Sag, warum?« beharrte Meowth auf ihrer Frage. »Dann würde euch sogar das Fernsehen wieder Spaß machen!«

»Weil«, erwiderte Stepan düster, »wir nun mal Schweine sind.«

»Genau. Und traut euch noch, von geistigen Werten zu reden. Das ist es doch, was ihr Russen dem Westen immerzu vorwerft: daß ihm angeblich die geistigen Werte fehlen, von wegen blanker Materialismus and so on. Weil euer eigenes Innenleben so primitiv und dürftig ist! Genausogut könnte irgendein Afro-African aus dem Dschungel am Äquator behaupten, der Vatikan wäre ein ungeistiger Ort, weil sich dort keiner das Blut von weißen Hähnen an die Stirn schmiert.«

»Daß der Westen keine geistigen Werte hätte, habe ich nie behauptet«, unternahm Stepan den Versuch, sich der Kollektivschuld der Russen zu entziehen. Doch Meowth achtete nicht auf das, was er sagte.

»Ihr seid ja eben erst aus eurem finsteren, stinkenden Kasernenloch entlassen worden. Blind wie die Maulwürfe. You totally miss the point. Die geistige Kraft des Kapitalismus äußert sich in der Kunst, sein eigenes Selbstbild zu konsumieren.«

»Äh ... wie?« fragte Stepan.

»Wahrscheinlich denkst du, ich spiele den Pokémon, weil ich ein dummes, infantiles kleines Ding bin, das von seiner Kindheit nicht loskommt? Don't even hope ...«

Je mehr Meowth in Fahrt kam, desto mehr englische Worte flocht sie ein.

»Ganz im Gegenteil. Dumm und infantil bist du. Von den seltenen Momenten abgesehen, in denen ich dir helfe, Pikachu zu sein, bist du ein Wilder, nonentity, understand, njet?«

»Njet«, sagte Stepan. »Ginge es vielleicht ein bißchen klarer?«

»Die zivilisierte Welt erwartet von dir, daß du die Gemeinschaft, in der du lebst, unterstützt. Und die Intensität des Konsums ist heutzutage nun mal das entscheidende Maß für den Dienst am Sozium, will heißen, am Nächsten. Ein Indikator für … wie sagt man auf russisch … social engagement. Wobei es im postindustriellen Zeitalter nicht mehr vorrangig um den Konsum materieller Güter geht, sondern den von Bildern. Denn Bilder verfügen über ein weit höheres Kapitalvolumen. Darum übernehmen wir im Westen die stillschweigende Verpflichtung, Bilder von uns selbst zu konsumieren: unsere consumer identities, die die Gesellschaft mit Hilfe speziell dafür geschaffener Institutionen für uns entwickelt. Verstehst du?«

»Nein«, gab Stepan ehrlich zu.

Ein paar Sekunden schnipste Meowth nur mit den Fingern, sie war auf der Suche nach den rechten Worten.

»Denk an deinen aufgemotzten Jeep!« fiel ihr ein.

»Was denn für einen Jeep?« Stepan war gekränkt. »Bin ich ein Verkehrsbulle oder was? Ich besitze einen Brabus auf G-Klassen-Basis und keinen Jeep, merk dir das endlich!«

»Ha! Siehst du? Nicht er ist es, den du konsumierst. Du konsumierst das Bild, wie du in ihm sitzt und durch die Gegend fährst …«

Hier nun begriff Stepan endlich, was sie ihm sagen wollte. Und es stimmte. Wie immer hatte er ähnliches im Gefühl gehabt, ohne es in Worte zu fassen zu können.

»Aber das ist, mit Verlaub, noch kein Niveau, das ist spiritual mediocrity«, fuhr Meowth fort. »Der Konsum von Bildern, die an materielle Güter gebunden sind. Wenn ihr Russen eines

Tages ein vollwertiger Teil der großen westlichen Zivilisation sein wollt, müßt ihr noch ein paar Schritte weiter gehen. Wie, willst du wissen? Schau einfach mich an. Und die Welt um dich her. Hör auf das, was sie dir ins Ohr flüstert ... Ich bin Pokémon Meowth. Vorhin hast du mit deinem Freund Lebedkin telefoniert. Er ist ein Jedi. Und Tony Blair lächelt uns vom Bildschirm an – er ist Premierminister. Die Welt im Augenblick ist ohne eine Ritze, ohne eine Schramme. Aber du? Kann ich dir restlos trauen? Bist du ein echter Pikachu? Oder ist das bloß wieder eine Maske, eine Tarnung, und dahinter ist nichts als das uralte russische Chaos? Wer bist du wirklich?«

Stepan juckte es zu antworten, doch er zählte erst bis vierunddreißig und sagte lieber nichts. Statt dessen stützte er sich auf den Ellbogen und zog die Decke ans Kinn, unter der seine Freundin verschwunden war.

29

Stepan war glücklich mit Meowth. Als ihr Folklorestipendium abgelaufen war, stellte er sie bei sich ein; die Funktion *Erster Referent mit Unterschriftsberechtigung* war eigens für sie erdacht. Das war, wie Pokémon, der Analytiker, sagen würde, ein glasklares Symbol: Pikachu gab seinen großen, dicken Mont-Blanc zur Benutzung frei, hatte nichts dagegen, wenn Tinte aus ihm floß.

Wie sich zeigte, war die Beschäftigung mit zeitgenössischer urbaner Folklore eine denkbar gute Schule für das Geschäft gewesen. Meowth wußte, was von einem *Bisnesmen* in Rußland verlangt wurde – er hatte ein bißchen Ganove, ein bißchen Jurist und ein bißchen Weltmann zu sein. Kurz: Sie hatte ein Händchen fürs Geschäft, Stepan konnte ihr jede beliebige Aufgabe anvertrauen.

Die Bank lief wie ein Uhrwerk. An die Zeiten tschetschenischer Patenschaft erinnerte nur noch das aus einer Großkaliberpatrone gefertigte Tischfeuerzeug mit eingravierter Sure aus dem Koran – ein Geschenk von Mussa. Alles in Stepans Leben schien sich dem Glück zuzuwenden.

Es gab nur ein Problem.

Er war jetzt zweiundvierzig. Und danach kam, logischerweise, die Dreiundvierzig.

Je näher das bedrohliche Datum rückte, desto öfter mußte Stepan an Bingas Weissagung denken. Er versuchte ihr einen tieferen Sinn abzugewinnen, den er zuvor vielleicht übersehen hatte. Und dabei reifte in seinem Kopf ein Plan, der sein Problem zu lösen versprach. Es war ein listiger, ein spitzfindiger Plan. Doch er konnte funktionieren.

Binga hatte nämlich damals keine konkreten Zahlen genannt, weder die 43 noch die 34. Sie hatte von Mond- und Sonnenzahl gesprochen, das war alles. Der von ihr geweissagte Schrecken sollte anheben, sobald Stepans Lebensalter seiner Mondzahl entsprach.

»Eine Sonnenzahl kann beliebig sein. Eine Mondzahl genauso. Es geht nicht um Zahlen, es geht um etwas völlig anderes.« So hatte die bulgarische Wahrsagerin gesprochen.

Worum es ging, hatte sie nicht gesagt. Vermutlich um Willensstärke, Entschlußkraft, Furchtlosigkeit, so etwas. Wenn man nun aber, so überlegte er, all diese Qualitäten darauf verwandte, die magischen Zahlen vorübergehend durch ein anderes Zahlenpaar zu ersetzen? Die 43 ihrer »Mondmacht« beraubte, so daß sie einem nicht mehr gefährlich werden konnte? Um nach Ablauf eines Jahres still und heimlich in den Schoß des alten Glaubens zurückzukehren? ... Der Gedanke war verlockend, atemberaubend.

Und Stepan rang sich durch. Paßte einen Moment ab, da die Bewegung in den Geschäften etwas abgeflaut war, keine sonderlich heiklen Operationen anstanden, und vollzog ein einfaches Ritual, das sein Herz nichtsdestoweniger bis zum Hals schlagen ließ, so als zelebrierte er eine schwarze Messe. Er schrieb die

Zahlen von eins bis neunundneunzig auf kleine Zettelchen und warf diese in eine leere Zuckerdose.

»Vorübergehend, nur vorübergehend, das schwöre ich!« sprach er flehentlich, das Gesicht zum Kronleuchter gewandt.

Das Universum schwieg, und Stepan zog sein Los.

Es war die 29. Die neue Mondzahl hieß also 92. Wie zuvor war in der neuen Zahl die Sieben anwesend: diesmal als Differenz der beiden Ziffern. Stepan atmete auf. Es konnte ein Zeichen sein.

Sein Leben änderte sich. Äußerlich blieb alles beim alten, doch die vielen rund um die 34 inszenierten Rituale, aus denen sich sein Leben zusammengesetzt hatte, mußten neuen weichen, die der 29 galten. In den ersten nach den neuen Regeln zugebrachten Tagen war ihm heiß und kalt: die Gefühlslage vielleicht, mit der ein zuversichtlicher Selbstmörder den Schritt aus dem Fenster tut, hinaus in eine bessere Welt.

Alles um ihn her war neu und unberechenbar. Betrat er seinen Wintergarten, um Kaffee zu trinken, äugte er, einen Bannstrahl der Vergeltung gewärtigend, mißtrauisch nach allen Seiten. Im Wintergarten spielte leise Musik: die Echnaton-Oper von Philipp Glass, seinem Lieblingskomponisten. Gewidmet jenem reformfreudigen ägyptischen Pharao, der die alten Götter gestürzt und einen neuen verkündet hatte, was Stepan nun wie eine Geschichte vorkam, die von ihm selbst handelte. Zumal nicht nur die Furchtlosigkeit sie einte, ohne die eine radikale geistige Wende nicht zu bewerkstelligen war, es gab auch kulturelle Parallelen: Echnaton hatte die Sonnenscheibe angebetet, Stepan stand der Sun Bank vor.

Die Katastrophe trat ein, als Stepan schon beschlossen hatte, das Experiment als gelungen zu betrachten. Er war beim Verspeisen eines Frühstückstoasts mit Erdbeerkonfitüre (wobei er jetzt neunundzwanzig statt früher vierunddreißig Kaubewegungen ausführte und deswegen das Gefühl hatte, sein Essen zu schlingen), wollte eben die kleine Gabel in das Kristallschälchen zurücklegen – als er erkannte, daß dieselbe nicht wie üblich eine 34 anzeigte, sondern eine 43.

»Was ist los?« fragte Meowth, die ihm gegenübersaß, erschrocken.

Schwer zu sagen, was es war. Vielmehr ganz unmöglich. Denn eigentlich war gar nichts geschehen – die Gabel hatte dieselben vier Zinken wie immer, die in den silbernen Stiel mit Wellenmuster übergingen. Doch die Zinken waren eindeutig das erste, was ins Auge fiel, erst dann verschob sich das Augenmerk auf die drei Zwischenräume. Es war vollkommen unbegreiflich, wie Stepan in dieser Komposition aus Zinken und Lücken je eine 34 hatte sehen können. Eine mit glühender Axt in die eichene Tischplatte vor ihm gehauene 43 wäre weniger deutlich gewesen.

Was eine Strafe des Himmels war, davon hatte Stepan gehört. Und besser als jeder Ägyptologe konnte er sich nun ausmalen, welche Macht die alten Ägypter gezwungen hatte, ihre in die Wüste gebaute neue Hauptstadt mitsamt den Sonnenkultstätten im Stich zu lassen und zu den alten Göttern zurückzukehren: auf den Knien, um Gnade flehend. Dieser alte panische Schrecken verschlang nun auch seine Seele, zum erstenmal im Leben wurde ihm klar, wie klein und nichtswürdig der Mensch ist vor den unsichtbaren überweltlichen Kräften, mit denen sein Spiel und seine Scherze zu treiben er gewagt hatte, so wie ein närrisches Kind an Hochspannungsleitungen spielt.

Die Schuld zu sühnen würde nicht leicht sein, das wußte Stepan – doch es gab keinen anderen Weg. Vierunddreißig mal vierunddreißig Verbeugungen waren noch die geringste Übung, damit begann er. Es war ungewohnt, er brauchte dazu beinahe zwei Tage, da Schmerzen in den Knien ihn zu größeren Pausen zwangen. Weitere Rituale folgten, die ihn gewissermaßen in die Kindheit zurückbeförderten: Je naiver und offenherziger sein Handeln war, desto leichter würden seine Sünden ihm vergeben werden, das spürte er instinktiv. Er gelobte, der einmal und für alle Zeit erkorenen Zahl nie, nie wieder untreu zu werden, was immer der heranrückende Geburtstag ihm antun würde. Etwas wie die Restauration einer übereilt gestürzten Monarchie ging in seiner Seele vonstatten. Gottlob war der Monarch noch am Leben – und nach einer Woche der Buße wußte Stepan, daß ihm vergeben war.

Allerdings hatte die Seele ein neues Brandmal davongetragen: Neben der verhaßten 43 prangte die nicht minder fatale 29. So hatte er nun zwei Zahlen gegen sich; nur eine arbeitete für ihn. Und daran war er selbst schuld.

Stepan ergriff Notstandsmaßnahmen. Als erstes stellte er auf seinem Grundstück, direkt vor der Datscha, das im Maßstab 1:2 verkleinerte Modell eines T-34-Panzers auf, das er dem dahinsiechenden Museum für Ruhm und Ehre der Sowjetarmee abgekauft hatte. Der Panzer machte einen furchteinflößenden Eindruck, in seiner Nähe fühlte Stepan sich sicher. Sodann ging er zur Attacke über. (Ihm war der alte Grundsatz eingefallen, demzufolge Angriff die beste Verteidigung ist.) Tagelang schoß er mit dem Jagdgewehr Wurftauben, die die Zahlen 29 und 43 trugen, und immer wenn eine Schrotladung die schräg über die Waldkante dahinsegelnde Tonscheibe zerschmettert hatte, lachte er laut und hämisch. Einen Teil seines Furors zogen die Tetrapacks mit Kefir auf sich, die den 29. als Verfallsdatum trugen und lange in seinem Kühlschrank vor sich hin goren, bis sie, ins Unförmige aufgequollen, als wohnte in ihnen tatsächlich der Geist des Bösen, unter Stepans Bleiprojektilen wie Stinkbomben platzten.

Als nächstes ließ er sich die Personalakten seiner Mitarbeiter ins Büro bringen, verbrachte mit ihrem Studium mehrere Tage und entließ dann ohne Angabe von Gründen einen Teil seiner Leute. Die Entlassenen hatten nichts sonst miteinander gemein, als daß ihnen eine der bösen Zahlen anhing: Einer wohnte No. 29, der zweite an der Bahnstation 43. Kilometer, andere hatten Eltern mit Geburtsjahr 1943 oder 1929 und so weiter. Natürlich begriff keiner von ihnen, was los war.

Allmählich gewann Stepan Ruhe und Selbstsicherheit zurück. Er durfte getrost wieder den Lebensbahnen folgen, die sein bewährtes Zeichen für ihn absteckte, und wenn er keine Dummheiten beging, würde alles gut werden. Woher er die Gewißheit nahm, ließ sich schwer sagen – alles gründete auf jenem geheimnisvollen, mystisch zu nennenden Empfinden, das jetzt um so deutlicher zu ihm sprach, nachdem es ihn seiner vermaledeiten Experimente wegen für eine Weile verlassen hatte.

Eine Wunde blieb von der Geschichte allerdings, die nicht verheilen wollte. Die Gabel, die früher jeden in den Mund geschobenen Bissen auf ihre Art gesegnet hatte, machte selbigen nun mit ihrem verborgenen Fluch ungenießbar. Stepan sah zunehmend schlechter aus, bekam Verdauungsprobleme. Übelkeit, Durchfälle begannen ihn zu quälen – ohne erkennbare Ursache nach Ansicht der Mediziner, Stepan erkannte die Ursache sehr wohl. Stumm hörte er dem Doktor zu, wie er darüber rätselte, wo und bei welcher Gelegenheit sich sein Patient wohl vergiftet hatte, und hätte ihm so einiges erzählen können über das schrecklichste Gift auf Erden: den Verstand.

Meowth sah, daß mit ihrem Pikachu etwas nicht stimmte, doch sie kam nicht dahinter, was es war. Auf ihr Drängen hin fuhr er zur Untersuchung nach Deutschland. Mit dem Ergebnis, daß er jeden Glauben an die medizinischen Wissenschaften verlor. Der Unterschied zwischen einem billigen russischen Doktor, der hilflos die Hände hob, und einem teuren deutschen, der dasselbe tat, bestand nur darin, daß letzterer zuvor die Möglichkeit hatte, die Scheiße des Patienten in einem doppelwandigen kleinen Spezialgefäß per Luftpost in eine andere Stadt zu versenden, um nach einiger Zeit von dort ein kompliziertes fünfseitiges Diagramm mit irgendwelchen rot-grünen Indikationsstreifen, Zahlen, Pfeilen, Ausrufezeichen zurückzuerhalten. Die Kostendifferenz bestand zugunsten der Leute, die an der Produktion des polierten High-Tech-Döschens beteiligt waren, die abschließende Handbewegung des Doktors war dann wieder dieselbe. Wobei man in beiden Fällen mit Fug und Recht von den besten verfügbaren Ärzten sprechen durfte – da sie nur ratlos mit den Schultern zuckten, wo andere irgendeine bösartige Tablettenkur verschrieben hätten.

Stepan fand den Ausweg selbst. Auf dem Rückweg vom Arzt zum Hotel ging er ins *Sakura*, eine kleine, russisch geführte Speisebar am Kurfürstendamm. Die letzten Tage hatte er in einem exotischen armenischen Kellerrestaurant namens *Donskoi Kazachok Rebroff* in der Westfälischen Straße zu Mittag gegessen, nun aber war ihm nach handfesten Moskauer Sushimi. Den drei anwesenden Berliner Russenmafiosi nickte er zu wie alten Bekannten, setzte sich in die Nichtraucherecke und bestellte. Als das Thunfischfilet kam (roter Fisch auf rohem Holz – wie ein kleines Schafott), überlegte er kurz, schob Messer und Gabel entschlossen beiseite und griff zum erstenmal im Leben nach Eßstäbchen.

Erstaunlicherweise war es nicht schwer, gelang beim ersten Versuch. Er aß und sann über die Symbolik dessen, was sich soeben ereignete. Die Stäbchen konnten entweder eine 11 bedeuten oder eine römische II. Das war natürlich keine 34 – aber eine 43 war es auch nicht. Nach dem Essen wurde Stepan von einer rätselhaften Euphorie befallen, wie er sie lange nicht mehr erlebt hatte. Die Kellnerin bekam einhundert Euro Trinkgeld.

Zum Abendbrot im Hotel benutzte Stepan die aus dem *Sakura* mitgenommenen Stäbchen, und nachts hatte er zum erstenmal seit Jahren wieder den Traum, sich ein Stück über dem Erdboden schwebend fortzubewegen. Am nächsten Tag fuhr er in ein Antiquitätengeschäft und erwarb gleich mehrere chinesische Tischbestecke.

Darunter war ein Paar Stäbchen aus Elfenbein, geschnitzt zu Anfang des Jahrhunderts in Shanghai. Wenn man sie eine Weile in Wasser legte, wurden sie angenehm elastisch. Sie waren überzogen von feinster, farbig ausgemalter Schnitzerei: 34 Pflaumenblüten auf jedem (zu diesem Ergebnis kam man jedenfalls, wenn man die sieben einzelnen Blätter im Hintergrund als Knospen ansah und mitzählte). Aufbewahrt wurden die Stäbchen in einer gleichfalls beschnitzten Mahagonischatulle – ein wahres Kunstwerk.

Einige Tage der Nahrungsaufnahme im neuen Stil reichten aus, und die Unpäßlichkeiten, an denen so viele Doktoren gescheitert waren, verschwanden von allein. Meowth war happy.

»Habe ich dir nicht gesagt, you just need a good doctor. Dummer, dummer Pikachu du …«

Meowth glaubte, daß nun alles wieder gut war. Sie konnte nicht wissen, daß Stepan nach Katastrophe 29 (so nannte er für sich das mißlungene Experiment) doppelt vorsichtig sein mußte. Nie hätte er sich in ein Auto gesetzt, in dessen Nummer eine 2 neben einer 9 stand. Und fortan war jeder 29. für ihn ein gefährliches Datum: Dann hatte Stepan das Gefühl, daß das Weltböse – ansonsten nicht in der Lage, seine Schutzschilde zu durchstoßen – ein Höchstmaß an Kraft und Bissigkeit erreichte. An diesen Tagen blieb er in seinem Zimmer, aß fast nichts und nahm das Telefon nicht ab.

Seinen Bankmitarbeitern ebenso wie den Geschäftspartnern, die Stepan seiner unglaublichen Intuition wegen zu schätzen gelernt hatten, blieben die durch Katastrophe 29 hervorgerufenen Änderungen in der Firmenstrategie nicht verborgen. Stepan wurde vorsichtiger, wiewohl seine Entscheidungen auch weiterhin keiner erkennbaren Logik folgten. Mancher glaubte einen Zusammenhang zur Weltbankenkrise zu erkennen und mutmaßte, daß Stepan Informationen aus neuester Insiderquelle vorlagen. Doch wer Stepans Vorgehen zu kopieren versuchte, erlitt Schiffbruch. Und das war nur logisch. Denn wenn er zum Beispiel Aktien kaufte oder abstieß, ließ er sich nicht von Wachstumsdiagrammen und den Prognosen der Analytiker leiten, sondern allein davon, ob in den Zahlenkolonnen auf dem Computerbildschirm eine 43 beziehungsweise 29 oder aber eine 34 auftauchte – ob vor oder nach dem Komma, spielte dabei überhaupt keine Rolle. Sein Broker geriet ob Stepans Anweisungen des öfteren völlig aus dem Häuschen. Und zog, wenn er die Ergebnisse sah, einmal mehr den Hut.

II

Man ändert eine seiner Gewohnheiten und ahnt nicht, daß dies eine Änderung des ganzen Lebensgefüges nach sich zieht. Nachdem Stepan einmal damit begonnen hatte, Eßstäbchen zu benutzen, erschien es ihm angemessen, fürderhin die asiatische Küche zu favorisieren. Das war kein Problem – es schmeckte eigentlich ganz gut. Zum Anhänger von Tempura und Haifischflossensuppe geworden, sah Stepan ein, daß dieser Wechsel auch einen guten Tee erforderte. Er ging also zu grünem Tee über, von dem zu weißem und schließlich zu Oolong-Tee.

Der Tee wurde von einem auf dem Gelände des Gorki-Parks gelegenen Kontor geliefert, das den seltsamen Namen ITK trug; früher hatten so die Arbeitserziehungslager geheißen. Die in der Art chinesischer Hieroglyphen stilisierten drei Buchstaben zierten jedes Päckchen *Starke Göttin Kwan Yin* oder *Große Rote Robe*, was Stepans Lieblingssorten waren. Darüber prangte in Gold die echte Hieroglyphe mit der Bedeutung *Weg*; das unheilige Buchstabentrio wirkte wie eine Konkretisierung dieses verschwommenen philosophischen Begriffs.

Auf Nachfrage erfuhr Stepan, was die Abkürzung bedeuten sollte: Institut für Teekultur. Der Name klang interessant und gab Anreiz zu näherer Erkundung. So kam es, daß Stepan den Wahrsager Prostislaw kennenlernte, der im Klub als Chefkonsultant und geistiger Ratgeber wirkte.

Äußerlich erinnerte Prostislaw an Koschtschej, den unsterblichen bösen Geist aus dem Märchen. Koschtschej in der Midlife-crisis, um genauer zu sein. Alles an ihm verriet den V-Mann vom FSB: die acht Trigramme am speckigen Hütchen ebenso wie der Jadedrachen auf der eingefallenen Brust, die mit Phönixen bestickten blauen Seidenhosen und die drei Rauchkristallkugeln, die er mit erstaunlicher Geschicklichkeit in der Hand kreiseln ließ, ohne daß sie einander berührten. Als er auch noch die Gitarre zur Hand nahm und mit abgewandtem Blick das alte Kosakenlied *Hoi, was war das ein böser Abend* zu singen anfing, war sich Stepan beinahe sicher. Und daß Prostislaw ihm schließlich LSD anbot, zerstreute die letzten Zweifel.

Die Gewißheit war also hundertprozentig, wenngleich vollkommen irrational; Stepan wußte lange nicht, wie er eigentlich darauf kam. Erst als er einmal zufällig unmittelbar nach einem Telefonat mit Lebedkin Prostislaw anrief, wurde es ihm klar: Die beiden hatten das gleiche Lachen. Nur daß es bei Prostislaw aufhörte, kurz bevor beim Hauptmann die grausige Eiszeit ausbrach, es gab nur eine Andeutung davon. Trotzdem war die Ähnlichkeit so offenkundig, daß Stepans Lebensweisheit ausreichte, um im Bilde zu sein.

Mit Menschen dieser Veranlagung hatte Stepan allerdings nie Berührungsängste gehabt – schon weil er keinem der Laster frönte, auf die sie hätten anspringen können. Im Gegenteil, er suchte ihre Gesellschaft, damit die Staatsmacht mit möglichst vielen Äuglein sah, daß er nichts zu verbergen hatte. Darum besuchte er Prostislaw noch des öfteren, zwischen ihnen entspann sich in kurzer Zeit gar so etwas wie eine Freundschaft, die zu Stepans neuen Eßgewohnheiten sehr gut paßte.

Prostislaw besaß die größte buddhistische Pornosammlung der Stadt, straight ebenso wie gay. Von den klassischen unterschieden sich buddhistische Pornos nur in einem Punkt: Immer spielten sie in einem brennenden Haus, was die Kurzlebigkeit des irdischen Jammertals symbolisieren sollte. Stepan fand diese Metapher rührend, auch wenn in den Filmen recht formal mit ihr umgegangen wurde: Die jeweiligen Partner krochen vor dem Hintergrund einer lodernden Kommode aufeinander herum oder aber vor einem Diwan, der reif für die Müllkippe war und statt

Feuer nur spärlichen grauen Rauch spuckte; mitunter spielte sich die Rammelei vor einem rußenden ölgetränkten Laken ab, welches an einer Wäscheleine hing, das war alles. Stepan hätte es gern gesehen, wenn die Filme spirituell etwas gehaltvoller gewesen wären und mit weniger Geflutsche, doch die Macher schienen es darauf anzulegen, die Marktnische mit geringstmöglichem Aufwand zu besetzen.

Prostislaw hielt indes auch den Porno traditionellerer Machart parat, den anzusehen ein Mann mit Kultur und Geschmack sich nicht schämen mußte. So zum Beispiel eine stilvolle Verfilmung von *Romeo und Julia*, wo Julia in der Gruft wieder zu sich kommt, kurz nachdem Romeo über ihrem leblosen Körper den Becher mit dem Gift geleert hat. Den Helden bleiben ganze vierzig Minuten, die nach allen Regeln der Kunst genutzt werden, ohne eine Sekunde mit sentimentalem Geschwätz zu vergeuden. Ein anderer Film begann damit, daß die Kamera eine auf den Dielen sitzende Eidechse zeigt, dann ertönen von weit her neun Glockenschläge … Nach so einem Anfang blickt man auf das, was anschließend kommt, mit anderen Augen.

Durch Prostislaw lernte Stepan auch das *Buch der Wandlungen* kennen. Die esoterischen Tiefen des Textes, an denen Prostislaw in einem fort herumdeutelte, interessierten ihn dabei am allerwenigsten. Interessant war etwas anderes. Es gab dort sogenannte Hexagramme, numeriert von eins bis vierundsechzig, bestehend aus durchgehenden männlichen und unterbrochenen weiblichen Linien. Jedes dieser Hexagramme beschrieb eine typische Situation, in die ein Mensch geraten konnte. Als Stepan das hörte, mußte er sehr an sich halten, um nicht gleich zum Wesentlichen zu kommen.

Auf eine passende Gelegenheit galt es lange zu warten. Anfangs befragte Stepan die Orakel gemeinsam mit Prostislaw. Die wichtigen Nummern wollten einfach nicht auftauchen. Bald schon konnte Stepan die Hexagramme selbst bauen. Allerdings empfand er die Methode, bei der Stengel von Schafgarbe verwandt wurden, als recht quälend: Auf dem Boden zu hocken und ewig dieses Bündel vertrockneter schwarzer Stengel zu sortieren hatte etwas Trostloses, ließ an Zwangsernteeinsätze in Nordkorea denken. Stepan wurde von bitteren Gedanken heimgesucht: Hunger, Mißernten, das schwere Los der Bauern, Rußlands Sonderweg und so weiter. Außerdem schliefen ihm die Füße ein.

Glücklicherweise gab es noch eine andere Methode – Zeitgenossen von Konfuzius und Laotse hatten sie erdacht in dem Bestreben, das archaische Orakel dem gesteigerten Lebenstempo anzupassen. Hierbei kamen drei Münzen zum Einsatz, die man zusammen in die Luft werfen mußte, und zwar, entsprechend der Anzahl Linien im Hexagramm, sechsmal. Stepan bevorzugte nun dieses Verfahren – und nach jedem Orakel lief er mit dem Ergebnis ins ITK. Das Institut bestand aus einem Labyrinth dunkler, von allerlei Wohlgerüchen verräucherter Zimmer mit derart niedrigen Türen, daß man nur gekrümmt von einem ins andere kam, in ständig angedeuteter Verbeugung ob nun vor den Erziehern der Besserungsanstalt oder vor den göttlichen Lehrmeistern aus dem taoistischen Pantheon – eine Prozedur, die die allem Heiligen entwöhnte Seele durchaus besänftigen und befrieden konnte.

Damit keiner beim FSB Verdacht schöpfte, was seine Welt im Innersten zusammenhielt, vermied es Stepan auch weiterhin, Prostislaw zu fragen, welches die Hexagramme mit den Nummern 29, 34 und 43 waren; er fuhr fleißig fort, Orakel zu allen möglichen Anlässen zu legen, geduldig den Tag erwartend, da die Zahlen von selbst zu ihm kämen, ihr uraltes Antlitz zu offenbaren.

Als erste wünschte das *Buch der Wandlungen* ihm die Zahl 29 vorzuführen. Als er wieder einmal eines seiner Hexagramme ins ITK brachte, wiegte Prostislaw den Kopf und sagte lange nichts.

»Geht's um was Ernstes?« fragte er schließlich.

»Wieso?« fragte Stepan zurück.

»Weil«, sagte Prostislaw mit knarzender Stimme, »ärger als das hier ist bloß der Gehörnte und Geschwänzte. Nummer neunundzwanzig: Wiederholung der Gefahr.«

Prostislaws Auskünften mit Mühe einen Sinn entlockend, verstand Stepan es so: Nummer 29 war ein Symbol für doppelte Gefahr – den Abgrund im Abgrund. Für die tiefere Bedeutung dieser Konstellation war der alte Spruch *Wehret den Anfängen!* ausgesprochen treffend: Man fing am besten gar nichts erst an. Denn hinter dem einen Problem verbarg sich schon das nächste, ein Schrecken folgte auf den anderen, und letzten Endes durfte man auf nichts weiter hoffen als eine karge Henkersmahlzeit. Das Hexagramm war symmetrisch, gebildet durch je eine feste Linie, umgeben von zwei schwachen – wie zwei Stoßzähne in einem klaffenden Maul. Ein Entkommen aus eigener Kraft war hier unmöglich, man konnte bloß warten, den rettenden Strohhalm erhoffen, das Seil, das einem das Schicksal zuwerfen mochte, damit man aus dem Abgrund herausfand. Oder man sah die zwei schwachen Linien in der Mitte als einen Strom, dahinfließend zwischen Szylla und Charybdis, man konnte versuchen zu springen, ob man es schaffte, war ungewiß. Kurz: Hätte einer Stepan nach all den düsteren Assoziationen befragt, die die 29 seit jenem Experiment in ihm zu wecken vermochte, das Ergebnis wäre ganz ähnlich ausgefallen.

Das Hexagramm mit der Nummer 43, das einige Tage später auftauchte, trug den Namen *Der Durchbruch*. Prostislaw charakterisierte es mit wenigen Worten: »Schotten dicht! Nur kein Gelaber!«

Stepan verstand: Position 43 meinte, es sei besser zu schweigen. Und wenn man schon den Mund aufmachte, dann streng zur Sache, ohne rhetorische Schlenker, für die man sich später womöglich zu verantworten hatte. Was Prostislaw sonst noch an Kommentaren beisteuerte (ein einsamer Wanderer, der in den Regen kommt, nächtlicher Waffengebrauch und so weiter), war rätselhaft und erinnerte an eine dieser chinesischen Geistergeschichten von Schülern und Dämonen; Stepan nahm es zur Kenntnis, ohne dahinterzusteigen. Dann aber hörte er Prostislaw den Inhalt des ganzen Hexagramms zusammenfassen:

»Also. Wir haben hier fünf feste Linien und eine schwache. Unten spreizt es sich und bläht, oben fängt es an nachzugeben. Ich sag mal: typischer Fall von Peritonitis. Kommt, wenn ich recht versteh, von zuviel Schöps mit Grünkohl. Der Durchbruch eben.«

Dieses Bild ging Stepan sofort ein. Das Wort Peritonitis war genau das, was er über diese Zahl zu hören erwartet hatte.

Die 34 nahm sich Zeit. Sie erschien erst, nachdem er sich noch ewig mit Zeichen wie *Das Heer, Das Durchbeißen* und *Die Zersplitterung* abgeplagt hatte. Es war, als wollte die gelobte Zahl Stepans Treue prüfen, um ihn erst, wenn alle Zweifel ausgeräumt waren, reichlich zu belohnen.

»Ui, die Vierunddreißig!« blökte Prostislaw. »Die hat Mumm! Die macht auf mächtig! Nennt sich auch so: Des Großen Macht. Also, wenn sich wieder mal die finsteren Gewalten um dich armes Sünderlein scharen und machen dich an: Verpiß dich, du Wichser! Dann sagst du: Wer ist hier Wichser? Selber Wichser, paßt mal auf! Den Wichser werdet ihr büßen! Und dann kneifen die finsteren Gewalten den Schwanz ein und büßen tatsächlich, das volle Programm, Linie eins bis sechs. Nur die Hörner muß man denen fein vorsichtig ausreißen, daß man nicht an Linie drei hängenbleibt, das wäre die Krise. Ansonsten ab und tschüß. Hier steht: Standhaftigkeit bringt Segen. Na klar, ist immer gut, wenn er dir steht. Zumal bei der Größe. Die Macht beruht auf der Achse eines großen Wagens – ha-ha ...«

Der Einblick in das *Buch der Wandlungen* erschütterte Stepan zutiefst. Der tiefere Sinn der Zahlen, den zu kennen er für sein Privileg gehalten hatte, war schon den alten Chinesen bekannt gewesen. Und wie genau! Stepan, der sich auf die Erforschung ganzer drei Zahlen konzentriert hatte, hätte deren Beschreibung nichts hinzuzufügen gewußt. Und in dem *Buch der Wandlungen* gab es vierundsechzig davon!

Stepan fühlte sich elend. Als hätte jemand alle geheimen Türchen zu seinem Innersten einfach ausgehängt. Er träumte es sogar: nackt einer gaffenden Menge gegenüberzustehen. Bald aber wandelte sich seine Stimmung. Er begriff, daß sein Geheimnis nicht gelüftet war. Er hatte genügend Vorsichtsmaßnahmen getroffen, durfte sicher sein, daß der FSB von nichts wußte. Und die Übereinstimmung dessen, was er über die Zahlen 29, 34 und 43 wußte, mit dem, was das Buch von ihnen sagte, war ein gutes Zeichen.

Denn es bedeutete: Er ganz allein im stillen Kämmerlein hatte einen Teil der geheimen Weltformel zu entschlüsseln vermocht. Es bedeutete: Dies war Wissen, keine Schizophrenie – objektives, überprüfbares Wissen, für jedermann zugänglich. Aber es bedeutete nicht, daß er damit zum Jedermann degradiert gewesen wäre. Denn einen entscheidenden Unterschied gab es zwischen ihm und jedem anderen Leser dieses Buches: Stepan kannte nicht bloß die Eigenschaften der 34, er hatte ein Verhältnis mit ihr, und zwar seit Kindesbeinen.

Dies war es, sein großes Geheimnis.

100

Der Mondgeburtstag nahte, und Stepan überlegte, was zu tun war.

Er dachte an Bingas Worte: »Alles wird davon abhängen, ob du imstande bist, deine Zahl zu kräftigen.« Und: »Nur wenn du es in dieser schwierigen Zeit fertigbringst, daß die Sonnenzahl der Mondzahl überlegen ist, wirst du siegen.«

Wie man das anstellte, war von Binga nicht zu erfahren gewesen. Wie einen in der Wüste wachsenden Rosenbusch sollte er seine Zahl pflegen, hatte sie bloß gesagt. Diese Worte ließen ihn an Meowth denken – war sie doch gewissermaßen die Rose, die in der Wüste seines Lebens wuchs. Wollte er sich um seine

Sonnenzahl genausogut kümmern wie um sie, so konnte das eigentlich nur heißen, daß …

Als er zum erstenmal wagte, sein magisches Ritual mit Meowths Hilfe (genauer gesagt, mit Hilfe ihres Körpers) zu vollziehen, schien sie nichts dabei zu finden. Auch das zweite Mal, das er mit der Zahl 34 intim war, protestierte Meowth nicht, als Medium eingespannt zu werden. Aber als er seine Ellbogen zum dritten Mal in der bezaubernden Grube unter ihrem Steißbein plazierte, riß ihr der Geduldsfaden.

»What the hell is this?«

»Was denn?« fragte Stepan in aller Unschuld.

»Du gibst hier den Saddam Hussein. Cooperating on the procedure, but not on substance. Wieso haust du jedesmal ab auf den Fußboden?«

Um nichts auf der Welt wollte Stepan hierzu Erklärungen abgeben – denn dann hätte er sich restlos offenbaren müssen, und das sahen seine Pläne nicht vor.

»Pikachu spielt!« sagte er trocken.

»Das sehe ich«, erwiderte Meowth, ihn mit großen Kulleraugen ansehend, die, wie Stepan es mitunter vorkam, im Dunkeln leuchteten. »Ich verstehe bloß nicht, *was* er spielt!«

»Er spielt Pikachu.«

»Willst du damit sagen, daß Pikachu … so ist?« fragte sie ungläubig.

»Jawohl«, erwiderte Stepan würdevoll. »So ist Pikachu.«

Stepan konnte sich auf diese elegante Art aus der Affäre ziehen, weil er wußte, daß Meowth selbst ein paar intime Skurrilitäten pflegte, die mit der 66 zusammenhingen und über die sie niemals sprach. Zum Beispiel war ihm bei seinen Recherchen über etwaige Zusammenhänge zwischen dem Sternzeichen Krebs und der 69 klargeworden, wieso der Freundin bestimmte Stellungen keinen Spaß machten und sie jedem seiner Versuche, das Geschehen in diese Richtung zu treiben, mit Gereiztheit begegnete. Die verdeckten Triebfedern fremder Libido bloßzulegen weckte in Stepan Allmachtsgefühle. Wieso aber Meowth jedesmal darauf bestand, mit den Füßen zum Fenster zu liegen, war ihm lange ein Rätsel geblieben.

Es klärte sich auf, nachdem er heimlich einen teuren Analytiker konsultiert hatte. (Stepan hielt viel von Psychoanalyse, er sah in ihr eine Art Marktwirtschaft der Seele.) Der Analytiker empfing ihn auf einem Velotrainer sitzend, er glich einem alten weisen Ziegenbock, der den Menschen aus Barmherzigkeit nur einen Teil der bitteren Wahrheit zumuten mochte. Wie sich herausstellte, war die Sache ganz einfach: Die Richtung, aus der das Licht einfiel, wurde in Meowths Unterbewußtsein als »oben« registriert; um sich als Teil einer 66 zu empfinden und ja nicht einer 99, mußte sie die Füße zur Lichtquelle hinstrecken. (So war womöglich auch ihre Begeisterung für einen modischen Zeitvertreib zu erklären: das Springen von einem speziellen Turm mit Gummiband an den Füßen. Stepan selbst hatte nie den Mut dazu gefunden, obwohl Meowth ihn viele Male hatte überreden wollen – er fand dieses Treiben ziemlich grausig, da es gleichviel mit Sex wie mit Tod zu tun hatte.)

Aus all diesen Gründen hatte Stepan seinen Marshall-Plan für die Zahl 34 guten Gewissens ins Leben gerufen; das Mysterium zu inszenieren, fühlte er sich moralisch berechtigt. Sein Plan umfaßte vierunddreißig Séancen der energetischen Verschmelzung. Nach seiner lapidaren, selbstsicher vorgetragenen Erklärung ließ Meowth das Geschehen geduldig über sich ergehen, zeigte sich nicht mehr genervt, tat so, als hätten alle Pikachus in ihrem bisherigen Leben in einem gewissen Stadium der Beziehung die gleiche Marotte gepflegt.

»Pikachu testet mich«, flüsterte sie. »Dummer, dummer Pikachu!«

Manchmal unternahm sie gar den Versuch, an Stepans Mysterium teilzuhaben – faßte hinter sich, nach dem Ellbogen, der an ihrem Steiß klemmte, und begann ihn beruhigend zu streicheln, so als wollte sie dem zitternden Stepan helfen, sich zu entspannen, zu sich zu finden. Stepan mochte diese Versuche nicht besonders. Zwar empfand er die Berührungen als angenehm, doch fürchtete er, die Verbindung mit der geheiligten Zahl könnte darunter leiden. Die Geschichte mit Samson kam ihm plötzlich in den Sinn, dem seine Kraft dadurch verlorenging, daß Delilah ihm den Kopf schor, und obwohl hier kein auch nur entfernt vergleichbarer Vorgang stattfand, ließen sich seine Ängste nur schwer zerstreuen – die Einsätze waren einfach zu hoch.

Einmal wartete Meowth ab, bis er mit seinem Ritual zu Ende kam (es war das einunddreißigste der Serie), und fragte ihn: »Warum macht Pikachu jedesmal so? Will er keine Kinder?«

Stepan gab einen Laut von sich, der zwischen bejahendem Brummen und verneinendem Knurren lag.

»Keine Angst«, fuhr Meowth fort, »darum kümmere ich mich selbst. Soll denn das immer so weitergehen? Pikachu, laß es uns wie früher machen, wenigstens einmal ...«

Hier konnte Stepan schlecht nein sagen.

»Von mir aus«, brummte er. »Bloß nicht heute. Ich bin müde.«

Aber das nächste Mal kam.

Meowth hatte ihren Wunsch nicht vergessen. Als er über sie hinwegkriechen und aus dem Bett springen wollte, krallten sich ihre Finger in ihn und ließen nicht locker. Natürlich hätte er sich gewaltsam losreißen können. Doch sie war für ihn das Glück! Der Traum vom Eigentlichen! Sie war wie eine Frühlingsnacht! ... Stepan gab nach. Fand, dieses eine Mal konnte nicht wirklich schaden. Er schloß die Augen, schmiegte sich an sie und vergaß alles übrige auf der Welt. Meowth griff nach seiner Hand, und auf einmal fühlte er sich im Inneren einer angehaltenen Sekunde schweben, deren Kern war ein Tröpfchen Ewigkeit.

Er sah seine 34. Leuchtend weiß hing sie im Raum, von einer riesigen roten 66 umschlossen – wie der Mond vor dem Hintergrund der Erde, aus dem All gesehen. Stepan addierte automatisch und merkte zum ersten Mal, daß ihre Summe einhundert ergab.

Es war wie ein Blitz vor den Augen. Der in der Zahl 100 verborgene Sinn erschloß sich ihm in unendlich vielen Facetten, die synchron wahrzunehmen das Gefühl auslöste, über mehrere Bewußtseine zu verfügen. Die 100 bestand aus Sein und Nichtsein, repräsentiert durch die Null und die Eins. Diese Ziffern verwiesen auf ihrer beider Rollen im großen Lebenstheater, jetzt in diesem Augenblick. Die zweite Null war die Tür, durch die sie auf die Bühne hinaustraten, um zu spielen, was zu spielen war. Durch diese Tür würden sie auch abtreten, um wieder zu Nichts zu werden, aufzugehen in dem Kreis, der Sein und Nichtsein miteinander verband. Doch bis dahin war noch viel Zeit; einstweilen blickten die beiden Nullen sie an wie Augen der Ewigkeit, welche ein Subjekt war, einen Willen hatte, verkörpert durch die Eins, die alle Vielfalt des Seins zu einem Ganzen werden ließ, und dieses war nah jetzt, ganz nah und bereit, neues Leben hervorzubringen. Wie immer war es dem Ruf des stöhnenden zweiköpfigen Tieres gefolgt, eines der unglaublichen Geschöpfe, die diese Ewigkeit besiedelten ... Stepan erschrak, versuchte die Hand vor Augen zu halten, um nicht sehen zu müssen, was er nicht sehen zu dürfen glaubte. Doch seine Furcht war umsonst: Schon war die endlose Weite geschwunden, hatte sich aufgelöst, neben ihm lag die heftig atmende Meowth. Auch sie kam zu sich, biß ihm sanft in die Lippen.

»Pikachu«, flüsterte sie.

Stepan fühlte sich großartig – und traurig zugleich. So etwas Gigantisches hatte er lange nicht erlebt. Doch ihm schwante, daß in dem magischen Blitz alle zuvor gespeicherte Energie verglüht war. Die Arbeiten am Marshall-Plan mußten von Null wiederaufgenommen werden.

3

Stepan aß schon einige Zeit mit Stäbchen, als ihm zuweilen der Gedanke kam, ein Satz Gabeln mit drei Zinken hätte es auch getan. Kleine Kuchengabeln, deren äußere linke Zinke breiter war als die anderen zwei – wie man sie in Kaffeehäusern zur Torte bekam. Theoretisch ließ sich die Attacke der 43 auch mit solch einer Gabel zurückschlagen. Doch blieben dabei etliche Fragen offen.

Erstens hätte Stepan in Restaurants und bei Privatempfängen auf normale Gabeln zurückgreifen müssen. Ein Banker in Chinajacke aus Seide, der seine Eßstäbchen bei sich hat – das ist ein bezauberndes Original, eine vom Geld noch nicht verdorbene Persönlichkeit; ein Banker aber, der seine eigenen Gabeln zum Essen mitbringt – der ist paranoid. Zweitens wäre ein solcher Ausweg einer Kapitulation gleichgekommen: so als gestände er vor der 43 seine Niederlage ein und beugte sich den von ihr diktierten Bedingungen. Die Stäbchen-Variante war besser. Nicht nur, daß sie das Problem beseitigte – Stepan genoß die Kühnheit des Manövers. Und nicht zuletzt hatte er es den Stäbchen zu verdanken, daß der Ferne Osten in sein Leben getreten war und mit ihm Prostislaw.

Meowth litt unter der sich entspinnenden Freundschaft zwischen Stepan und Prostislaw. Sie spürte, daß eine andere geistige Autorität in sein Universum Eingang gefunden hatte. Das weckte in ihr (auch wenn sie es niemals eingestanden hätte) die Eifersucht.

»Wie oft soll ich es dir noch sagen«, meinte sie, »dieser ganze Far Eastern crap does not work in the Occident! Damit versucht ihr doch bloß, den realen Problemen, vor die euch das Leben stellt, aus dem Weg zu gehen …«

Stepan mußte im Wörterbuch nachschauen, was dieses O-Wort bedeutete. Dort stand, lateinisch *occidens* sei abgeleitet vom Verb *occidere*: untergehen, niederfallen. Vielleicht war der ungewöhnliche Ausdruck eine Art diplomatischer Schachzug: Meowths Bereitschaftserklärung, eine Zugehörigkeit Rußlands zum Westen vorbehaltlich und vorübergehend zu akzeptieren – angeboten im Austausch gegen Stepans Zusage, nicht zu weit in den Osten abzudriften. Doch die Zeiten waren vorbei, da man einen Russen mit dem Geruch eines angegammelten Cheeseburgers bestechen konnte. Chinas zauberischer Schemen lockte mit flammendem Rot und Gelb. Die Leute, mit denen er bei Prostislaw zusammentraf, fand Stepan äußerst interessant, und er hatte nicht vor, auf ihre Gesellschaft zu verzichten, nur weil sie Meowth nicht gefielen.

Freilich stand um den Osten nicht immer alles so, wie man es sich gewünscht hätte. Eines Morgens, als Stepan Prostislaw besuchen kam, platzte er in ein Briefing, das dieser für eine Anzahl geheimnisvoller blonder junger Männer in Zivil abhielt, die alle aussahen wie Hauptmann Lebedkin. Prostislaw begann mit einem enthusiastischen Monolog zum Thema Eurasien, dabei schaute er zwischendurch in ein Buch, das den Titel *Three who made a revolution* auf dem Umschlag trug. Doch selbst wenn es nicht seine eigenen Worte waren – das Gefühl, das in Prostislaws Stimme mitschwang, war persönlich und echt:

»In der weiten Eurasischen Ebene stoßen Frost, Wind und Dürre auf wenige Hindernisse, desgleichen marschierende Armeen und migrierende Horden. Einst erstreckten sich hier die riesigen asiatischen Reiche: das Persische, das Mongolische … Als sie untergegangen waren, trat das Moskowitische an ihre Stelle, das über Jahrhunderte immer mehr expandierte, bis es eines Tages das größte der Welt war. Flutartig breitete es sich aus über Wälder und endlose Steppen, die nur spärlich von Nomaden besiedelt waren. Wo es auf Widerstand traf, geschah ein kurzes Innehalten, so wie eine Flut ihre Kräfte kurz zusammennimmt, um alsdann nur noch mächtiger und unaufhaltsamer vorzudringen …«

Stepan fühlte sich mit diesem Gleichnis an die Geschichte der Voucher- und Geldprivatisierung in Rußland erinnert.

»Nur an seinen entlegensten Grenzen stößt das Plateau an Gebirgswälle«, fuhr Prostislaw fort. »Die schneebedeckten Höhenzüge von Kaukasus und Pamir, dem Dach der Welt, sodann Altai, Sajan und Stanowoi, die die natürliche Grenze Chinas bilden. Wie könnte ein Volk, dessen Horizont so endlos ist wie die eurasische Ebene, wie könnte ein solches Volk nicht groß sein und von Größe träumen?«

Prostislaw legte das Buch auf den Tisch, griff nach einem Schälchen Tee und trank einen Schluck, um sich die Kehle anzufeuchten. Dann wandte er sich zur Tafel, nahm ein Stück Kreide und begann schweigend ein paar Hieroglyphen zu malen. (Entweder konnte er wirklich Chinesisch oder war sehr geschickt darin, so zu tun.) Stepan freute sich: das erste Mal seit Ewigkeiten, daß jemand in seiner Gegenwart an die Größe des russischen Volkes gemahnte. Doch die Genugtuung hielt nicht lange vor.

»Auf den modernen chinesischen Landkarten«, begann Prostislaw wieder und deutete an die nunmehr von Zeichen übersäte Tafel, »ist das an das Reich der Mitte grenzende Territorium Sibiriens und des Fernen Ostens, aber auch Rußland im Ganzen mit drei Hieroglyphen bezeichnet, die folgende Bedeutung tragen:

- zwanzig
- schwitzen, schnaufen
- Gauner, Dieb, unlauterer Handelsmann

Die gleichen drei Hieroglyphen dienen zur Kennzeichnung der in Rußland herrschenden politischen Ordnung. Die russische Regierung wiederum wird im modernen Chinesisch durch vier Hieroglyphen bezeichnet:

- zeitweilig, kurzlebig
- Chef
- Rohr, Trasse
- Norden

Heute wartet man in China auf den Moment, da die zeitweilige Nordrohr-Administration die Bevölkerungszahl der angrenzenden Territorien auf fünfzig Millionen senkt, worauf die weise Lehre des Tao in den eurasischen Weiten endgültig den Siegeszug antreten wird ...«

Prostislaws Vortrag rief bei Stepan gemischte Gefühle hervor. Dort, wo es darauf ankam, schien alles im grünen Bereich: Von den Zahlen 20 und 50, auch wenn sie nicht besonders vielversprechend waren, ging keine Gefahr aus. Bei eingehenderer Analyse ließ sich feststellen, daß zwischen 50 und 43 eine Sieben lag, doch was einem das sagen wollte, war unklar – sie konnte ein unüberwindliches Bollwerk gegen das Böse, doch genausogut ein Kurzschluß sein. Man mochte lieber nicht orakeln.

Nicht das große Ganze also, sondern die Details bereiteten ihm Kopfzerbrechen. Wie Prostislaw über die »zeitweilige Nordrohr-Administration« herzog, mutete seltsam an, wenn man bedachte, daß ihr Personal im Publikum saß. Noch sonderbarer wurde die Situation dadurch, daß er selbst zu dieser Behörde ja auch in enger Beziehung stand. Doch Stepan hatte schon immer den Eindruck gehabt, daß derlei Paradoxa das Salz in der Suppe des russischen Lebens sind.

Prostislaws Furor wegen sinkender Bevölkerungszahlen konnte er nicht recht teilen, zumal er wußte, daß die zeitweilige Nordrohr-Administration daran wenig ändern konnte. Christliche weiße Verbraucher in aller Welt hörten auf, Kinder in selbige zu setzen, um statt dessen ihr Lebensniveau zu erhöhen. Wobei wohlgemerkt nicht das Lebensniveau das Problem war, sondern der verbissene Wunsch, es zu erhöhen. »Gott läßt uns am langen Arm verhüten!« beliebte einer seiner Bekannten zu scherzen. Aber wenn es schon in diese Richtung geht, dann wenigstens in feiner Gesellschaft! dachte Stepan. Wobei er sich ja immer häufiger fragte, was an der seinen so fein war. Kurzum: ein weites Feld.

Wenn Stepan ins ITK kam, traf er dort die verschiedensten

Gäste an. Einmal unterhielt er sich beim Warten auf Prostislaw mit drei jungen Leuten, die die gleichen Chinajacken trugen wie er – dieses Detail nahm ihn sogleich für sie ein. Hinzu kam das Feuer in ihren Augen, das nicht von dieser Welt schien; sie machten auf ihn den Eindruck hochgeistiger Persönlichkeiten.

Wohl irgendwelche Mystiker der besonderen Art! dachte er.

Zwei von ihnen waren Grafikdesigner, der dritte Landschaftsarchitekt. Stepan wollte ihm etwas Nettes sagen: Für einen in seinem Beruf gebe es in Rußlands unermeßlichen Weiten gewiß unendlich viel zu tun, bemerkte er artig. Worauf sich das Gesicht des Landschaftsarchitekten merkwürdig verfinsterte. Doch die Begegnung ging gut aus – Stepan und die Designer tauschten ihre Visitenkarten.

»Die?« fragte Prostislaw, als Stepan sich nach seinen neuen Bekannten erkundigte. »Schwer bedeutend.« Und er fügte ein Wort hinzu, das Stepan nicht kannte, es klang wie »Amidelphine«.

Er konnte sich allerdings gleich denken, was es bedeutete. Mehrfach hatte er Prostislaws Gäste schon von Buddha Amida reden hören, Herrscher über das mystische Westliche Paradies, wo die Gerechten ihre Wiedergeburt erleben, um nach kurzem Gewaltmarsch das schlußendliche Nirwana zu erreichen. Dafür, daß sie eines Tages im Westlichen Paradies auf die Welt kämen, beteten die Japaner ihr *Namu Amida Butsu*, das hieß: Ich sehe Buddha Amida. (Die Chinesen preßten denselben frommen Wunsch in ein einziges Wort: *Amitofo*.) Die rätselhaften Amidelphine waren wohl nichts anderes als drei Gerechte auf dem Weg ins Reine Land – und daß Stepan ihnen das ohne fremde Hilfe angesehen hatte, einzig anhand eines besonderen Glanzes in ihren Augen, ließ seine Selbstachtung steigen, bestätigte es doch, daß auch er auf geistigen Wegen keine Schlafmütze war – seit seiner Bekanntschaft mit Prostislaw hatte er immer mehr dieses Gefühl.

Kurz darauf las Stepan in einer Zeitschrift eine Notiz über

Zen-Steingärten. Viel stand da nicht zu lesen: Es gebe so eine Art Garten, meist in Klöstern angelegt, zur Befriedung des Bewußtseins beitragend. Stepan fand, er könnte sich etwas Ähnliches neben seine Datscha setzen lassen – zum Beispiel anstelle des Tenniscourts, den ohnehin keiner mehr nutzte, seit er mit Jelzin aus der Mode gekommen war. So ein Garten paßte hervorragend zu den Stäbchen, zur Orientierung nach Osten im allgemeinen. Der Landschaftsarchitekt fiel ihm ein, der auf dem Weg durch die Wirren des Samsara ins Westliche Paradies war. Er rief ihn an.

»Zen-Garten?« fragte der Landschaftsarchitekt energisch zurück. »Kennen wir. Können wir. Kostet aber.«

Stepan beschloß, nicht kleinlich zu sein. Da er gerade zu einem finanzwirtschaftlichen Forum abreiste, gekoppelt mit einer zehntägigen Kreuzfahrt übers Meer, bekamen der Landschaftsarchitekt und seine Freunde von ihm freie Hand.

Meowth, die solange die Geschäfte führte, verbrachte ihre Tage teils in der Bank, teils auf der Datscha, um die Arbeiten zu beaufsichtigen. Sie rief ihn auf dem Handy an, äußerte ihre Zweifel. *Was* die von den jungen Leuten angeheuerten Arbeiter da bauten, erwähnte sie gar nicht erst, wohl weil sie sich in Kunstdingen nicht kompetent vorkam. Ihren Argwohn hatte anderes geweckt:

»Die sind irgendwie komisch. Ganz blaß. Schlafen nachts nicht. Die Augen fallen ihn fast aus den Höhlen, die Kiefer mahlen, als kauten sie in einem fort. Könnte auch ein Murmeln sein …«

Mann, ist die eifersüchtig! dachte Stepan. In dem Punkt sind die Frauen doch alle gleich.

»Ach, Meowthy«, sprach er ins Telefon, während er über das Schiffsheck hinweg auf einen rotglühenden Streifen Abendrot schaute, »ich will dir mal was sagen. Schön wär's, wenn wir zwei auch so murmeln könnten. Geboren im geheiligten Paradies des Westens …«

»Ich *bin* im Westen geboren«, erwiderte Meowth würdevoll.

»Aber im falschen«, sagte Stepan, dem einfiel, was er in Prostislaws Laden darüber gehört hatte. »Dort, wo du herkommst, sind es die von Menschenhand getöteten Tiere – hauptsächlich Bullen, Schweine und Thunfische –, die als Menschen wiedergeboren werden und sich zur Entschädigung eine Zeitlang Jennifer-Lopez-Filme und Videos diverser Vokal- und Instrumentalensembles, zum Beispiel Madonna oder Eminem, reinziehen dürfen und darüber nachdenken, wie man bei einem Wohnungskredit sparen kann. Das ist so eine Art Urlaub. Und dann müssen sie wieder viele, viele Male als Tiere auf die Welt kommen, bevor sie das nächste Mal kurz auftauchen dürfen, um zu sehen, was es anstelle von Eminem und J. Lo. Neues gibt. Und das ohne Ende. Das nennt sich Samsara, damit du's weißt. Und dann gibt es noch den wahren Westen – das reine Land des Buddha Amida, wo ... ach, das läßt sich mit Worten gar nicht sagen. Und die Jungs, die da gerade bei uns arbeiten, die sind auf dem besten Wege, im nächsten Leben dort aufzutauchen. Von daher das Murmeln. Verstehst du?«

»Verstehe«, sagte Meowth. »Bei uns im Westen werden also Bullen und Schweine wiedergeboren. Und bei euch in Rußland, wie sieht's da aus?«

»Bei uns?« Stepan versuchte sich krampfhaft ins Gedächtnis zu rufen, welche Meinung bei Prostislaws Leuten in diesem Punkt herrschte. »Bei uns werden gestürzte Götter wiedergeboren. Heroen, die Kriegsverbrechen begangen haben und aus dem Himmel vertrieben wurden. Dämonen, deren Grimm so maßlos ist, daß kein Himmel ihn faßt ...«

Ein russischer Mafioso ging an Deck vorüber, barfuß im weißen Anzug, die Golda-Meir-Kette um den Hals diente strategischen Zwecken. Winziger Kopf, mächtige Augenbrauenbögen, das narbige Gesicht eines mongolischen Scharfrichters. Er setzte leise etwas seinem Dolmetscher auseinander, der im Nadelstreifen-Dreiteiler neben ihm herhüpfte und die Botschaft energisch in den Hörer übersetzte, den er gegen die fahle Wange gepreßt hielt:

*»Absolutely! The fact that he ain't no pig no more is exactly the shit that pisses everybody here the fuck off!«**

Als der Mafioso Stepan entdeckte, nickte er ihm zu wie einem alten Bekannten, grinste übers ganze Gesicht.

Sollte das ein Kunde von mir sein? fragte sich Stepan betreten. Kann mich nicht entsinnen …

»Den Rest erzähle ich dir später«, sprach er in den Hörer, erfreut, das heikle Thema so trefflich und elegant zu Ende gebracht zu haben. So wichtig ihm war, was Meowth von ihm dachte – die kleine Spielwiese geistiger Unabhängigkeit, die er ihr so mühevoll abgerungen hatte, schien ihm nicht weniger wert. »Meowth, tu bitte alles, worum die Jungs dich bitten, hörst du.«

»Sie wollen wissen, was für einen Steingarten sie machen sollen – ob mit Lingam?«

»Hä?«

»Sie sagen, es gäbe zwei Sorten Zen-Steingärten – mit heiligem Lingam des Sieges und ohne.«

»Das müssen die mir nicht erklären«, warf Stepan lässig hin.

»Mit Lingam wird es fünfzehntausend teurer. Sie wollen, daß wir uns gleich festlegen, weil es mit auf die Rechnung muß.«

»Natürlich mit Lingam«, sagte Stepan. »Es wird Zeit, Meowth, daß du lernst, solche Dinge selbstständig zu entscheiden. Ich muß Schluß machen.«

Nach seiner Rückkehr hatte Stepan geschäftlich viel aufzuholen, brachte die ersten Tage in Moskau zu, mit anderen Dingen im Kopf. Beim Anblick der Summe auf der Rechnung, die Meowth ihm vorlegte, hob er die Augenbrauen, sagte aber nichts. Mit der Rechnung stellte sie ihm eine längliche, mit gemuster-

* Sprecher teilt mit, die Information, daß betreffende Person nicht mehr den Sicherheitsorganen angehöre, löse bei ihm und seinen Kollegen größte Besorgnis aus.

ter gelber Seide bezogene Schachtel auf den Tisch – in genau solchen, nur etwas kleiner, wurden in Prostislaws Lädchen Teeservices verkauft.

»Was ist das?« fragte Stepan.

»Das heilige Lingam des Sieges«, erwiderte Meowth. »Es ist separat.«

»Ah ja.«

Stepan wartete, bis Meowth das Büro verlassen hatte, und klappte den Deckel auf. In der Schachtel lagen in paßgenauen Mulden drei Plastikdildos – ein blauer, ein roter und ein grüner. Der Natur sorgfältig nachgebildet, mit einer anatomischen Präzision, die an Obszönität grenzte. Sie trugen Aufschriften in winzigen Schnörkeln – Sanskrit oder Tibetisch vielleicht. Stepan nahm einen davon in die Hand. Am kalten Ende hatte er ein rundes Loch, es sah aus wie der Lauf einer Waffe.

Da paßt ein Bleistift rein, dachte Stepan mechanisch. Den stecken wir hier gleich mal rein. Schön tief, damit dieser Dödel nicht denkt, er wäre hier der Größte ... So. Wollen die mich vielleicht verarschen? Oder bin ich auf dem falschen Dampfer?

Er legte den Dildo zurück in die Schachtel, betrachtete noch einmal das ganze Arrangement und entdeckte in den Ecken des Behältnisses vier identische kupferrote Kreise mit dem chinesischen Yin-Yang Symbol darin. (Stepan hatte, nebenbei gesagt, sein eigenes, digitales Yin-Yang: 343/434.) Drei Lingam, vier Kreise ... Stepan fühlte, wie ihm ein Stein vom Herzen rutschte.

Letztendlich, so hatte einer von Prostislaws Gästen gemeint, kommuniziere ein jeder sein Leben lang ausschließlich mit dem Himmel. Die anderen werden dabei nur als Boten gebraucht. Stepan sah die 34 vor sich leuchten. Hätten die Nachfahren von Buddha Amida ihm ein besseres Zeichen senden können? Wohl kaum. Um sicherzugehen, rief er Prostislaw an.

»Hör mal, Prostislaw, ich habe hier ein Lingam des Sieges reinbekommen ...«

»Ein Lingam, soso … Was ist damit?«

Stepan druckste. Er wußte nicht, wie beginnen.

»Wo bewahrt man das am besten auf?«

»Wo du lustig bist. Nicht zu kalt, aber auch nicht zu heiß. Nicht zu feucht, aber … na eben halt auch nicht zu … dings … zu trocken.«

»Und sag mal … wozu ist er eigentlich gut?«

Darauf sagte Prostislaw erst einmal nichts.

»Was glaubst du?« fragte er dann.

Stepan nahm seinen Geist zusammen.

»Ja, nun, wahrscheinlich so … Na ja. Als magischer Marschallsstab vielleicht? Oder als Schlüssel? Wenn er doch separat geliefert wird?«

»Alle Achtung! Er hat's erraten …«, sagte Prostislaw mit leichter Verwunderung in der Stimme. »Du wächst zusehends über dich hinaus, Stepan. Bald werde ich bei dir in die Schule gehen müssen …«

»Aber warum sind es drei?«

»Drei? Hm … Wenn du dir eine neue Tür einbauen läßt, wie viele Schlüssel kriegst du? Einer wäre zuwenig. Zehn wären wahrscheinlich zuviel. Was fragst du mich das? Du kommst doch sowieso hinter alles …«

Wie immer festigte das Gespräch mit Prostislaw Stepans Glauben an sich selbst. Kaum daß er seine Geschäfte einigermaßen im Lot sah, fuhr er auf die Datscha – in der Vorahnung, daß etwas Außergewöhnliches ihn erwartete. Und er hatte sich nicht getäuscht.

An der Stelle, wo der Tennisplatz gewesen war, fand Stepan eine Eisbahn vor. Jedenfalls hätte man es dafür halten können, wenn man die bandenartige Einzäunung mit den gerundeten Ecken und der kleinen Pforte darin sah. Geschmückt waren die Banden mit einem Wirrwarr aus Bild und Schrift, so als hätte jemand die üblichen Reklameblöcke mit mehreren Schichten Graffiti überzogen, ein paar fluoreszierende Bon-

bonfarben als Kick obenauf. Besonders fiel ein orangenes Zickzack ins Auge:

DISS DC!

– was in Stepans Seele, ohne daß er es recht verstand, augenblicklich ein solidarisches Empfinden auslöste.

Wenn man von den Banden absah, verlor sich die Ähnlichkeit mit einer Eisbahn jedoch schnell. Anstelle von Eis gab es Gras unter den Füßen: japanischen Rollrasen, bei dem manche Bahnen überlappten, andere Lücken ließen. Hätte Stepan nicht gewußt, was diese abgezirkelte Nachlässigkeit kostete, er hätte das Ganze vermutlich für ein Werk angedüdelter Bausoldaten am Tag vor der Entlassung gehalten. Da es sich aber nun einmal um einen Zen-Steingarten handelte, durfte er annehmen, daß die scheinbaren Unzulänglichkeiten genauso zu betrachten waren wie etwa ein beinahe ganz ohne Farbe ausgeführter Pinselstrich: Keiner käme auf die Idee, bei der Ausdeutung einer Kalligraphie für einen Mangel zu halten, was bei einem frisch gestrichenen Zaun zweifellos einer wäre.

In dem eingegrenzten Geviert konnte Stepan übrigens nicht einen Stein entdecken. Fragen ließ das bei ihm aber nicht aufkommen – und wenn, dann zugleich mit der naheliegenden Antwort: Ein Zen-Steingarten mit Steinen wäre kein Zen-Steingarten. Jedenfalls war dies nun wirklich kein Grund, Prostislaw oder andere kompetente Menschen zu behelligen, hier durfte man sich selbst einen Reim machen.

Anstelle von Steinen gab es anderes zu entdecken. Im Zentrum des Gevierts ragten drei Plastikpalmen aus dem Rasen. In ein paar Schritt Abstand voneinander eingegraben, stachen sie kräftig vom blassen Moskauer Vorstadthimmel ab. Da es ihrer drei waren, schnitten sie ihn mit ihren geraden Stämmen in vier Teile. Eine unverhoffte 34, die Stepan so freundlich und entgegenkommend zum Eigentlichen zurückführte (dem, was er so gut kannte und doch immer wieder neu erlebte), daß sofort alle Zweifel von ihm abfielen. Er fühlte, wie ihm die Tränen in die Augen traten. Faltete die Hände vor der Brust, hob die Augen zum Himmel und flüsterte leise, ganz leise: »Amitofo! Amitofo! Amitofo!«

Und dann, nach einer Pause, schnell: »Amitofo! Amitofo! Amitofo! Amitofo!«

34

Anglophilie empfand Stepan als einen ehrbaren, in gewissem Sinn sogar patriotisch zu nennenden Ausdruck von Distinguiertheit – sie stellte die Verbindung her zwischen ihm und den jungen Nabokovs der Petersburger Zeit, wie sie in ihrem Granithaus an der Morskaja fröhlich in den aufblasbaren Gummibadewannen planschten und im gepflegtesten Oxford-Englisch erörterten, ob es zwischen einer pubertären Erektion und dem Tod des Grafen Tolstoi einen Zusammenhang geben konnte. Sowieso mochte Stepan das Englische sehr: Dessen Idiome zeugten von einem hohen, heiteren Geist – obwohl dieser Geist die Engländer recht selten und in aller Regel nur dann ergriff, wenn sie ihn von der Idiomatik ihrer Sprache in den Mund gelegt bekamen.

Mit Stepans Anglophilie hatte es indes ein einfaches und schnelles Ende. Eines Tages wollte er herausfinden, was das Volk seiner Träume im Herzen bewegte, nahm sich eine Nummer der populärsten britischen Zeitung *The Sun* vor und las sie mit Hilfe eines Wörterbuchs von der ersten bis zur letzten Seite durch. (Ohne den mystischen Gleichklang in den Namen der Zeitung und seiner Bank hätte er sich zu dieser Heldentat wohl kaum hinreißen lassen.) Als er das Blatt aus der Hand legte, wußte er, daß er die längste Zeit anglophil gewesen war.

Aber nicht nur das. Er hatte das Gefühl, anal penetriert, mit

BSE infiziert und anschließend einer Zwangsbehandlung durch Absaugung aller infektionsgefährdeten Hirnbereiche per Vakuumschlauch unterzogen worden zu sein. Was ihn nicht gleich ins anglophobe Lager trieb, denn dazu hätte es einer hochgradigen emotionalen Anteilnahme bedurft, die in diesem Fall überhaupt nicht gegeben war. Er hatte einfach nur jegliche Illusionen und jegliches Interesse verloren, *der Schnee auf den Schultern des Vaterlands* erschien ihm ungleich anziehender als noch vor einer Stunde (wobei Stepan wußte, daß eine solche Affinität sich zumeist schon bei der ersten Berührung wieder verlor). Stepans Beziehung zu Meowth litt natürlich nicht unter dieser Episode – zu dem Zeitpunkt liebte er sie bereits innig. Doch eine andere fundamentale Konstante war in Mitleidenschaft gezogen: Zum erstenmal empfand er den Wunsch, seine Sanbank umzubenennen.

Zuvor aber wollte er seine Beobachtungen Meowth mitteilen.

»The Sun«, sagte sie verächtlich. »Das Blatt liest bei uns doch keiner.«

»Wie bitte?« fragte Stepan. »Die populärste Zeitung, und keiner liest sie?«

Der Blick, mit dem Meowth ihn ansah, war stolz und etwas von oben herab.

»To understand this you have to be British«, sagte sie.

Es ließ sich nicht leugnen: Die Briten hatten etwas, eine Art inneren Kern, der Respekt abnötigte. Trotzdem war es mit der Anglophilie nach der *Sun*-Lektüre ein für allemal vorbei. In der Folgezeit schickte Stepan noch manchmal einen Kurier ins Stadtzentrum, wo es die Zeitung zu kaufen gab, und schob das druckfrische Exemplar Meowth zum Spaß unter die Augen. Die tat so, als bemerkte sie es nicht, doch zwischen ihren Brauen erschien eine kleine Furche, die Stepan jedesmal vor Zärtlichkeit hinschmelzen ließ.

Der Wunsch, die Sanbank umzutaufen, meldete sich noch längere Zeit immer wieder. Der erlittene Schock hatte Stepan die Augen geöffnet, daß zwischen der 34 und dem bestehenden Namen wohl doch keine genuine Verbindung bestand. Falls es überhaupt eine gab, dann nur, weil er sie geknüpft hatte. Ebensogut hätte er die 34 mit dem Namen jenes Kinos liieren können, in dem er an seinem siebzehnten Geburtstag den entscheidenden mystischen Wink empfangen hatte. Nein, es ließ sich fürwahr ein besserer Name denken.

Besonders drängend wurde der Wunsch in einer Zeit, da es vonnöten schien, seiner Glückszahl mehr von jener Kraft zufließen zu lassen, ohne die eine Glückszahl keine war. Woher aber hätte er diese Kraft schöpfen sollen, wenn nicht aus der Zahl selbst?

Er dachte viel über dieses Thema nach, kam nebenher zu interessanten Ergebnissen. Einmal hatte er Gelegenheit, die Entwicklung einer Idee von den Ursprüngen bis zu ihrem Ende zu verfolgen. Es war ein Lehrstück. Alles an diesem Hergang hatte menschliche Züge: Empfängnis, Geburt, quälender Existenzkampf, sinnloser Tod.

Die Empfängnis geschah während einer Geschäftsreise auf die Kanaren. (Ein Bankensymposium. Meowth war einmal mehr zu Hause geblieben, um die Geschäfte zu führen.) Der Ausflug war interessant, doch von einem äußerst unangenehmen Vorfall überschattet.

An einem der Abende vergnügte sich Stepan in seinem Hotelzimmer mit einer Prostituierten, die er telefonisch aus einem Etablissement mit Namen *Cosmos* (auch so ein Quatsch!) geordert hatte. Während er die wasserstoffblonden Locken in seiner Unterleibsgegend kraulte, schaute er träge auf den Fernsehbildschirm. Es lief ein Film über die Inquisition: spanischsprachig, doch mit englischen Untertiteln, wodurch er die Handlung einigermaßen mitbekam. Ein dicker Kapuzinermönch, der von Wärtern in Kürassen irgendwohin geschleift wurde, sprach ein Gebet: »Take this cup away from me ...«

»Möge dieser Kelch an mir vorübergehen!« übersetzte Stepan automatisch – doch da die wasserstoffblonde Aktivistin geschickt zu Werke ging und der Kelch sich schon am Horizont des Geschehens abzeichnete, empfand Stepan auf einmal die Spielart kognitiver Dissonanz, die in dem sonderbaren Wort *sich genieren* aufgehoben scheint. Was hier im Zimmer vor sich ging, vertrug sich einfach nicht mit dem geistlichen Martyrium auf dem Bildschirm. Stepan griff zur Fernbedienung, zappte – und plötzlich zeigte der Fernseher den Kelch, an den er eben gedacht hatte. Einen flachen Kristallkelch mit einer gelblichen Flüssigkeit darin.

Eine Sekunde später geschah es. Der Kelch fuhr zur Seite, an seine Stelle trat eine Flasche. Eine Art Kognakflasche mit einer großen 43 auf dem Etikett. Stepan zuckte so heftig zusammen, daß das Mädchen beinahe auf den Fußboden geschleudert wurde, was wiederum dumm für ihn hätte ausgehen können.

Es war eine Werbung für das spanische Alkoholikum Liqor 43, welches ihm schon öfters in den hiesigen Bars und Restaurants aufgefallen war – dazu angetan, ihm die Laune für den Rest des Abends zu verderben. Der Rahmen mit der verhaßten Zahl kam auf die Kamera zugefahren, auf das Zimmer, in dem Stepan war, auf ihn selbst, auf das ganze Universum. »Liqor 43«, hörte er den Sprecher sagen. »Nobody knows the night better!«

Der schöne Moment war dahin ... Stepan spürte, wie ihm die Tränen in die Augen stiegen, so wie einst in Kindertagen, wenn ein mit bunten Siebenen vollgeschriebenes Blatt aus dem Schulheft, unter die Matratze gelegt, ihn nicht vor dem Allerschrecklichsten hatte bewahren können: dem nassen Laken am anderen Morgen. Je näher sein dreiundvierzigster Geburtstag rückte, um so dreister führte die 43 sich auf. Dämmerung umgab ihn, die sich mit grellem Tageslicht tarnte, darin reifte etwas Gräßliches, Kaltes, das seinen Giftstachel schon gegen ihn gerichtet hielt; er mußte handeln, bevor dieser Dorn sich in sein Gehirn bohrte.

Etwas mußte geschehen. Nur was?

Als er tags darauf in einer gecharterten Cessna über Gran Canaria flog, fiel ihm etwas auf, das er zunächst für riesige Sonnenbatterien hielt. In Wirklichkeit waren es Folienbahnen, die die Pflanzen vor zuviel Sonne schützen sollten, etwas wie umgedrehte Gewächshäuser – was Stepan aber erst nach der Landung erfuhr, da er den Piloten nicht mit dummen Fragen hatte ablenken wollen. Seine Phantasie während des Fluges war von den gigantischen Sonnenbatterien in Anspruch genommen.

Die Sonne scheint jeden Tag, dachte er, auf den blauen Ozean mit den wie gestrichelten weißen Schaumkrönchen hinabsehend, aber solange du keine Sonnenbatterien aufstellst, hast du keinen Strom.

Die Zahl 34 war der Sonne sogar überlegen, insofern sie aus ihrer idealen Welt Tag und Nacht zu ihm herüberleuchtete. Um ihre Kraft in vollem Umfang zu nutzen, mußte er etwas wie Sonnenbatterien erfinden, die die heilsamen Emanationen in sich einsogen. Was ließ sich dafür verwenden? Was bloß?...

Der Flugzeugmotor störte Stepan beim Denken. Die einzige Möglichkeit, die ihm hartnäckig immer wieder in den Kopf drängte, war, seiner Bank einen neuen Namen zu geben. Doch an die zwanghaften Versuche, die 34 in einem Namen zu verschlüsseln, konnte er sich noch gut erinnern. Seufzend wandte er den Blick von den vermeintlichen Sonnenkollektoren hinüber auf das gelbe Fleckchen einer vermeintlichen Ankerboje, die in Wirklichkeit ein Windsurfer war. Ungefähr auf halbem Abstand zwischen beiden schimmerte die Schaumspur eines Motorboots, das eben gewendet hatte; sie ergab, von hier oben betrachtet, ein griechisches Gamma. Im nächsten Moment war Stepan mit den Gedanken schon wieder bei anderem. Doch die Empfängnis hatte stattgefunden.

Geboren wurde der am Himmel über den Kanaren gezeugte Gedanke dann in Rußland. Stepan fuhr durch das neblige, depressive Moskau. Im Autoradio klang leise Musik: Boris Marossejew, Pop-Ikone Marke gay, sang das alte Lied *Marmotte,* das Stepan noch aus der Schule kannte, auf seine unnachahmliche Art (»Das Murmeltier, das schläft bei mir …«). Aus den Nachrichten wußte er, daß die Jugendbewegung *Schwadronen des Lebens* Marossejew neuerdings in der Mangel hatte – er sollte patriotischen Themen gefälligst mehr Aufmerksamkeit schenken. Womöglich gehörte das Lied vom Murmeltier ja in diese Kategorie.

Stepan fragte sich, wie es kam, daß trotz des gezielt anrüchigen Images dieses Interpreten, trotz der enthemmt orgiastischen Juchzer, die Boris zwischen die Strophen streute, das Lied genau jene Art tiefer Traurigkeit ausstrahlte, von der einem leichter im Gemüt wurde. Nach einer Minute hatte er die Erklärung: Boris war einfach ein Künstler. Wechselweise drangen aus seiner Stimme eine alle Barrieren niederreißende Leidenschaft, das Moll des leisen Bedauerns, das innige Flüstern der Verführung, und all das zusammen erzeugte beim Zuhörer das vage Gefühl, es könnte sich bei dem besungenen Murmeltier in Wirklichkeit um das Gewissen handeln – ein sanft über den Schultern des lyrischen Helden schwebender Engel, der alle seine Taten und Untaten auf ein himmlisches Videoband aufzeichnet. Fehltritt und Reue zu einem unmöglichen Ganzen verschmolzen. Ein Meisterwerk.

Unversehens aber sprangen Stepans Gedanken – wer weiß warum – auf das Liebesleben der Primaten. Meowth hatte ihm davon erzählt. In einer Horde Schimpansen gibt es drei Sorten Männchen: Alpha-, Beta- und Gammatiere. Die Alphatiere sind die stärksten; die Betatiere sind schwächer, aber nur um ein weniges, deswegen kämpfen sie unentwegt mit den Alphas. Während die Gammatiere so hoffnungslos schwach sind, daß sie sich aus allen Kämpfen heraushalten. Im Ergebnis bietet sich ein interessantes Bild: Während Alpha und Beta in den Büschen aufeinander losgehen, bespringt das Gamma in aller Ruhe einen Großteil der Herdenweibchen.

Stepans Herz hüpfte wieder einmal. In dem Goldfischglas auf

seinen Schultern schwamm ein neuer Bewohner, das spürte er. Vielleicht nicht nur einer. Die ersten vier Buchstaben im griechischen Alphabet hießen Alpha, Beta, Gamma und Delta, so viel wußte er noch aus dem Mathematik-Grundkurs am Institut, wo die Unbekannten in den Gleichungen so bezeichnet waren.

Gamma-Bank! Das war es! Das Gamma gab durch seine Stelle im Alphabet die Drei vor, das Wort Bank durch die Anzahl der Buchstaben die Vier. Gut, vielleicht war das ein bißchen konstruiert: die eine Ziffer aus dem einen Film, die zweite aus einem anderen – aber genausogut konnte man die 34 aus Gamma und Delta bauen. Beide in einem Namen unterzubringen ging schlecht, mit Leichtigkeit jedoch im entsprechenden Slogan – der auf der Werbetrommel geschlagen eine Art magisches Mantra abgeben könnte, darin würden sie in der richtigen Reihenfolge beieinanderstehen. Und schon hatte er es, das mystische kleine Kraftwerk, das seine Glückszahl mit der nötigen Energie aufladen würde.

Der neue Name und das dazugehörige PR-Konzept waren in Stepans Kopf im Bruchteil einer Sekunde entstanden, in der Pause zwischen zwei rauhen Seufzern aus Borjas Heldentenorkehle (vielleicht grüßte da auch nur sein Murmeltier, das ließ sich der vielen elektronischen Effekte wegen nicht mit Bestimmtheit sagen).

Fest stand: Die Gamma-Bank mußte gegen die Alpha-Bank positioniert werden, die die potenteste und angesagteste Moskauer Bank war. Eine Kontra-Positionierung war stets der effektivste Weg, sich in Szene zu setzen. Man durfte keine Angst haben, als Mops zu gelten, der gegen einen Elefanten anbellt. Dem Mutigen gehört die Welt. Wer wußte noch, wie der Elefant in Krylows Fabel hieß? Mops Moska kannte jeder.

Beispielsweise konnte man die Zahl 34 so verankern:

Wer bellt da?

GAMMA-BANK verführt Ihr Delta!*

*während Beta größer als Alpha sein möchte
und Alpha Beta das Gegenteil beweist

Oder besser noch aggressiver?

Alpha-Bank: ein Panzerschrank
Gamma-Bank: 'ne sichre Bank!

Das war doch schon hervorragend ... Nur leider ohne Delta. Vielleicht hätte man statt Panzerschrank gleich Panzerfaust schreiben sollen, aber dann wäre der Reim gestorben, und außerdem zitterten einem die Knie: Daß ein Gamma-Männchen ohne zwingenden Grund besser nicht auf ein Alpha losging, das wußte er ja nun.

Zu guter Letzt zog sein assoziatives Schleppnetz noch eine weitere Leiche an Land:

Gamma! Der Hamma!

Werbesprüche schreiben war nicht sein Metier, das spürte Stepan. Doch es bestand kein Zweifel, daß Profis (jener »zynische Experte« zum Beispiel, den Meowth damals für die Werbefläche an der Rubljowoer aufgetrieben hatte) in der Lage sein würden, Gamma und Delta durch eine Vielzahl von Tricks und Kniffen in die richtige Position zu bringen.

Boris Marossejew hatte von seinem Murmeltier bekommen, was er wollte, und beruhigte sich allmählich. Nach einem kurzen Werbeblock fingen irgendwelche anonymen Spanier *Borriquito como tu – ru-ru ...* zu singen an, worauf sich im Auto sofort der Gestank von Eselmist breitmachte. Es war deprimierend.

»Das Radio nervt«, sagte Stepan zum Chauffeur. »Schieb Bon Jovi rein.«

Das war eine Gruppe, die er oft hörte – nicht, weil er deren Musik besonders gemocht hätte, die Gründe waren schwerwiegender. Der Chauffeur schob die CD ins Armaturenbrett, und mit den ersten Gitarrenriffs tauchte in Stepans Aquarium die Muräne des Zweifels auf. Daß ein Gamma in der Branche noch nicht vorkam, dessen war er sich beinahe sicher. Aber Delta? ... Da war etwas. Die Variable hatte ihre im Mathematikkurs am Institut gezeigte Unschuld schon in der Frühzeit des Computerbooms verloren, als sie nämlich die berühmte Differenz zwischen Aufwand und Ertrag bezeichnete. Die Komsomolzen der Achtziger und Neunziger hatten jenes Delta ungefähr so angebetet wie er seine 34. Daß keiner von denen auf die Idee gekommen war, sich dieser Ikone zu bemächtigen, konnte einfach nicht sein.

Stepan zückte sein Handy und wählte Meowths Nummer.

»Meowthy, Pika am Apparat. Versuch doch mal rauszukriegen, ob in Rußland Banken existieren, die ein Delta im Namen haben. Und mit was für Slogans die werben. Ruf gleich zurück, wenn du was hast.«

Nach fünfzehn Minuten rief Meowth wieder an. Delta-Banken existierten in Rußland circa zwanzig an der Zahl – und wenn man die einrechnete, die von der ein Sechstel der Erde umfassenden Bildfläche schon wieder verschwunden waren, hatte man an die vierzig. Was die Slogans anging, erbat Meowth sich noch etwas Zeit. Bis jetzt hatte sie nur einen herausbekommen, den die Moskauer DeltaCredit vor sich hertrug:

DeltaCredit. ENG AM MARKT.

Verflixt! Da war es schon. Auf das Delta folgte ein Gamma. Geschickt verborgen im hinteren Teil, doch Stepan hörte es sofort. Also vorn die Vier, hinten die Drei. Und sogar noch eine 43 gab es, direkt im Namen: Das D lieferte die Vier und das anschließende C die Drei.

Stepan stöhnte auf, ihm war, als bohrte sich eine schartige Speerspitze in seinen Rücken, er kippte seitlich auf die Rückbank. Erschrocken blickte der Chauffeur sich um und bremste.

»Laß mal«, sagte Stepan kaum hörbar. »Geht gleich vorbei.«

So ist das also, dachte er, als das Herzflattern nachließ. Während Alpha und Beta in den Büschen ihr Verhältnis klären und Gamma es den Weibchen der Herde besorgt, gründet Delta sein Geschäft auf der Nachbarwiese. Und dagegen läßt sich gar nichts tun. Das ist der Kapitalismus.

Am Abend nahm Stepan ein Schlafmittel, und er träumte von einer Beerdigung. Er stand vor dem offenen Grab, an dessen Grund ein kleiner rosa Plastiksarg stand. In ihm lag seine Idee. Die doch erst am Tag zuvor geboren worden war. Stepan hätte den Sarg sehr gern geöffnet, um zu erfahren, wie tote Ideen aussehen, doch er wagte es nicht, denn er war an diesem traurigen Ort nicht allein.

Am gegenüberliegenden Rand des Grabes hockte ein betrunkenes Murmeltier mit Mütze. Die Mütze hatte Ohrenklappen und eine glänzende Kokarde mit dem Buchstaben Alpha darin. Das Murmeltier murmelte etwas Beschwichtigendes in sein Mobiltelefon und zwinkerte mit den roten Augen. An seinem Hals gab es zwei große lila Knutschflecke. Um ihm nicht zu nahe zu treten, tat Stepan so, als horchte er angestrengt in sein eigenes Handy. Dachte dabei jedoch an anderes: nämlich daß er den Namen seiner Bank wohl besser so ließ, wie er war. Nur dem Planeten, auf dem er wohnte, würde er in Zukunft etwas mißtrauischer entgegentreten, das war alles.

Am Morgen fühlte Stepan sich zerschlagen und sagte die beiden Termine für diesen Tag ab.

43

Nach ein paar Tagen landete auf Stepans Schreibtisch eine saffianlederne rote Mappe mit Informationen zu DeltaCredit, die Meowth zusammengetragen hatte. Sie enthielt ein großes Farbfoto und neun engbeschriebene Seiten Text. Jede von ihnen empfand Stepan wie einen Faustschlag ins Gesicht – und zwar jedesmal aus anderem Winkel, damit die Gewöhnung ausblieb.

Der Präsident dieser Bank hieß Mark Firkin. Man mußte kein indianischer Fährtenleser sein, um dieselbe Zahl, die einem aus dem Slogan *DeltaCredit. Eng am Markt* entgegengrinste, auch im Namen des Präsidenten zu erkennen: schon im Vornamen Mark (vier Buchstaben, davon drei Konsonanten – noch Fragen?), erst recht im Nachnamen Firkin. (Stepan hatte es sofort gespürt, begriffen aber erst nach langwierigem Brüten über dem *Multilingual Dictionary*: eine deutsche Vier! Und mit dem Rest, *-kin*, drei Buchstaben, war die Sache klar.) Das Böse also in doppelter Etikettierung: unverhohlen und dreist, selbstgefällig, der Gesetzlosigkeit frönend und darum an Tarnung nicht denkend.

Zu Zeiten, als Stepans Sun Bank noch eine einfache Sanbank war, hatte die von Firkin Munspezbank geheißen. Als Stepan dieses Wort vor sich hinsprach, spürte er in seiner Brust ein heftiges Engegefühl, er mußte ein paar Sekunden warten, bis es vorüber war. Aus dem weiteren wurde zwar ersichtlich, daß der Wortanfang, der so verdächtig nach dem englischen Mond klang, nur die Abkürzung für Munizipal- war. Aber auch das *Sun* aus dem eigenen Logo hatte früher einmal nicht Sonne bedeutet, sondern schlicht Sanitär-. Hier zeigte sich ein Phänomen: Firkins Firma, einst mit den gleichen Formen sozialer Mimikry ins Geschäft eingestiegen wie die Sanbank, war von allem Anfang an die vollendete Antipodin seines Sonnenkinds. Stepan spürte, das konnte kein simpler Zufall sein.

Er blätterte noch eine Seite weiter – und bekam einen neuen

Schlag versetzt, als er die Adresse der DeltaCredit las: *Straße der Kursker Schlacht 43*. Ein weiterer Zufall? Stepan konnte nur müde grinsen.

Nicht die Kursker Straße, wohlgemerkt – nein, die Straße der Kursker Schlacht hatte es sein müssen. Er wußte noch gut, wie schwierig es damals gewesen war, ein passendes Objekt mit Hausnummer 34 für die Sanbank zu finden. Alle Straßen im Zentrum innerhalb des Rings hatten sie gecheckt, und am Ende war so viel Bestechungsgeld geflossen, daß man damit locker den Raketenbau von Heimat und Vaterland hätte sanieren können. In diesem Punkt schien sein Mondbruder (denn um den handelte es sich, wie Stepan schon nicht mehr bezweifelte) weit erfolgreicher gewesen zu sein: Die Götter des Bösen hatten ihm nicht nur ein Haus Nummer 43 gesandt, sondern auch noch die Straße der Kursker Schlacht als Dreingabe. (Stepan hätte seine Hypothese durch keinerlei rationale Argumente zu stützen gewußt, doch er war überzeugt davon, daß die Schlacht am Kursker Bogen im Jahr 1943 denselben gewichtigen Platz in Firkins Privatmythologie einnahm wie in seiner eigenen – nur mit umgekehrtem Vorzeichen.)

Und es ging noch weiter. Delta war genauso eine Pocket Bank wie die von Stepan (ein bißchen gewichtiger vielleicht) und klebte gewissermaßen genauso am Öl, nur daß sie ein deutsch-russisches Konsortium bediente, welches Konti-Nenz hieß, da es zwecks Steuervermeidung im Autonomen Kreis der Nenzen eingetragen war. Über Konti-Nenz war erstaunlich wenig in Erfahrung zu bringen gewesen – das Unternehmen schien so gut getarnt, daß man annehmen durfte, es gehörte auch zur »Familie«. Falls dem so war, mußte Firkin ein gefährlicher Rivale sein, ein hochgefährlicher sogar.

Doch Stepan dachte nicht daran, sich kampflos geschlagen zu geben. Zumal er ja seit Vertragsabschluß mit Even-Treur ebenso das Gefühl hatte, für die »Familie« zu arbeiten (weshalb er jedesmal, wenn irgendwo in Gesellschaft jemand über die Jelzin-

Tochter Tatjana Djatschenko oder Roman Abramowitsch, den »Familienschatzmeister«, herzuziehen begann, aufstand und stolz erhobenen Hauptes den Raum verließ). Firkin und er kämpften also in derselben Gewichtsklasse.

Ferner wußte man über diesen Firkin, daß er, wenn er gerade einmal nicht für seinen Hauptkunden arbeitete, das Geld anderer Leute diskret und professionell ins Ausland verbrachte – natürlich gegen etliche Prozente, fünf oder sechs. Und es gingen Gerüchte, er habe in den stürmischen Neunzigern mehrere Morde angestiftet, wofür es selbstredend keine Beweise gab.

Ansonsten orientierte sich Firkins Busineß an denselben Feldlinien wie das seine. Was nicht weiter verwunderlich war, da andere in der Natur nicht mehr vorkamen. Vielleicht hatte es nie andere gegeben, nur daß man sie früher, in den romantischen Zeiten der ursprünglichen Akkumulation, zu sehen geglaubt hatte? Das war wieder eine dieser abstrakten, philosophischen Fragen, für die es, so wußte Stepan, keine gescheiten Antworten gab.

In konkreteren Belangen waren Antworten übrigens ebensowenig zu erwarten, doch dies aus anderem Grund: Dort wurden schon lange keine Fragen mehr gestellt. Es war auf den ersten Blick klar, daß die Leitlinien, nach denen DeltaCredit arbeitete, sich von den Busineßtechnologien der Sanbank nicht unterschieden. Stepan Michailow ebenso wie Mark Firkin waren Schräubchen im Getriebe eines jede Vorstellung übersteigenden Luxusmercedes, Super-G-Klasse, birkenlaubgeschmückt, mit drei Rundumleuchten, der Gogols fliegende Troika abgelöst hatte, ebenso unaufhaltsam über die verschneiten Ebenen der Geschichte fegte, hui! – nach Nirgendwo.

Stepan und Firkin hatten jeder seinen unikalen Platz auf der ökonomischen Sinuskurve der Nation – doch die Funktion war dieselbe, eben eine Sinusfunktion, und das konnte gar nicht anders sein, sonst hätten Stepan und Firkin auf ihr keinen Platz gefunden. Reine Trigonometrie! Mittwochs war Stepan an der

Reihe mit Überweisen, Einwechseln, Abheben, Abschreiben, Abschlagen, Abknöpfen, Abwimmeln, Abschrecken, Abtransportieren und donnerstags Firkin. In diesen Momenten war jeder von ihnen vielleicht der wichtigste Mann im Land. Doch von dieser Phasenverschiebung abgesehen, unterschieden sich die beiden Banken unterm Strich überhaupt nicht voneinander, sie waren ökonomische Zwillinge und hatten, wie sich herausstellen sollte, sogar dasselbe Dach: Leo Lebedkin, den Jedi.

Dafür waren, wenn man dem Dossier glauben durfte, die menschlichen Unterschiede zwischen beiden enorm.

Firkin galt als Mäzen der schönen Künste und hatte viele Freunde in der Moskauer Boheme. Stepan verachtete diese Klientel, da er fand, daß sie hauptsächlich dazu da war, teuren Anwälten die Rekreationszone aufzuhübschen.

Firkin sammelte moderne Malerei. Stepan hielt die modernen Künstler samt und sonders für geistige Hütchenspieler beziehungsweise Satanisten.

Firkin verbrachte seine Nächte gern in exquisiten Nachtklubs. Stepan hätten keine zehn Pferde dorthin gebracht.

Firkin fuhr einen Aston Martin (nämlich einen V 12 Vanquish wie James Bond – nur daß Bond keine Rundumleuchte hatte). Stepan gab sich solide-patriotisch und zog einen Russitsch V 700 auf klassischer Geländewagenbasis vor. (Übrigens einer der allerersten in einer Stuttgarter Werkstatt speziell für den russischen Markt nachgetunten Brabus, und Stepan war schrecklich stolz darauf, obwohl er ihn nur aus zweiter Hand hatte.)

Firkin fuhr am liebsten selbst. Stepan, der es nicht ausstehen konnte, hinterm Lenkrad zu sitzen, hatte einen Chauffeur.

Kurz, der Unterschied zwischen ihnen war wie der zwischen 34 und 43 – denkbar groß und immer noch größer, als man dachte.

Zwei skurrile Details waren in dem Dossier unter Verweis auf *konfidentielle Quellen* aufgeführt. Zum einen war Firkins Büro bei DeltaCredit mit Kork schallisoliert. Zum anderen wurde er in

Bohemekreisen liebevoll Eselchen Siebencent genannt. Woher dieser sonderbare Spitzname kam, hatte Meowth nicht herausbekommen können.

Zum zehntenmal schon nahm Stepan sich das Foto vor. Ein gutmütiges, etwas dümmliches Gesicht mit rötlichem Schnauzer blickte ihn an, nur die leicht schräg geschnittenen Augen schauten listig. Stepan klappte die Mappe zu und starrte aus dem Fenster.

Eselchen, dachte er. Wieso ausgerechnet Eselchen? Wozu? Vielleicht so: Beine hat er vier, zwei Ohren plus ein Schwanz ergeben drei. Das stinkt zum Himmel ... Andererseits, warum sollte man bei den Beinen anfangen? Und warum den Schwanz zu den Ohren zählen und nicht zu den Beinen? Eigentlich liegt er doch näher nach da ... Rätsel über Rätsel. Siebencent? Wahrscheinlich hat auch er zuerst einen Pakt mit der Sieben ausprobiert. Und dann vier plus drei daraus gemacht – statt drei plus vier wie ich. So wird es gewesen sein. Ist schon was dran an dem Spruch, daß das Böse nur das Spiegelbild des Guten ist. Aber wieso Cent? Ach, wenn man es wüßte, wenn man es nur wüßte!

43

Das Gebäude, in dem die DeltaCredit ihre Geschäftsräume hatte, sah eigenartig aus. Eine halbverfallene Kirche, die offenbar weder historisch noch architektonisch so von Wert gewesen war, daß das Patriarchat sie hätte wiederhaben wollen, und die der Architekt nicht einfach restauriert, sondern auf ungewöhnliche Art in seinen Entwurf eingebunden hatte: In die mit Stahlträgern wie notdürftig stabilisierte Backsteinruine hinein hatte er eine moderne Konstruktion gesetzt. Die kleine dunkle Glaspyramide ließ sich als Delta lesen. Geschmackvoll, geistreich und in Maßen ketzerisch. Stepan empfand Neid – sein eigenes Office *in solider Villa* wirkte im Vergleich zu diesem avantgardistischen Schmuckstück krämerhaft profan.

Nachdem er sein Auto schon einige Male an der DeltaCredit hatte vorbeifahren lassen, entschloß sich Stepan endlich zum Vordringen auf feindliches Territorium. Zuvor hatte er sich erstmals in seinem Leben verkleidet.

Seit vielen Jahren verstaubte in seinem Schrank ein graumelierter falscher Bart, den er einmal (nicht ganz nüchtern) zusammen mit einer Tube Spezialkleber in einem Londoner Geschäft für Theaterrequisiten erworben hatte. Der Bart ließ ihn aussehen wie einen tschetschenischen Warlord. Nach kurzem Überlegen zog er noch einen grobgestrickten Pullover à la Hemingway über, was den Anschein perfekt machte: ein Separatist auf der Suche nach neuen Aufgaben.

Vielleicht war das auch der Grund, weshalb die Wache am Eingang ihn ohne Nachfrage passieren ließ. Stepan hätte extra einen Prospekt der DeltaCredit nebst Fragebogen zur Kreditaufnahme zur Hand gehabt; notfalls beabsichtigte er sich als Unterhändler sibirischer Geschäftsleute auszugeben.

Im Vorzimmer warteten mehrere Leute. Nahe der Tür zu Firkins Büro saß eine Sekretärin. Stepan ließ sich gleich neben dem Eingang in einen Sessel fallen, schlug ein Bein übers andere und verbarg sich hinter einer zerlesenen Nummer des *Kommersant* mit einem großen Beresowski-Bild auf der Titelseite.

Dieses Tarnmanöver war keine Improvisation. Stepan wußte, daß es im Kopf einer jeden Sekretärin ein Areal gibt, das ähnlich funktioniert wie die Freund-Feind-Erkennung in einer Radarstation der Luftabwehr. Wie genau diese Erkennung arbeitet, hätte er nicht zu sagen gewußt. Doch er wußte, wie sie auszuschalten war. Das war sozusagen praktische Gefechtserfahrung: Genauso hatte nämlich einmal ein Verrückter, der zu wissen behauptete, wo das Tor nach Shambala ist, sich einen ganzen Tag lang in Stepans Vorzimmer versteckt, Meowths Schreibtisch gerade gegenüber – die hinterher einfach nicht begreifen konnte, woher der Mann so plötzlich gesprungen kam, als Stepan auftauchte.

»Wie vom Himmel«, sagte sie und hob verwundert die Hände. »Incredible! Vielleicht weiß er ja tatsächlich, wo dieses Shambala liegt?«

Jetzt hielt Stepan die Zeitung in der Hand, die sein Wachdienst dem Verrückten abgenommen hatte. Man wußte nicht, was an ihr das feindliche Radarsystem so zuverlässig außer Kraft setzte: das Beresowski-Bild, die Kopfzeile mit dem Wort *Kommersant* oder das ganze Titel-Ikebana zusammengenommen. Doch es klappte genau so, wie Stepan sich erhofft hatte: Firkins Sekretärin schaute auf, sah das Foto auf der Titelseite und war im nächsten Augenblick mit den Gedanken woanders. Die Frage nach seinem Anliegen entfiel.

Hinter seiner Zeitung hervor inspizierte Stepan das Vorzimmer durch ein kleines japanisches Monokular – und es war, als deckte er die Karten einer Teufelspatience auf. Alles paßte zusammen. An der Wand hingen zwei Bilder, ein kleines und ein großes. Beides Schlachtengemälde, neuerdings sehr in Mode, doch Stepan begriff schnell, was sie hier zu suchen hatten.

Das eine wirkte sehr alt. Es zeigte einen Trupp Husaren, der durch federartige blaue Rauchschwaden dahinfegte; am Himmel darüber schwebte eine akkurat gepinselte rote Inschrift: *Semjon Kosheurow zum Andenken von den Kämpfern der ruhmreichen 4. Strafgardepanzerdivision.* All das schien nicht weiter kriminell, doch das Bild trug den Namen *Der Durchbruch.* Das war *I Ging,* Hexagramm 43! Kommentar überflüssig.

Bezüglich des großen Bildes sah die Sache noch finsterer aus. Ein gewisser Lukas Saprykin hatte es gemalt – wohl einer von Firkins Bohemefreunden. Es hieß *Die Schlacht am Kursker Bogen.* Allein das hätte ausgereicht, Stepan den Tag zu vergällen. Doch Herrn Saprykins Sicht auf das Ereignis brachte Stepans Herz einmal mehr zum Flattern. Das Bild zeigte einen rosafarbenen T-34, mitten im Felde stehend, von riesigen Tigern umsprungen. Auf dem Turm des Panzers kauerte ein nackter Mann mit Batman-Maske und schiß in die offene Luke.

Nach diesem Schlag unter die Gürtellinie wunderte es Stepan schon nicht mehr, als er in dem Flugzeugmodell, das auf einem Rauchtisch in der Ecke stand, den Abfangjäger MiG-29 erkannte. Sehr einleuchtend: Die Zahl 29 war die Hauptverbündete der 43 – und wo, wenn nicht in der Höhle des Löwen, sollte man seine bissigen Welpen vermuten? Vermutlich hätte Stepan bei weiterer Begutachtung des Raumes noch mehr Doppeldeutigkeiten und Sinnbilder entdecken können. Doch da trat Firkin durch die Eingangstür.

Abgesehen davon, daß das Gesicht von der Kälte draußen gerötet war, glich er seinem Foto: ein listiger Hamster, der etwas wußte. Etwas, das ihn zu einem wichtigen Tier machte, wichtiger als Fuchs, Wolf und Bär, wichtiger noch als Beresowski am Lagerfeuer mit Taschenrechner in der Hand.

»Zu mir?« fragte Firkin, Stepans Zeitung mit einem Finger zur Seite schiebend.

Verdutzt blickte die Sekretärin auf Stepan, dann erschrocken zu ihrem Boß und wieder auf Stepan.

»Ich …«, hob Stepan an und faltete die Zeitung zusammen, »ich …«

»Sie müßten ein Stündchen warten. Ich hab erst noch was zu erledigen. Soja, biete dem Gast einen Tee an«, sagte Firkin und verschwand in seinem Büro. Das Türblatt war, wie Stepan sehen konnte, ungewöhnlich dick.

»Entschuldigen Sie«, sagte die Sekretärin und kam hinter ihrem Tisch hervor, »Herr … äh … Um welche Angelegenheit ging es?«

»Eine Privatangelegenheit«, erwiderte Stepan, während er gleichfalls aufstand und zur Tür ging, durch die er gekommen war. »Bin gleich wieder da. Hab die Tuckenschleuder im Auto vergessen … Pardon: die Gelenktasche.«

Er schloß die Tür hinter sich, ging würdevoll und gemessen an dem Büdchen mit dem Wachschutz vorbei zum Ausgang und lief, leichtfüßig wie sonst nur im Traum, die Straße hinunter.

10 000

Stepan war ein Freund orientalischer Dichtung, nämlich des Haiku. Haikus zu schreiben war sehr einfach – für dreihundert Dollar hatte Prostislaw es ihm beigebracht. Man mußte nicht nach Reimen suchen und sich mit dem Versmaß quälen. Es genügte, einen spontan aus dem Herzen geborenen Gedanken in drei Zeilen zu zerlegen und anschließend zu prüfen, ob darin zufällig das Wort *Kilometer* vorkam. Wenn ja, mußte man es durch das Wort *dahin* ersetzen. Dann durfte man sich für einen langen Moment als seelenvoller Asiate fühlen, was Stepan gut gefiel, auch wenn Meowth komisch guckte.

Im Rückblick auf seinen Besuch bei DeltaCredit dichtete er die folgenden Zeilen:

Zehntausend dahin im Fluge.
Andere Vögel singen des Nachts.
Nur die Griffel sind die gleichen.

Welche anderen Vögel und wieso zehntausend, verstand Stepan selber nicht, denn er dichtete um der Schönheit willen. Dafür hätte er über die Griffel Genaueres zu sagen gewußt.

All die Keimlinge jäten zu wollen, die die Zahl 43 in die Welt setzte, war ein sinnloses Unterfangen – das hatte er schon damals eingesehen, als er auf Wurftauben und Tetrapacks schoß und seine vom Bösen gezeichneten Mitarbeiter entließ. In Firkins Höhle zu kriechen war noch törichter gewesen. Soviel hätte er wissen müssen. Um ein Haar wäre er in seine eigene Falle getappt. Nicht auszudenken der Skandal, wenn Firkins Wachschutz ihn zur Überprüfung der Personalien festgehalten hätte …

Der richtige Weg führte in die diametral entgegengesetzte Richtung. Was tat Firkin, indem er *Die Schlacht am Kursker Bogen* in sein Vorzimmer hängte? Genau das, was Bingas Gebote empfahlen: die Position der eigenen Zahl stärken. (Und daß Firkins Zahl die 43 war, daran hegte Stepan nach dem Besuch endgültig keinen Zweifel mehr.) Er mußte es ihm nachtun.

Stepan hatte also richtig gelegen, als er die Umbenennung in Gamma-Bank erwog. Was daraus geworden war, wußte man – aus dem Nichts hatte es ihm Eselchen Siebencent vor die Füße geweht. (Wieso bloß Eselchen?, fragte sich Stepan bei dieser Gelegenheit zum hundertstenmal – um sich zum hundertstenmal die Antwort zu geben: Nicht ablenken lassen!) Der Mißerfolg des Gamma-Bank-Projekts bedeutete jedoch nicht, daß die Idee selbst nichts taugte – sie ließ sich auf vielerlei andere Weise verwirklichen.

Wenn es nicht möglich war, die 34 im Namen seines Unternehmens unterzubringen, konnte er sie beispielsweise in den einer Fernsehsendung schmuggeln. Energetisch gesehen, wäre dies sogar ungleich wirkungsvoller gewesen: Die göttliche Zahl gut ausgeleuchtet auf den Bildschirm zu bringen, war, als schriebe man sie groß in den Himmel.

Nachdem Stepan viele Varianten gründlich erwogen und wieder verworfen hatte, kam ihm eine Idee, die so gut war, daß er selbst staunte. Je länger er darüber nachdachte, um so mehr gefiel sie ihm. Aber er mußte sich beeilen – die Zeit war knapp.

Meowth schmollte immer noch, und die Gelegenheit war günstig, ihr wieder einmal zu zeigen, wie hoch er ihre Hilfe schätzte.

»Meowthy«, sagte er, »ohne dich wäre ich aufgeschmissen. Pikachu hat die Idee zu einer neuen Fernsehsendung. Erinnerst du dich an diesen Menschen, der damals unsere Werbetafel an der Chaussee getextet hat? Den zynischen Experten? Könntest du den auftreiben, Liebes? Sag ihm, ich hätte vielleicht einen größeren Auftrag für ihn. Ach, und hole bitte ein paar Informationen über ihn ein – bei so einer Sache sollte man schon wissen, mit wem man arbeitet.«

Der »zynische Experte« erschien am nächsten Tag. Durch die Angaben, die Meowth über ihn gesammelt hatte, war Stepan voreingenommen, eine Mischung aus Abscheu und Hochachtung erfüllte ihn, doch der lebendige Eindruck übertraf die Erwartungen in jeglicher Hinsicht.

Er hieß Maljuta. Ein robuster, griesgrämiger Typ mit schütterem Leninbärtchen. (Daß es nicht bloß wie ein Ziegenbärtchen aussah, sondern eben wie das von Lenin, kam wohl daher, daß Maljuta schon Glatze hatte). Er trug Tarnhosen und ein rotes T-Shirt mit Aufschrift in Anführungszeichen:

»Ghostmodernizm Rulez!«

Das Gespräch war noch keine Minute alt, da verlangte Maljuta einen Vorschuß von zehntausend Dollar.

Stepan wollte ihm schon die Tür weisen, als er sich daran erinnerte, daß diese Zahl in seinem letzten Haiku vorkam, ohne daß er gewußt hatte, wieso. Konnte es sein, daß die Zahlen ihm ein Zeichen sandten? Stepan drückte die Taste der Wechselsprechanlage und bat Meowth, die Auszahlung vorzubereiten. Trotzdem ließ er sich noch ein paar Arbeiten aus Maljutas Mappe zeigen.

»Mein Beruf bringt es mit sich«, sagte Maljuta, »daß ich die besten Arbeiten nicht zeigen kann. Obwohl jeder sie gesehen hat. Alles läuft streng konfidentiell. Ich habe deshalb hier in der Mappe hauptsächlich Projekte für den Export. Und ein paar Blindmuster – damit Sie einen Eindruck vom Spektrum der angebotenen Dienstleistungen bekommen.«

Stepan klappte die Mappe auf, fing an zu lesen.

Darin fand sich alles mögliche. Zum Beispiel PR-Konzeptentwürfe für Napoleon Bonaparte, Batu Khan und andere historische Gestalten mit viel Blut am Stecken. Eine Abteilung unter dem Titel *Persische Motive* war dem militanten Islam gewidmet. Größtenteils in Englisch, da für reiche Ölscheichs bestimmt, wie Maljuta betonte. Zwei Slogans für Al-Qaeda fielen Stepan besonders ins Auge:

Al-Qaeda. People who care.
Al-Qaeda. Men in White.

Einen Slogan für Hamaz gab es auch:

Hamaz. All it takes is a gentle touch of a button!

Dieser trug eine Randnotiz mit Bleistift: *Gekupfert durch CNN Text.* Manche der persischen Motive begriff Stepan absolut nicht, zum Beispiel das folgende, eine Whiskyreklame:

No matter what your journey is, keep walking!
Johnny Walker Lindh, Taliban, USA.
The Green Label.

Stepan hob den Blick.

»Und – gehen die?«

»In Saudi-Arabien wie die warmen Semmeln«, erwiderte Maljuta. »Ich weiß allerdings nicht, was sie dort damit anstellen. Vielleicht, daß sie sich die in ihren Harems an die Wand hängen.«

»In Saudi-Arabien?« fragte Stepan ungläubig nach. Maljuta nickte.

»Dort habe ich einen guten Kundenstamm«, sagte er. »Ganz patente Leute, wir bräuchten mehr solche bei uns. Ich habe sogar schon ein Upgrade für das Logo ihrer Fluggesellschaft auf Lager. Im Original ist da eine Palme mit zwei kleinen Säbeln darunter. Bei mir im Entwurf sind statt der Säbel gekreuzte Kartonschneider, diese *boxcutters*, Sie wissen schon. Sieht modern aus, und das nationale Kolorit bleibt gewahrt.«

»Und wie fanden die das?«

»Ich hab's ihnen noch nicht gezeigt. Zu früh. So in fünf Jahren, wenn die Situation reif ist, kann man drüber reden. Eine absolut naheliegende Variante, finde ich.«

Zentral plaziert war in der Mappe das vollständig ausgearbeitete Konzeptmuster für eine politische Partei der neuen Großgrundbesitzer: *Die Zusammen Nehmenden*. Es beinhaltete ein 10-Seiten-Manifest, geradezu mozartisch beschwingt, dazu einen belehrenden Appell an die verehrten Mitbürger, Thesen zur Arbeit mit der Landjugend und einiges mehr. Soweit Stepan beurteilen konnte, äußerst fachkundig gemacht. Am eindrucksvollsten fand er das zentrale Ideologem der Bewegung: *Familienwerte*. Stepan verstand nicht gleich, doch als der Groschen gefallen war, nickte er anerkennend – das taugte etwas. Vor allem in der internationalen Arena, wo keiner eine Ahnung hatte, von welcher Familie die Rede war, mußte solch eine humanistische Losung sehr gut ankommen.

Das Konzept schloß auch visuelles Material ein. Den stärksten Eindruck auf Stepan machte hier ein Plakat, worauf ein wild gewordener bärtiger Tschetschene, der aussah wie der junge Karl Marx, seine raffgierige Hakenkreuzklaue nach der Brust von Mutter Heimat ausstreckte, die einen Säugling mit byzantinisch umflortem Blick auf den Armen trug. Hinter dem Rücken von Mutter Heimat eine Agrar-Industrie-Landschaft, Zuckerrüben-Aluminium-Verschnitt. Ein schnauzbärtiger Grenadier im Tschako mit Doppelkopfadler bohrte sein blau-weiß-rotes Bajonett in die Klaue des Tschetschenen. Quer über das Plakat spannte sich blutrot die alarmierende Zeile:

Hände weg von den Familienwerten!

Es gab noch eine andere Variante, bei der der bärtige Tschetschene mit seiner Fahne (giftgrüne Schnörkel auf rotem Grund) und einer Granate zwischen den Zähnen einen blitzenden Bohrturm zu erklimmen suchte, doch der Strahl eines Scheinwerfers, gelenkt von wackeren Burschen in Trikoloretrikots, entrissen die unheildrohende Figur dem Dunkel. (Dieses Plakat gefiel Stepan weniger – es war zu offensichtlich von einem der vielen berühmten Bilder zum Thema *Sturm auf den Reichstag* abgekupfert.)

Maljuta hatte sich nicht damit begnügt, die Losungen der neuen Bewegung zu schreiben. ***(Familienwerte – unser ein und alles!*** beziehungsweise die emphatische Kurzform: ***Unser ein und alles!)*** Er hatte auch grob skizziert, aus welcher Richtung er die Welt bedroht sehen wollte:

Die Konkretisierung des Feindbilds erfolgt später. Als Platzhalter wird angeboten: ***Kotzmopoliten*** *(Variante:* ***Kosmopololitas****). Hierdurch werden kulturelle Anschlußfelder evoziert, die den hier vorgestellten visuellen Lösungen entsprechen und ebenso auf die Aktivierung des im Unbewußten schlummernden Psychomaterials als Generalstrategie abzielen.*

Zwei Seiten weiter stieß Stepan auf Handschriftliches, zum Beispiel:

Der Mensch ist zur Arbeit geboren wie der Vogel zum Fliegen. *(Kampagne Agentur für Arbeit – sponsored by Chicken Soup Inc., Foies gras Vente et expédition, etc.)*

Thunfisch im eigenen Saft. Slogan: ***Stay tuned*** *(geklaut von CNN News)*

Regionale Variante für Heimatsender (Anglerbild mit fettem Fisch am Haken): ***Bleiben Sie dran!***

»Und was ist das?« fragte Stepan, Maljuta das Blatt vor die Nase haltend.

»Nichts Besonderes. Freie Entwürfe. Beim Warten auf Kunden fällt einem manches ein.«

Stepan fand, daß das Gespräch sich gut anließ. Bei so einem mußte man sich nicht lange mit der Vorrede aufhalten. Doch wollte er Maljuta zuvor noch eine Kostprobe seines Informationsniveaus geben.

»Stimmt es, daß du beim großen Tatarski gearbeitet hast?« fragte er nach einem verstohlenen Blick in das von Meowth zusammengetragene »Infoblatt«.

Maljuta bekreuzigte sich.

»Mein erster Lehrer«, sagte er. »Alle Schlechtigkeit, die in mir wohnt, verdanke ich ihm. Aber aus der Politik bin ich schon lange raus. Und das bereue ich nicht: Man verdient weniger, schläft aber besser. Jedenfalls hat die alte PR-Pupe momentan nichts mit mir zu schaffen.«

Stepan holte mit seinen Erklärungen etwas aus, schon weil er selbst nicht genau wußte, was für eine Sendung er eigentlich meinte. Nur der Name stand für ihn fest. Außerdem wollte er nach Maljutas Bemerkung über Tatarski von Anfang an klarstellen, daß sein Projekt mit realer Politik nichts zu tun haben sollte.

Er ließ Maljuta in einem Sessel mit farbenfrohem Kringelmuster Platz nehmen (dasselbe, das alle Sitzmöbel im Office hatten: drei schwarze Flecke auf vier roten Kreisen, und das viele Male auf jedem Meter Bezugsstoff) und begann mit einigen allgemeinen, richtungsweisenden Überlegungen.

»Worum es mir geht, ist, daß unser Land seit längerer Zeit viel mehr Politik produziert, als der Binnenmarkt benötigt. Und dabei weiß man immer weniger, was diese Politiker eigentlich tun und wozu sie nütze sind. Andererseits, ganz ohne Politik geht es auch nicht. Das ist so wie mit Kultur oder meinetwegen Fußball: Wenn die abgeschafft sind, fehlt was. Meine Idee bestünde darin, die Politik allmählich auf die Ebene von Sport und Spiel zu verlegen, wo sie für Aufregung sorgen kann, ohne irgendwem wirklich weh zu tun. Verstehst du, was ich meine?«

»M-hm«, machte Maljuta und schrieb sich etwas in seinen Block.

»Es müßte so sein, daß alle schwierigen Fragen, an denen sich heutzutage die russischen Geister scheiden, in leichter, humoristischer Form beantwortet werden, die den antagonistischen Klassenwiderspruch und internationale Meinungsverschiedenheiten außen vor läßt. Hierfür müßte man ein paar Multimediafiguren erfinden, die diese Probleme knallhart auf den Tisch packen und noch knallhärter wieder abräumen. Mit dem Ziel, im Hirn des Zuschauers die erste Furche zu ziehen, längs derer er dann weiterackern kann ... Drücke ich mich verständlich aus?«

»Ja doch. Heißen die Figuren schon irgendwie?«

Meowth kam mit einem prall gefüllten Kuvert herein.

»Jawohl«, sagte Stepan, nahm ihr das Kuvert aus der Hand und schrieb mit gut gespitztem Bleistift (KOH-I-NOOR, tschechisches Fabrikat, sehr ordentlich) zwei Worte darauf.

»Hier sind die Namen«, sagte er und reichte Maljuta das Kuvert. »Und es wird gleichzeitig der Titel der Sendung sein.«

Maljuta las und brummte verstehend.

»Alles klar«, sagte er. »Läßt sich machen. Obwohl der Postmodernismus längst nicht mehr aktuell ist.«

»Postmodernismus, was soll das sein?« fragte Stepan mißtrauisch.

»Das ist, wenn du Fakes fakest. Und dein eigenes Fake bist.«

»Ach so? Und was *ist* aktuell?«

»Aktuell ist, wenn ein Fake Geld bringt.«

Stepan meinte eine Anspielung auf sich und sein Geschäft herauszuhören. Er wurde wütend.

»Paß mal auf, Maljuta«, sagte er. »Die Mediziner haben festgestellt, daß es drei Sorten von Schwulen gibt: passive, aktive und aktuelle. Die ersteren beiden treiben es so, wie es ihre Natur ist, und dagegen hat keiner was. Während die letztgenannten, die sind bloß schwul, weil sie in der Zeitschrift *Huch!* gelesen haben, daß Schwulsein gerade aktuell ist. Und gegen die wird man was haben dürfen. Verstanden?«

»Ich verstehe, worauf Sie hinauswollen, Herr Michailow«, entgegnete Maljuta ungerührt. »Aber mir scheint, die Szenerie ist etwas diffiziler. Es gibt noch eine vierte Sorte Schwule, die sind die Furchtbarsten. Nämlich die unaktuellen. Zu denen zähle ich die, die erst die *Huch!* lesen müssen, um zu wissen, was aktuell ist. Und die Postmodernisten fallen auch in diese Kategorie. Nichts anderes wollte ich sagen.«

Stepan sah ein, daß er mit seinem kleinen Säbelchen besser nicht gegen so einen Granatwerfer hätte vorpreschen sollen, schon gar nicht im Beisein Meowths (wo man sicher sein konnte, daß sie das, was sie aufgeschnappt hatte, anschließend auf einer ihrer Lochkarten eintrug). Außerdem merkte er, daß Maljuta ihm überhaupt nicht an die Karre fahren wollte – obwohl er sichtlich das Zeug dazu hatte.

»Nein, daß wir uns richtig verstehen«, sagte Stepan und hatte sich schon wieder im Griff, »du mußt dir keine Gedanken machen, was aktuell ist und was nicht. Die Hausaufgaben habe ich schon gemacht. Fähigkeiten hast du, das sehe ich. Schreib, wie dir der Schnabel gewachsen ist. Aber geräuschlos, wenn ich bitten darf.«

»Wie meinen?«

»Ich bitte darum, nichts verlauten zu lassen. Geschäftsgeheimnis.«

»Alles klar auf dem Basar!« sagte Maljuta und sah Stepan irgendwie seltsam in die Augen.

Exakt drei Stunden später rief Hauptmann Lebedkin an.

»Wozu habe ich dir das Leben gerettet?« fragte er in düsterem Ton. »Doch nicht, damit du deine Nase in die Politik steckst?«

»Ich, äh ...«, stammelte Stepan.

»Mach dir nicht ins Hemd!« unterbrach der Hauptmann ihn fröhlich. »Ich scherze nur. Der Gedanke gefällt uns allen. Wir hatten etwas Ähnliches vor, wußten nur nicht, wo ansetzen. Das

Projekt kuratiere ich, einverstanden? Schön, dann arbeiten wir von jetzt ab noch enger zusammen. Wenn ich ehrlich sein soll, Stepan, ich finde die Idee grandios. Ein Dankeschön vor angetretener Mannschaft.«

»Ich diene der Sowjetunion!« erwiderte Stepan.

»He! Sag das nie wieder«, ließ der Hauptmann ernsthaft hören. »Was mich betrifft: Ich verstehe Spaß. Aber andere verstehen keinen. Die denken, du machst dich über ihren Fahneneid lustig. Dann drehen die den Spieß um, und du kriegst es mit der Steuer zu tun, möchtest du das? Steuerprüfung ist das mindeste. Wenn es um die Offiziersehre geht. Stepan, da kennen die nix, da pinkeln die jedem ans Bein. Und nimm's Maljuta nicht übel, daß er zu uns gekommen ist, ich hatte ihn drum gebeten. Bei seiner Tätigkeit geht das nicht anders.«

»Verstehe«, erwiderte Stepan.

»Und? War das nicht eine nette Überraschung?« fragte Lebedkin und lachte auf einmal.

»Überraschung würde ich es nicht nennen. Nur etwas sehr plötzlich, Herr Hauptmann ...«

34

Eine Woche nach dem ersten Treffen legte Maljuta das fertige Projekt vor. Stepan las es an seinem Schreibtisch, während Maljuta in einem extra aus der Buchhaltung herübergetragenen niedrigen Sessel sitzen mußte, worin sich jeder Besucher automatisch klein und blöd vorkam (eine Rache für die Demütigung vom letzten Mal). Auf der Titelseite der Mappe, deren Design an ein Dokument aus dem irakischen Waffenbericht denken ließ, prangten fröhlich die Worte:

Зюзя и Чубайка

Beim Lesen der beiden Namen erschauerte Stepan vor Lust. Hier zeigte sich wieder einmal, wie mächtig die russische Sprache doch war: Sie ermöglichte ein Manöver, das totale Entblößung und vollendete Tarnung miteinander verband. Sjusja und Tschubaika waren, oberflächlich gesehen, unmißverständliche Verballhornungen von Sjuganow und Tschubais. Chefkommunist meets Chefprivatisierer. Selbst ein so scharfsinniger Experte wie Maljuta konnte nichts anderes darin sehen als ein postmodernes Spielchen, während Stepan doch nur die beiden Anfangsbuchstaben etwas angingen: eine klare und deutliche 34, ohne alle Tricks, Milchmädchenrechnungen und Separatvereinbarungen mit sich selbst.

Maljuta beschrieb die Figuren folgendermaßen:

Sjusja: in Matrosenhemd und Schirmmütze, mit grobem, volkstümlichem Gesicht, entstellt von überlaufender Galle, an eine Gummiboxpuppe erinnernd: Diese werden oft extra mit Grimassen versehen, die Furcht hervorrufen und zugleich den natürlichen Antrieb, sie zu bekämpfen.

Tschubaika: in tadellosem schwarzem Anzug und Fliege, pfiffig, mit charmantem Lächeln; die Sympathien der Zuschauer (und insbesondere der Zuschauerinnen) sind sofort auf seiner Seite.

Und ihre Rollen sah Maljuta so:

Als erster kommt stets Sjusja ins Bild. Er ist eine Art Sprachrohr für Volkes Stimme. Was allen auf der Seele brennt, spricht er aus mit radikaler Offenheit: so, daß dem Zuschauer die Luft wegbleibt. Ist diese Art Atemnot erzeugt, tritt Tschubaika auf. Er streitet mit Sjusja nicht zur Sache, gibt nur ironisch-nonchalante Kommentare, die beim Zuschauer eine zaghafte Vorstellung davon wecken, wie einer zu denken und zu sprechen hätte, der eines Tages die Zone hinter sich lassen möchte, wo Volkes Stimme gilt, um in den kleinen, komfortablen Kreis derer aufgenommen zu werden, die dem Volk gegenüberstehen.

Maljuta hatte zu formulieren gewußt, was Stepan nur sehr verschwommen im Sinn gehabt hatte – und noch dazu einige Beispieldialoge verfaßt, die die Konturen der künftigen Sendung schon recht gut ahnen ließen. Da es sich einstweilen nur um Entwürfe handelte, war Maljuta nicht zögerlich gewesen, seinen inneren Sjusja zur Höchstform auflaufen zu lassen. Und es war ein wahres Vergnügen zu beobachten, wie sein innerer Tschubaika ein um das andere Mal den Lauf aus dem Graben schob und dem armen Sjusja ein Loch ins Hemd schoß.

Übrigens fand sich in dem Text ein unüberhörbarer Nachhall ihrer kürzlichen Diskussion zum Thema Postmodernismus.

»Ich sehe nicht ein, Tschubaika, was an der liberalen Bourgeoisie liberal sein soll. Sie vertritt eine extrem totalitäre Ideologie. Bei näherem Hinsehen beschränkt sich ihr Liberalismus darauf, den Werktätigen das Recht einzuräumen, sich in ihrer Freizeit gegenseitig in den Arsch zu f…«

Worauf Tschubaika so antwortet:

»Sie werden entschuldigen, Sjusja, aber das ist ein großer Schritt nach vorn im Vergleich zu einem Regime, das sogar dieses Recht allein für sich in Anspruch nahm.«

Manchmal gewann Sjusja im Streit auch die Oberhand:

»Unentwegt ans Geld zu denken, das verbietet uns keiner. Nur darf es uns ja nicht einfallen, die Grundfrage zu stellen. Das, mein lieber Tschubaika, ist der vorrangige Zweck der Gehirnwäsche, der wir unterzogen sind.«

»Wie lautet denn die Grundfrage, Sjusja?«

»Ha! Da sehen Sie, Tschubaika, wie effektiv diese Gehirnwäsche ist.«

Daß vielleicht nur ihm es so vorkam, als gewänne Sjusja hier die Oberhand, hielt Stepan für nicht ausgeschlossen; die Fernsehzuschauer mochten einen ganz anderen Eindruck gewinnen. Eines war jedenfalls unverkennbar: Maljuta besaß den absoluten Durchblick. Die kurze Auseinandersetzung, die er mit Maljuta zu folgendem Fragment hatte, bestärkte ihn noch in diesem Urteil.

»Die Macht in Rußland, mein lieber Tschubaika, hat zwei wichtige Funktionen, die seit vielen, vielen Jahren unverändert sind. Die eine ist es, zu raffen. Die zweite: alles Lichte und Erhabene abzuwürgen. Wenn die Mächtigen zu sehr mit Funktion eins beschäftigt sind, kann es passieren, daß für das Würgen die Zeit nicht reicht, dann tritt ein sogenanntes Tauwetter ein – und mit ihm eine Blüte der schönen Künste und der Philosophie …«

»Wenn es so ist, warum haben Sie denen das Raffen dann unnötig schwergemacht, mein lieber Sjusja? Jetzt dürfen Sie sich nicht beklagen, wenn wieder gewürgt wird.«

Stepan hob den Blick.

»Was soll das denn?« fragte er pikiert. »Wem sollen die Kommunisten das Raffen schwergemacht haben? Und wann?«

»Na also«, sagte Maljuta befriedigt, »funktioniert ja.«

»Was funktioniert, Blödmann?«

»Das Konzept. Es schürt Emotionen.«

Erst hier besann sich Stepan, kapierte und las weiter. Mit jeder Zeile wuchs sein Respekt vor Maljutas Professionalität. Spielend erfaßte er Probleme, von deren Existenz Stepan nicht einmal etwas ahnte, setzte mit der Eleganz eines Ballettänzers über bodenlose Abgründe hinweg.

Maljutas Technik, mit heiklen Fragen umzugehen, war interessant: Man brauchte gar nicht auf sie zu antworten, man mußte dem Zuschauer nur zu verstehen geben, daß diese Themen strapaziös waren und sich damit zu befassen nicht glücklich machte.

Und dabei hatte doch jeder – dies zu betonen war wichtig – ein Anrecht darauf, glücklich zu sein.

Das Projekt zielt nicht darauf ab, schrieb Maljuta, *dem Fernsehzuschauer ausreden zu wollen, daß das Land von einer Gaunerclique regiert wird. (Dieses Ansinnen hätte gegenwärtig aus objektiven Gründen keine Aussicht auf Erfolg.) Es stellt sich vielmehr zur Aufgabe, an klaren, einprägsamen Beispielen vorzuführen, welcher Gesichtsausdruck geboten ist, wenn die Rede auf dieses Thema kommt. (»O nein, Sjusja, nicht schon wieder, Sie fallen mir auf den Wecker … Sehen Sie doch, draußen ist Sommer, die Vögel singen. Gibt es denn wirklich gar nichts, was Sie am Leben freut?«)*

Nach dieser Passage fühlte Stepan sich von einer Welle positiver Energie emporgehoben.

Da waren sie, die »anderen Vögel« aus seinem Haiku! Sie singen, und wie sie singen! dachte er. Wie sollten sie auch nicht – zehntausend auf die Kralle … Die Zahlen schienen auf seiner Seite zu sein. Ein Zeichen, ganz gewiß.

»Den Vorschuß hast du dir verdient«, sagte er, stand auf und streckte sich behaglich. »Jetzt fangen wir richtig an zu arbeiten.«

»Alles klar im Basar!« klopfte Maljuta seinen Lieblingsspruch und erhob sich aus der peinlichen Sitzposition.

»Ich hatte letztens ein Gespräch mit Hauptmann Lebedkin«, sagte Stepan und blickte Maljuta bedeutungsvoll an. »Ist der dir ein Begriff?«

Maljuta nickte. Er hielt Stepans Blick stand, ohne Gefühle zu zeigen – falls solche bei ihm überhaupt vorkamen.

»Er wird die ganze Sache kuratieren. Budget, Planung, Kontakte … Das heißt, wir haben zuverlässige Rückendeckung – da brennt nichts an. Denk nach und schreibe. Bleibt unter uns.«

»Alles o.k. am Büfett«, antwortete Maljuta.

Aha. Um Basar und Büfett mußte Stepan sich also keine Sorgen machen. Blieb die Küche. Daß ihm dort keiner in die Suppe spuckte. Und wie der Große Küchenmeister hieß, war überhaupt unklar. Stepan war nun schon eine Weile im Geschäft, aber das hatte er immer noch nicht herausbekommen. Wobei es von dieser Frage nur ein Schritt zur nächsten, grundsätzlicheren war, die ihn des öfteren beunruhigte: Wenn die Welt von Zahlen gelenkt war, wer lenkte eigentlich die Zahlen?

»Weil wir gerade von Lebedkin reden«, unterbrach Maljuta diesen Gedankengang, »ich hatte gestern auch ein Gespräch mit ihm. Es gibt gute Neuigkeiten – hat er's erzählt?«

»Was?«

»Vielleicht will er die frohe Botschaft selber verkünden?«

»Laß den Quatsch, red schon.«

»Er hat noch einen Sponsor aufgetrieben. So daß wir jetzt das doppelte Budget haben. Wir können die Sache ganz anders aufziehen.«

»Was für einen Sponsor?« fragte Stepan, dem plötzlich die Knie weich wurden. Wie kurz vor einem Erdbeben, von dem der Verstand noch gar nichts weiß, doch der Instinkt reagiert schon.

»Eselchen Siebencent«, verkündete Maljuta.

Der Instinkt hatte nicht getrogen.

»Wer??« ächzte Stepan im Falsett.

»Firkin von DeltaCredit. Ist der Ihnen ein Begriff?«

»Vom Hörensagen«, erwiderte Stepan und fiel zurück in den Stuhl.

»Ist was, Herr Michailow? Es scheint Sie gar nicht zu freuen?«

Stepan zuckte die Achseln.

»Die werden uns doch nicht ins Konzept reinreden?« fragte sein Mund, bevor er ihn verschließen konnte.

»Tun sie nicht«, sagte Maljuta. »Die sind erstaunlicherweise mit allem einverstanden. Es gab nur eine einzige Bedingung, eine Kleinigkeit, die wollten seine Leute geändert haben: Die Sendung soll nicht *Sjusja und Tschubaika* heißen, sondern *Tschubaika und Sjusja*. Das finde ich sogar präziser. Wir wollen ja Tschubaika featuren, nicht wahr. Dann soll er auch an erster Stelle stehen. Wir haben die Änderung im letzten Moment durchbekommen.«

»Was heißt, im letzten Moment?«

»Vor der Absegnung von ganz oben … Herr Michailow, was haben Sie denn? Soll ich Ihnen einen Schluck Wasser … Sekretärin! Herrn Michailow geht's wohl nicht gut! He, hallo, Sekretärin!«

34

Der Entschluß, Firkin zu töten, war mit einemmal dagewesen. So als hätte jemand Stepans Prozessor aus dem Sockel gezogen, eine mit Blut geschriebene Absichtserklärung integriert und die Platine wieder einrasten lassen. Am Morgen nach Maljutas Besuch, als Stepan erwachte, war bereits alles entschieden. Zweifel, Skrupel konnten überflüssiger nicht sein.

Doch dafür war Eile vonnöten. Zumindest wenn Binga die Wahrheit gesprochen hatte – und bislang sah alles danach aus. Der Geburtstag stand so kurz bevor, daß Stepan noch im Bett zu planen anfing.

Die Aktion über solide Kanäle zu organisieren reichte die Zeit schon nicht mehr aus. Sie dem erstbesten »Profi« anzuvertrauen ging nicht an. Ein Profi ist einer, der sein Geld einsteckt und »Alles klar im Basar« sagt, dann klingelt bei ihm das Telefon, und Jedi Lebedkin ist am Apparat. Es blieb also nur eine Möglichkeit: Er mußte es selber machen.

Stepan erschrak nicht sehr bei dem Gedanken – es war ehrlicher so. Und womöglich sicherer. Wer würde schon die Phantasie haben sich vorzustellen, daß eine Pfandleiherin die andere kaltmachte? Wie immer in diesen Fällen würde man nach dem überspannten Studenten im langen Mantel suchen.

Seine bei DeltaCredit vor Ort erprobte Sonntagsmaskerade

galt es zu vervollkommnen. Zum Bart erwarb Stepan auf dem Flohmarkt einen schwarzen Priesterrock und eine Skufia (es war das Wort, das Stepan dazu einfiel: die hohe schwarze Kopfbedeckung für Priester, eine Art Samthelm, er wußte nicht genau, ob sie wirklich so hieß). Dazu ein properes Brustkreuz aus Messing, glänzend wie ein neues Wasserrohr. Eine Schultasche aus Kunstleder gab seiner Erscheinung besondere Authentizität; eine alte sowjetische Armbanduhr im quadratischen Metallgehäuse und ein Paar Offiziersstiefel vervollständigten die Ausrüstung. Während Stepan das Arsenal im Kofferraum seines Autos verstaute, fühlte er sich bereits wie ein Verbrecher auf der Interpol-Fahndungsliste.

Vor lauter Bangigkeit verfiel er auf die Idee, seinen wahren und einzigen Gott um Beistand zu bitten, indem er die christliche Liturgie zweckentfremdete. Und das ging so: Zuerst murmelte er »Im Namen des Vaters, des Sohnes und des Heiligen Geistes!«, wandte sich also an die Drei, dann schlug er vor der Brust ein Kreuz, das heißt, er malte eine Vier. Letzteres hatte er sich bei den alten Weiblein abgeguckt, die in der Metro zu ihm kamen, als er zwei Probeausflüge in Verkleidung unternahm. Wichtig war, die Reihenfolge zu beachten und nicht etwa das Kreuz schon vor der Anrufung der Dreifaltigkeit zu schlagen (wie es, entsann er sich dunkel, auf Schwarzen Messen üblich war).

Als das Kleiderproblem gelöst schien, kam die Waffenfrage an die Reihe. Modischen Schnickschnack (Schalldämpfer-MPis, Pistolen mit Laservisier und ähnlicher Hollywoodkram) zog Stepan hierbei gar nicht erst in Betracht. Zunächst erwog er den Einsatz eines langen Küchenmessers aus Solingen-Stahl. Es trug eine Prägung, die ihn an Conan Doyles Erzählung von den tanzenden Männlein erinnerte – passend zum geplanten Totentanz. Doch nach reiflicher Erwägung fand er es ungeeignet: Er würde sich wohl kaum in der Lage zeigen, jemanden mit dem Messer abzustechen.

Ihm kam eine andere Idee. Seit Ewigkeiten bewahrte er ein schreckliches kleines Souvenir in seiner Schublade auf: einen schießenden Füllfederhalter, deutsches Fabrikat, nebst zugehöriger Packung Patronen. Beides zusammen lag in einer Monte-Christo-Zigarrenkiste. Die Patronen sahen aus wie die Filter von Damenzigaretten, mit weißverchromten Hülsen und Stahlkerngeschossen. Trotz ihrer unbeträchtlichen Größe eine furchtbare Waffe.

Stepan testete sie auf der Datscha. Aus einigen Metern Entfernung durchschlug sie einen Blechkanister. Nachteile gab es allerdings auch: Erstens war der Schuß ziemlich laut. Zweitens war der Füller schwierig zu halten, der Rückstoß schmerzhaft. Und drittens gestaltete sich das Nachladen kompliziert – man mußte den Füller aufschrauben, die leergeschossene Hülse herausziehen, eine neue Patrone einsetzen, zuschrauben, spannen (hierfür gab es an der Seite eine kleine, straff gehende Klammer). Das war eine langwierige Prozedur. Doch ohnehin würde die Sache mit einem Schuß erledigt sein. Firkins Schläfenbein konnte kaum kräftiger sein als fünf Millimeter Blech.

Als Stepan den Schlafzimmerschrank öffnete, um den Füllhalter in einem der Sakkos zu verstecken, sprang ihm die gelbseidene Schachtel ins Auge, deren Existenz er schon vergessen hatte. Darinnen die drei Lingam des Sieges – die mystischen Schlüssel zu seinem Zen-Steingarten.

Ein wunderlicher Gedanke bemächtigte sich seiner.

Er legte die Schachtel auf den Tisch und entnahm ihr eines der länglichen Geräte: das grüne. Die Öffnung an der Rückseite erwies sich als groß genug. Stepan setzte den Füllhalter an, drückte vorsichtig, er rutschte ganz hinein.

Ihn wieder herauszubekommen war allerdings schwieriger als gedacht. Stepan schwang den Dildo ein paarmal kräftig durch die Luft, in der Hoffnung, daß die Fliehkraft den Füllhalter heraustrieb. Doch wahrscheinlich hatte irgendeine Ausbuchtung sich im Gummi verhakt.

Stepan begann auf dem Dildo herumzukneten, ihn an verschiedenen Stellen behutsam zu biegen und zu pressen, damit der Füllhalter herauskam. Diese Handhabungen hatten etwas so außerordentlich Obszönes und zugleich Erregendes, daß ihm unwillkürlich ein schiefes Grinsen ins Gesicht trat.

Plötzlich gab es einen ohrenbetäubenden Knall – als wäre ein Luftballon unter seinen Händen zerplatzt. Stepan sah, daß er anstelle des heiligen Lingam etwas in der Hand hielt, das wie eine halbaufgegessene unreife Banane aussah. Der Schuß hatte das esoterische Instrument in ein paar Gummifetzen verwandelt.

Die Kugel war durch den Teppich in den Fußboden gedrungen. Er hätte den Dildo in anderem Winkel halten müssen, und alle Probleme wären schneller gelöst gewesen als gedacht, nur eben auf andere Art. Doch beim Starren auf den zerschlissenen grünen Stummel in seiner Hand schweiften Stepans Gedanken schon wieder ab. Auch daß der Schuß leiser gewesen war als zuvor, kümmerte ihn gerade nicht.

Einen wie Firkin tötete man nicht aus geschäftlichen Gründen, wofür es geschultes Personal und spezielle Methoden gab. Firkin war ein mystischer Gegner. Und nicht einmal Firkin war dieser Gegner, sondern jener Geist des Bösen, der sich auf ihn stützte, über seine physische Hülle agierte. Diesen Geist wollte Stepan treffen. Eine Schnellfeuerlösung à la Mussa und Issa war hierfür zu wenig. Stepan brauchte keine Leiche, er brauchte den Sieg über die 43. Also mußte er eine mystische Waffe zum Einsatz bringen, etwas wie den tibetischen Phurba-Dolch oder die gesegnete silberne Kugel. Und was konnte sich hierfür besser eignen als das heilige Lingam des Sieges? Die zwei Amitafiosi hatte der Himmel geschickt.

Stepan nahm ein anderes Lingam aus der Schachtel, spannte den ungeladenen Füller und führte ihn sorgfältig ein. Nach einigen Minuten des Experimentierens kam er dahinter, daß der Abzug dann reibungslos funktionierte, wenn man den mittleren Teil des Gummiglieds kräftig drückte. Alle sonstigen Manipulationen waren ungefährlich – man konnte das Lingam fallen lassen, so oft man wollte. Daß auf diesem elastischen, glatt und etwas fettig sich anfühlenden Kunststoff keine Fingerabdrücke hinterblieben, wußte Stepan außerdem. Ein besseres Versteck für eine Waffe hätte sich kein Al-Qaeda-Berater für westliche Psychologie ausdenken können.

Beim Hantieren mit dem Lingam wurde Stepan wieder auf die Buchstaben aufmerksam, die darauf gemalt waren. Die Farbe war wischfest, Stepans Finger hatten nichts verunstaltet. Damals, beim ersten Untersuchen der Schachtel im Büro, hatte er es für irgendeine fremde, fernöstliche Schrift gehalten. Jetzt erkannte er, daß es lateinische Buchstaben waren, die aussehen sollten wie Sanskrit oder ähnliches. Die Schnörkel bildeten einen sonderbaren Satz: *OM MONEY PADME WHOM*. Hie und da war es, von deutlich anderer Hand geschrieben, sogar Russisch: *HOI MAMA PAPAS HORN*. Da hatten wohl mindestens zwei Avitaminosi die Lingam beschriftet. Vielleicht waren diese Stücke für den Export vorgesehen gewesen, bevor eine Eilbestellung aus dem Inland für ihre Umwidmung sorgte.

Wenn Stepan sich recht entsann, was er bei Prostislaw darüber gehört hatte, sollten derlei Inschriften an rituellen Gegenständen böse Geister vertreiben. Mit Mama und Papa konnten das männliche und das weibliche Prinzip, Yin und Yang, gemeint sein. Oder alles war viel simpler, und die Jungs hatten eine x-beliebige orientalische Bannformel russifiziert, um die Moskauer Vorstadtdämonen zu schrecken, die keine exotischen Fremdsprachen kannten.

Das wird sich zeigen! dachte er. Am bösesten Geist, den es gibt.

Stepan streifte sich die Gummihandschuhe über, die er sonst in der Küche benutzte, und rieb erst die Patrone, dann die Einzelteile des Füllhalters sorgfältig mit Spiritus ab. Setzte ihn zusammen, spannte die Schlagfeder und schob den Stab vorsichtig in das Lingam. Anschließend holte er den roten Pümpel aus dem Badezimmer und schnitt ein kreisrundes Stück heraus, das er dem Durchmesser der Lingam-Öffnung anpaßte, auf der nicht sichtbaren Seite mit einer 34 markierte und mit japanischem Superglue aus einer spritzenartigen Tube in den Schaft einklebte. Es gelang erstaunlich paßgenau und sah hübsch aus.

Beim Ausführen dieser Operation empfand Stepan ein in den letzten Monaten kaum mehr gekanntes seelisches Wohlbehagen. Dabei dachte er überhaupt nicht an den Zweck des Ganzen, es war, als gäbe er sich einem harmlosen Hobby hin, Laubsägearbeiten zum Beispiel. Das fertig präparierte Lingam und die Handschuhe legte er in die Schultasche.

Die Tasche war aber viel zu leicht, es mußte unbedingt noch etwas hinein. Nach kurzem Nachdenken packte er zwei Bücher dazu: einen Band der *Philokalie* sowie *Die Brüder Karamasow*. Er überlegte und füllte die Tasche weiter: mit einer Büchse Sardinen in Olivenöl, einer Flasche Wodka, einem Reisenecessaire, Wäsche zum Wechseln. Die Wodkaflasche brachte er so in dem kleineren Mittelfach unter, daß der Flaschenhals aus der Tasche ragte und den Passanten alles über ihren Besitzer sagte. Das Leder beulte überzeugend, der Wodkahals war das Pünktchen auf dem i. Damit die Tasche Meowth nicht unter die Augen kam, schloß Stepan sie im Safe ein. Dann entsorgte er die Produktionsabfälle: den zerschnittenen Pümpel, die leere Patronenhülse und die aus dem Parkett gepulte Stahlkugel.

Das Weitere konnte Stepan sich nicht recht vorstellen. Sein vorläufiger Plan war, Firkin in der Nähe eines der Nachtklubs aufzulauern, die er frequentierte. Aber ein paar Tage später ergab sich alles ganz anders.

Der Fernseher kam zu Hilfe. Aus einer Magazinsendung über das Moskauer Theaterleben erfuhr Stepan, daß Firkin und seine Bohemegesellen zur Premiere eines aufsehenerregenden avantgardistischen Theaterstücks nach Petersburg reisen würden. Firkin war Hauptsponsor des Projekts, weshalb man ihn in der Sendung mit Djagilew verglich. Einer der Schauspieler war so freundlich zu verraten, an welchem Tag und sogar mit welchem Zug man zu fahren gedachte, es sollte einen extra »Theaterwagen« geben. Alle Freunde des modernen russischen Theaters waren eingeladen mitzufahren. Stepan zählte sich nicht dazu – doch solch eine Gelegenheit ergab sich vielleicht nie wieder, er durfte sie nicht verstreichen lassen.

Zufällig ließen ihm die Geschäfte gerade etwas Luft. Er beauftragte Meowth, die erste Rate für *Sjusja und Tschubaika* anzuweisen (daß es jetzt *Tschubaika und Sjusja* heißen sollte, mochte er immer noch nicht glauben). Dabei fiel ihm ein, daß Empfänger und genaue Summe noch gar nicht bekannt waren; er bat Meowth, dies bei Lebedkin in Erfahrung zu bringen.

»Ich verreise für ein paar Tage«, sagte er ihr. »Maximal drei.«

»Wo fährst du hin?« fragte Meowth.

»Petersburg«, antwortete Stepan, da er wußte, daß man etwas zu Vertuschendes am besten mit der Wahrheit bemäntelt. »Prostislaw hält einen Vortrag im Traummuseum. Zum Thema: Das I Ging und die Kunst des Fechtens.«

Meowth schien sich zu wundern, sagte aber nichts.

Am Abend gingen sie ins *Skandinavia* essen. Ganz gegen ihre Gewohnheit, sich einfach zu kleiden, trug Meowth heute ein erstaunliches Kleid, das aussah wie ein ärmelloser Regenmantel. Es stand ihr hervorragend. Während des Essens aber entdeckte Stepan in ihrem Gesicht plötzlich Fältchen, die er nie zuvor bemerkt hatte. Auch die Antennen auf ihrem Kopf schienen nicht mehr so lang und federnd zu sein wie früher. Und so seltsam es war: Gerade diese Entdeckungen erfüllten sein Herz mit solcher Zärtlichkeit, daß ihm Tränen in die Augen traten. Damit Meowth sie nicht sah, griff Stepan nach der halbaufgerauchten Zigarre und ging auf die Terrasse damit.

Ich vernachlässige sie! ging er mit sich ins Gericht. (Unten auf dem Hof rannten Leute in Tarnanzügen hin und her.) Die

Ärmste geht auf die Dreißig, und wer ist sie bei mir? Eine bessere Tippse. Das macht ihr bestimmt keinen Spaß. Zumal wir schon seit zwei Monaten von nichts anderem als dem Marshallplan reden ... Oder sind es schon drei? Oje ... Wenn alles gutgeht (beim Gedanken an die bevorstehende Aktion wallte eine klebrige Furcht in ihm hoch), wenn über alles Gras gewachsen ist ... dann heirate ich sie. Ehrenwort.

Ein heftiger Windstoß aus Richtung Kreml wehte Stepan die Zigarrenasche ins Gesicht. Ihn fröstelte.

Und außerdem besorge ich mir einen englischen Paß! dachte er noch, paffte einen letzten Zug und ging zu Meowth, die in der Terrassentür aufgetaucht war.

Nachdem er sich von ihr verabschiedet hatte (der Chauffeur fuhr sie hinaus auf die Datscha), ging er in eine seiner Stadtwohnungen. Die Requisiten – Aktentasche und sonstige Maskerade – waren bereits dort.

Als erstes schaltete Stepan den riesigen Ventilator am schwarzen Gestänge ein, dem gegenüber auf einem Stahlring ein bunt bemalter Holzpapagei mit gespreizten Flügeln saß. Beides hatte er aus Santo Domingo mitgebracht – gekauft in einer Boutique an der Hauptstraße. Ventilator und Papagei befanden sich in gleichem Abstand zueinander wie damals im Laden und erzeugten den gleichen Effekt, der ihn dort so verblüfft hatte: Der Papagei hatte allerlei Bambusstöckchen an den Flügeln hängen, die beim Einschalten des Ventilators zu schaukeln und zu klimpern anfingen, es klang ganz zart, melodisch, ein bißchen traurig. Das plötzliche Gefühl von Freiheit und Frische, das Stepan damals im kühlen Wind des großen Propellers empfunden hatte, als er von der glutheißen Straße in den Laden trat, pflegte sich jedesmal wieder einzustellen. Der Luftstrom und das Klappern hatten eine beruhigende Wirkung, suggerierten gar irgendwie die Gewißheit, im Recht zu sein.

Stepan klebte sich sorgfältig den Bart an. Saß dann eine Weile mit geschlossenen Augen im Sessel, ging die nötigen Verrichtungen in Gedanken noch einmal durch. Zum Beispiel mußte er die Leimtube mitnehmen für den Fall, daß der Bart sich löste – daran hatte er bisher nicht gedacht.

Er zog den schwarzen Priesterrock über und betrachtete sich im Spiegel. Von Stepan war nichts mehr zu sehen. Ein Pope von unbestimmbarem Alter schaute ihn an, dessen Bart vor der Zeit grau geworden schien. Gramvoller Blick, gesammelt.

Die Schlüssel sind noch im Mantel, dachte der Pope. Gleich einstecken, sonst vergesse ich sie. Er trat zur Garderobe, steckte die Hand erst in die eine, dann in die andere Manteltasche. Stieß auf ein Tütchen Erdnüsse, das vor dem Abendessen im *Skandinavia* nicht dort gewesen war.

»Meowth!« flüsterte er und lächelte, »Meowth ... Ich tue dies alles ja nur für dich. Damit ich ... Damit du ... Wart auf mich, ich komm zurück. Aber warte sehr ...«

Er mußte sich beeilen: Der Zug mit Firkin ging in einer Stunde vom Leningrader Bahnhof ab.

Die Fahrkarte, die er kaufte, hatte die Platznummer 28. Diese Zahl spielte in seiner Kosmologie keine Rolle; die Nähe zur 29 verriet immerhin, wie riskant sein Unterfangen war. Es führte hart am Abgrund entlang. Doch gab es keine Alternative. »Tschubaika und Sjusja? Tschubaika und Sjusja?« flüsterte er jedesmal, wenn seine Entschlossenheit ins Wanken geriet. Und eine Woge hellen Zorns überflutete seine Seele, lud die Batterien auf, er fühlte neuen Haß und neue Kraft.

Der Zug kam ihm erstaunlich sauber vor. (Er war lange nicht mehr Eisenbahn gefahren.) Vorläufig war er allein im Abteil. Er wartete ab, bis der Schaffner die Fahrkarte kontrolliert hatte, dann schob er sich das Lingam unter die Robe und ging in den »Theaterwagen«. Dort ging es laut und übermütig zu, Musik spielte. Das Abteil, in dem Firkin fuhr, war leicht auszumachen: Ein Leibwächter lungerte gegenüber der Tür.

Nach einer Stunde kam Stepan wieder, die Stimmung war noch ausgelassener, doch der Wächter stand am selben Fleck.

Augenscheinlich würde sich während der Fahrt keine günstige Gelegenheit ergeben.

Stepan kehrte in sein Abteil zurück, legte das Lingam zurück in die Ledertasche. Dann suchte er, um den Streß abzubauen, den Speisewagen auf. Zwei Whisky kippte er gleich am Tresen, den dritten nahm er mit an einen Tisch, wo er den Fernsehbildschirm unter der Decke im Blick hatte. Es lief *Spider-Man*. Offenbar eine Billigkopie, denn immerzu war eine Reklame der HSBC-Bank dazwischengeschnitten: Ein dicker Japaner mit Brille, scherzhaft die Augen rollend, sang mit grauenvoller Stimme Karaoke in einer Tokioter Bar.

»Spider-Man, Spider-Man, lalalala, Spider-Man!«

Ich bin nun mal kein Samurai, dachte Stepan und spürte den Whisky in den Adern fließen, ein Samurai wäre nicht so nervös. Er würde sich auch keinen Kunstdödel unter die Robe stecken. Er würde die Sache mit dem Messer erledigen, schon aus Liebe zur Kunst. Den Leibwächter gleich mit ...

Eine Weile dachte er über den Japaner aus der Werbung nach, der ihn weit mehr beeindruckte als der Film, den er schon kannte. Was der Japaner da vorführte, war krasser als alle virtuellen Sprünge von Dach zu Dach. Sein ganzes Leben an einen sinnlosen Job geben und dann noch täglich eine halbe Stunde Freizeit daran, in einer Karaoke-Bar das Gesicht zu einem drolligen Lächeln zu verziehen und Spider-Man zu singen – dafür brauchte es ein solides Quantum an mystischer Unerschrockenheit, dagegen waren alle Kamikaze-Heldentaten nur Kindereien. Wer behauptete da, in der offenen Gesellschaft wäre der Heroismus am Aussterben? Soros oder wer? Im Gegenteil! dachte Stepan, da bleibt einem außer blankem Heroismus nichts weiter übrig.

Als er ins Abteil zurückkam, saß dort einer – er mußte irgendwo zugestiegen sein. Junger Mann mit kurzgeschorenen Haaren, die Gesichtszüge hatten etwas leicht Mongoloides an sich. Schwarze Klamotten. Auf dem kleinen Tisch am Fenster standen ein Flachmann mit Wodka, eine Flasche Mineralwasser und ein Trinkglas. Der Mann grüßte höflich.

»Einen zum Einschlafen gefällig?« fragte er, auf die Flasche deutend.

»Danke, nein«, versetzte Stepan trocken und legte sich auf seine Pritsche. Innerlich verfluchte er seinen Leichtsinn, die Tasche im leeren Abteil zurückgelassen zu haben.

Der Mitreisende gab keine Ruhe. Erst fing er an zu essen, raschelte ausgiebig mit Papier, im Abteil verbreitete sich der Geruch von feuchtem Herbstwald und nassen Pilzen. Dann trank er seinen Wodka, stülpte sich Kopfhörer über, und verzerrte Musikfetzen drangen an Stepans Ohr, die das Räderrattern noch übertönten.

Er erwachte davon, daß jemand ihn an der Schulter berührte. Im Abteil war es düster – nur die orangene Nachtfunzel brannte.

Und die Augen des Mitreisenden.

Stepan warf einen Blick zum Haken am Fußende, ob mit der Tasche alles in Ordnung war. Sie hing noch da. Er sah zum Tisch. Die Wodkaflasche war leer. Wieviel Zeit vergangen war, hätte er nicht sagen können.

»Entschuldigen Sie bitte« sagte der Mann, »wahrscheinlich haben Sie schon geschlafen ...«

»Da ist was dran«, antwortete Stepan. »Worum geht es?«

»Ich hätte eine Bitte an Sie. Ich weiß gar nicht, wie ich es sagen soll. Es ist mir peinlich.«

»Nur keine Scham«, sagte Stepan.

»Man hat so selten die Gelegenheit, einem Geistlichen zu begegnen. Ob ich vielleicht ein bißchen mit Ihnen sprechen dürfte? Das könnte ich gut gebrauchen.«

»Hat es nicht Zeit bis morgen?«

»Die Gedanken wollen sich nicht gedulden«, entgegnete der Mitreisende. »Sie wogen in einem fort hin und her, hin und her ...« Er illustrierte es mit Handbewegungen. »Wie Wellen im Sturm. Und der Schwimmer bist du. Also, ich meine: ich. Und ringsum solche Klippen, solche Riffe ... Ich sehe Sie schon eine geschlagene Stunde liegen und überlege – bitte ich ihn um Hilfe? Wecke ich ihn? Oder lieber nicht?«

Dieses wilde Gestikulieren hatte etwas Unwiderstehliches. Außerdem war Stepan klar, daß sein Habit ihm gewisse Pflichten auferlegte, nicht anders als ein Arztkittel oder eine Polizistenmütze. Er brachte sich vorsichtig in eine halbsitzende Position und fragte: »Wo drückt denn der Schuh?«

»Ich würde gern etwas ausholen, ist das in Ordnung? Damit Sie wissen, wo Sie mich suchen müssen.«

»Kein Problem«, sagte Stepan. »Wir finden uns schon.«

»Gut. Dann sagen Sie mir doch bitte mal: Was glauben Sie, warum sich die Sowjetunion so einfach in Luft aufgelöst hat?«

Stepan zuckte die Achseln. »Göttliche Vorsehung vielleicht.«

»Gut, göttliche Vorsehung, akzeptiert. Aber in welcher Form hat sie sich dem einzelnen Individuum gezeigt?«

Stepan zuckte noch einmal die Achseln.

»Nein, übereilen Sie nichts, ich kann schon einmal eine vorläufige Antwort zu geben versuchen. Was taten die Sowjetmenschen? Sie erbauten den Kommunismus. Erst sah es so aus, als würde er gleich nach der Revolution eintreten. Das Datum rückte in immer weitere Ferne, es wurde daraus so etwas wie ein Horizont: Man kann noch so lange darauf zugehen, er bleibt, wo er ist. Dann aber wurde der Anbruch des Kommunismus plötzlich doch für das Jahr 1980 festgeschrieben, als letzte Grenze sozusagen. Wir flogen durch den Kosmos darauf zu, unter Führung der KPdSU, mit den Liedern der Singebewegung, und solange noch eine Faser dieses Glaubens in uns war, hat die Welt vor uns gezittert und hat gestaunt. Doch im Jahr 1980 stellte sich heraus, daß es nicht der Kommunismus sein würde, sondern bloß eine Olympiade. Damals hatte alles noch den Anschein, eisern und unverbrüchlich zu sein – das bezeugen die, die dabei waren. Aber wenige Jahre später bröselte dieses unverbrüchliche Eisen von ganz allein. Und alles nur deshalb, weil kein Horizont mehr da war. Der Geist war aus der Materie entwichen. Man wußte nicht mehr, wo man hin sollte, verstehen Sie?«

»Jaja.« Stepan hatte beschlossen, so wenig wie möglich zu sagen.

»Was geht Sie das an, werden Sie fragen. Ich will es Ihnen erklären. Finden Sie nicht auch, daß es zwischen den Projekten Kommunismus und Christentum eine direkte Parallele gibt? Nämlich daß beide in historischer Perspektive existieren und ihr Inhalt verblaßt, da die ursprüngliche Metapher immer weiter entrückt? Täglich gerät etwas Neues ins Blickfeld. Um Christ oder Kommunist zu sein, muß man sich jeden Morgen einen sperrigen konzeptuellen Apparat ins Bewußtsein laden, dessen Grundlagen zu einem Zeitpunkt entworfen wurden, der uns immer mehr entschwindet. Das unterscheidet die beiden vom Gesetz Buddhas, das intellektuell unerforschlich ist und dessen Hort und Schrein im Augenblick liegen! Andererseits kann es auch für das Christentum keinen anderen Ort geben. Darum sagen wir tantristischen Agnostiker, daß Buddha auch Christus, auch Krishna ist. Aber eben nicht nur. Verstehen Sie?«

»Nicht ganz«, gab Stepan aufrichtig zu.

»Gut, dann noch mal langsam. Ich nehme an, Sie werden in Ihrem geistlichen Seminar seinerzeit auch die Beschlüsse des 15. Parteitages der KPdSU studiert und mit den Beschlüssen des 16. Parteitages verglichen haben. Aber schon damals war klar, daß es niemals einen, sagen wir: 443. Parteitag der KPdSU geben würde. Allein schon diese Zahl hätte den Bankrott des gesamten Projekts bedeutet. Und genausowenig steht zu erwarten, daß wir einmal das Jahr 5000 nach Christi Geburt begehen werden, nicht wahr? Wenn dieses Jahr einmal kommt, dann ganz gewiß anders markiert, mit einer weit niedrigeren Zahl, die von einer anderen Stunde Null ausgeht. Der Augenblick aber, in dem dies geschieht, wird derselbe sein wie der jetzige. Er ist das Haus, in dem der ursprüngliche Buddha wohnt!«

»Alles ist möglich«, erwiderte Stepan.

»Wohl wahr. Sie meinen, daß die Wiederkehr Christi formell gar nicht auf ein genaues Datum festgelegt ist. Und dennoch, das werden Sie zugeben müssen, hatte das Christentum eine ästhetisch und eschatologisch deutlich umrissene Zeitperspektive, innerhalb derer das Projekt vorangetrieben wurde. Und zwar das Millenium. Ein Millenium verstrich, man wartete und wartete – er kam nicht. Das nächste ging zu Ende, man wartete wieder – er kam wieder nicht. Jetzt läuft das dritte. Aber daß man ein fünftes nicht mehr abwarten kann, leuchtet ein, oder? Das Christentum, nehmen Sie es mir nicht übel, hat sein 1980 längst hinter sich. Die Olympiade ist in vollem Gange, verstehen Sie? Je mehr Zeit vergeht, desto weniger Sinn verbleibt in den Worten einer vergessenen Sprache, in den Zwängen einer Syntax, die längst ihr Leben ausgehaucht hat. Zumal ich an die Existenz heiliger Bücher sowieso nicht glauben kann.«

»Das sollten Sie aber«, brummte Stepan diesmal, damit seine Nachgiebigkeit keinen Verdacht erregte.

»Wieso? Sind Sie anderer Meinung? Aber erlauben Sie! Sprache ist immer dualistisch, in der Subjekt-Objekt-Beziehung befangen. Etwa nicht?«

Stepan zuckte wieder die Achseln.

»Sie vermag nur konzeptuelles Denken widerzuspiegeln, und dort kann man die Wahrheit lange suchen. Sprache kann bestenfalls die Richtung weisen, und auch das nur ungefähr. Ein Wegweiser, auf dem steht: *Bis zum Heiligen einen Kilometer barfuß durch das Wasser* – sollte man den heiligsprechen? Oder eine verrostete Gedenkplatte mit der Aufschrift *Hier geschah das Wunder*? Heilig kann meiner Meinung nach nur das sein, worauf der Wegweiser weist! Oder?«

»Alles in Gottes Hand«, sagte Stepan und bekreuzigte sich.

Sein Mitreisender schlug sich die flache Hand auf den Schenkel.

»Hoho! Sie sind ein erstaunlicher Gesprächspartner!« juchzte er. »Viel sagen Sie nicht, aber was Sie sagen, trifft ins Schwarze!

Natürlich. Als Tantrist und Agnostiker weiß ich es besser als jeder andere: Es gibt tatsächlich nichts, worauf dieser Wegweiser weisen könnte, das ist der springende Punkt. Darum läßt sich der Begriff des Heiligen nur auf den Wegweiser selbst anwenden. Der einzige Haken weit und breit, wo man ihn anhängen könnte, ha-ha!« Der Mann klatschte sich so ungestüm auf Rumpf und Beine, daß Stepan am liebsten das Weite gesucht hätte. »Die Heiligkeit ist selbst ein konzeptueller Begriff und dazu angetan, den Verstand in die Irre zu führen! Sie hat nichts Heiliges an sich, ha-ha-ha! Und daß das so ist, darin liegt eine göttliche Vorsehung, da haben Sie tausendmal recht. Aber das ist ein sehr spitzfindiges Argument, das sonst kaum einer versteht. Wirklich sehr angenehm, mit Ihnen zu reden! Darauf sollten wir aber noch einen trinken. Mir ist, als hätten Sie da ein Fläschchen in Ihrer Tasche ...«

Stepan versteinerte. »Woher wissen Sie das? Haben Sie geschnüffelt?«

»Aber nicht doch! Die Flasche schaut ja oben raus! Meine Augen kleben schon seit einer Stunde daran fest, wenn ich ehrlich sein soll. Beziehungsweise: Ich bin hin- und hergerissen zwischen ihr und Ihnen. Ich würde ja auch in den Speisewagen gehen, aber ich fürchte mich, das Abteil zu verlassen, der Drehwurm ist schon zu groß. Ich verliere mich sonst im Raum. Und wenn nicht dort, dann in der Zeit ...«

»Den Wodka können Sie haben«, sagte Stepan, stand auf und nahm die Tasche vom Haken. »Moment ... Bitte schön.«

»Vielen Dank«, sagte der Mitreisende. »Das kommt mir sehr gelegen. Denn außer daß es dreht, plättet's auch noch, wenn ich ehrlich sein soll. Und da hilft nachts bloß der Wodka ...«

Stepan ging ein gräßliches Licht auf – und er fragte sich, wieso erst jetzt. Daß dieser Mitreisende ihm so nervtötend das Ohr abkaute, kam daher, weil er auf Platz Nummer 29 lag. Er selber hatte ja die 28! Dann brauchte er sich nicht zu wundern. Bestimmt war es so, er hatte zwar nicht überprüft, wo welche Nummer war, aber ... Die Intuition sagte es ihm.

Mit einer verstohlenen Bewegung nahm Stepan das Lingam aus der Tasche und schob es neben sich unter die Decke.

Wenn er mich angreift, schieße ich! nahm er sich vor.

Der junge Mann schraubte den Verschluß ab, goß sich sein Glas halb voll, leerte es in einem Zug und schaute Stepan schuldbewußt an.

»Das ist nur, weil's mich so plättet!«, wiederholte er den seltsamen Ausdruck in kläglichem Ton. »Was ist mit Ihnen?«

»Ergebensten Dank«, entgegenete Stepan. »Ich würde jetzt gern schlafen.«

Nach dem Erhalt der Flasche schien der Mitreisende die theologischen Fragen ad acta gelegt zu haben. Aus den Kopfhörern plärrte wieder Musik, dazu gluckerte es in kurzen Abständen. Stepan kriegte sich langsam wieder ein. Der andere hörte seine Musik so laut, daß Stepan sogar das Lied erkannte: *Besa me Mucho*. Böser Mann tut so! sang es schon bald in seinem Kopf. Er drehte sich zur Wand; über dem Gedanken, wie gefährlich doch das Eisenbahnfahren in letzter Zeit geworden war und welch ein abgedrehtes Volk die finsteren Weiten jenseits der gesicherten Welt durchstreifte, schlief er wieder ein. Halb im Schlaf glaubte er den Mann leise murmeln zu hören, monotone Verse in einer fremden Sprache.

Als er erwachte, war es Morgen. Der Mitreisende stand fertig angezogen, mit geschulterter Tasche an der Tür und sah erstaunlich frisch aus.

»Ich muß aussteigen«, sagte er. »Vielen Dank, daß Sie mir gestern abend aus der Klemme geholfen haben. Sie sind wirklich ein gütiger, mitfühlender Mensch. Und das zählt mehr als alles trockene Philosophieren.«

»Gott behüte Sie«, erwiderte Stepan.

»Eines wollte ich noch sagen. Ich möchte nicht den Eindruck bei Ihnen erweckt haben, als wäre ich ein metaphysischer Pessimist. Bewahre! Die abrahamischen Religionen sind auf dem Rückzug, das ist Tatsache, auch wenn der Islam unsere Welt noch eine Zeitlang erschüttern wird. Doch es ist keine Tragödie, denn hinterher kommt ein neuer Messias. Und das wird Buddha Maitreya sein, denken Sie an meine Worte!«

»Wo Christus ist, da ist der Antichrist nicht weit«, kramte Stepan mürrisch einen Satz hervor, den er neulich jemanden im Fernsehen hatte sagen hören.

»Was Sie nicht sagen … Pardon, ich wollte Ihnen nicht zu nahe treten«, sagte der Mann, und sein Blick schweifte ab, ging ungefähr in die Richtung, wo Stepans Bauch war.

Dies war der Moment, da Stepan zu Bewußtsein kam (denn er konnte es am Gesicht des Reisegefährten sehen), daß seine Hand immer noch das rote Lingam hielt.

»Vielleicht irre ich in manchen Dingen, und in manchen irren wiederum Sie«, sagte der andere und blickte gespannt auf die unter Stepans Hand eindrucksvoll hervorragende rote Protuberanz. »Doch ich denke, daß wir Geistesmenschen durch unsere Wahrheitssuche nicht nur füreinander büßen, sondern in der Summe soviel Gutes bewirken, daß es, so möchte man hoffen, alle Niedertracht der heutigen Menschheit aufwiegt …«

Der junge Mann tat eine merkwürdige Geste: kreuzte für einen Moment die Arme vor dem Gesicht und schnipste dabei mit den Fingern, so als riefe er zwei Kellner gleichzeitig.

»Mögen alle Gedanken im Strome Ihres Bewußtseins wie auch alle illusorischen materiellen Objekte in Ihrem Umkreis dem Lebenden nichts als Freude bringen und es vor allem Bösen behüten!« sagte er. »Om Svabhava Shuddho Sarva Dharma Svabhava Shuddho Ham! Sie können mir dasselbe wünschen. Nochmals vielen Dank, leben Sie wohl.«

Stepan sagte nichts, schloß nur die Augen. Als die Tür sich hinter dem Mann geschlossen hatte, konnte er eine Weile nichts als knurren, winseln und warten, daß das Gefühl der Scham verging.

Und es verging schneller als gedacht – die jahrelange Geschäftserfahrung machte sich bezahlt. Stepan legte das Lingam in die

Tasche zurück, wälzte sich auf die Seite und fiel in einen wirren Eisenbahntraum, dessen Einzelteile sich übereinanderschoben.

Zuerst träumte ihm, daß er, mit Tauchgerät und Taucheranzug, in einem Käfig unter Wasser schwebte – so einem, wie Kameraleute sie verwenden, wenn sie Haie filmen. Den Käfig umkreiste der Goldfisch aus dem *Yakitoria*, nur daß er hier die Größe eines stattlichen Killerwals hatte. Stepan wußte, daß es weniger die Gitterstäbe waren, die ihn schützten, als vielmehr die Zahl 34, die, mit Leuchtfarbe auf Täfelchen gemalt, an jeder Käfigseite hing.

Die Goldfischaugen, groß wie die Tschinellen im Schicksalsorchester, tauchten manchmal ganz nahe vor Stepans Gesicht auf, dann bekam er es mit der Angst, denn der Fisch schien sehr wütend zu sein.

»Nein, Alter«, sagte er, »wenn ich das gewußt hätte, nie im Leben hätte ich mich darauf eingelassen.«

»Entschuldige, tut mir leid«, suchte Stepan ihn zu besänftigen, »ich konnte es ja auch nicht ahnen. Ist aber noch mal gutgegangen, was?«

»Gut gegangen? Sieh dir das an!« Der Goldfisch verdrehte die Augen in Richtung seiner zuckenden Brustflosse. »Glaubst du, ich bin es, der sie bewegt? Die zappelt von alleine!«

»Entschuldige bitte«, sagte Stepan noch einmal, mehr fiel ihm nicht ein.

»Das wirst du mir büßen, klar oder nicht klar?« sagte der Goldfisch mit Jedi Lebedkins Stimme, drehte um und verschwand in den blauen Tiefen.

Stepan schwamm hinterher. Bald gelangte er auf ein romantisches Dach mit Giebelfenster. Am Himmel leuchtete der Vollmond, und hinter dem Fenster schlief Firkin, den er unbedingt töten mußte, bevor er aufwachte. Da war aber noch jemand neben ihm, Stepan konnte nicht erkennen, wer. Erst dachte er, es müßte der Goldfisch sein, und der Mond war sein Auge. Doch nun fuhr ihm dieser Jemand mit der Hand unter den Priesterrock, griff ihm zwischen die Beine, und spätestens da war klar, daß es kein Fisch war.

Im Traum ließ sich schwer sagen, ob es tatsächlich sein Geschlechtsteil war, was der andere gepackt hielt, oder doch eher das geheiligte Lingam des Sieges. Unklarheiten entstanden hieraus nicht, denn in den Dimensionen, in denen er sich aufhielt, war das ein und dasselbe. Als er dies begriffen hatte, klärte sich ein weiteres: Um den Akteur der dreisten Anmache sehen zu können, bedurfte es eines Spiegels. Mehr tot als lebendig in banger Vorahnung, näherte Stepan sein Gesicht dem staubigen Glas einer Dachluke.

Er hatte sich nicht geirrt. Neben ihm stand Pidor-Man. (Pidor-Man war nicht Spider-Man. *Pidor* war russisch und hatte mit dem zu tun, was Pidor-Mans Hand gerade tat.) Doch er trug ein Trikot mit einem großen *Q* auf der Brust und einen rosa Umhang mit Litzen sowie eine wunderschöne venezianische Maske vor dem Gesicht. Die freie Hand warf Pidor-Man lässig zum Gruß nach vorn, dabei konnte Stepan die im Mondlicht blitzenden Stars and Stripes am Umhang sehen. Stepan fiel ein Stein vom Herzen – er wußte nun, daß er nichts zu befürchten hatte.

»Wer bist du?« fragte er flüsternd.

»I'm your neighbourhood friendly Queerman«, erwiderte Pidor-Man.

»Sprich leiser!« flüsterte Stepan, »du weckst sonst das Scheusal. Wie bist du so einer geworden?«

»Früher war ich einmal wie du«, flüsterte Pidor-Man. »Doch eines Tages hat mich ein Marienkäferchen gezwickt … Paß nur auf, dich zwickt es auch noch.«

»Was willst du von mir?« flüsterte Stepan.

Anstelle einer Antwort zog Pidor-Man ihn neuerlich am Lingam.

»Nicht doch«, bat Stepan, doch Pidor-Man hörte nicht und zog zum drittenmal. Stepan merkte mit Schrecken, daß er die

Situation nicht mehr kontrollieren konnte. Seine Beine zuckten, das Lingam ging los.

Pidor-Man schlug vor Überraschung einen Salto und wurde von den unter seinem Handgelenk hervorspritzenden weißen Schüben davongetragen in die neonleuchtenden Dschungel der Lust. Stepan konnte gerade noch den ovalen Ausschnitt in seinem Trikot leuchten sehen, der die Gesäßbacken freigab.

Nun war alles zu spät – der Schuß hatte Firkin geweckt. Er pochte von drinnen gegen die Scheibe.

»Aussteigen!« rief er.

Stepan schlug die Augen auf. Nicht Firkin war es, der da rief, sondern der Schaffner auf dem Korridor.

»Aussteigen!« rief es noch einmal, dazu erneutes Klopfen. »Petersburg!«

0034

Stepan verbrachte den Tag im Hotelzimmer. Er fühlte sich deprimiert. Nicht allein der bevorstehenden Aktion wegen – er fragte sich immer noch, wie ein solcher Traum zur Verschwendung seiner Manneskraft hatte führen können. Ob ich vielleicht im Innersten schwul bin? dachte er. Alles, bloß das nicht!

Den größten Teil des Tages verschlief er. Die Träume nunmehr typisch Petersburg: erst ein zähes Dunkel mit nichts darin, dann kalter Nebel, immer dichter werdend. Um sechs Uhr abends duschte er, überprüfte seine Kampfausrüstung, legte Bart und Priesterrock an.

Die Vorstellung fand in einem Saal auf der Petrograder Seite statt, Beginn um acht. Sie war ausverkauft. Er hielt eine Weile draußen vor dem Theater Ausschau und bekam eine Karte für zweihundert Dollar angeboten.

»Ihr kriegt von mir Rabatt, Väterchen!« sagte der Spekulant, »die hätte sonst dreihundertfünfzig gekostet. Legt beim lieben Gott ein gutes Wort für mich ein.«

»Im Namen des Vaters, des Sohnes und des Heiligen Geistes«, brummelte Stepan und schlug sich eine kleine Vier vor die Brust.

Die Leute, die zur Premiere strömten, waren für Stepan von der abscheulichsten Sorte: Künstlervolk. Sie drängten sich vor einer Ausstellung moderner Kunst im Foyer.

Eines der Bilder, fast bis zur Decke reichend, hieß *Madonna an der Front*. Es zeigte die Sängerin in einer Wüstenlandschaft inmitten eines Trupps von Marine-Infanteristen mit C-Waffen-Schutzanzügen. Madonna tanzte auf dem Dach eines wüstengelb gespritzten Humvee-Geländewagens. Um ihre Schenkel schlang sich die amerikanische Flagge, während die Brüste mit einer Art Büstenhalter aus Granatköpfen bedeckt waren, ein Peace-Zeichen aus Edelstahl als Steg. An ihrer Seite zwei Rechtsanwälte, diverse Styling-Berater (einer für Patriotismus, einer fürs Bürgerschreck-Image und einer für Nonkonformismus), ein Intimbiomasseur, ein Pressesekretär, ein Koch und vier Bodyguards – sämtlich in Schutzanzügen; wer sie im einzelnen waren, stand mit Pfeilen dazugeschrieben. Madonna wirkte wie immer sehr jung und aktuell.

Nebenan hing *Die Schlacht um Herzen und Hirne* von Lukas Saprykin (derselbe, von dem Stepan ein Bild in Firkins Büro hatte hängen sehen). Stilleben war als Genre angegeben. Länger hinzuschauen fiel schwer. Die Herzen, um die die Schlacht zwischen mehreren im Sand stehenden Fernsehern tobte, lagen auf einer langen hölzernen Ladentheke aus. Darüber hing eine fette blaugrüne Wolke von Fliegen. Die betreffenden Hirne wiederum lagen als von Sand verklebte Klumpen zwischen Granattrichtern umher. Aber nicht das Blut und nicht die Fliegen waren es, die Stepan zu schaffen machten, sondern der Scheißhaufen auf dem unterlegenen Fernseher und der nackte Mann mit Batman-Maske im Hintergrund, der gerade dabei war, über einen Zaun zu klettern.

Stepan fand, daß es sich für einen in seinem Habit nicht ziemte, vor derartigen Bildern zu verweilen; er ging hinüber zum Büfett. Von dort hatte er den Eingang gut im Blick. Er nahm sich das Programmheft vor.

Das Stück hieß *Doktor Gulago* und war als Door-opener für das russische Gay-Drama gedacht. Keine ganz einfache Positionierung. (»Aller Anfang ist schwul« hatte ein anonymer Rezensent gewitzelt.) Als Urheber waren *verschiedene englische Dramatiker (49 %)* und ein *R. Achmetow (51 %)* angegeben. Handelnde Personen waren u. a. James Bond, Doktor Gulago, Zwei Butler Seiner Majestät und Der King.

Nach vollständiger Lektüre des Programmhefts begriff Stepan auch die komplizierte Urheberangabe: Das Kontrollpaket lag bei Herrn Achmetow, aber Bonds Worte entstammten ausnahmslos englischen Theatertexten; Shakespeare war der einzige in der langen Liste, den Stepan kannte. Merkwürdig außerdem, daß es in dem Stück keinen ersten und keinen zweiten, dafür einen »aktiven« und einen »passiven« Akt geben sollte.

Die Vorstellung hatte bereits begonnen, als Firkin mit großer Suite erschien; Stepan folgte ihnen ins Parkett. Firkins Platz war direkt vor der Bühne. Stepan nahm mit einem Klappsitz vorlieb, von dem aus man die erste Reihe einsehen konnte, und versuchte dem Stück zu folgen, ohne Firkin aus den Augen zu lassen.

Die Handlung gründete darauf, daß zwischen den Präsidenten Rußlands und der USA ein supergeheimer Kommunikationskanal existierte, an dem alle elektronischen Abhörmanöver seitens der transnationalen Freimaurerbünde scheiterten: Die Botschaften, bestehend aus kleinen Aufmerksamkeiten sowie Briefchen, in denen die beiden Regierungschefs einander ihr Herz ausschütten konnten und alles sagen, was sie wirklich dachten, wurden von Schlittenhundegespannen über die Beringstraße transportiert. Praktisch keiner sonst auf der Welt wußte von dieser sogenannten Cold line. Keiner außer Doktor Gulago.

Dessen Plan war zynisch und grausam: Den Satz Matrjoschka-Puppen, den der russische Präsident dieses Mal seinem amerikanischen Kollegen schickte, wollte er abfangen und durch einen Karton Meerkatzenfutter austauschen. Bush würde zutiefst gekränkt sein und den Atomkrieg beginnen, bevor die nächste Hundepost eintreffen konnte. Hier nahm die Handlung ihren Ausgang.

Im ersten Akt jagte Bond den Übeltäter auf großer Bühne, doch der ließ sich nicht so leicht erwischen: Doktor Gulago war in der Lage, sich bei Bedarf in andere handelnde Personen zu verwandeln. Außerdem konnte er sich in Nebel hüllen. Dieser, von einem Dutzend Laserspots angestrahlt, waberte reichlich von der Bühne, an deren Rand einige Trockeneiskübel standen, in den Zuschauerraum hinunter. Parallel zur Spionagegeschichte entspann sich selbstverständlich eine Love-Story, die von einer naturalistischen Szene gekrönt war: Bond gelang es, Doktor Gulagos toughe Assistentin zu verführen, die ihm auf dem Höhepunkt der Ekstase verriet, wo der Doktor sein heimliches Refugium hatte: eine Eishütte inmitten der Beringstraße.

Kurz darauf war Bond (in einem Biberpelz von Kenzo) mit einem Gespann aus zehn weißen Bullterriern auf dem Weg zur Eishütte. Wieder einige Minuten später zog Doktor Gulago im Kampf den kürzeren und starb mit dämonischem Lachen, wobei er zuvor noch mit Plastikblöcken, die Eis darstellen sollten, um sich warf. Die Zivilisation war gerettet. Wobei das Happy-End ohne die Spezialeffekte, die man aus den entsprechenden Filmen kannte, recht kümmerlich ausfiel und viele heikle Fragen offenließ, die man sich im Kino nicht zu stellen brauchte. Außerdem war unklar, womit der Autor den zweiten Akt zu füllen gedachte, wenn doch alle Schufte schon im ersten Akt unschädlich gemacht waren.

Die Pause wurde übrigens auf originelle Weise verkündet: Auf der Bühne erschien ein Mann in C-Waffen-Schutzanzug und brüllte in ein Megaphon, welches seine Stimme derart verzerrte, daß man nicht wußte, ob er »Entreakt!« oder »Anthrax!« gerufen hatte.

In der Pause bot sich keine Möglichkeit, in Firkins Nähe zu gelangen: Er war zu den Schauspielern hinter die Kulissen geeilt und kehrte erst zurück, als sich der Vorhang zum zweiten, »passiven« Akt hob.

Die Kulissen hatten gewechselt. Ein lila Spruchband mit der Aufschrift *United Queerdom* spannte sich über die Bühne. Darunter stand ein echter Aston Martin V12 Vanquish, wie Firkin ihn hatte, nur ohne Rundumleuchte auf dem Dach. Dahinter schaukelte im Luftzug eine Stoffahne mit großer weißer Lotosblüte. Den Rest der Bühne füllte ein Gerüst, in das ein mehrstöckiges Interieur hineingebaut war. Dort nahm die wirre, phantasmagorische Handlung nun ihren Lauf.

Handlung konnte man es eigentlich gar nicht nennen: Der zweite Akt bestand aus diversen Tänzen verschiedenfarbiger Figuren in diversen Nischen, auf diversen Ebenen. Zwischendurch Bonds Monologe. Pathetisch verkündete er allerlei ewige Wahrheiten (das waren die verschiedenen englischen Dramatiker, wie Stepan vermutete), während drei in den Kulissen versteckte Videoprojektoren den Tanzenden häppchenweise Bonds Heldentaten nahebrachten; Stepan erkannte Ausschnitte aus *Moonraker* und *Live and let die*. Zwischendurch verfiel Bond in platte Reime, zum Beispiel:

Nimm dein Geld, Schatz, und halbier es
für das Grab des True-Blue-Heroes!

– eindeutig R. Achmetow und keine englischen Dramatiker. Was Stepan gefiel, war der virtuose Einsatz des Lichts, die Bühne wurde abwechselnd grün, rot und blau. Die bunten Gestalten in den Nischen stießen immer wieder langgezogene Schreie aus, die dem andächtig lauschenden Publikum in die Glieder fahren sollten.

Plötzlich ging das Licht ganz aus. Es geschah so unmotiviert, daß Stepan an einen Stromausfall glaubte. Doch nach kurzer Zeit flammte orangenes Licht auf, und man konnte sehen, daß die Dekoration wieder gewechselt hatte. Ein riesiger Totenschädel schwebte über der Bühne, sein aufgesperrter Rachen glich einer Höhle, dort kam das Licht her. Von hinten führte ein mit orientalischen Teppichen belegter Laufsteg an den Schädel heran, von vorn eine Treppe, fast wie eine Brandschutzleiter, in ihn hinein. Unten auf den Bühnenbrettern lag Bond – reglos, ohnmächtig dem Anschein nach.

Ein furchterregender Singsang hob an: eine Mischung aus tibetischem Buddhismus und sibirischem Schamanentum. Zwei düstere Figuren traten auf, eine von links und eine von rechts. (Als Stepan ihre venezianischen Masken sah, wurde ihm kalt ums Herz.) Die Butler Seiner Majestät. Sie packten Bond bei den Armen, schleppten ihn die Leiter hinauf. Im Rachen angekommen, schwenkten sie ihn elegant herum, so daß die Zuschauer sein Gesicht sehen konnten, und setzten ihn auf alle viere ab.

Nun sah man einen Mann über den Steg mit den bunten Teppichen heranschreiten. Die Bewegungen sehr langsam und fließend, eine Pose ging nahtlos in die nächste über. Er trug einen verbeulten Helm mit Federbusch (letzterer von zartem Blau, wie eine Rauchfahne so zart), dazu ein Armeeshirt und einen Umhang in Tarnfarben mit schwarzer Aufschrift: *NEBUCHADNEZZAR*. Das mußte die englische Schreibweise von König Nebukadnezar sein. Wahrscheinlich war dies der King. Als er hinter dem auf allen vieren hockenden Bond angelangt war, formte er die Hände zu einer versonnenen Mudra, rief etwas und klatschte seine Lenden ein paarmal gegen Bonds Hinterteil, dann gab er ihm einen triumphierenden Tritt. Bond rutschte die Leiter hinunter, das Licht ging wieder aus.

Nebukadnezar – vielleicht eine Anspielung auf Prinz Charles? grübelte Stepan im Finsteren. Mit diesem Namen hatten jedenfalls die Puritaner seinerzeit Karl I. gedemütigt, bevor sie ihm den Kopf abschlugen; bei Dumas kam das vor, in *Zwanzig Jahre später*. Und hatte nicht Meowth neulich erzählt, im Buckingham Palace sei einer vergewaltigt worden, Butler hätten angeblich die Hand im Spiel gehabt? ... Wozu aber dann der Ritterhelm? Prinz Charles war alles andere als ein Militär. Oder womöglich gerade deshalb: damit man sich darauf zurückziehen konnte, wenn einer kam und sagte – he, soll das etwa Prinz Charles sein? Nein, wieso, das ist der King und basta. Sonst hätte er doch auch drei Rechtsanwälte in Schutzanzügen zur Seite, wie Madonna ...

Die moderne Theaterkunst war obskur und unappetitlich wie immer. Doch wie dieser King sich bewegte, das beeindruckte Stepan sehr: Sein Gang, ein Tanz in Zeitlupe, konnte einem echt angst machen. Ähnliches hatte Stepan einmal im Film gesehen, *The Cell*, wo Jennifer Lopez bewußtlos von einer riesigen Bodybuilderin vor das Gericht des nationalen Unterbewußtseins gezerrt wird.

Als das Licht wieder anging, waren der King und die Butler Seiner Majestät von der Bühne verschwunden. Der Aston Martin und das mehrstöckige Gerüst aus dem vorhergehenden Bild standen wieder an ihrem Platz, nur die bunte Komparserie fehlte. Bond lag am Boden wie gehabt.

Er kam zu sich, rappelte sich auf, rückte seine Krawatte zurecht und trat zum Bühnenrand. Blickte lange hinunter in den Saal, als suchte er jemanden. Dann sprach er, leise und drohend:

»Do they take me for a simpleton?«

Der jähe Sprachwechsel hatte seine Wirkung: Stepan lief ein Schauer über den Rücken. Das war schon nicht mehr R. Achmetow, das war englisches Theater.

Zuletzt bestieg Bond den Aston Martin und hielt dort seinen Schlußmonolog in Moll. Ein »allzu festes Fleisch« fand Erwähnung, dazu die Fäulnis im Staate Dänemark.

Überall diese Political Correctness! dachte Stepan. Bald wird keiner mehr irgendwas beim Namen nennen dürfen.

Freddy Mercurys *The Show must go on* erklang in ohrenbetäubender Lautstärke, die Drehbühne begann zu rotieren. Bond, breitbeinig in seinem Aston Martin stehend, entschwand in die Kulissen, fuhr einfach durch die weiße Lotosblume. Das Spiel war zu Ende.

Applaus brach los. Stepan rührte keine Hand. Er fand das Stück abscheulich. Bond war immer ein netter Comic-Held für ihn gewesen, ein sympathischer Bursche. Man fragte sich, was Firkin und die vielen anderen so Ergötzliches daran fanden, ihn erniedrigt zu sehen, daß es sie zu stehenden Ovationen hinriß. Außerdem wußte Stepan nicht, was das Spruchband über der Bühne sollte. *United Queerdom* – ein blöder Gag, oder konnte das »r« ein in die Falte gerutschtes »n« sein?

Womöglich, so mutmaßte Stepan, war dies alles nur aufschäumender Patriotismus. Eine Reaktion darauf, daß die Engländer sich weigerten, die tschetschenischen Unterhändler auszuliefern. Eine Kompensation jahrzehntelanger nationaler Schmach und Erniedrigung. Oder wollte das Publikum die durchsichtige Metapher gerade im Gegenteil als das Schicksal des russischen Menschen deuten, der sein Leben für Heimat und Vaterland opferte?

Nach den Gesprächsfetzen zu urteilen, die Stepan aufschnappte, während er, Firkin auf den Fersen, zum Ausgang drängte, kam letztere Vermutung der Wahrheit näher.

»Alles genau wie bei uns ... Man schuftet sich krumm fürs Vaterland, und was kriegt man am Ende dafür? *Das!* ...«

»Stimmt, das läßt sich vergleichen. Obwohl es bei denen immer noch viel zivilisierter zugeht ... Wird wohl am Golfstrom liegen ...«

Aber mußte es ausgerechnet Bond sein? dachte Stepan. Blöd ist das und primitiv, jawohl: primitiv. Einer hat mal ganz richtig gesagt, die Kultur in unserem Land wäre nichts als ein Schimmelpilz auf der Erdölleitung. Der nur dadurch existieren kann, daß das Öl erhitzt wird, bevor man es ins Rohr pumpt. Und erhitzt wird es nicht, damit der Schimmel auf der Leitung blüht, sondern damit das Öl schneller fließt ... Was sind das bloß für Leute!

Aber na ja: Gay-Drama. Was will man von Schwulen anderes erwarten ...

Und erst in diesem Moment fiel ihm ein, wer er selber war und wozu in diesem Theater, und daß in seiner Tasche nicht ohne Grund der mystische Marschallsstab des Todes lag. Ein kalter Schauer rieselte ihm den Rücken hinunter. Gelegenheit zum Angriff verpaßt. Ruhig bleiben, 0034! dachte er. Nur ruhig Blut. *Live and let die.*

52

Firkin steuerte den Nachtklub *Windrose* an, der sich gleich gegenüber dem Theater befand. Zwei dieser Künstlertypen hatte er noch dabei (einer trug Hosen mit Giraffenmuster, der andere Lara Croft auf dem Sweatshirt), außerdem einen sehr jungen Matrosen, Stepan hatte nicht gesehen, wann er dazugestoßen war. Offensichtlich wurden sie erwartet, denn einer von denen, die etwas zu sagen hatten, kam vor die Tür und geleitete sie hinein.

Stepan wurde nicht erwartet, und so passierte es ihm erstmals seit Jahren, daß er Schlange stehen mußte. Eine geschlagene Stunde stand er herum und fror – vor sich das geheimnisvoll blinkende grüne Neonwort *Windrose*, dazu das erst recht unbegreifliche *anno homini MMIII* in Bronze graviert über der Tür.

Endlich wurde er eingelassen.

Im Eingangsbereich befand sich ein Metalldetektor der Art, wie man sie in Flughäfen findet. Als die Gesichtskontrolleure Stepans ansichtig wurden, ließen sie ihn durch den Rahmen gehen. Prompt fing das Gerät zu surren an, worauf der Obertürsteher, ein ausgemergelter Clint-Eastwood-Typ, herbeieilte und ihn in ein Dienstzimmer führte. Erst tastete er ihn mit einem Handdetektor ab, Stepan mußte sogar den Rock heben, dann forderte er ihn auf, die Ledertasche zu öffnen.

Er fuhr mit dem Arm hinein, geriet zuerst an die Sardinenbüchse, die er aufmerksam begutachtete und zurücklegte. Als nächstes die *Philokalie*. Er fing an zu blättern; auf irgendeiner Seite las er sich fest, beinahe eine halbe Minute. Schließlich zog seine fahrige schmale Hand das heilige Lingam des Sieges hervor. Clint Eastwood fuhr mit dem Finger darüber, dann ging sein Blick zu Stepan.

Dieser hatte sein ganzes Schampotential schon in der Eisenbahn aufgebraucht. Besann sich, daß Angriff die beste Verteidigung ist.

»Ich hätte da noch einen«, sagte er und sah dem Türsteher fest in die Augen. »Möchtest du den auch mal anfassen? Aber sei vorsichtig. Er ist ganz voller Schwielen …«

Clint Eastwood sah weg und legte das Lingam zurück.

»Alles klar, Ehrwürden«, sagte er und reichte Stepan die Tasche. »Wünsche einen erholsamen Aufenthalt.«

Stepan irrte eine Weile durch den überfüllten Saal, ehe er einen freien kleinen Tisch in Bühnennähe fand.

Das Interieur des Klubs ließ an ein Aquarium denken. Nur ein paar farbige Soffitten sorgten für schummriges Licht; die Kellnerinnen, die vorüberschwammen, trugen Kleider, auf die große glupschäugige Fische appliziert waren. Männliche Kellner gab es ebensowenig wie weibliche Gäste. Auf der Bühne standen irgendwelche buntblinkenden elektronischen Musikboxen. Firkin und seine Freunde waren nirgends zu entdecken.

»Was bekommen Sie?« fragte ihn eine Kellnerin.

Die Frage kam zupaß. Stepan klappte die Getränkekarte auf, sein Blick rutschte die Kolonne mit den Preisen entlang. Zur Angabe *3.40 RE* gehörte der Cocktail B-52. Fünf plus zwei gleich sieben. Gar nicht schlecht! dachte Stepan.

»Einen B-52, bitte! Und das darunter – B-2 – was ist das?«

»Das ist unser Hauscocktail.«

»Für fünfundzwanzig? Warum so teuer?«

Die Kellnerin zuckte die Schultern.

»Na schön«, sagte Stepan. (Noch einmal zwei und fünf, Quersumme sieben!) »Bringen Sie mir den auch.«

Nun hieß es nur noch warten. Stepan überlegte kurz, zog sein Telefon aus der Tasche und rief Prostislaw an. Der nahm lange nicht ab; wahrscheinlich schlief er. Endlich knackte es im Hörer.

»He! Wer ist da?«

»Grüß dich, Prostislaw«, sagte Stepan. »In dringender Angelegenheit. Kannst mir fünfhundert Dollar in Rechnung stellen dafür.«

»Was ist denn los?«

»Also, ich bin gerade in … Sagen wir, in einer kniffligen Situation. Ich bräuchte dringend ein Orakel. Selber kann ich hier keins einfädeln. Machst du es für mich? Bitte!«

»Von mir aus …« Prostislaw klang verwundert. »Und was ist das für eine Situation, wenn man fragen darf?«

»Das will ich ja gerade rauskriegen«, erwiderte Stepan. »Ich bräuchte eine klare und eindeutige Antwort.«

»Ruf mich in zehn Minuten wieder an«, sagte Prostislaw. »Mal sehen, wohin es rollt, das gute.«

Stepan steckte das Telefon ein und widmete sich dem Cocktail, den die Kellnerin gebracht hatte.

Nach ein paar Minuten tauchten plötzlich Firkins Begleiter auf, Lara Croft und die Giraffe – den kleinen Matrosen im Schlepp, der wie betäubt zwischen ihnen hing, Uniformjacke offen, und überhaupt sah der Ärmste aus, als käme er gerade aus dem legendären Lied vom selbstversenkten Raketenkreuzer *Warjag*, wo er ein paarmal ans nichtexistierende Deck geführt worden sein mußte; und am Ende wurde brutal Licht gemacht, er kriegte tausend Dollar in die Hand und den Befehl, das Ganze zu vergessen.

Stepan war es so vorgekommen, als wären die drei aus der verspiegelten Wand getreten wie Gespenster. Bis er begriff, daß eine der Spiegelflächen eine Tür war. Zügig schleppten Lara Croft und die Giraffe den kleinen Matrosen quer durch den Saal, ein Wächter hielt die Tür auf, das Trio verschwand nach draußen.

Firkin war jetzt allein – irgendwo dort, hinter der Spiegeltür.

Die Stunde hatte geschlagen.

Stepan merkte, wie ihm der kalte Schweiß auf die Innenflächen der Hände trat. Er wischte sie am Tischtuch ab, winkte die Kellnerin heran.

»Die Rechnung, bitte!«

Die Kellnerin legte ein gräuliches Stück Papier auf den Tisch. Aus reiner Gewohnheit wanderte Stepans Blick über die Zahlenreihen. Unter der liebreizenden *3.40* sah er eine uninteressante *25.00* stehen.

»Fräulein«, sagte er, »Sie haben mir außer dem B-52 auch diesen B-2 berechnet, den ich leider noch gar nicht gesehen habe.«

»Korrekt«, entgegnete die Kellnerin. »Das ist unser Hauscocktail Invisible. Den sehen Sie erst auf der Rechnung. Stealth-Technologie, noch nie was davon gehört?«

Wie so oft in letzter Zeit wußte Stepan nicht, ob er verulkt wurde oder alles für bare Münze nehmen sollte. Er kannte die Regeln nicht, die hier galten. Vielleicht war das die einschlägige Verarsche für alle Neulinge. Doch konnte es genausogut sein, daß die ökonomischen Tendenzen des digitalen Zeitalters sich auch schon in der Welt designter Alkoholika Bahn gebrochen hatten. Im Grunde mixte er daheim in seiner Bank ganz ähnliche Cocktails, nur mit mehr Nullen darin. Wozu sich wundern?

Stepan reichte dem Fräulein zwei Zwanzigdollarscheine.

»Stimmt so«, sagte er. »Für die Flugplatzsanierung. Sagen Sie, was ist eigentlich dort dahinter?«

Er nickte zur Spiegelwand hin, durch die kurz zuvor Firkins Spießgesellen gekommen waren.

»Die Separées«, antwortete die Kellnerin. »Sind aber zur Zeit alle belegt.«

Stepan wartete, bis die Kellnerin sich entfernt hatte, zückte sein Telefon und wählte noch einmal Prostislaws Nummer.

»Ich bin's«, sagte er, den Apparat mit der Hand bedeckend, um den Lärm abzuschirmen. »Was ist, hast du's gecheckt?«

»Hab ich«, antwortete Prostislaw mit schwerer Stimme. »Ist die Sache wirklich so dringend? Läßt sich nicht verschieben?«

»Wieso?« fragte Stepan. »Sag schon.«

»Sieht düster aus. Nummer neunundzwanzig. Wiederholung der Gefahr.«

»Aha.« Stepan tat unbeeindruckt. »Alles klar. Und welcher Platz?«

»Was haben wir heute, Montag? Also erster Platz. Schwache Linie. Die Prophezeiung lautet: Du kommst in der Schlucht in ein Loch. Nimm wenigstens eine Taschenlampe mit. Und ein paar Miezen. Nicht solche, die miauen, nein, solche, die sich ankrallen können, hahaha ...«

Stepan schwieg ein paar Sekunden, dann schaltete er das Telefon grußlos ab, steckte es ein.

Ja, was dachtest du denn, sprach eine Stimme in seinem Kopf. Einen Menschen abknallen, das ist keine einfache Sache ...

Nein! widersprach eine andere Stimme, wieso einen Menschen? Das ist kein Mensch. Das ist die Dreiundvierzig. Und heute muß die Entscheidung fallen. Heute oder nie. Für euch beide ist auf dieser Erde kein Platz. Ihr seid wie Sjusja und Tschubaika. Das heißt, die zwei kommen ja irgendwie klar. Aber er und du, ihr könnt nicht miteinander ...

Die Lämpchen über der Bühne gingen an, flotte Musik setzte ein. Sie mußte vom Band kommen, denn Musiker waren nicht zu sehen. Auf engem Raum zwischen den Apparaten stand ein Mann mit schwarzem Fedora-Hut und strengem, tief ausgeschnittenem lila Kleid. Stepan erkannte Boris Marossejew. Es war das erste Mal, daß er den Star aus nächster Nähe sah. Boris war blaß. Unter einem Auge ein großer blauer Fleck, der wohl nicht wegzuschminken gewesen war. Farblich paßte er allerdings hervorragend zum Kleid. Boris nahm den Hut ab, drückte ihn an seine Brust und verbeugte sich. Das Publikum johlte zur Begrüßung.

Am Nachbartisch bemerkte Stepan zwei junge Männer in

identischen dunklen Pullovern. Im zuckenden Licht sah man, daß ihre Gesichter wie die vieler hier im Saal geschminkt waren. Nur daß das Make-up deutlich zu dick und außerdem ungeschickt aufgetragen war, so als hätte sie jemand in aller Eile im schummrigen Fußgängertunnel geschminkt. Ein kleiner, schmaler Jüngling mit schläfrigem Gesichtsausdruck der eine. Der andere wohl an die zweieinhalb Meter groß, eine Gestalt wie aus Kurosawas *Leibwächter*. Typ: hirnloser Titane mit Holzhammermanieren. In dem beschränkten Gesicht wirkte die kosmetische Aufmachung um so skurriler.

Als Boris Marossejew sich wieder aufrichtete, zerrte der schläfrige Jüngling den Titanen am Ärmel, worauf dieser die kürbisgroße Faust unterm Tisch hervorholte und dem Sänger zeigte – mit sparsamer Bewegung, bemüht, unnötiges Aufsehen zu vermeiden. Hiervon schien Marossejew noch mehr zu erblassen, doch vielleicht kam es Stepan im rhythmisch flackernden Licht nur so vor.

Die Musik wurde lauter. Boris begann im Takt hin- und herzupendeln, kreuzte die Arme vor der Brust, warf den Kopf in den Nacken und raunte mit der samtigen Modulation eines Joe Dassin in sein drahtloses, am dünnen Steg klemmendes Mikrofon:

Ich habe ihn gestern im Fernsehen gesehn
Er sagte, wir müßten uns sputen.
Mit einem wie ihm kann man ruhig schlafen gehn.
Ich möchte so einen wie Putin …

Enthusiastisches Juchzen im Saal. Man hörte Gläser zerspringen, Schreie – an einem der Tische schien man sich zu prügeln oder aber zu tanzen. Die Security kam gerannt, und Stepan begriff, daß der Moment günstiger nicht sein konnte. Er schnappte seine Ledertasche, stand auf und näherte sich rasch der Spiegelwand. Blieb kurz davor stehen, warf über den Spiegel einen Blick in den Saal. Keiner schaute zu ihm herüber – alle waren mitgerissen von dem, was auf der Bühne abging: Boris gab, soweit es seine in Mitleidenschaft gezogene physische Verfassung zuließ, den Ski laufenden Judoka.

Derweil drückte Stepan mit dem Ellbogen gegen die Spiegelfläche. Sie gab nach. Er trat in den entstehenden Spalt hinein.

Dahinter befand sich ein dunkler kleiner Korridor mit drei Türen. Stepan schob die erste einen Spalt auf. Eine betrunkene Gesellschaft hockte beieinander. Er öffnete die zweite. Hier saß ein Zigeuner und sang vor zwei andächtig lauschenden nackten Männern zur Gitarre.

Firkin mußte hinter der dritten Tür sein. Stepan zog sein Lingam aus der Tasche. Das Ding glitschte unangenehm in seiner schweißnassen Hand.

Vielleicht, dachte er, während seine Finger über den elastischen Gummi fuhren, vielleicht ist dieser Korridor ja die Schlucht, und das Loch ist hinter der Tür? Dann paßte alles zusammen. Aber was für ein Loch? Ach, wenn man es wüßte, wenn man's nur wüßte ...

Er mußte sich beeilen.

»Im Namen des Vaters, des Sohnes und des Heiligen Geistes«, flüsterte er, während er die Gummihandschuhe überstreifte. Dann segnete er das Lingam mit einer flüchtigen Vier, drehte den bronzenen Türknauf in Form eines posaunenden Cupidos und zog die Tür auf.

77

Das Separée, in das Stepan nun Einblick hatte, war ein großer quadratischer Raum, zu einem Drittel ausgefüllt von einem riesigen Bett. Auf dem Fußboden davor lagen nicht mehr ganz weiße Socken. In einer Ecke lief ein Fernseher, ohne Ton. Gegenüber, rot-blau leuchtend, eine Stehlampe auf dünnem Stahlfuß. Firkin, nackt mit einem flauschigen Laken um die Schultern, stand seitlich zu Stepan über einen Glastisch gebeugt, auf dem eine ausgerissene Zeitschriftenseite lag, darüber ein umgedrehter Teller. In der Hand hielt Firkin ein Papierröhrchen, durch das er geschickt eine Linie weißes Pulver von der gläsernen Tischplatte ins Nasenloch sog.

Stepan schob die Tür hinter sich zu, warf die Tasche von sich. Ihm schien es, als bräuchte die Tür sehr lange, um sich zu schließen, und die Tasche hing förmlich in der Luft, es war wie in *Spider-Man* – die Szene, wo beim Helden die übermenschliche Wahrnehmung einsetzt. In dem Gefühl, daß sein Körper ihm nur mit Verzögerung gehorchte, näherte er sich Firkin und hob die Hand, die das Lingam umklammert hielt. Vermutlich ein überwältigender Anblick: Wallende Robe, Kreuz vor der Brust, den roten Schicksalsspeer in der ausgestreckten Hand, mußte er aussehen wie ein *Soldier for Good* in der Stunde der allesentscheidenden Schlacht.

Firkin sah ihm verdutzt entgegen. Das Befremden in seinem Blick wich der Angst, er richtete sich langsam auf. Stepan bemerkte das vor Firkins Nase aufstiebende weiße Wölkchen – augenscheinlich hatte er das eben eingesogene Pulver vor Schreck wieder ausgeatmet.

Als Firkins Rücken ganz gestreckt war, setzte Stepan ihm die rote Eichel des Lingam an die Stirn. Dann preßte er die Waffe mit einem kräftigen, triumphierenden Ruck in seiner Faust zusammen.

Doch es kam kein Schuß. Nicht einmal das Klicken konnte Stepan hören, das auf einen Versager hingedeutet hätte – es geschah gar nichts. Stepan wußte nicht weiter. Er stand bewegungslos, sah Firkin in die schreckgeweiteten Augen.

Die Zeit verging nun wieder in ihrer üblichen Geschwindigkeit. Firkin zwinkerte, einmal und noch einmal, die Angst in seinen Augen verwandelte sich zurück in Befremden. Dann wurde Neugier daraus. Und noch etwas anderes, Gefühliges, das Stepan nicht einordnen konnte. Firkin begann sich die Lippen zu lekken, reckte das Kinn – und plötzlich fuhr seine Zunge das Lingam entlang.

Nun war es Stepan, der Angst bekam.

In diesem Moment sprang die Tür auf, und drei Wachleute stürzten herein, allen voran Clint Eastwood mit einer Pump-Gun im Anschlag.

»Alles o. k.?« rief einer der Männer.

»Absolut«, erwiderte Firkin, die Augen von Stepan losreißend. »Wieso nicht?«

»Die Kamera im Korridor hat aufgezeichnet, daß bei Ihnen … der Herr da …«

»Quatsch! Ich hatte doch gesagt, daß ich nicht gestört werden möchte«, beschwerte sich Firkin und mußte gleich darauf schallend niesen.

Clint Eastwood maß Stepan mit einem langen Blick, der mißtrauisch und ehrfürchtig zugleich war. Firkin deutete wortlos nach draußen, und die Wächter gingen wieder, schlossen zartfühlend leise die Tür hinter sich.

Stepan fiel auf, daß er immer noch wie ein unmögliches Lenin-Denkmal dastand – den roten Schwanz in der ausgestreckten Hand. Er wollte sie sinken lassen, doch Firkin faßte danach.

»Komm hierher«, sagte er und zerrte Stepan zum Glastisch.

Er hob den umgestülpten Teller, ein weißes Pulverhäufchen kam zum Vorschein (das Wort Zwergdüne fiel Stepan seltsamerweise ein), von dem Firkin einen Teil abzweigte und zum Rand des Zeitungsblattes schob.

»Mach!« Er reichte Stepan das versniffte Papierröhrchen, das eine aufgerollte Banknote war.

»Ich möchte nicht …«

»Mach schon, sag ich!« Firkins Stimme klang rauh. Er leckte sich die Lippen.

Stepan beschloß nachzugeben. Er legte den Dildo auf dem

Tisch ab, nahm Firkin das Röhrchen aus der Hand, steckte sich das etwas sauberere Ende ins Nasenloch und sog, während die andere Hand den Bart hielt, das unangenehm beißende Pulver ein.

»Noch eine ins andere.«

»Nein, mir reicht das, ich …«

»Nimm noch eine, sag ich.«

Stepan holte tief Luft.

Das bunte Blatt Papier, auf dem das Pulver lag, war die Werbebeilage eines Hochglanzjugendmagazins. Zwei Stellen waren mit gelbem Marker angestrichen. Ganz oben ein Foto, auf dem zwei unsympathische Typen mit feisten Visagen sich vor einem Regal mit Videokassetten die Hand gaben, quer darüber die Zeile: *Komm zum Leader. Werde Dealer. Subvertrieb von Premier-Videofilm-Produkten.* Die zweite angestrichene Anzeige klemmte in der unteren Ecke und lautete: *Komm zum Dealer. Werde Leader. Metamphetamine aus dem Chemiekombinat Alter Turm, Tallinn.* Gleich darunter begann die Düne – mit einem kleinen Krater darin, den das Röhrchen zwischen Stepans Fingern soeben verursacht hatte.

»Siehst du die Anzeigen?« fragte Firkin hinter ihm. »Mein Dealer hat sich auch totgelacht. Er verpackt seine Ware schon seit über vier Wochen in dieses Blatt. Ich vermute mal, er druckt es selber. Oder er hat die Auflage aufgekauft.«

Firkin näselte stark, er klang wie eine dieser knuffigen kleinen Trickfilmfiguren. Das Wort Metamphetamine kam Stepan irgendwie bekannt vor, zumindest etwas Ähnliches war ihm schon begegnet, er wußte nicht wo.

»Was ist nun? Mach hin!« sagte Firkin, der nervös zu werden begann. Stepan schickte sich drein, schnüffelte eine zweite Portion des weißen Zeugs ins andere Nasenloch.

»Was ist das eigentlich?« fragte er, als er Firkin das Röhrchen zurückgab.

»Multivitamine«, gab Firkin zur Antwort. »Die Formel zum Erfolg.«

»Habt ihr damit den kleinen Matrosen vollgepumpt?«

Firkins Augen verengten sich zu zwei Schlitzen. Stepan begriff, daß er eine Dummheit begangen hatte. Doch es war zu spät.

Gleich ruft er die Wächter! dachte er, und ihm wurde kalt. Instinktiv griff er nach dem Lingam, ehe ihm einfiel, daß die magische Waffe vorhin versagt hatte. Firkin bekam die Bewegung mit, seine Miene heiterte sich auf. Schmolz zu einem Lächeln. Er drohte Stepan scherzhaft mit dem Finger.

»Du bist mir einer!« sagte er. »Schön. Aber nur unter einer Bedingung.«

»Die wäre?« Während Stepan dies fragte, fühlte er einen widerwärtig kribbelnden Ton in seinem Kopf schwellen.

»Ich bin das Eselchen.«

Firkin hob vom Boden auf, was Stepan für ein Paar dreckige weiße Socken gehalten hatte, und zog es sich über den Kopf. Es war ein elastisches Stirnband mit zwei langen weißen Ohren, die umknickten und ihm auf die Schultern fielen, was weniger an einen Esel denken ließ als an ein weises altes Kaninchen. So kam er auf Stepan zu, der zurückwich; doch dann schien Firkin etwas einzufallen, er machte kehrt und hoppelte zum Bett.

»Moment ...«, sagte er, in dem Kleiderhaufen auf dem Fußboden wühlend. »Da ist es.«

In seinen Händen lag ein rechteckiger kleiner Gegenstand, es schien ein Bilderrahmen zu sein. Firkin kam zurück zum Tisch und stellte das Bild darauf, indem er es gegen die Wand lehnte; nach einem abschätzenden Blick zur Decke veränderte er die Schräglage des Bildes ein wenig. Stepan sah mit Verwunderung, daß es sich um eine verglaste Fotografie des Präsidenten Putin im Judo-Kimono handelte. Firkin prüfte die Lage des Bildes noch einmal, rückte es eine Kleinigkeit nach rechts.

»Jetzt können wir«, sagte er und warf das Laken ab.

Stepan starrte auf den zottigen Spitzbauch – bemüht, nicht weiter nach unten zu sehen. Firkin grinste.

»Manche behaupten, der wäre vom Bier«, sagte er zwinkernd. »Ist nicht wahr. Der ist *fürs* Bier.«

Er drehte sich um und ging auf die Knie. Stemmte die Ellbogen gegen den Boden und drehte den Kopf erwartungsvoll nach Stepan herum. Doch plötzlich trat Besorgnis in sein Gesicht. Eine Hand kam zwischen den Beinen hindurchgefahren, legte sich auf die Falte zwischen den Gesäßbacken.

»Sag mal ganz ehrlich: Du bist nicht zufällig Marxist?«

»Der Herr belieben zu scherzen«, antwortete Stepan mit eisigem Lächeln.

»Ganz bestimmt kein Marxist?« fragte Firkin eindringlich nach und zog eine finstere Grimasse.

Stepan schüttelte den Kopf, worauf Firkin lächelte und die Hand zurückzog.

»Dann ist es gut ... Wir nehmen, was wir kriegen. Und hopp!«

Stepan, der langsam begriff, was von ihm erwartet wurde, starrte auf das Lingam in seiner gummierten Hand.

»Wird's bald?« fragte Firkin ungeduldig und schwenkte seinen Hintern.

Hauptsache, er ruft nicht nach dem Bodyguard! dachte Stepan, während er in die Hocke ging.

Eine Minute später wußte er schon nicht mehr recht, wo er war und was da vorging. Schaute auf seine gleichmäßig vor- und zurückgehende Hand, empfand dabei nichts, weder Lust noch Ekel. Fühlte sich nicht einmal sehr beteiligt – ungefähr so, wie wenn er zu Hause mit dem Pümpel das verstopfte Klo zu reinigen versuchte. Die erstaunlich naturgetreuen Eselsschreie, die Firkin von Zeit zu Zeit hören ließ, gaben dem Treiben ein gewisses mittelasiatisches Kolorit. Stepan gab nur acht, daß Firkins Körper nicht zufällig seine Robe berührte – irgendwie schien es ihm so, als wäre dann alles zu Ende gewesen.

Jetzt drehte Firkin sein gerötetes Gesicht wieder zu Stepan herum.

»Spiel ein bißchen Tatjana, ja?«

»Wie bitte?« Stepan erschrak.

»Nein, das meine ich nicht. Du sollst dir einfach nur vorstellen, du wärest Tatjana.«

»Ehrlich gesagt wäre ich lieber Pikachu.«

Firkin grinste schamlos.

»Paß auf«, sagte er. »Fünf Minuten Tatjana, und dann Pikachu for ever!«

Etwas in Stepans Kopf kam ins Rutschen – und auf einmal glaubte er Tierzüchter auf einer knallenden, funkensprühenden Neujahrsfarm zu sein. Dabei war er gerade noch in der Lage zu erkennen, wo das herkam: Die Wirkung der Droge legte sich über die Erinnerung an den Vorgang künstlicher Besamung, dem er früher einmal während eines Ernteeinsatzes beigewohnt hatte.

»Herr Firkin«, sagte er, »Sie wissen doch hoffentlich, daß ich dies ausschließlich aus Hochachtung vor Ihnen tue?«

»Und ich bin dir so dankbar dafür!« erwiderte Firkin mit Augenaufschlag. »Außerordentlich dankbar! Laß uns du zueinander sagen! Ich bin Marky!«

Hier bemerkte Stepan auf Firkins wächserner Schulter ein Tattoo, wie es in der Boheme wohl gerade in Mode war: ein Strichcode – engstehende Balken gleicher Länge und verschiedener Dicke – mit drei Sechsen darüber und einer Schriftzeile darunter: *Kaufen oder verkaufen von Hand gestattet.* Das Ganze in sehr stilvoller Ausführung.

Dann aber sah Stepan, daß die *666* nachträglich zur *366* gemacht worden war, und dies vermutlich von einem Amateur: Von der ersten Sechs war ein Schatten geblieben, die Bögen der Drei sahen grob und unrund aus. Die Entdeckung verblüffte Stepan so sehr, daß er unwillkürlich das Lingam losließ und sich umsah – ihm war, als müßte Binga hinter ihm stehen, das Zauberkaleidoskop auf Firkin gerichtet.

»Mach weiter, Tatjana, trödle nicht!« zischte dieser ihn an.

Binga war nicht da. Stepan nahm seine tierzüchterische Betätigung wieder auf.

Dreihundertsechsundsechzig, dachte er. Wieso dreihundertsechsundsechzig? Verstehe ich nicht ... Dabei weiß ich doch, daß dieser Mann auch immer nur zählt, hin- und herrechnet, Angst hat, sich zu verrechnen ... Hofft, daß alles ein gutes Ende nimmt ... An die liebe Seele denkt ...

Die Ziffern vor seiner Nase konnten nur bedeuten, daß in Firkin genau wie in ihm selbst ein erbitterter Kampf tobte, ein Kampf zwischen Gut und Böse, Licht und Dunkel – nur daß die ewigen Substanzen das fremde Herz auf gänzlich anderen Bahnen durchflossen. Von diesem feindlichen Universum, dieser Antiwelt, die er jetzt so nahe vor sich hatte, wußte Stepan absolut nichts.

Den Blick senkend, sah er Firkins Gesäßbacken – und mußte auf einmal an die Episode aus seinem Traum denken, den ovalen Ausschnitt im Trikot des Fremden in der Nacht. Rasch wandte er den Blick ab. Doch ließ sich nicht mehr vermeiden, daß auch das Orakel ihm wieder einfiel, das Prostislaw ihm telefonisch übermittelt hatte.

Du kommst in der Schlucht in ein Loch, dachte er und staunte. Exakt ... Was die Chinesen alles wußten! Vor fünftausend Jahren haben die schon alles gewußt!

Die Wirkung des Pülverchens nahm unterdessen immer noch zu. Stepan hörte Firkins Eselsschreie nicht mehr – oder besser gesagt, er hörte nicht mehr hin. Das in Sekundenabständen ertönende I-ah! wurde zu einer Art Klangtapete.

Etwas passierte außerdem mit seinem Gesichtssinn – wahrscheinlich setzten Halluzinationen ein. Eben noch hatte er deutlich den zuckenden menschlichen Rücken voller Speckfalten vor sich gesehen – nun aber sah er sich mit einer Fahrradpumpe einen großen fetten Hasen aufpumpen, der aus unerfindlichen Gründen wie ein Esel schrie. Dieser Hase war so schneeweiß, daß Stepan blinzeln mußte. Da schloß er die Augen lieber gleich ganz – und merkte, daß er seine Gedanken sehen konnte. Einer von ihnen frappierte ihn ganz besonders.

Stepan erblickte eine weiße 34 – genau wie an jenem Abend mit Meowth. Doch deren rote 66 war diesmal nirgends zu sehen. An ihrer Stelle flog Firkins kleine blaue 43 ihre Runden, zog irre, wirre Kreise, wie eine Fledermaus in der Dämmerung. Die zwei Zahlen stießen einander ab wie gleiche Magnetpole, und der Tanz hätte noch lange so weitergehen können, doch da, nach einem letzten wilden Salto, verschmolzen sie – urplötzlich! undenkbar! – zu einer giftgrünen 77.

Hinter dieser Zahl eröffnete sich eine ganze Galerie neuer Bilder: Firkin und er in schwarzen Hemden, mit Fackeln in der Hand, in einer Reihe mit anderen stämmigen Burschen auf ein riesiges Feuer zumarschierend ... Verschworene Männerbünde, wie de Sade sie einst besang ... Die zum römischen Gruß emporgeworfene Hand ... Stepan spürte, wie sehr ihm das alles mißfiel, es rief einen Brechreiz hervor. Und sowieso wußte er, daß die 77 aus demselben Holz geschnitzt war wie die 66 – beide verhießen Übel, Gefahr, auch wenn diese nicht recht zu orten war.

Er fühlte sich schutzlos und klein zwischen diesen grellen zwei Riesenziffern, die für ihn nichtssagend und fremd waren, ihm nur die Ohren zuplärrten mit ihrem Eselsgeschrei. Dabei hatte er doch seine eigene Zahl, die geliebte ... Wo war sie jetzt? Sie ließ ihn doch hoffentlich nicht allein in diesem düsteren Sündenpfuhl, ließ zu, daß der Esel ihn mit seinen vier Hufen zerstampfte, daß seine häßlichen drei Auswüchse, Ohren und Schwanz, über ihm schlackerten?

NEIN.

Stepan legte den Kopf in den Nacken und sah nun die weiße 34 wieder schweben, wie ein Engelpaar in inniger Umarmung. Sie erschien jetzt winzig klein – so tief in die Schlucht war er die Stufenleiter des Lasters hinabgestiegen. Gut, daß er die beiden wenigstens noch erkennen konnte. Flehend hob Stepan die Hände, was Firkin zu unzufriedenem Brummen veranlaßte. Und prompt schlug aus der weißen 34 ein Lichtstrahl, der kurze Zeit alles ringsum erhellte, bis er Stepans Stirn berührte und erlosch. Die Zahl 34 war verschwunden. Stepan erschrak nicht darüber, denn er wußte, die Zahl war jetzt in ihm. Sie war *herabgekommen.*

Sein Verstand funktionierte nun ganz anders als noch vor Sekunden.

Der Esel war stark. Sehr stark. Doch es gab ein Tier, das er fürchtete. Ein wildes Tier, das ihn bezwingen konnte.

Die 34 blitzte auf in Stepans Kopf und verwandelte sich unversehens in ein Wort: *Wolf.*

Drei Konsonanten. Vier Buchstaben insgesamt. Vierunddreißig!

Ein Wolf! jubilierte es in Stepan. Wieso bin ich nicht früher darauf gekommen? Ich bin ein Wolf!

Er heulte ausgiebig die Stehlampe an. Firkin drehte sein in viele bunte Splitter zerbröseltes Gesicht nach ihm, der Mund zog sich zu einem Grinsen breit.

»Na, wie gefällt dir mein Pülverchen?« fragte er.

Stepan heulte zur Antwort. Und schon beim nächsten Mal wurde aus seinem Heulen ein Fauchen – so wild, daß Firkin sich duckte, die Brust gegen den Boden preßte, am ganzen Leib zu zittern anfing.

Pikachu war ein liebes kleines Schweinchen, dachte Stepan. Doch böse Menschen haben ihm das Herz aus dem Leib gerissen. Und nun ist er ein Wolf! Ein Wolf, ein Wolf! Ein richtiger Wolf!

Noch einmal erleuchtete die 34 blitzartig sein Hirn, verschmolz mit ihm endgültig zu einem Ganzen. Als das Licht erlosch, war Stepan nicht mehr vorhanden. Neben dem auf den Knien herumrutschenden Firkin stand: DER STEPPENWOLF.

Und der war mit Stepan nicht zu vergleichen.

Stepan mußte sich gewisser Gummiapparate bedienen. Ein Steppenwolf benötigte dergleichen nicht. Er hatte einen eigenen, DER stand ihm, unter Büscheln drahtiger Wolle, grau und eckig, stoßbereit. Darum zog der Steppenwolf jetzt an dem roten Feuerhaken, das Lingam des Sieges sprang aus dem Loch in der Schlucht.

»Paß auf, Eselchen ... Gleich kriegst du Bescheid«, flüsterte der Steppenwolf beinahe zärtlich, ein Knurren zurückhaltend, das ihm aus der Kehle drängte. »Gleich erfährst du, was ein Steppenwolfschwanz ist! Da! Da! Ha-ha!«

»Tatjana!« schrie Firkin, »das kann ich nicht! Tatjana! Nein! Nein! Ja! Ja!! JA!!! TATJANA!!!!«

Er klopfte mit der flachen Hand auf den Boden wie ein Ringkämpfer, der aufgibt.

Da wußte der Steppenwolf, daß der Esel bezwungen war.

Kaum war diese Klarheit erlangt, hörte das Gefühl auf, Steppenwolf zu sein. Er war wieder Stepan. Keine flammenden Blitze mehr vor den geschlossenen Augen, keine rauschenden Zahlen. Stepan fragte sich bereits, wie er in die heikle Situation hatte geraten können, in der er sich befand. Doch Firkin, obwohl er schrie, als wäre sein Ende nah, schwang sein weiches Hinterteil so geschickt, daß die Situation andauerte und nicht enden wollte, obwohl Stepan nichts mehr zu ihr beitrug.

Er zwinkerte ein paarmal, um die Augen scharfzustellen – und sah vor sich ein bekanntes Gesicht. Firkin war das nicht. Stepan brauchte ein paar Sekunden, bis er wußte, wer es war.

Von dem Bild auf dem Tisch blickte milde lächelnd Putin im Kimono. Geflissentlich sah er über die Orgie im Separée hinweg, sein Blick ging in die Ferne: nach Eurasiens grünen Weiten, den bleischwarzen Fluten des Atlantiks und den gelben Dünen arabischer Wüsten. Und man sah ihm an, daß er nicht an Mark Firkin und Stepan Michailow dachte, sondern an etwas Wichtiges. Eine Chefsache, Putinsache. Wobei Stepan wiederum auch nicht daran zweifelte, daß der Präsident nicht nur die Stürme und Brände der Welt im Blick hatte, sondern nebenher, aus den Augenwinkeln, auch Firkin und ihn. Und daß er nicht sonderlich guthieß, was in diesem Raum vor sich ging, war klar. Daß er aber auch kein Faß aufmachen würde deswegen – er hatte andere Sorgen. Dennoch, irgend etwas sagte Stepan, daß nach diesem Vorfall, diesem Fleck auf seiner Weste strengere Rechenschaft gefordert war. Nicht Putin forderte, nein. Er selbst mußte sie von sich fordern. So wie Firkin in eigener Sache.

Dafür aber, daß ihm nach alledem erlaubt sein würde weiterzuleben und nicht nur irgendwo im Dunkeln dahinzuvegetieren, sondern durchzuatmen mit geschwellter Brust, daß er keine Hetzjagd fürchten mußte, kein nächtliches Klopfen an der Tür – dafür empfand er unendliche Dankbarkeit gegenüber der neuen Zeit, ein großes Zutrauen, Zärtlichkeit. Und all dies, in seinem unglaublichen Zenit, ergoß sich nun unaufhaltsam, auf ganz natürliche Weise, in die Spasmen der Liebe. Und Firkin, dem Eselchen, das sich nicht umdrehte, schien das gleiche zu widerfahren, sein Rücken spannte sich und zuckte, die langen weißen Ohren schwangen, und Stepan hörte es flüstern, heiß und innig, übersprudelnd: »Sieben Cent! Sieben Cent! Sieben Cent!«

11

Stepan saß im Speisewagen und trank Kognak, dabei schielte er nach seinem Spiegelbild im Fenster. Immer wenn der Zug durch einen Tunnel oder entlang einer dunklen Mauer düste, wurde ein Mann in zerknittertem Priesterrock mit zerzaustem Bart und verquollenen Augen sichtbar. Ein Anblick zum Gotterbarmen.

Auf dem Tisch neben der Flasche lagen Firkins schlappe Ohren – ein Souvenir, eingetauscht gegen das rote Lingam des Sieges. Stepan erkannte die ganze Symbolik dieses Handels, die sich auf Rußlands jüngste Geschichte so grausam reimte. Was seinen Zustand nur noch bescheidener machte. Am ärgsten aber war, daß er nicht einmal genau wußte, ob er die Schlacht im Klub *Windrose* nun als gewonnen oder verloren betrachten durfte.

Doch selber darfst du nie bewerten, was Sieg, was Niederlage war ... Boris Pasternak.

Seit seiner Schulzeit verehrte Stepan diesen Dichter, zumal er wußte, wie schwer es heutzutage war, unter den Schriftstellern – *Boten der Ewigkeit, Geiseln der Zeit* – in diesem Lande einen zu finden, der nicht unter dem Stockholm-Syndrom im eitrig fortgeschrittenen Stadium litt. Doch das Vermächtnis des Klassikers vermochte ihn jetzt auch nicht zu wärmen.

So also ist das, dachte er, den im Fenster periodisch auftauchenden Sünder im Auge behaltend: Ein Zug fährt durch Rußland. In ihm sitzt ein ganz normaler junger Mann, sympathisch und bescheiden. Und keiner ahnt, daß er der Pidor-Man ist, über den ein jeder schon die unglaublichsten Sachen gehört hat ...

»Darf ich mich zu Ihnen setzen?«

Vor dem Tisch stand ein Polizist vom Streckenschutz. Er war schon ein paarmal vorbeigeschlichen, Stepans romantischer Anblick schien eine anziehende Wirkung auf ihn auszuüben. Stepan zuckte die Schultern, der Polizist nahm ihm gegenüber Platz.

»Was ist denn das da für ein Spaß?« interessierte er sich.

Schweigend schob Stepan ihm die Ohren über den Tisch. Der Polizist nahm das Gehänge neugierig in die Hand.

»Tatjanchen zum Andenken an eine Begegnung im Wunderland«, buchstabierte er Firkins schwarze Krakel. »Aha. Interessant. Und hier ist noch ein kleiner Eselskopf dazugezeichnet. Soll das die Unterschrift sein? Ist ja lustig.«

Stepan sagte nichts.

»Und wer ist dieses Tatjanchen, wenn man fragen darf?«

»Glauben Sie mir«, sprach Stepan nun und hob die in bodenloser Tiefe liegenden Augen, »es gibt Dinge, die sollten Sie besser nicht wissen. Die bringen Sie nur um den Schlaf.«

»Sie sehen müde aus. Haben wohl einiges hinter sich?«

»Erraten.«

»Erzählen Sie doch mal!«

»Es würde Sie langweilen.«

»Käme auf den Versuch an.«

»Sie scheinen Ihre Nase gerne in fremde Angelegenheiten zu stecken.«

»Das würde ich so nicht sagen ... Sie werden schon von alleine auspacken. Und hinterher sieht die Welt wieder freundlicher aus.«

Stepan schwieg noch, er suchte nach den richtigen Worten.

»Es reicht wohl nicht, daß ich schwul bin«, sagte er endlich. »Ich bin anscheinend auch noch eine zitternde Kreatur ...«

»Ach ja?« fragte der Polizist ausdruckslos. »Und wie erklären Sie sich das?«

Stepan zuckte die Schultern.

»Unbewußte Neigungen vielleicht, über die ich mir bisher nicht im klaren war. Beschädigungen der kindlichen Seele, in Sowjetzeiten zur Kriecherei erzogen ... Oder auch nur dieser Scheiß-Stoff.«

»Soso. Dürfte ich mal Ihren Ausweis sehen?«

Stepan fuhr mit der Hand in die Tasche, zog einen gefalteten Hundertdollarschein hervor und hielt ihn aufgeklappt wie ein kleines Buch über den Tisch. Der Polizist nahm den Schein in beide Hände, warf einen Blick auf das ovale Bild des Präsidenten, dann auf Stepan, dann wieder auf den Präsidenten.

»Da hatten Sie wohl noch keinen Bart, was?« fragte er mit Argwohn in der Stimme.

Stepan nickte nur. Das Gespräch begann ihm auf die Nerven zu gehen. Der Polizist steckte den Geldschein ein, stand auf und legte die Hand an die Mütze.

»Nichts für ungut, Vater Benjamin«, sagte er. »Herzlich willkommen in der Heldenstadt Moskau.«

Stepan goß sich einen Kognak nach. Er mußte wieder daran denken, wie sorgfältig Firkin letzte Nacht das Putin-Bildchen postiert hatte – der Gedanke, sich auch nur für kürzeste Zeit davon trennen zu müssen, schien ihm einen tiefen Schrecken einzujagen. Unglaublich! Noch viel weniger zu verstehen aber war der Anfall von Servilität, den Stepan an sich selbst hatte feststellen müssen. Hoffentlich wirklich nur eine Folge der verfluchten Droge, von der ihm schon den ganzen Morgen blutiger Rotz aus der Nase troff.

Doch Stepan ahnte, daß die Sache tiefer ging.

Woher der Russe bloß diesen Hang zur Unterwürfigkeit hat? fragte er sich. Wieso steckt ihm das Sklaventum so in den Genen? Und das Allerkomischste ist, daß wir uns dieser Eigenart bewußt sind. Wir haben dafür extra das Wort Mentalität gelernt. Nur, was nützt es uns, über unsere Mentalität Bescheid zu wissen, wenn sie trotzdem beim ersten Bullenpfiff anspringt? Verstand wird Rußland nie verstehen, heißt es. Und warum nicht? Ganz einfach. Wenn sich *das Gewisse* in unserer Seele zu regen anfängt, fährt der Verstand sofort nach Baden-Baden. Und erst wenn *das Gewisse* Urlaub genommen hat, meldet sich der Verstand zurück und tut, als wäre nichts gewesen, nach dem Motto: Was wollt ihr, wir sind hier mitten in Europa, nur daß die Bären weiß sind. Jeder, der in diesem Land geboren ist, kennt das. Und läßt trotzdem keine Gelegenheit aus … C'est la wir.

Stepan sah die Eselsohren auf dem Tisch liegen, der Gedanke an die gestrige Peinlichkeit trieb ihm die Schamröte ins Gesicht. Er schloß die Augen, um nicht mehr sein Spiegelbild im Fenster sehen zu müssen.

In der Tasche klingelte das Telefon.

»Hallo«, sagte Stepan und hielt es sich ans Ohr.

»Lässig, Alter!« krakeelte Lebedkins fröhliche Stimme aus dem Hörer. »Wie geht's, wie steht's?«

»Gut.«

»Hast du den Esel also auch gefickt? Willkommen im Klub!«

»Hä?« machte Stepan, ihm blieb die Luft weg.

»Das Band ist schon hier in Moskau. Wir stellen es gleich ins Netz. Die ganze Abteilung pißt sich ein vor Vergnügen, wie du ihn genagelt hast. Ein Sieg des Guten und der Gerechtigkeit, könnte man sagen. Aber sag mal, wieso hast du die Arme zwischendurch so in die Luft geworfen? Stoßgebet, oder was?«

Stepan erwiderte nichts.

»Und geknurrt hast du ... Mann, Stjopa, du solltest zum Film gehen, anstatt dir bei der Bank den Arsch platt zu sitzen.«

Stepan sagte immer noch nichts.

»Aber sieh dich vor, wenn unser Esel so schreit, dann ist es was Ernstes. Er entflammt leicht ... Warum sagst du eigentlich nichts?«

»Ich weiß nicht, was ich sagen soll«, bekannte Stepan. »Außerdem habe ich Kopfschmerzen.«

»Weil du dir diesen Dreck reingezogen hast, darum. Das hätte ich von dir, ehrlich gesagt, nicht erwartet. Den Esel ficken, dagegen ist nichts zu sagen. Aber wozu das?«

»Habt ihr also jetzt euer Kompromat von uns beiden.«

»Kompromat? Schön wärs«, seufzte Lebedkin. »Der Esel ist schlau. O.k., daß wir über dich was haben, davon kannst du ausgehen. Du hast ja genauso irgendwelches Material über mich in der Schublade, gib es zu ... Aber vom Esel, den nun wirklich jeder gefickt hat, von dem hat keiner irgendwas. Filmchen in Hülle und Fülle, das ja – und was für welche! Almodóvar würde erblassen. Stell dir vor: Er hockt auf den Knien, reckt den Arsch in die Luft und brüllt dabei in sein Handy: ›Ich habe genug politischen Einfluß in diesem Land, um euch alle in den Arsch zu ficken!!‹ – und schüttelt den Kopf, weil ihm die Ohren vor die Augen rutschen und er nicht sehen kann, wer ihn gerade pfählt ... Ich sage dir, du lachst dich scheckig. Tja. Die Filme haben wir im Kasten, aber kein Kompromat, stell dir vor.«

»Verstehe ich nicht. Wieso soll das keins sein?«

»Ja, nun. Was glaubst du, weshalb er das Putinbild daneben aufstellt? Weil er genau weiß: Wenn das mit draufkommt, können wir es nirgends bringen. Er ist raffiniert. Weiß, was gespielt wird. Früher hatte er ein Foto, wo er zusammen mit Jelzin drauf war, ein Herz und eine Seele ...«

Einmal mehr wußte Stepan nichts zu erwidern. Am Ende wurde das Schweigen unerträglich, er merkte, daß er etwas sagen mußte.

»Und ... warum ... äh ... Warum könnt ihr jetzt nicht die alten Filme reinstellen, die wo er mit Jelzin drauf ist, die müßten doch jetzt gehen?«

Nun war es Lebedkin, der verstummte.

»Gut«, sagte er schließlich, »nicht deswegen rufe ich an. Hast du einen Fernseher in der Nähe?«

Stepan sah zur Decke des Speisewagens.

»Hier ist einer. Weiß nicht, ob er funktioniert.«

»Schalt ein! Gleich kommt die erste Folge von Tschubaika. Bißchen unausgewogen, das Ganze, wackelt noch. Aller Anfang ist Schwebebahn, wie man sagt. Aber alle, die's gesehen haben, fanden's gut. Schau halt mal rein.«

»Mach ich«, sagte Stepan ohne viel Nachdruck.

»Ach, und dann wollte ich dich noch was fragen. Rein privat. Wenn's kein Geheimnis ist. Wo hast du gelernt, dich so gut zu maskieren? Sag bloß, du hast dich auch im Pankisi-Tal rumgetrieben?«

»Ich ... Nein. Ich ...«

»Paß bloß auf. Die Menschen sind heutzutage nervös. Der Esel hat sich fast eingemacht, wie du das erste Mal mit dem Bart bei ihm in der Bank aufgetaucht bist. Nachts um eins ruft der mich an, ganz außer sich: Er hätte im ersten Moment nicht gewußt, daß du es bist, sagt er.«

»Soll das heißen, er hat mich gekannt?« fragte Stepan verblüfft.

»Ja, was dachtest du. Bin ich unter Moskaus Dächern die Nummer eins oder nicht? Abgesehen davon, hat er drei Videokameras im Vorzimmer. Ich hab ihm gesagt, er soll sich nicht aufregen – du hättest keine bösen Absichten, dein Besuch wäre eher privater, romantischer Natur ... Seitdem hat er sehnsüchtig auf dich gewartet. Gibt es Vasen bei dir im Büro?«

»Wieso?«

»Wenn nicht, besorg dir welche. Du kriegst jetzt jeden Tag einen Blumenstrauß per Kurier. Mensch, Stepan ... Ich kann dich einerseits gut verstehen. Man möchte ja wissen, mit wem man und so weiter, nicht wahr ... Andererseits hast du dir was aufgehalst, ich kann dir sagen.«

»Was soll das heißen?«

»Du kennst ihn noch nicht gut genug. Ihn zu nageln ist das eine. Aber außerdem wirst du mit ihm auf die Weide müssen, Schäfchen hüten, Wölfe vertreiben und so weiter. Wenn du nicht mitspielst, heult er, und zwar gewaltig. Für die Wolfsrolle hetzt er seine zwei Bernhardiner auf. Die sind so riesig, da gehst du am Stock.«

»O.k., Hauptmann«, sagte Stepan. »Ich geh dann mal Fernsehen gucken.«

»Hau rein, Alter. Bis dann.«

Der Fernseher unter der Decke des Speisewagens funktionierte miserabel. Schlechter Empfang, schräge Störstreifen über dem Bild, der Ton kaum zu verstehen. Nach Ende des Werbeblocks wurde der Bildschirm schwarz, dann explodierte regenbogenbunt ein Feuerwerkskörper. Als die Funken verblaßt waren, sah man eine große goldene 43 stehen. Die 4 fing an zu vibrieren, wirbelte ein paarmal um die eigene Achse, pendelte zur Seite und schlug wie ein Glockenklöppel gegen die 3, es gab einen kräftigen Gong. Als Klangwellen hüpften lustige kleine Buchstaben nach allen Seiten, die sich dann zu den Worten *Tschubaika* und *Sjusja* formierten. Zwischen ihnen poppte mit schnalzendem Laut ein kleines *und* auf, dessen giftgrüne Färbung ihn an die 77 während seines Petersburger Deliriums erinnerte. Er spürte Übelkeit in sich hochsteigen, sprang auf und rannte zur Toilette.

Als er zurückkam, waren Sjusja und Tschubaika schon in Aktion. Stepan konnte nicht erkennen, ob es Puppen waren oder Animationen – jedenfalls gut gemacht. Die beiden sahen genauso aus, wie in Maljutas Exposé beschrieben, nur daß Sjusja, in Häftlingswinterjacke und Matrosenleibchen, noch horribler wirkte, als Stepan es sich vorgestellt hatte. Tschubaika finster anstarrend, das Gesagte mit rudimentären, bärenhaften Gesten unterstreichend, fuhr er in seiner Rede fort, deren Anfang Stepan verpaßt hatte:

»Tschubaika, soll ich Ihre Erinnerung auffrischen, wie es war, als in Rußland die neue Zeit anbrach?«

»Nichts dagegen, Sjusja.«

»Der russische Mensch saß im finsteren Schuppen auf einem Schemel. Der Schuppen war alt und dreckig, er stand dem Russen bis hier. Man hatte ihm erzählt, er säße dort nur vorübergehend, aber das glaubte der russische Mensch nicht, weil er sich entsinnen konnte, daß schon Großvater und Großmutter dasselbe zu hören gekriegt hatten. Um auf andere Gedanken zu kommen, trank der russische Mensch Wodka und sah fern. Aber im Fernsehen lief die Ernteschlachtberichterstattung, die stand ihm auch bis hier.«

»Ja … War doch entsetzlich, Sjusja, oder?«

»Eines Tages zeigten sie im Fernsehen ein großes, helles Haus mit Säulen, Kaminen, Buntglasfenstern, schönen Möbeln und Bildern an den Wänden. Und als nächstes kamen Sie ins Bild, Tschubaika. In Smoking und Fliege, so wie jetzt. Und Sie stellten den Zuschauern die höfliche Frage: Was glauben Sie, wo es besser ist? In dem dreckigen alten Schuppen oder in diesem großen hellen Haus?«

»Und wie lautete die Antwort des russischen Menschen, Sjusja?«

»Der russische Mensch hat gesagt: Natürlich ist es besser in dem großen hellen Haus. Und darauf Sie: Das ist eine sehr einleuchtende Antwort. Nur leider ist es nicht so einfach, in dieses Haus einzuziehen, der Preis ist hoch. Macht nichts, sagte der russische Mensch, ich zahle jeden Preis.«

»Und dann, Sjusja? Wie ging es weiter?«

»Dann, Tschubaika, verrieten Sie dem russischen Menschen ein schreckliches Geheimnis: Das Recht, in diesem Haus sein zu dürfen, hat man nur als Küchenschemel. Der russische Mensch müßte sich also erst

in einen solchen verwandeln. So sei es üblich in der weiten Welt, das lernten die Leute dort von Kindesbeinen an …«

»Und?«

»So hat der russische Mensch sich bekreuzigt und tatsächlich einen Schemel aus sich gemacht. Und dann kamen Sie und verkündeten, wir hätten leider gerade eine Krise im Land. Weswegen die großen hellen Häuser nicht für alle reichten. Und darum müßte der russische Mensch, der nun ein Schemel war, vorerst in dem alten Schuppen stehen, wo er herkam. Nur eben als Schemel.«

»Eine spannende Geschichte, Sjusja. Wie ging es weiter?«

»Bald darauf ließ sich, und zwar ohne jede Vorwarnung, ein unsichtbarer, aber sehr schwerer Hintern auf diesem Schemel nieder, der dem ehemaligen russischen Menschen in fremder Sprache auseinandersetzte, daß es ihn nichts anging, zu wem er, der Hintern, gehörte, ansonsten könne man auch anders. Er sollte sich gefälligst um seinen eigenen Kram kümmern. Zum Beispiel, ob er, der Schemel, eigentlich eine nationale Idee hat.«

»Aha. Womit wir endlich beim Thema unserer heutigen Sendung angelangt wären …«

Mit diesen Worten wandte Tschubaika sich der Kamera zu, die auf ihn zufuhr, Sjusja rutschte aus dem Bild.

»Guten Abend, meine lieben russischen Mitbürger! Mein Name ist Tschubaika. Und das da ist, wie Sie vermutlich schon erraten haben, Sjusja. Eigentlich ist er gar nicht so dumm, wie es auf den ersten Blick scheint, er hat nur eine etwas sehr lange Leitung. Zum Beispiel hat er noch nicht kapiert, daß ein Schemel heutzutage heilfroh sein kann, wenn er einen Investor an Land zieht. Und welcher Investor möchte schon gern als Hintern angesehen werden? Übrigens sind Sie, mein lieber Sjusja, vom Standpunkt der Marktwirtschaft aus gesehen überhaupt kein Schemel. Sie müßten lauter knarren – diesen guten Rat gebe ich Ihnen als einziger in Frage kommender Investor …«

Länger hielt Stepan diese Hunnentänze auf dem Grab seiner Träume nicht aus. Er ging zurück in sein Abteil, ließ sich auf die Pritsche fallen. Eine Weile auf dem Rücken liegend, merkte er, daß er nicht so bald würde einschlafen können, und zog die *Brüder Karamasow* aus der Ledertasche. Er hatte dieses Buch nie gelesen, wußte nur noch, daß er als Kind seine Eltern belustigt hatte, als er »Brüder Karlamarxoff« sagte, später hatte er zwei, drei Schulaufsätze darüber schreiben müssen, *des großen Künstlers sorgenvolle Gedanken über Rußlands Zukunft und die fehlende geistige Orientierung des darin lebenden Menschen* – etc. pp. (*Inhalt: 3, Rechtschreibung: 4* war das Beste, was ihm hierbei passieren konnte.)

Jetzt war es wohl eigentlich zu spät, damit anzufangen. Doch dem Radio zuzuhören war öde; also schlug er das Buch an dem Lesezeichen auf, das irgendwer irgendwann eingelegt hatte, und las:

Die Schönheit – das ist eine unheimliche und furchtbare Sache! Unheimlich, weil sie unbestimmbar ist, man kann sie nicht bestimmen, weil Gott uns nichts als Rätsel aufgegeben hat. Ufer vereinen sich hier, sämtliche Widersprüche sind darin aufgehoben … Ich kann mich nicht damit abfinden, daß mancher sogar hochherzige und feinsinnige Mensch mit dem Ideal der Madonna beginnt und mit dem Ideal Sodoms endet.

Gerade war Stepan bei der Madonna angelangt, als er merkte, daß im Radio ein Lied von ihr lief. Was sie sang, schienen Headlines aus den Busineß-News zu sein, die ganz von allein in seinem Kopf zu rotieren begannen und zu bleiernen Nachrichtenblöcken zusammenrückten.

> You know that we are living in a material world,
> And I'm a material girl …

Und noch unheimlicher ist es, wenn jemand mit dem Ideal Sodoms im Herzen auch das Ideal der Madonna gelten läßt, und wenn sein Herz für dieses Ideal entflammt ist, wahr und wahrhaftig entflammt ist, wie in seinen jungen schuldlosen Jahren.

You know that you are living with a material girl,
And this is a material breach* ...

Stepan stand auf und stellte das Radio ab – so schroff, daß er den runden Knopf in der Faust behielt. Er pfefferte ihn in die Ecke. Mein Gott, Ideale! Von wegen! dachte er und las weiter:

Was dem Kopf als Schande erscheint, erscheint dem Herzen als pure Schönheit. Ist denn Sodom Schönheit?

Stepan ließ das Buch sinken.

»Schön wärs, verehrter Dostojewski!« seufzte er tief.

34

Am Morgen blieb Stepans Auto im Stau auf der Puschkinskaja stecken; hinter dem Rücken des Chauffeurs nickte er noch einmal ein. Von lautem Hupen geweckt, wußte er für einige Sekunden nicht, wo er war – bis er die große Pepsi-Cola-Reklame sah:

Nimm vom Leben, was du kriegen kannst!

Beim Anblick der Flasche in der Hand des lyrischen Helden kamen Stepan die verschiedensten Gedanken; davon verzerrte sich sein Gesicht zu einer so komplizierten Grimasse, daß der Mann

* material breach: gravierende Verletzung einer UN-Resolution (diplomatischer Terminus)

im Jeep auf der Nebenspur nervös anfuhr und wieder stoppte, dabei ein paarmal auf die Lichthupe klopfte.

Als es endlich weiterging, fiel Stepan auf, daß das Ultramarin der Pepsi-Werbung genau die Farbe des einen Lingam war, der noch in der mit Seide bezogenen Schachtel lag. Blau: die Farbe des Erfolges, hieß es ... Es gab wenig Grund, dies zu glauben.

Was kommt als Nächstes? fragte er sich. Man wußte es nicht. *Das Neue, das du nicht erfährst, eh du nicht um die Kurve fährst,* wie es in dem alten Song hieß. Puh! ...

Meowth war nicht an ihrem Platz. Stepan öffnete die Tür zur Buchhaltung, hitzige Worte schlugen ihm entgegen:

»Was regt der sich auf? War der russische Mensch früher etwa kein Schemel? Schlimmer! Eine Klobrille ...«

Wo Meowth steckte, war nicht zu erfahren. Die Buchhalterin, die irgendwie blaß aussah, sagte, seit gestern rufe immerzu ein Herr Firkin an und erkundige sich, wann Stepan denn komme. Auch in der Revision wußten sie nichts über Meowth. Auf ihrem Tisch im Vorzimmer lag ein riesiger Rosenstrauß, in den ein Samtband mit eingeprägtem kleinem Goldesel hineingebunden war – eine halbe Stunde vor Stepans Eintreffen war ein Kurier von der DeltaCredit damit erschienen. Ein Brief war auch dabei.

Stepan fluchte still in sich hinein, nahm den Brief und ging in sein Büro, um ihn zu lesen. Er war auf roséfarbenes Japanpapier gedruckt.

Mein lieber Steps,

wie ich Dich in dieser Robe und Handschuhen reinkommen sah, mit dem Kreuz auf der Brust und all dem Dingdong (ho-hey-ho!), da wußte ich gleich, Du bist ein very cool guy mit Stil und Phantasie. Ich mag Kerle wie Dich – weil ich auch so einer bin, wie Du vielleicht schon weißt. Ich bin mir sicher, daß wir beide noch viele geile (obergeile!) nicht enden wollende Wahnsinnsmomente vor uns haben. Wenn Du ein Sekündchen Zeit hast, ruf mich an, klingeling. Sonst macht dein AB noch die Grätsche, und die Sekretärin ist genervt.

Weißt Du was? Komm doch nächstes Weekend zu mir auf die Datscha!

P.S. Finde ich super, daß wir beide am selben Projekt arbeiten. Ich wußte es: Du und ich, wir sehen die Welt ganz ähnlich.

Anstelle der Unterschrift war ein Eselchen gezeichnet. Stepan legte den Brief zurück auf den Schreibtisch, ließ den Kopf in die Hände sinken und starrte eine Zeitlang in das Dunkel hinter seinen Lidern: Er rechnete die Varianten, wie ein Schachspieler sagen würde. Keine ließ sich bis zum Ende absehen.

Die Wechselsprechanlage auf dem Schreibtisch fing an zu tuten.

»Herr Michailow«, die Stimme von Ljusja aus der Buchhaltung, »der Kurier von DeltaCredit ist noch hier. Er hat den Auftrag, unbedingt auf Antwort zu warten. Was soll ich ihm sagen?«

»Antwort kommt gleich«, brummte Stepan. »Wo könnte Meowth denn sein?«

»Ich weiß nicht.«

Stepan legte auf, zog Firkins Brief zu sich heran, dachte kurz nach und schrieb dann in großen Buchstaben unter den Esel:

Geh, Muli, verzupf dich, Tatjanchen muß erst die Wölfe verjagen.

Nein, das ist zu grob! dachte er. Oder geht es? Vielleicht sollte ich aus dem Muli ein Marky machen? Verdammt! Als ob man keine anderen Sorgen hätte …

Für alle Fälle malte er unter seine Antwort noch so etwas wie einen Smiley. Er drückte die Taste mit dem stilisierten *M* (Herzchen mit zwei Beinchen unten dran), dann fiel ihm ein, daß Meowth nicht da war. Ohne sie fühlte er sich, als hätte er keine Arme. Er nahm den Brief und ging auf den Flur, wo Ljusja aus der Buchhaltung wartete. Stepan reichte ihr das gefaltete Blatt.

»Hier ist die Antwort, gib sie dem Kurier. Sag, ich bin heute nicht mehr hier.«

»Herr Michailow, könnten Sie nicht noch schnell die letzten Zahlungen durchsehen?« bat das Mädchen. »Sie liegen auf Ihrem Tisch, die Buchhaltung hat dringend darum gebeten.«

»Später«, sagte Stepan.

Zurück in seinem Büro, versuchte er Meowth anzurufen, doch ihr Mobiltelefon war außer Betrieb.

Was ist das bloß für ein Tag heute! dachte er. Nicht mal wer da, bei dem man sich ausheulen könnte.

Er dachte nach und beschloß kurzerhand, zu Prostislaw ins ITK zu fahren.

Prostislaw war in Schwierigkeiten. Er laborierte an einer Quecksilbervergiftung, die so akut war, daß er zuerst auf der Intensivstation gelandet war; man hatte ihn eben erst aus dem Krankenhaus entlassen. Stepan entsann sich, daß beinahe alle chinesischen Kaiser, zeit ihres Lebens auf der Suche nach dem ewigen Leben, an zu viel Quecksilber im Blut gestorben waren, da die nach taoistischen Rezepten gefertigten Unsterblichkeitspillen Zinnober enthielten. Darum hatten Prostislaws Leiden für Stepan etwas Edles, Majestätisches; es war ihm peinlich, die Rede auf seine eigenen Problemchen zu bringen. Doch zum Glück mußte er nicht viel sagen – der Name Firkin genügte.

»Ach, Eselchen Siebencent!« seufzte Prostislaw unter seiner Daunendecke, und die blassen Backenknochen bekamen etwas Farbe. »Ein schwieriger Fall. Man hat ihn sogar schon Swami Makananda vorgeführt, als der mal in Moskau war. Und der Swami hat gesagt, man müßte, um ihm helfen zu können, seine Hypnogestalt auffinden.«

»Hypnogestalt? Was ist das denn?«

»Das ist die innere Achse des Bösen beim Menschen. Das, was uns zu dem macht, was wir sind – losgelöst von Wunsch und Wille. Was uns hypnotisiert, ohne daß wir es merken, im Hintergrundbetrieb sozusagen.«

»Gib mal ein Beispiel. Was könnte das sein?«

»Ach, was weiß ich. Ein Kind wächst zu einem Banditen heran, nur weil das Fenster seines Kinderzimmers auf ein großes Kinoplakat hinausgeht, wo immerzu Gangster mit Pistolen draufgemalt sind. Oder ein Mädchen wird Stripperin, weil im Wohnzimmerbüfett die Statuette einer nackten Ballerina steht, die sie von Geburt an im Blick hat. Firkin dürfte auch irgendwie seine Hypnogestalt haben, derentwegen er ... na du weißt schon. Aber welche, da ist bisher keiner dahintergestiegen. Man hat auch schon versucht, ihn zu hypnotisieren ...«

Prostislaw verstummte und schüttelte den Kopf, so als peinigten ihn schwere Erinnerungen.

»Und?«

»Nix und. Er hat den Spieß umgedreht und uns alle hynotisiert, und zwar so gewaltig, daß man rot wird, wenn man bloß dran denkt. Das war nichts. Später hat man seine Datscha abgesucht, die Wohnung – in der Hoffnung, irgendwo in einer Ecke den Holzesel aus Kindestagen zu finden. Nichts. Ein einziges Rätsel. Aber wieso interessiert dich das eigentlich?«

»Er ist mein Geschäftspartner«, sagte Stepan. »Man muß doch wissen, mit wem man aufs Seil geht.«

»Was die Geschäfte angeht, da mußt du dir keine Sorgen machen«, sagte Prostislaw. »Da ist er unfehlbar. Mußt eher aufpassen, daß er nicht dich aus dem Sattel wirft – er hat es faustdick hinter den Ohren. Ich meine, von den Ohren mal abgesehen, ha-ha ...«

Das Gespräch mit Prostislaw gab Stepan zu denken.

Sieh an, sieh an! dachte er auf dem Weg zurück zur Bank. Die 43 ist also meine Hypnogestalt. Und was habe ich davon, wenn ich das weiß? Weiß ich's überhaupt? Woher weiß ich, daß ich's weiß? ... Muß ich Prostislaw noch mal genauer fragen.

Auf Arbeit waren schon alle gegangen. Stepan betrat sein Büro und machte Licht. Sein Blick fiel als erstes auf die Kunstposter hinter dem Schreibtisch. Links Dürers *Melancholia*, rechts ein altes sowjetisches Agitationsplakat: *HAU RUCK!* stand da in fetten Lettern – und ihm fiel auf, daß das Ausrufezeichen die ganze Balance in Frage stellte, aus der 34 eine 35 machte, er hätte es weiß überkleben sollen.

Auf dem Schreibtisch stapelten sich die Akten. Stepan seufzte schwer.

Morgen erledige ich das! dachte er. Das heißt, nein, morgen haben wir ja dieses ... Dann eben Montag.

Ganz zuoberst lag ein gefaltetes rosa Papier. Stepan erkannte Firkins Brief, den der Kurier hatte überbringen sollen.

Nanu, hat der ihn etwa doch vergessen? fragte er sich und nahm das Blatt zur Hand. Es stellte sich heraus, daß der Brief bereits den Weg zur DeltaCredit und wieder zurück genommen hatte. Unter seiner Antwort stand etwas:

COOL COOL COOL!!!

Darunter ein grinsendes Eselsgesicht, die Äuglein vor Glück zusammengekniffen, mit irgendwelchen lustigen Sternchen in dynamischer Umlaufbahn. In dem Gesicht jedoch unverkennbar eine liegende 43: die Kiefer eine leicht gestylte 4, die Ohren die 3.

43

Herr Chou I würde hinter der letzten Tür sitzen, das wußte Stepan genau. Das Problem war nur, daß es zwei letzte Türen auf dem Flur gab, symmetrisch eine links und eine rechts. Dahinter lag nur noch die Stirnwand, an die ein Altar gemalt war sowie ein graubärtiger Schutzpatron mit dem Pfirsich des langen Lebens in der einen Hand und einer Schriftrolle, die viele winzige Hieroglyphen zierten, in der anderen. Zu beiden Seiten des Schutzgeistes flogen die Unsterblichen auf weißen Kranichen am Himmel. Das Bild war sehr alt, aber gut erhalten.

Oberhalb des Altars erkannte man die Reste einer noch älteren Bemalung: blaßblaue Zeichen in Kaulquappenschrift. Stepan staunte, daß er nicht nur jedes einzelne Zeichen in seiner Bedeutung erkannte, sondern auch den Sinn des Satzes verstand. Es war ein taoistischer Spruch, der als Pforte auf den Weg diente:

Lieber einen Kranich am Himmel als eine … in …

Die zwei Hieroglyphen am Ende waren völlig verblichen, doch auch so wußte man Bescheid. Überhaupt begann Stepan in dieser Angelegenheit zunehmend ohne die Hilfe der alten Taoisten klarzusehen. Darüber nachzusinnen war allerdings keine Zeit – er mußte überlegen, in welches Zimmer er gehen sollte, das rechte oder das linke. Die Entscheidung drängte: Hinter sich hörte er schon müde plätschernde Unterhaltungen, Gelächter, martialische Eminem-Songs, hastige Paarungsgeräusche, Autohupen, Hundebellen, kurz, den üblichen Lärm der Verfolger. Glücklicherweise sah er nun in einer der Schriftzeilen auf der Papierrolle des Alten die Zahl 34 stehen – und daneben einen Pfeil, der nach rechts wies.

Herr Chou I saß in der Mitte des Zimmers auf dem Fußboden. Er trug eine weiße venezianische Maske. Stepan erklärte sich das damit, daß zwischen China und Venedig Handelsbeziehungen existierten – die Venezianer tauschten ihre Masken gegen Seide ein. Das Gewand, das Herr Chou I trug, stärkte die Vermutung: Es war aus schwarzglänzender Seide, mit einem in kräftigen Mustern aufgestickten Quadrat auf der Brust, den Hut krönte ein rotes Kügelchen. Vor sich hatte er Tuschkasten und Pinsel. Zur Rechten lag ein Kurzschwert, der Griff war mit einer gelben Quaste verziert.

»Guten Tag, Herr Chou I«, sagte Stepan.

Die Maske schaute ihn aus ovalen Augenlöchern an. Dann klatschte der Chinese einmal in die Hände. Stepan überlegte und tat es ihm nach, dazu lächelte er.

In den Händen des Chinesen erschien ein Blatt Papier, das er vor sich auf den Boden legte. Er beugte sich nach vorn und begann ganz sachte den Kopf zu schütteln. Ein leises metallisches Klingeln war zu hören. Stepan begriff: Die drei Münzen, mit deren Hilfe ein Orakel aufgestellt wurde, befanden sich im Schädel des Chinesen. Dann hielt Herr Chou I den Kopf wieder still, nahm den Pinsel zur Hand und führte ihn über das Papier.

Er vollzog diese Prozedur sechsmal, bevor er das Blatt aufhob und Stepan zeigte. Ein Hexagramm war zu sehen, bestehend aus vier durchgehenden und zwei unterbrochenen Linien. Gerade wollte Stepan den Chinesen fragen, was es bedeutete, da zeigte der ihm die Faust mit zwei nach oben abgespreizten Fingern – das Victory-Zeichen! –, und das Kopfschütteln begann aufs neue, aber diesmal klingelten die Münzen so laut, daß Stepan davon erwachte.

Er wußte sofort, was dies für ein Tag war. In den allerersten Sekunden schien es ihm noch, als könnte er das Ganze einfach abwenden oder auf sich beruhen lassen, indem er sich auf die andere Seite wälzte und wieder einschlief. Doch dann klingelte der Wecker, und jede Möglichkeit zum Rückzug war abgeschnitten. Ein Blick auf die Flüssigkristallanzeige mit dem Datum genügte, um zu wissen: Es war eingetreten, was nach aller Logik und Vernunft hatte eintreten müssen. Er atmete ein paarmal tief durch – nicht daß der schaukelnde Bleikern in seiner Brust noch herausrollte – und setzte sich auf.

Irgendwann mußte es kommen, dachte er. Nun ist es soweit. Und was nun? Gar nichts. Einfach ganz ruhig bleiben. Irgendwie bis zum Abend durchhalten. Morgen wird es wieder leichter.

Woher er diese Hoffnung nahm, wußte er nicht; an irgend etwas mußte er sich klammern. Stepan versuchte sich zu zwingen, an etwas Unverfängliches zu denken. Zum Beispiel den Chinesen aus dem Traum. Er wußte sogar den Namen noch: Chou I.

Vielleicht sollte er herausbekommen, wer das war, solange die Erinnerung frisch war.

Stepan griff nach dem Handy, das neben dem Wecker lag, tippte Prostislaws Nummer ein.

»Grüß dich, Prostislaw.«

»Hallo, Stepan!« kam dessen Antwort so rasch und munter, als hätte er auf diesen Anruf gewartet. »Herzlichen Glückwunsch zum Geburtstag. Mein Organizer hat mich schon angepiept deinetwegen. Wie alt wirst du: dreiundvierzig?«

»Ich feiere nicht«, sagte Stepan. »Mal was anderes, hast du eine Ahnung, wer Chou I ist?«

»Wer?«

»Chou I.«

»Das ist kein Wer, das ist ein Was. Ein anderer Name für das I Ging. Die Wandlungen des Chou.«

»Könnte ein Mensch nicht auch so heißen?«

»Nur wenn es unbedingt sein muß. Gegen Aufpreis. Wieso?«

»Ach, nur so. Vielleicht hab ich ihn bloß mit Chou En-lai verwechselt. Stell dir vor, ich habe gerade ein Hexagramm geträumt. Vier männliche unten, zwei weibliche oben.«

»Aha. Nummer vierunddreißig. Des Großen Macht.«

»Wie, welche Nummer noch mal?«

»Vierunddreißig. Unten das Trigramm heißt Himmel, oben Gewitter. Kurzes Geflacker, muß man sich vorstellen, man fragt sich: Was war das denn? 'ne Salve aus 'ner Kalaschnikow oder bloß der weiße Mittelstreifen? Und ein Himmel ist das, ich kann dir sagen ... Aber he, mir ist so, als hätte ich dir das schon mal erzählt. Klar, du hast mich noch gefragt, ob ich denn auch sicher wäre, daß die dunklen Mächte damit abgefrühstückt hätten.«

»Stimmt, an den Namen kann ich mich erinnern ... Aha. So ist das also. Interessant ... Und sag mal, was bedeutet das ganz praktisch?«

»Praktisch? Sehen wir mal. Was haben wir heute, Freitag? Also Linie fünf ... Was hätten wir da am fünften Platz ...«

Man hörte Prostislaw in irgendwelchen Papieren rascheln.

»Hier steht's, paß auf: Verliert den Bock in Leichtigkeit. Keine Reue … Wäre dir mit so einer Auslegung gedient?«

»Hm. Könnte gehen«, sagte Stepan. »Vorausgesetzt, du machst keine Scherze.«

»Bewahre!«

Stepan fiel ein, daß er Prostislaw noch etwas anderes hatte fragen wollen.

»Hör mal, wir haben doch neulich von der Hypnogestalt gesprochen, weißt du noch?«

»Klar.«

»Habe ich richtig verstanden, daß es vor allem darauf ankommt, sie zu finden?«

»Kann man so sagen.«

»Aber wenn man sie gefunden hat – was dann?«

Prostislaw dachte nach.

»Dann muß man, wie es so schön heißt, sich ihrer Leerheit bewußt werden.«

»Wie geht das?«

»Na eben hinschauen und bewußt werden lassen.«

»Und dann?«

»Dann kann dir die Hypnogestalt nichts mehr tun.«

»Wieso nicht?«

»Was sollte sie dir noch anhaben, wenn du einmal weißt, daß sie hohl ist?«

»Ach so. Stimmt auch wieder. Gut. Vielleicht rufe ich später noch mal an.«

Stepan legte auf und blieb noch eine Weile sitzen. Er konnte sich denken, wie es kam, daß ihm ausgerechnet das vierunddreißigste Hexagramm im Traum erschienen war. Irgendwo in den Falten seines Gedächtnisses mußte das Erscheinungsbild aufbewahrt gewesen sein und war nun, in der Stunde der Gefahr, da seine Psyche alle verfügbaren Kräfte des Lichts auf den Plan rief, mobilisiert worden.

Jedenfalls fing der Tag erstaunlich gut an. Mitten im Epizentrum des Bösen war eine schneeweiße Blume der Hoffnung erblüht. Berückend schön wie auf den Bildern der alten Japaner. Ein besseres Geburtstagsgeschenk ließ sich nicht denken.

Stepan hatte eine Idee, was er als nächstes tun sollte: in den Zen-Steingarten gehen. Rasch, bevor der Elan nachließ, zog er sich an. Im Hinausgehen nahm er die gelbseidene Schachtel mit dem letzten verbliebenen Lingam des Sieges aus dem Schrank, steckte sie in die Jackentasche. Einen plausiblen Grund hierfür hätte er nicht angeben können – es war einfach das Gefühl, den magischen Schlüssel bei sich haben zu müssen.

In der Nacht war viel Schnee gefallen. Während Stepan auf die dick verschneiten drei Palmen zulief, dachte er über das nach, was Prostislaw zur Hypnogestalt gesagt hatte. Er mußte sich baldmöglichst ihrer Leerheit bewußt werden. Bloß wie?

Dreiundvierzig, dachte er. Ich fürchte diese Zahl, das muß ich zugeben. Nur darum bin ich so nervös. Aber warum fürchte ich sie eigentlich? Sie ist ja doch leer – nichts als ein Gedanke in meinem Kopf. Wie kann man sich vor einem Gedanken fürchten? Der körperlos und flüchtig ist? Den man weder an- noch aufhalten kann? Wie ein warmer Furz im Wind … Apropos, was es unter diesen Schwulen für Typen gibt! »Siebencent, Siebencent! …« Nein, nicht ablenken lassen. Prostislaw sagt: Alles beginnt in Leere und endet in ihr. Die Zahl 43 ist also im Grunde leer, so leer wie dieser Himmel …

Stepan schaute hinauf. Der Himmel war flach und grau, und er schien tatsächlich endlos leer. Die Leere fing links an und reichte erst einmal bis zu den Palmen im Schnee, das war ihr erstes Segment. Die Abschnitte zwei und drei folgten zwischen den Stämmen. Und die letzte Scheibe leeres Stadtrandgrau klemmte zwischen den Palmen und dem rechten Rand des Gesichtsfeldes. »Vier«, zählte Stepan mechanisch mit und merkte schon, daß da etwas Greuliches, Unausweichliches auf ihn zurollte. »Vier. Dazu drei Palmen. Dreiundvierzig.«

Der Steingarten war entmachtet. Die letzte Bastion des Hochheiligen fiel so schnell, daß man nicht einmal zusehen konnte. Noch als Stepan aus der Tür getreten war, um seine 34 zu besuchen, hatte er sie deutlich zwischen weißer Erde und grauem Himmel stehen sehen. Doch am Zaun mit den bunten Graffiti angelangt, mußte er sehen, sah es zum Kotzen deutlich und unmißverständlich, daß es eine 43 war. Obwohl die Welt sich in der kurzen Zeit sonst nicht verändert hatte.

Ein Gedanke blitzte auf: Falls es überhaupt möglich war, das menschliche Leben mitsamt seinen Jugendträumen und Erwachsenenenttäuschungen in ein 30-Sekunden-Format zu pressen, dann wäre es diese Reise gewesen, vom Haus zum Garten.

Stepan wollte noch nicht aufgeben. Versuchte jenen kostbaren geistigen Mechanismus zu ertasten, mit dessen Hilfe es früher des öfteren gelungen war, drei dunkle Zacken auf hellem Grund in eine 34 zu verwandeln. In dem Moment aber, wo er den Hebel gefunden zu haben glaubte, ihn eben herumlegen wollte, sah er die drei großen schwarzen Vögel auf dem Zaun sitzen. Sie hoben sich kräftig ab vom Weiß des Schnees und sahen bedrohlich aus. Und es war klar: So wie die Palmen dem Himmel, so versetzten sie der von ihnen gevierteilten Erde den dreifachen Todesstoß.

Mit einem bösen Knurren sprang Stepan über den Zaun und rannte, die Fäuste schwingend, auf die Krähen zu. Die Vögel erhoben sich träge in die Luft, drehten eine Runde über dem Garten und flogen zum Haus hinüber. Stepan blieb vor den Palmen stehen. Die Tropenbäume, auch wenn sie nur aus Plastik waren, wirkten mit ihren schweren Schneehauben so grotesk, so bizarr, so unglaublich brutal und zugleich urrussisch, daß Stepan das blaue Lingam aus der Tasche zog, gen Himmel richtete, mit aller Kraft zusammenpreßte und peng! peng! brüllte – so als wollte er seine letzte Kugel in das gräßliche Gezücht aus einem unsichtbaren Reich versenken, das für alle seine Qualen verantwortlich war.

In diesem Moment zuckte hoch über seinem Kopf ein Licht. Sekunden später donnerte es.

Stepan stand vor Staunen starr.

Ein Gewitter? dachte er. Sieht ganz danach aus. Das hat noch gefehlt. Wintergewitter soll es ja geben. Ohne Einschläge, die Blitze gehen von Wolke zu Wolke … War heute nicht schon mal davon die Rede? … Aber ja. Das obere Trigramm: Gewitter! Das untere: drei Baumstämme. Palmen!

Nun erst begreifend, was da geschah, erschauerte Stepan vor Entzücken. Die 34 und die 43 lieferten sich einen Schlagabtausch! Vor seinen Augen! *Zeuge zu sein beim Götterstreite,* fiel ihm die Zeile aus einem Gedicht ein, das sie einst in der Schule hatten auswendig lernen müssen. So also sahen sie aus, die astralen Schlachten! Man konnte – wie in den Filmen über die legendären Schwertkämpfer – nur abwarten, wessen Kopf als erster rollte …

Dem Ansturm der Gedanken und Hintergedanken nach zu urteilen, war seiner noch oben. Und nicht nur das: Die Bestandteile des düsteren Bilderrätsels, das erst vor einer Minute über ihn hereingebrochen war, hatten sich unversehens zu einem neuen, klaren, hoffnungsfrohen Bild gefügt.

Die Palmen zum Beispiel leuchteten nun ein: das Trigramm *Himmel,* drei feste Linien, um neunzig Grad gedreht. Das Trigramm *Gewitter* wiederum konnte er sehen, wenn er seine Seidenschachtel aufklappte: zwei leere Kammern oben und der letzte der mystischen Schlüssel darunter. Erstere ließen sich als zwei schwache Linien lesen – wenn man Prostislaws Äußerung ernst nahm, daß das Dunkel keine eigenständige Substanz ist, nur die Abwesenheit von Licht.

Damit sich nun aber die Linien zweier Trigramme zu *Des Großen Macht,* wie sie ihm eben erschienen war, zusammenfügen konnten, hatten zuvor das grüne und das rote Lingam aus der Schachtel verschwinden müssen. Wieder einmal ein Beweis, daß es im Leben keine Zufälle gab. Alles hing zusammen, war ineinander verflochten – Stepan, der dies seit langem annahm, staunte doch, in welchem Maße.

Der Sinn des ganzen Hexagramms hatte sich gleichfalls offenbart: Das Himmelstrigramm unten war Stepans inneres Leuchten, worin sich sein ganz spezielles Yang ausdrückte (was genau das war, verstand sich). Das »Gewitter« oben war die Entäußerung dieses Lichtes ...

Stepan nahm sich vor, die Zahl 34 irgendwann einmal als binären Kode aufzuschreiben und das Resultat näher zu betrachten. Auf die Idee war er nie zuvor gekommen. Vielleicht hatte Herr Chou I im Traum ihm diesen Ratschlag geben wollen, als er die zwei Finger nach oben streckte. Aber das hatte Zeit. Etwas anderes interessierte ihn im Moment viel mehr.

Er lief ins Haus, stürzte, ohne den Mantel abzulegen, in die Küche, zog eine Gabel aus dem Besteckkasten und starrte darauf.

»Mist!« brummte er enttäuscht.

Die Gabel erschien nach wie vor als 43. Vier Zinken dienten drei schlanken, mit Nichts gefüllten Reagenzzylindern als Rahmen. Der umgekehrte Eindruck wollte sich einfach nicht herstellen. Er warf die Gabel zurück in den Kasten, entnahm ihm drei Messer, legte sie vor sich auf den Tisch. Zuerst teilte sich die Tischplatte in vier Streifen, dann schlug sie ihm mit dreischwänziger Peitsche ins Gesicht. Vor ihm stand keine einfache 43, sondern eine mit drei Ausrufezeichen.

Er gab auf. Da war etwas anderes, das ihn weit mehr deprimierte. Daß ihm vorhin im Steingarten etwas Außerordentliches widerfahren war, stand außer Zweifel. In dem Moment, da der Donner am Himmel hallte, war er dem Zustand der Allwissenheit nahe gewesen. Eine Kraft war ihm gegeben, die ihn für einen Augenblick aus dem Meer des Bösen auftauchen ließ, um das Licht der Wahrheit zu sehen. In diesem Moment hätte er jedes Rätsel zu lösen vermocht, da war nichts, was sich seinem Verstand entzog. Er hätte schauen können, was immer er wollte – auch die Leerheit einer Hypnogestalt. Hätte er bloß daran gedacht! Dann wäre gewiß ein Wunder geschehen, das allen bösen Zauber von ihm genommen hätte. Doch wie zum Trotz war die Leere ihm in diesem Moment gänzlich entfallen.

Nun war es zu spät. Nun war er selbst die Leerstelle, und die Hypnogestalt, zu ihrer vollen 43-Meter-Größe schwellend, ging zur Attacke über. Eine Gabel in der einen Hand, drei Messer in der anderen. Und auch wenn es womöglich gelungen war, die ersten Stöße abzuwehren – wie viele Hände das Untier hatte, wußte Stepan nicht. Darum schloß er die Augen, als sein Mobiltelefon klingelte, und stellte sich vor, er säße in einem unsichtbaren T-34, durch dessen Panzerung keine böse Macht dringen konnte.

Es war Ljusja aus der Buchhaltung.

»Herr Michailow, Sie müssen sofort in die Bank kommen«, sagte sie mit elektrisierter Stimme. »Die Revisionsabteilung verlangt es.«

»Kann das nicht Meowth für mich erledigen?«

»Meowth Julianowna ist schon den vierten Tag nicht auf Arbeit erschienen«, antwortete Ljusja. »Sie müssen unbedingt kommen.«

»Was ist denn los?«

»Das ist nichts fürs Telefon. Kommen Sie bitte ganz schnell.«

Stepan sah sich im Spiegel an und mußte grinsen. Daß dieser Tag nicht leicht sein würde, wußte er seit vielen Jahren.

Als das Auto vom Hof fuhr, blickte er zurück. Über die verschneiten Büsche ragte der Geschützturm seines Mini-Panzers, auf ihm die schwarzen Umrisse dreier Vögel. Eine der Krähen ging den Kanonenlauf entlang spazieren und brachte das Schneemäuerchen darauf zum Einsturz. Die zwei anderen saßen auf der Luke. Es mußten die drei von vorhin sein – sie waren einfach herübergeflogen.

Zehntausend dahin im Fluge, dachte Stepan. Nur die Griffel sind noch die gleichen.

43

In der Spalte *Beneficiary* – Empfänger – stand:

McGee International Inc.
29 Shirley Street,
P.O. Box CB-78575
Nassau, The Bahamas.

Mit geschlossenen Augen stellte Stepan sich diesen McGee vor, der sich die Birne am liebsten auf den Bahamas zuschüttete und darum beschlossen hatte, seine dunklen Geschäfte dort aufzuziehen. Mit geballten Fäusten malte Stepan sich aus, wie McGee von seinem Liqor 43 im Kristallschwenker nippte, eine Wolke Zigarrenrauch zur Decke blies und sich vergnügt die schottische Nase rieb bei dem Gedanken, wie gut in letzter Zeit seine Waschanlage arbeitete.

McGee konnte von Glück reden, daß Stepan fernab von ihm war. In Stepans Nähe hätte McGee keine zwei Sekunden länger zu leben gehabt. Stepan hätte ihm die Kehle durchgebissen und die Augen aus den Höhlen gequetscht, jawohl.

Doch Stepan war auf der anderen Seite des Ozeans, und McGee durfte sich entspannen. Gerade hatte seine Anlage in einem Waschgang fünfunddreißig Millionen aus einem exotischen Land des Nordens stammende Dollar gewaschen, sämtliche Poststempel entfernt und jeden Versuch, sie zu rekonstruieren, aussichtslos gemacht. So war die Lage – jedenfalls auf den ersten Blick.

Vor der Abreise nach Petersburg hatte Stepan Meowth ein unterschriebenes Blankoformular hinterlegt, damit sie Lebedkin die fällige Rate für *Sjusja und Tschubaika* anwies, sobald dieser kundgetan hatte, wohin und wieviel. Meowth aber hatte eine verblüffend simple Idee gehabt: Ohne erst auf Lebedkins Anruf zu warten, trug sie in die Spalte *Summe* acht Ziffern in folgender Reihenfolge ein: *35 000 000*. Und also gingen vierunddreißig und eine Million an:

ENE BANK LTD
LIMASSOL INTERNATIONAL BUSINESS CENTER
P. O. Box 09871
5, Sherley Str., 8745 Limassol, Cyprus
SWIFT: HEBA CY 2NLIM
Account 420-86-8297433-03

»Ene Bank …«, flüsterte Stepan den Namen vor sich hin und fühlte eine Träne über seine Wange rollen, wie der rauhe Wind im Hochland sie einem aus dem Auge treibt. Ene bene Bohnenblatt, wieviel Küh' sind noch nicht satt? Ene mene muh – und raus …

Jedenfalls wußte er jetzt, was sich in Moskau getan hatte, während Firkins feuchte Finger ihm das rote Lingam des Sieges aus der Hand nahmen und statt dessen ein Stirnband mit schmutzigen Ohren hineinlegten. Man hätte eigentlich damit rechnen können. Nun durfte er sich die Ohren aufsetzen und i-ah schreien. Die Formel *SWIFT: HEBA* (was wie die Hollywoodversion einer griechischen Tragödie klang) ließ keinerlei Hoffnungen zu.

Man konnte natürlich versuchen, sich mit der Ene Bank ins Benehmen zu setzen. Aber es lohnte nicht. Stepan wußte, wie solche Geschichten eingefädelt wurden. Genausowenig Sinn hatte es, Mister McGee zu behelligen, den Privatier mit Fettleber und Tropenhelm. In dessen vollgekotztem Bungalow war das Geld schon lange nicht mehr, und auch nicht auf Konto 420-86-8297433-03. (Stepan erkannte die 43 in aufgeklappter Form: Zwischen der Vier vorne und der Drei hinten räkelte sich eine ganze Hochzeitsgesellschaft. Wie in *Alien 3*, wo aus dem Schlund des Monsters ein noch viel gräßlicheres Ekeltier kreucht.)

Alles, was man zur Not hätte ausgraben können, waren die Nummern von ein paar leer geräumten anonymen Bankkonten – Zahlenkolonnen, bewaffnet mit Kurzschwertern (Bindestrichen) und ovalen Schilden (Nullen). Diese Zahlen würden gegen Stepan vorrücken, ihn einkreisen, ihm die Gurgel durchschneiden, daran war nicht zu zweifeln. Auszubaden hatte er das Ganze.

Und er durfte niemandem die Schuld in die Schuhe schieben. Es gab keinen Grund, die Pumpgun auf seine armen Mitarbeiter in der Buchhaltung zu halten: Seit die Sanbank zur Pocket Bank von Even-Treur geworden war, gingen des öfteren Summen dieser Größenordnung durch die Bücher; man hatte sich daran gewöhnt. Normalerweise hätte Stepan die Belege vor Montag gar nicht zu Gesicht bekommen müssen.

Meowth hatte einen Brief hinterlassen. Auf einer jener graubraunen Lochkarten, auf denen sie Moskauer Schnaderhüpfel und sonstige Folklore zu notieren pflegte. *No. 209* (na klar!, dachte Stepan zynisch) hatte sie offenbar aufs Geratewohl aus dem Kasten gezogen. Das Opus war in Teilen schon übersetzt:

RE: festivity, celebrations, metalink#3
209
Come, Tatyana, in the dark.
We will eat and we will fuck.

Man durfte hoffen, daß das Pastorale nicht auf ihn persönlich gemünzt war – davon konnte Meowth eigentlich nichts wissen. Um so mehr Persönliches enthielt die Botschaft auf der Rückseite. Ja, man mochte nicht glauben, wieviel davon in so ein paar in perlenhafter Akkuratesse gemalte Zeilen hineinpaßte:

Nein, Du bist nicht Pikachu!
Sag, warum hast Du Deine Bemühungen um die Zahl 34 immer so peinlich vor mir verborgen? Nicht vielleicht deshalb, weil es die

Nummer des bösen Pokémon mit Namen Nidoking ist? Und ist es etwa nicht sein gezackter Schwanz, den Du so albern mit nach hinten verrenkten Armen darzustellen versuchst?

Glaube ja nicht, daß mir auch nur eine Deiner Schmähungen und Herabwürdigungen meiner kulturellen und sexuellen Identität entgangen ist. Alle deine giftigen Bisse sind gezählt. Zum Beispiel, wenn Du ganz nebenbei die Londoner Punks als Versicherungsagenten im Larvenstadium bezeichnet hast. Oder wenn Du einen Aston Martin als Schwulenschaukel tituliertest. Oder auf Harry Potter als den größten Hobbit aller Zeiten anstoßen wolltest. All dies wurde registriert. Doch vielleicht hätte ich Dir alle Invektiven verziehen – nur nicht das sadistische Kalkül, mit dem Du mich regelmäßig beleidigtest, indem Du die Rede auf The Sun, *dieses Symbol unserer nationalen Schande, brachtest. Das habe ich lange genug gelitten, weil ich Dir die Rechnung auf einmal präsentieren wollte. Nun ist der Moment gekommen.*

Es ist vorbei. Wir haben nichts mehr miteinander zu bereden – the discourse has shifted to the extent where you have to fuck off and die.

Bye, parent abuser

Meowth

P.S. Du kannst Dir nicht vorstellen, wie glücklich ich bin zu wissen, daß ich nie wieder Deine Allah-akbar-Rufe hören muß, wenn Du The Getaway *spielst und mit der Kalaschnikow durch die Londoner Innenstadt streunst.*

So also, mit diesem scharfen, feindseligen Blick, hatte ihn ein Mensch beäugt, der ihm noch gestern der Nächste auf Erden gewesen war.

»Auch du, Brutus!« flüsterte er.

Seltsam, daß er nicht wirklich etwas empfand in diesem Moment. So als wäre man in der Chefetage seiner Seele bereits informiert gewesen – seit im Petersburger Delirium die giftgrüne 77 aufgetaucht war und er gefühlt hatte: Die war genauso übel wie die 66.

Auf dem Tisch surrte das Telefon.

»Herr Michailow, alles in Ordnung bei Ihnen?«

»Keine Bange, Ljusja. Weißt du, was ein Pokémon ist?«

»Ja.«

»Könntest du mir eine kleine Recherche machen über den Pokémon Nidoking, Nummer 34, und den Pokémon Meowth, Nummer unbekannt? Und wenn du einmal dabei bist – auch gleich über Pikachu.«

»Bis wann?«

»Am liebsten bis gestern, wie immer. Ruf Lebedkin an und stell ihn durch.«

Lebedkin war augenblicklich am Apparat.

»Prima«, sagte er, »ich wollte dich gerade anrufen. Gibt Neuigkeiten. Die Finanzierung für Sjusja und Tschubaika hat sich gesplittet. Auf welcher Seite sie dich aufstellen, weiß ich noch nicht. Laß mal, du bist nicht der einzige, der abkotzt. Jedenfalls wirst du dich in Kürze mit einem Menschen treffen müssen, der ...«

Daß Lebedkin »Sjusja und Tschubaika« sagte und nicht umgekehrt, ließ hoffen.

»Stopp mal, Hauptmann«, sagte Stepan. »Mich interessiert gerade was anderes. Sieht so aus, als hätte ich hier den Super-GAU. Mein Geld ist abgezapft worden, über Zypern. Viel Geld. Mehr als ich verschmerzen kann.«

»Und jetzt willst du mich nach Zypern schicken, daß ich es dir wiederhole, oder wie?«

»Das vielleicht nicht ... Ich dachte mir, du wüßtest Kanäle, über die man rankommt. Meine Mittel reichen dafür nicht aus.«

»Ja, sag mal!« Die Stimme des Hauptmanns klang belustigt. »Glaubst du wirklich, man könnte auf Zypern irgendwelches Geld wiederfinden?«

»Es ist über Zypern an eine Firma gegangen, die auf den Bahamas registriert ist«, sagte Stepan. »Die Angaben habe ich.«

»Nanu, du weißt den Empfänger? Obwohl, stimmt, in Zypern wird er angegeben.«

Der Hauptmann schien nachzudenken.

»Ruf Firkin an«, sagte er dann. »Der hat auf den Bahamas den Fuß in der Tür, verkauft Parkscheine für sieben Prozent. Und unter uns: Er hat dafür sogar eine extra Datenbank – wer wie wo mit wem und so weiter, wir bedienen uns da hin und wieder, wenn wir Finanzterroristen jagen. Wenn einer was weiß, dann er. Aber sag ihm ja nicht, daß du das über die Bahamas von mir hast, hörst du?«

»Hab ich ja nicht, Hauptmann«, gab Stepan zurück. »Hat mir das Leben erzählt ... Aber sag mal, könntest du nicht vorher kurz durchrufen?«

»Wozu das denn? Wollen wir stille Post spielen oder was? Ruf ihn ruhig selber an. Ihr seid doch Partner! Ich meine, im Fernsehgeschäft, du verstehst mich schon richtig, ha-ha-ha ...«

Stepan starrte vor sich hin auf den Schreibtisch. In seinem Kopf hielten sich nur wenige Gedanken auf. Angst hatte er keine. Sein Zustand erinnerte eher an einen Stupor oder Narkolepsie. Die Wahrscheinlichkeit, das Geld wieder aufzutreiben, ging gegen null, das war schon jetzt klar. Andererseits wußte Stepan, daß Lebedkin nie überflüssige Ratschläge gab. Wenn das Eselchen über eine Datenbank zu den Bahamas verfügte, dann war es wohl möglich, daß er dort jemandem auf die Spur kam. Die Chance war minimal, doch es gab sie – und außer ihr konnte Stepan keinen weiteren Lichtstreif in der Finsternis entdecken.

Firkin anzurufen fiel ihm unendlich schwer. Wahrscheinlich hätte er es nicht über sich gebracht und das Geld lieber in den Wind geschrieben – wäre es sein eigenes gewesen. Doch was in wenigen Tagen losgehen würde, war so unmöglich, so ungeheuerlich, man mochte es sich nicht ausmalen. Wahrscheinlich würden die Leute, deren Geld er versiebt hatte, erst schießen und dann denken – falls sie überhaupt dachten. Und er konnte von Glück reden, wenn sie gleich schossen und ihm nicht erst den Tauchsieder in den …

Stepan sah im Geiste, wie die dicke Spirale sich zügig rot färbte, und in ihm erwachte der pragmatische Existentialist. Ruf endlich an, Knallkopf! wisperte er. Die Zeit läuft!

Stimmt, dachte Stepan, so als käme er gerade zu Bewußtsein. Die Zeit läuft.

Er drückte eine Taste der Wechselsprechanlage.

»Ljusja, hat Firkin seine Telefonnummer hinterlassen?«

»Jawohl, Herr Michailow.«

»Dann verbinde mich mit ihm. Oder nein, sag mir die Nummer. Ich ruf ihn auf dem Handy an.«

Ein liebes Mädchen! dachte er, während er die Nummer auf einem Zettel notierte. Wenn wir das überstehen, setze ich sie auf Meowths Stuhl. Wenn …

34

Im Hörer tutete es seltsam – zweimal kurz, dann lange Pause. Stepan hatte nicht darüber nachgedacht, was er sagen würde. Er hoffte, daß die Worte von selber kämen.

»Firkin«, klang es trocken aus dem Hörer.

»Marky?«

»Wer ist da?«

Stepan schwieg.

»Hallo!«

Stepan wußte, im nächsten Moment würde Firkin auflegen.

»Hier ist Tatjanchen«, sagte er. Seine Stimme sollte kokett und geheimnisvoll klingen.

»Welches?«

»Aus dem Wunderland.«

»Aah! Aah! Tatsächlich? Tatjana! Du bist's, Steps. Moment, Schätzchen, ich nehme den anderen Hörer …«

Stepan atmete tief durch. Im Hörer erklangen eine Reihe schabender und kratzender Geräusche, dann piepste es kurz.

»Hallo!« Firkins Stimme.

»Was piepst da so bei dir?«

»Keine Ahnung«, erwiderte Firkin. »Wo hast du gesteckt, Alter?«

»Kleiner Absturz.«

»Was ist, kommst du morgen?«

»Wohin?«

»Na, auf meine Datscha. Stand doch im Brief. Ich zeig dir alle meine Tierchen. Und die Winterwiese!«

»Was für eine Winterwiese?«

»Hab ich dir nicht erzählt? Ich besitze eine Wiese unter Glas, die grünt und blüht. Eine Art Gewächshaus, aber es wächst dort nur Gras. Gleichzeitig Solarium. Man kann das ganze Jahr im Gras liegen und braun werden.«

»Marky, das klingt alles oberaffengeil«, sagte Stepan. »Aber ich habe hier gerade ein kleines Problem, bei dem kannst nur du mir helfen.«

»Was ist denn los?«

»Ich habe ein Leck im Kontor.«

Firkin schwieg. Stepan spürte, daß er jetzt etwas Persönliches, Warmherziges sagen mußte, was das Gespräch aus dem tristen Raum des Geschäftlichen in eine wärmere, von Emotionen getragene Zone überführte – dorthin, wo gelegentlich Wunder geschehen.

»Da ist eine Anweisung gefälscht worden«, sagte er, fieberhaft nach Worten suchend. »An dem Tag, als wir zwei in Petersburg die Wölfe vertrieben haben ... Tatjana geht's grad nicht besonders, weißt du.«

»Wo ist das Geld hingegangen?«

»Nach Zypern.«

»Dann dürfte es längst woanders sein«, brummte Firkin.

»Das denke ich auch. Der Empfänger ist bekannt: eine Firma

auf den Bahamas, vermutlich vorgeschoben. Ich habe gehört, du kennst dich vielleicht aus.«

»Wer sagt das?«

»Nette Menschen, Marky. Nette, freundliche Menschen.«

Firkin dachte ein Weilchen nach.

»Ich mache dir nicht viel Hoffnungen«, sagt er. »Aber versuchen kann ich es. Welche Angaben hast du?«

»McGee International Inc.«, begann Stepan vorzulesen. »Zwoneun Shirley Street, P.O. Box ...«

»P.O. Box brauche ich nicht«, unterbrach ihn Firkin. »Die Firma kenne ich. Um welche Summe geht es?«

»Vierunddreißig, glaube ich ... Oder fünfunddreißig. Mille.«

»Was denn nun, vierunddreißig oder fünfunddreißig?«

»Fünfunddreißig«, sagte Stepan und spürte, wie ihm der kalte Schweiß auf die Stirn trat. »Fünfunddreißig.«

»Ruf mich in, sagen wir, vierzig, fünfzig Minuten wieder an«, sagte Firkin. »Ich will sehen, was sich machen läßt.«

»Und die P.O. Box brauchst du ganz bestimmt nicht?«

»Nein.«

Was »vierzig, fünfzig Minuten« bedeuteten, konnte Stepan sich denken. Firkin hatte seine mächtige Zahl geschickt in einem weiten, weichen Futteral verpackt, wo sie vor unbefugten Blikken geschützt war. Anders als Stepan, der sein größtes Geheimnis soeben ungefragt auf den Tisch gelegt hatte, ganz ohne Not, aus reiner Dussligkeit.

Gratuliere, Vollidiot! schmähte er sich.

Um die Zeit totzuschlagen, klingelte er noch einmal bei Meowth an. Sie nahm nicht ab. Stepan versuchte es wieder und wieder, wartete jedesmal vierunddreißig Freizeichen ab, ehe er auflegte. Einmal wurde er falsch verbunden und geriet in ein fremdes Gespräch: Zwei Frauen unterhielten sich über das Wetter, Krankheiten. An die zehn Minuten lauschte er ihrem seligen, schläfrigen Zwitschern und wie sie über die kleinen Fährnisse des Lebens klagten.

Manche Leute wissen einfach nicht, was für ein Glück sie haben, dachte er. Bis zu dem Tag, an dem es ihnen abhanden kommt.

Er legte auf und starrte aus dem Fenster. Wo man hinschaute, versank der Blick im tiefen Schnee. Das beruhigte. Stepan war schon knapp davor einzunicken, als ihm wieder einfiel, was geschehen war. Augenblicklich kehrte das widerwärtige Grummeln im Bauch zurück. Er sah zur Uhr. Etwas mehr als eine halbe Stunde war um.

Nicht aufgeben, dachte er. Streben, suchen, finden, wie der Dichter sprach. Und das nächste Mal besser verstecken ... Am besten, ich rufe nach genau vierunddreißig Minuten an. Er wird ja wohl kaum mitgestoppt haben.

Stepan schaute zu, wie der Sekundenzeiger auf der Tischuhr die letzte Runde vollendete, dann wählte er zügig die Nummer. Firkin nahm sofort ab.

»Du hast recht«, sagte er ohne Vorrede. »Fünfunddreißig Mille.«

Stepan schluckte. »Läßt sich was machen?« fragte er.

»Kommt drauf an«, erwiderte Firkin trocken. »Alles kriegst du ganz bestimmt nicht zurück. Da hängen zu viele drin.«

Stepans Gehirn arbeitete auf Hochtouren.

»Verstehe«, sagte er. »Selbstverständlich. Ich bin bereit, Prozente abzulassen. Von mir aus den gleichen Anteil, den diese Leute ... Ich meine, die das eingerührt haben.«

»Gut. Dann könnten wir es versuchen«, sagte Firkin.

»Und wo ist das Geld? Auf Zypern? Oder den Bahamas?«

»Weder noch. Aber ich weiß, wo.«

»Was muß ich tun?«

»Komm zu mir ins Büro. Ich denke, wir finden eine Lösung.«

»Marky, ist das dein Ernst?«

»Bis heute nacht vierundzwanzig Uhr ist Widerruf möglich. Danach ist es futsch. Da kann selbst ich nichts mehr machen.«

»Ist das sicher?«

»Absolut.«

»Und woher weißt du ...«

»McGee gehört mir.«

Also doch! kreischte eine wütende Stimme in Stepans Kopf. Da hast du's!

»Wie das?« fragte er.

»Einfach so. Läuft nicht auf meinen Namen natürlich. Das kennst du ja.«

Stepan war für eine Weile stumm.

»Mensch, Marky«, raffte er sich auf zu sagen, »all die unglaublichen Dinge, die du mir hier erzählst ... Man ahnt ja nicht, was es alles gibt auf der Welt.«

»Möchtest du, daß ich sie dir noch mal erzähle?«

»Ach, Marky ...« Stepan spürte, wie ihm die Tränen in die Augen traten. »Ich glaube, mir wird langsam klar, wer du bist.«

»Wer denn?«

»Für mich der wichtigste Mensch auf Erden.«

Firkin räusperte sich verlegen.

»Was übrigens McGee angeht«, sagte er, »du kennst doch Maljuta, der uns das Fernsehprojekt macht? Er behauptet, er würde öfters mit dir reden.«

»Maljuta kenne ich.«

»Er hat für McGee sogar einen Werbeslogan entworfen.«

»Wie geht der?«

»Good enough for me and Bobby McGee.«

»Aha. Nicht übel ... Bleibt es bei sieben Prozent?«

»Wieso sieben?« Firkins Stimme wurde scharf.

Stepan merkte, daß er sich verquatscht hatte. Wenn er die Kurve kriegen wollte, mußte er nun wohl Lebedkin erwähnen. Wie würde das ausgehen? ... Doch Firkin hatte inzwischen zu kichern begonnen.

»Ich sehe, du hast mich durchschaut – eins zu null ... Siebencent nimmt sieben Pro, hast du dir gedacht, stimmt's? ... Hi-hi ...

Du bist gemein, Steps, das merk ich mir … Aber nein, mein Bester. Das Leben ist härter. Zehn.«

»Zehn? Das ist ja Freibeuterei!«

»Nein. Freibeuterei ist, wenn dir einer fünfunddreißig Mille abschneidet. Und wenn es dir einer für zehn Prozent wiederbesorgt, ist das ein Wunder. So mußt du die Sache sehen. Erstens hat Eselchen Anspruch auf den entgangenen Gewinn. Und zweitens: Kannst du dir vorstellen, wie viele Leute in der Kette drinstecken?«

»Ich ahne es.«

»Keinen von denen darf ich vor den Kopf stoßen. Ich muß mit ihnen arbeiten, auch morgen und übermorgen. Ganz zu schweigen davon, daß ich einen Kunden reinlege. Dieser Kunde ist zwar ein Arschloch, weil er nicht direkt mit mir zu tun haben wollte. Aber der Mittelsmann, den leime ich auch.«

»Dieser Kunde gehört an die Wand gestellt«, platzte Stepan heraus. »Und der Mittelsmann gleich mit.«

»He-he, mal langsam«, entgegnete Firkin. »An die Wand stellen und den Kommunismus einführen, wie? Hilfssheriffs haben uns gerade noch gefehlt … Kann sein, er hat dich gelinkt, aber an mich ist er auf korrektem Wege geraten. Eine normale Transaktion. Busineß. Hast du bedacht, was ich bei der Sache riskiere? Nicht bloß den Platz an der Sonne, den du mir neidest. Auch meinen Kopf, verstehst du? Und es steht ja noch nicht mal fest, ob der Deal überhaupt klappt. Ganz und gar nicht …«

Stepan überschlug die Sache blitzschnell. Dreieinhalb Millionen ließen sich verschmerzen. Es war ein Schlag, ein Knockdown, aber nicht der Knockout. Fünfunddreißig Millionen – das war kein Knockout, das war der Lauf einer Kalaschnikow im Mastdarm. Wenn man Glück hatte, ohne Granatwerferaufsatz.

»Ich verstehe, was du mir sagen willst, Marky. Dann eben zehn.«

Firkin sagte nichts mehr.

Vielleicht bereute er seinen Fehler schon? Stepan biß sich auf die Lippe, bis er Blut schmeckte. Er mußte dringend ein paar trockene Zweige ins Feuer ihrer Konversation werfen. Doch ausgerechnet jetzt wollte ihm nichts einfallen. Er versuchte sich fieberhaft zu entsinnen, was Dale Carnegie in seinem Buch *Wie man Freunde gewinnt* für solche Gelegenheiten empfahl. Ein oberstes Gebot fiel ihm ein: *sich für sein Gegenüber interessieren.*

Ich muß ihn was Persönliches fragen, dachte er. Damit Lokkerheit einzieht.

»Mal was ganz anderes, Marky. Das wollte ich dich schon beim letzten Mal fragen. Was bedeutet die Zahl auf deiner Schulter? Die 366?«

»Das ist die Zahl des gesunden Tieres.«

Über die Antwort nachdenkend, fiel Stepan ein, daß 36,6 °C die Körpertemperatur des gesunden Menschen war. So hatte es zumindest im Schulbiologiebuch gestanden.

»Aha. Und Siebencent, woher kommt das?«

»Dafür kennen wir uns noch nicht lange genug«, sagte Firkin. »Erzähl ich dir später. Vielleicht heute abend. Weißt du noch, wie du herfindest?«

»Ja.«

»Dann komm am besten gleich. Solange ich bei Laune bin. Die Sache ist nicht weiter kompliziert. Ein Anruf und eine Kodeeingabe, damit sind wir schnell fertig. Hinterher können wir uns noch eine Prise genehmigen. Oder besser umgekehrt, Steps. Erst die Prise, dann das Geschäft.«

Schau an, wie gut der Carnegie immer noch funktioniert! dachte Stepan. Die Leute wollen es immer nicht glauben …

»Wann ist auf den Bahamas Mitternacht?« fragte er, zur Uhr sehend.

»Komm her, dann zeig ich's dir«, kicherte Firkin. »Drück auf die Tube. Ich bereite schon mal alles vor. Aber laß die Robe und den Bart zu Hause, hörst du? Einmal war's ja ganz nett, aber das genügt.«

»Alles klar«, sagte Stepan.

»Ach, und noch eins. Du hast von mir so einen dicken Brief bekommen. Schon gelesen?«

»Hier liegt ein Haufen Papier, ich bin länger nicht im Büro gewesen.«

»Dann such ihn dir raus und lies im Auto. Wichtige Sache. Beeil dich.«

»Bin schon unterwegs.«

Stepan legte auf, sah noch einmal zur Uhr, schob den gesamten Postberg vom Schreibtisch in seine Aktentasche und drückte den Knopf der Wechselsprechanlage:

»Das Auto, schnell!«

5

Der Brief, von dem Firkin gesprochen hatte, war ein großer gelber Umschlag ohne Poststempel – also wieder per Kurier. Er wog nicht schwer, man vermutete ein Feuerzeug darin oder ein Flakon.

Als das Auto fuhr, rückte Stepan sicherheitshalber hinter den Rücken des Chauffeurs (man konnte nie wissen, was diesem Esel zu schicken einfiel) und riß den Umschlag am perforierten Rand auf. Ein bauchiges kleines Spray kollerte ihm auf die Knie. Bedruckt mit vielen Hieroglyphen, dazwischen das Kopfbild eines mürrischen alten Chinesen mit runden Brillengläsern. Stepan drehte das Ding nach allen Seiten – kein einziges verständliches Wort oder auch nur Symbol war zu entdecken. Er schaute noch einmal in den Umschlag. Tatsächlich lag dort ein Zettel:

Pika,

es gibt Dinge, die bespricht man nur einmal, um sie hinterher zu vergessen. Letztens in Petersburg war es wunderbar. Mal davon abgesehen, daß ich Dir vor Schmerz beinahe den Huf gegen die Stirn geknallt hätte. Caramba! Weißt Du denn nicht, daß der Anus eine der

empfindlichsten Stellen des menschlichen Körpers ist? Wolltest Du Eselchen ins Jenseits poppen oder wie? Und sag mal: Wozu trägst Du diesen Dildo mit Dir herum? Ist natürlich ein feines Hexchen … Aber ohne Krücken tanze ich lieber, besonders Tango.
Darum riskiere ich einen Vorschlag. (Sollte ich danebenliegen, vergiß ihn gleich wieder.) Könnte es sein, daß Du Erektionsprobleme hast und deswegen Angst, mich zu enttäuschen? Das wäre dumm von Dir. In einer Beziehung ist das für mich überhaupt nicht das Entscheidende. Für alle Fälle aber beiliegendes Spray. Das Zeug wirkt mehr als jedes Viagra – auch wenn es ein bißchen zwackt. Sollte Tatjanchen meinen, sie wüßte schon alles über Erektionen, dann wird sie sich umgucken. Einfach die Eichel eine halbe Stunde vor action *einsprühen – und wir beide können in aller Ruhe einmal um den ganzen Himmel fliegen, Du mein elektrisches Tier!*

Darunter der bereits bekannte kleine Esel. Diesmal erschien er Stepan nett und klug, irgendwie zum Knuddeln. Und da stand noch etwas:

P. S. Selbstverständlich muß dieses Thema unter Gentlemen gar nicht zur Sprache kommen.

Daran muß ich denken! nahm Stepan sich vor. Daß ich mit irgendwelchen Aston-Martin-Witzen an mich halte … Was mag das bloß für ein Zeug sein?

Er drehte das Spray in den Händen. Heute war ein Tag, an dem er Firkin gehorchen mußte. Artig sein wie früher zu Mama. Stepan sah nach vorne zum Chauffeur. Ob der etwas mitbekam, wenn …? Lieber nicht riskieren.

»Wie lange fahren wir noch?« fragte er.

»Ohne Stau zwanzig Minuten ungefähr. Mit Stau eine Stunde.«

»Halt mal irgendwo an«, sagte Stepan. »An einem Café oder Restaurant. Ich muß mal kurz raus. Mir drückt die Blase.«

Der Chauffeur hielt vor einem kleinen Café mit Namen Präludium – sehr passend, wie Stepan fand. Er stieg aus.

Zum Glück gab es eine Toilette. Stoisch vollzog Stepan die verlangte Prozedur, wobei er sogleich ein Brennen verspürte, daß mit jeder Sekunde heftiger wurde. Er ging zurück ins Café und bestellte einen Kaffee, den er am Tresen stehend trank, dabei betrachtete er die riesige Kupferschmiedearbeit an der Wand, ein Artefakt aus Sowjetzeiten: trauriger slawischer Recke mit Bogen, niedergestreckter Hirsch mit Pfeil im Rücken.

»Was schauen Sie denn so?« fragte die Bedienung. »Schmeckt Ihnen unser Kaffee nicht? Oder das Bild?«

»Zahnschmerzen«, log Stepan.

Als er die Tasse zurück auf das Tellerchen stellte, bemerkte er, daß ihm die Finger zitterten.

Ganz schön mit den Nerven runter, dachte er.

Im Auto lief das Radio. Boris Marossejew sang die englische Fassung des bekannten Tatu-Strategie-Hits in einer seinem brüchigen Bariton anempfundenen Variante: *All the thing he has running through my ass …* – die Stimme voller Schmerz und Sehnsucht nach dem Unerreichbaren. Es klang sehr traurig und ging irgendwie tief. Allerdings fiel Stepan auf, daß es sprachlich nicht ganz stimmte, es hätte *the whole thing he has* heißen müssen, das wußte er von Meowth, die ihn bei solchen Fehlern stets korrigiert hatte. Und er entsann sich, daß *ass* im Englischen zwei Bedeutungen hatte – Arsch und Esel.

»Ach so!« rief er und schlug sich die flache Hand gegen die Stirn. »Eselchen Siebencent ist ein Achtgroschenarsch! So wird ein Schuh draus!«

»Wie?« Der Chauffeur drehte sich erschrocken nach ihm um.

Stepan hüstelte und setzte eine ernsthafte Miene auf.

»Wozu hast du denn das Radio eingeschaltet?«

»Eben kam ein Anruf aus der Bank, Herr Michailow. Ich blick nicht ganz durch, aber dort muß wer von der DeltaCredit angerufen haben, die, wo wir grad hinfahren. Also jedenfalls sollen wir Autoradio hören, da käme gleich 'ne Überraschung für Sie.«

»Für mich? Eine Überraschung?«

»So hat's geheißen.«

»Und?«

»Es läuft«, sagte der Fahrer und deutete auf die blau leuchtende Audiokompaktanlage. »Aber bis jetzt gab's noch keine Überraschung.«

»Dann fahr einfach weiter«, sagte Stepan. »Vielleicht kommt sie noch.«

Nach Boris sang einer, den er nicht kannte: tiefe Stimme wie Bulgakows Voland und der Text so schwermütig, daß Stepan gleich wieder weghörte. Er versank in Gedanken.

Außer Arsch und Esel hatte *ass* auch noch einige Nebenbedeutungen. Die menschliche Persönlichkeit unter sexuellem Gesichtspunkt beispielsweise: *I want some ass tonight ... Kick some ass ...* Sehr tiefsinnig das Ganze. Man hätte gern gewußt, ob er selber drauf gekommen war oder irgendeinen Maljuta dafür angeheuert hatte. Heutzutage gab es Spezialisten für alles, egal, ob man die Wohnung oder die Seele neu zu möblieren gedachte. Wenn man nur das nötige Kleingeld hatte ... Aber stopp mal! Wozu die Seele möblieren, wenn man doch angeblich selber bloß ein Möbelstück war – ein Schemel noch dazu? Vermutlich für den, der draufsaß. Wer war das? Sjusja hatte behauptet, irgendein Fettarsch. Während Tschubaika immer noch die Hoffnung hegte, dieser Arsch könnte er selber sein. Ärsche, wohin man schaute. Und wohin fuhr er, Stepan, gerade? Man mochte nicht dran denken, sonst stieg man aus dem Geschäft noch aus. Aber nein, den Platz an der Sonne wollte er erringen, so einfach ließ er sich die Butter nicht vom Brot nehmen ...

Das Lied war noch nicht zur Hälfte vorbei, *and then you slip into a masterpiece,* sang die tiefe Stimme gerade, da wurde es wie von Geisterhand ausgeblendet, und ein aufgedrehter Moderator quasselte darüber – bemüht, soviel Geschwafel wie möglich in jede der teuren Sendeminuten hineinzuknödeln:

»Welch ein Gigant, welch ein Hüne unter den Menschen! Leonard Cohen war das, der da glatt ins nächste Meisterstück reingeschlittert ist, wie man ein Stück Text des eben erklungenen Liedes übersetzen könnte. Aber nun folgt – für alle die, die unterwegs sind – ein kleiner Gruß von Eselchen Marky. Leonard Cohen, den wir – wie gesagt – eben gehört haben, hat unserer nächsten Interpretin vor Zeiten die folgenden Worte ins Stammbuch geschrieben: *Giving me head on the unmade bed*, das hieße in wortwörtlicher Übersetzung: Du gabst mir deinen Kopf im ungemachten Bett. Wenn Sie einen Moment Zeit haben, meine lieben Zuhörer, überlegen Sie selbst, was Janis Joplin und Leonard Cohen in diesem Bett wohl miteinander taten. Und für die, die es schon wissen, folgt jetzt Janis Joplin mit ihrem unsterblichen Hit *Me and Bobby McGee*. Wie man sieht, war Mister Leonard Cohen nicht der erste Kavalier in ihrem Leben … Wie dem auch sei: *Me and Bobby McGee* – ein Wunsch von Eselchen Marky für die, die unterwegs sind … Unterwegs wohin? Leider vergaßen wir Eselchen Marky danach zu fragen. Doch wir erinnern unsere lieben Hörer daran, daß man in diesem Punkt durchaus geteilter Meinung sein kann: Die einen behaupten, alle Wege führen nach Rom, die anderen sagen: Alle führen sie nach Nirgendwo … Und das ist nur ein scheinbarer Widerspruch, zumal der Ort, an dem wir uns befinden, meine lieben Hörer, als das Dritte Rom in die Geschichte eingegangen ist …«

Die letzten Worte des Moderators rutschten unter die Musik.

Es folgte eine jener zahllosen amerikanischen Nummern, die es schwer hatten, bei Stepan ein emotionales Echo auszulösen – wahrscheinlich mußte man eine andere Kindheit und Jugend hinter sich haben, damit hier etwas angestoßen wurde. Anfangs konnte er nur einzelne, austauschbare Wortgruppen identifizieren, *everything we done, secrets of my soul* und so weiter; dann aber tauchte wiederholt eine Zeile auf, in der zweifellos die Botschaft steckte:

Freedom's just another word for nothing left to lose …

Diese Worte sang die weibliche Stimme so deutlich, daß er sich nicht verhört haben konnte. Und noch ein Wort gab es, das Stepan klar und deutlich verstand. Ein Wort, weit schwerwiegender als alles, was Janis Joplin sonst noch beschäftigte. Es war ein Name: McGee! Ihn betonte die Sängerin, zog ihn über mehrere Töne, es klang fast ein bißchen wie »Magiiie! …«

Stepan dachte daran, was ihm bevorstand. Eine Strapaze, keine Frage. Aber ein Spaziergang, verglichen mit dem, was ihm andernfalls drohte.

Trau dich, Stepan! spornte er sich selbst an. Du mußt es nur wollen …

Das Lied ging zu Ende, es kam Werbung.

»Darf ich Ihnen eine Preisfrage stellen, Herr Michailow?« brach der Chauffeur das Schweigen.

»Na los.«

»Ich denke da gerade über eine interessante Sache nach. Passen Sie auf: Tausend Millimeter sind ein Meter. Tausend Milligramm sind ein Gramm. Und tausend Millionen sind was? Milliohne?

»Ja, logisch. Die sind ohne.«

»Dann nehme ich sie mir!« lachte der Chauffeur, zufrieden damit, seinen Chef unterhalten zu haben. »Wir sind gleich da. Da vorne hinter der Kurve.«

»Genau«, sagte Stepan. »Wie ging das Lied doch gleich: Vollgas, Freunde! Nichts bereuen! Und die Kurven niemals scheuen …«

»Ja-a-a … Das waren noch Lieder!« brummte der Chauffeur. »Warum gibt es das bloß heute nicht mehr?«

»Die Worte haben ihren Sinn verändert«, dozierte Stepan. »Sie sehen noch genauso aus, bedeuten aber heutzutage ganz etwas anderes. Sie lassen sich auch schlechter singen. Es sei denn, man versteht was vom Geschäft.«

»Stimmt genau, Herr Michailow«, seufzte der Chauffeur und ließ den Wagen in die Kurve gleiten. »Sie sagen es, wie es ist.«

Als sie vor dem bekannten Tor, genau auf Höhe des Wachbüdchens zum Stehen kamen, hatte Boris Grebenschtschikow, der alte Barde, im Radio zu singen begonnen:

> Ich, Yidam siebzehn, will euch grüßen!
> Erkennen werdet ihr mich halb
> am Becher Blut, halb an den Füßen,
> die ihrer neun sind, und am Skalp …

Reichlich düstere Worte, zudem nicht ganz verständlich, wie es einem mit Grebenschtschikow des öfteren ging – aber die Zahl 17 (vierunddreißig geteilt durch zwo!) war ein vorzügliches Omen. Genau solch einen Lichtstreif hatte er nötig vor der grausigen Prüfung, die ihm bevorstand. Und wieder spürte Stepan, wie seine Augen sich mit Tränen füllten.

Danke, Bob! dachte er. Du als einziger bist dir treu geblieben …

Trotzdem beeilte er sich mit dem Aussteigen, denn gleich nach der Siebzehn war in dem Lied eine nichtssagende Neun aufgeblitzt, und andere Zahlen würden wohl nicht ausbleiben.

43

Firkins Büro war geräumig, mit blickdichten Vorhängen vor den Fenstern und einer Unmenge verschiedenster Eseldarstellungen: Man konnte meinen, in eine totemistische Kultstätte geraten zu sein. Besonders beeindruckend in ihrem Naturalismus fand Stepan einige Drucke, die den Esel aus dem Trickfilm *Shrek* in einer ekstatischen Tanzsequenz zeigten.

Links von der Tür befand sich der Schreibtisch mit zwei Bildschirmen und einer Tastatur. An seiner Vorderkante ein flacher weißer Teller, darauf ein Häufchen Pulver, zwei Rasierklingen und eine zusammengerollte 500-Euro-Note. Zwischen den Fenstern stand eine Vitrine mit Keramikfiguren. Auch hier größtenteils Esel; ein gramvoll blickendes Brillenäffchen und ein Spatz, der wie Shirinowski aussah, waren sichtlich nur aus Gründen des Pluralismus dazugestellt.

Rechts der Tür stand der zottige griechische Diwan. Ihm gegenüber ein in die Wand eingelassener Panzerschrank, die Tür halb offen. Man konnte sehen, daß das Innere mit rotem Samt ausgeschlagen war – Andeutung von Luxus und Geheimnis.

Auf dem Boden ein Teppich mit Goldfischornament und dunkelgrünem Wasserpflanzengeschlinge. An seinem Rand ein großer, verschwommener dunkler Fleck.

In diesem Fleck saß, mit dem Rücken gegen die Wand gelehnt, Firkin und war tot. Seine Hirnmasse bedeckte fächerartig die Wand. (So sah eine Autotür aus, wenn man während der Fahrt aus dem Fenster kotzte.) Der Leichnam war, von den weißen Söckchen und dem Stirnband mit den vormals ebenso weißen, nun prall mit Blut vollgesogenen Eselsohren abgesehen, nackt.

Firkin hielt den Blick gesenkt; ein Ausdruck von Weisheit und Verschwiegenheit. Der Teppich war mit roten Gummifetzen übersät. In einem Meter Abstand zu Firkins angewinkeltem Bein stand eine Gipsbüste Putins. Der Stahlzylinder des schießenden Füllfederhalters lag gleich daneben. Es roch nach Pulver, Blut, Ewigkeit und Freiheit.

»Wann?« fragte Stepan.

»Gerade eben«, sagte die in Tränen aufgelöste Sekretärin. »Vor kaum fünf Minuten. Lebedkin habe ich angerufen, er kommt gleich … Was haben Sie?«

»Mir brennen die Augen. Wo ist bei Ihnen die Toilette?«

Als Stepan wiederkam, war das Vorzimmer voller aufgeregter

Menschen. Unter ihnen der angetrunkene Lebedkin und jener Nachrichtenoffizier, den Stepan am Tage von Issas und Mussas seligem Ende im *Yakitoria* gesehen hatte. Er trug jetzt die Rangabzeichen eines Obersten, Lebedkin verhielt sich ihm gegenüber äußerst devot.

»Es gab überhaupt keine Anzeichen dafür«, berichtete die Sekretärin. »Im Gegenteil, Herr Firkin war bester Laune: Er kam aus seinem Büro spaziert, hat angewiesen, den Blumen frisches Wasser zu geben, und Herrn Michailows Kommen angekündigt. Ich sollte nur den Mantel abnehmen und ihn gleich ins Büro durchwinken, sie hätten Dringendes zu besprechen. Dann hat er die Tür hinter sich zugemacht und die Besprechung vorbereitet. Nach zwanzig Minuten hat er ›Tatjana! Tatjana!‹ gerufen und dann noch vier-, fünfmal i-ah! wie üblich. So laut, daß man es trotz Schalldämmung im Vorzimmer gehört hat. Und noch ein paar Minuten später hat es geknallt ...«

»Nachdem er sich ins Büro zurückgezogen hatte ... Ich meine, bevor er nach Tatjana gerufen hat ... Hat er da noch nach draußen telefoniert?« fragte Lebedkin.

Die Sekretärin schüttelte den Kopf.

»Boah! Der blanke Majakowski!« stieß der Nachrichtenoberst mißmutig hervor.

Wie schlafwandelnd ging Stepan zurück ins Büro, stellte sich in eine Ecke und sah den emsigen Kriminalisten bei der Arbeit zu. Einer sammelte mit der Pinzette die roten Gummibrösel vom Teppich und legte sie in eine transparente Plastiktüte. Ein anderer fotografierte Firkin aus verschiedenstem Winkel, der Blitz ließ den Fleck an der Wand jedesmal widerwärtig feucht aufglänzen. Ein dritter wühlte im Tresor; hin und wieder drehte er sich um und wies den Anwesenden einen neuen Fund vor: Tütchen mit weißem Pulver, dicke Packen Euroscheine und mehrere, verschiedenfarbige Paar Ohren am Gummiband.

Stepan starrte auf den hellroten Fleck an der Wand. Er erschien ihm wie die Landkarte eines geheimnisvollen Archipels, wo das Jenseits eine Off-shore-Filiale hatte. Dort stand der Bungalow des alten Suffkopps McGee. Dort war auch Stepans Geld versickert. Jetzt war dieses Eiland von der Menschenwelt ein für allemal abgeschnitten, wie das mythische Avalon. Irgendwo am Rande eines dieser feuchten Flecken, an einer Insel unbekanntem Strande, lag jener Geheimcode in den letzten Zuckungen, den man hätte eingeben müssen, wenn. Auf einem benachbarten Inselchen dörrte und verblich die Telefonnummer, die man hätte anrufen müssen, falls. Und der einzige Mensch auf Erden, der diese beiden Zahlen auf einen Nenner bringen, ihnen Gestalt und Kraft hätte geben können, dieser Mensch war zu gar nichts mehr zu gebrauchen. Stepan weigerte sich immer noch, es zu glauben – denn nur solange der Unglauben währte, war die Hoffnung noch am Leben.

Lebedkin und der Nachrichtenoberst standen jetzt neben ihm und diskutierten leise den Fall.

»Raubüberfall?« fragte der Oberst.

»Ausgeschlossen.«

»Liebeskummer?«

»Ich glaube nicht«, sagte Lebedkin mit einem schrägen Blick zu Stepan hinüber. »Von dieser Front gab es zuletzt eher gute Nachrichten. Wenn ich recht informiert bin.«

Nun schaute auch der Oberst.

»Wer ist das eigentlich? Was tut er hier?«

»Ich ...«, hob Stepan an, Lebedkin kam zu Hilfe. »Den kennen Sie doch, Herr Basmanow. Das ist Stepan, der Sanbank-Chef. Er war Marks Partner. Hatte einen Termin bei ihm. Zur Off-shore-Problematik.«

»Herr Michailow, von dem die Sekretärin sprach?«

Lebedkin nickte.

»Aha«, sagte der Oberst. »Dann haben wir also keinerlei Anhaltspunkte.«

»Vielleicht war er einfach bekokst?« mutmaßte ein Mann in Zivil, zum Schreibtisch hindeutend.

»Daran besteht überhaupt kein Zweifel«, sagte Lebedkin. »Mark war ständig bekokst.«

»Die Analyse wird zeigen, wieviel er intus hatte, aber das ist bestimmt nicht die Erklärung«, sagte der Oberst. »Wo mag er diesen Gummischwanz herhaben?«

Lebedkin zuckte die Achseln.

»Er hatte den Tresor voll mit solchem Spielkram: Peitschen, Klammern, irgendwelches Zaumzeug ... Was mir nur nicht in den Kopf will, ist, wieso er ihn auf die Kanone gezogen hat?«

Hierauf grinste der Oberst.

»Das kann ich nun wiederum gut verstehen. Aus purem Überdruß des Herzens. Wahrscheinlich hat man ihn tief in der Seele gekränkt. So wie er reagieren in letzter Zeit viele. Na, vielleicht nicht gleich so kraß. Jeder auf seine Weise. Es ist wie ein letzter, bitterer Vorwurf. So nach dem Motto: Ihr wolltet mir ans Leder? Könnt ihr haben, ich erledige es gleich selbst. Einer von den Öl-Oligarchen, ich nenne keine Namen, hat sich erst vorige Woche aufgehängt. Alle haben es in den Nachrichten gesehen. Aber was sie nicht gesehen haben, ist, daß er sich vor dem Aufhängen noch mit der Rasierklinge das Wort Kirkuk in die Stirn geritzt hat.«

»Kirkuk, was soll das sein?«

Der Oberst hob hilflos die Hände.

»Man weiß es nicht. Steht in keinem Wörterbuch. Benutzt auch kein Ganove. Wird wohl nur er selber gewußt haben, was es bedeutet. Vielleicht ein Sinnbild dessen, was seine Psyche geknebelt hat. Der Klang sagt doch schon alles. Ganz ähnlich wie Kirdyk, und das heißt bekanntlich: Daumen kräftig nach unten. Kirkuk klingt noch viel hoffnungsloser als Kirdyk. In diesen harten Zeiten qualmt die Seele wie ein heißgelaufener Bremsbakken. Das hat er nicht mehr ertragen.«

In Stepans Tasche klingelte das Telefon. Er trat ein paar Schritte zur Seite, hielt es ans Ohr.

»Hallo.«

Es war Ljusja aus der Buchhaltung.

»Herr Michailow, ich wollte Ihnen die Rechercheergebnisse durchgeben«, sagte sie, die Worte vor Aufregung halb verschluk-kend. »Ich fange an mit Pokémon Meowth, Nummer zweiundfünfzig. Das ist eine sehr sympathische kleine Katze. Sie werden lachen, aber sie sieht Meowth Julianowna sehr ähnlich. Mit der gleichen Antennenfrisur, oder wie sagt man dazu? Meowth vergöttert alles, was rund ist. Streunt nachts durch die Straßen und sammelt ein, was so liegengeblieben ist. Und wenn Meowth auf etwas Rundes stößt, stellen Sie sich vor, muß sie so lange damit spielen, bis sie vor Erschöpfung einschläft. Am liebsten mag sie Münzen, die steckt sie in ihre Sparbüchse.«

»Runde Summen, mag sie die auch?« fragte Stepan.

»Dazu habe ich keine Informationen.«

»Und wie soll man dann die Sechsundsechzig verstehen? Einfach eine Finte zur Ablenkung? Oder bloß zwei Kreise mit Schwänzchen dran?«

Der Oberst äugte herüber, sagte etwas zu Lebedkin.

»Was meinen Sie, Herr Michailow?« fragte Ljusja irritiert.

»Ach nichts, erzähl weiter.«

»Pikachu, Nummer fünfundzwanzig. Das ist ein elektrisches Pokémon. Röstet sich Nüsse und harte Beeren unter Zuhilfenahme von Strom. Damit es sie leichter beißen kann. Zur Erkundung seiner Umgebung richtet es den Schwanz auf ... Da weiß ich nicht genau, was gemeint ist ...«

»Ich schon«, brummte Stepan.

»Manchmal schlägt der Blitz in den Schwanz ... Und schließlich die Vierunddreißig, Ihre Lieblingszahl, nicht wahr? Nidoking. Das ist leider ein garstiges Pokémon. Es hat einen Riesenschwanz, den es benutzt, um seine Opfer niederzuschlagen, zu erdrosseln und ihnen die Knochen zu brechen. Sein Schwanz ist so stark, daß er das Rückgrat des Feindes mühelos zerschmettert. Das ist alles, was ich bis jetzt gefunden habe. Reicht es, oder brauchen Sie noch irgendwelche Ergänzungen?«

»Reicht!« erwiderte Stepan, schaltete ab und schob das Telefon in die Tasche.

Lebedkin war herangetreten, faßte ihn um die Schulter.

»Weißt du was ... Du solltest jetzt nach Hause fahren, einen Kognak trinken und zur Ruhe kommen. Hier gibt es für dich nichts mehr zu tun. Du behinderst nur die Kollegen bei der Spurensicherung.«

Stepan fuhr sich mit der Zunge über die trockenen Lippen.

»Wir hätten nur noch den Code eingeben müssen«, sagte er, die rote Wandkarte der Geldinseln nicht aus den Augen lassend. »Wir hätten es zehnmal geschafft bis Mitternacht, Lebedkin, kannst du dir das vorstellen? Ein einziger Anruf ... Und was haben wir nun? Einen alten Hut. Die Ohren vom toten Esel. Und auch die gehen zu den Akten. Ein Teufelskreis. Keine Chance. Weißt du, wie der Fleck an der Wand dort heißt? Archipel Good Luck ... Oder verwechsle ich das? Gulago, das war ja der Doktor ...«

Lebedkin schüttelte irritiert den Kopf. Doch dann glätteten sich die Furchen auf seiner Stirn, so als ginge ihm ein Licht auf.

»Hab ich dir nicht gesagt, du solltest dir nicht diesen Dreck reinziehen, Mann!« sagte er leise. »Stepan! ... Ich sage es dir im Guten: Hör auf damit, ehe es zu spät ist. Du weißt genau, wohin das führt. Erst wirst du schwul und dann servil. Und das Ende kannst du sehen ...«

Lebedkin deutete mit dem Kinn zum Teppich hinunter. Dabei streifte sein Blick Stepans Schritt, wo sich eine unzweideutige Beule abzeichnete. Lebedkin stutzte, verzog das Gesicht.

»Ja, sag mal! Geilt dich der Anblick auf oder was?« fragte er angewidert. »Wenn das nicht pervers ist! Hast du denn überhaupt noch ein Gewissen?«

360

Schemelputzer® (Der Echte!) stand auf dem Etikett, darüber war eine Zeichnung: Sjusja in Wattejacke und Gummistiefeln, mit Eisangel in der Faust und gerunzelter Stirn auf einem Schemel sitzend. Neben ihm ein lächelnder Tschubaika, beflissen nach vorn geneigt, mit einem Tablett in Händen. Auf dem Tablett eine Flasche, deren Etikett zwei winzige Figuren in gleicher Pose zeigt: eine auf einem Schemel, die andere vornübergebeugt mit Tablett. Ein Abbild der Unendlichkeit.

Auf der Rückseite der Flasche gab es einen schmaleren Aufkleber mit dem Slogan *Unser gut gebranntes Kind!®* und einer flatternden Spalte Text. (*Ausschnitte der aus Presse, Funk und Fernsehen bekannten Dialoge werden direkt auf den Flaschen zu finden sein,* so hatte es in Maljutas Exposé gestanden, *damit der Verbraucher das Produkt mühelos als auf Flaschen gezogene TV-Sendung erkennt und sich in einem geschlossenen Konsumkreislauf wiederfindet, was als primäres Ziel des angestrebten 360°-Marketings unter Einbeziehung von Wodka, Print- und TV-Medien als den drei maßgeblichen meinungsbildenden Instanzen in Rußland anzusehen ist.)*

Der Textausschnitt auf dem Etikett korrespondierte mit Stepans Seelenlage.

Sjusja: Wollen Sie wissen, Tschubaika, worin die Geschichte Rußlands im 20. Jahrhundert bestand? Das Land hat siebzig Jahre an einem Wunderwerk gebaut, das nannte sich Deppodrom, und keiner wußte, was es werden und wie es funktionieren sollte – bis ein Klugscheißer kam und sagte: Kommt, wir zersägen das Ding und verkloppen es, dann machen wir halbe-halbe …

Tschubaika: Könnte es sein, Sjusja, daß nicht alles an unserer Geschichte so düster und sinnlos war, wie Sie meinen? Vielleicht haben Sie den Moment, als das Deppodrom zu funktionieren anfing, nur nicht mitbekommen?

3 und 4 standen auf dem Etikett richtig zueinander – aber das heiterte Stepans Stimmung nicht auf. Wie auch die Gabel, mit der Stepan Krabben aus dem Eisbergsalat stocherte, mit ihren vier Zinken seine Laune nicht verderben konnte. Schon weil es da nichts mehr zu verderben gab.

Seit dem Morgen beobachtete Stepan ein sonderbares, beklemmendes Phänomen, etwas wie eine totale Sonnenfinsternis. Es bestand darin, daß die 34 nichts, aber auch gar nichts mehr an sich zu haben schien, was seine Seele wärmen konnte. Es war sinnlos, bei ihr Zuflucht zu suchen. Stepan zweifelte schon nicht mehr daran: Sie hatte ihren Lichtvorrat vollkommen verausgabt. Und umgekehrt war an der 43 nichts Furchteinflößendes mehr. Jedes beliebige Segment des Universums gab ungefähr so viele Emanationen des Bösen ab wie sie.

Stepan konnte sich denken, wie es dazu gekommen war. Es war wie bei Pereswet und Tschelubej, den zwei mythischen Rekken, die vor der Schlacht auf dem Amselfeld aufeinander losgegangen und beide tot umgefallen waren. Die Zahlen hatten sich gegenseitig unschädlich gemacht, annihiliert, in einem Lichtblitz verflüchtigt. Auf den Blitz folgte Finsternis, in der befand sich Stepan nun. Und diese Finsternis versprach nicht nur total zu werden, sondern auch endgültig. Denn wo hätte neues Licht herkommen sollen? Etwa aus dem Fernseher?

Dort auf dem Bildschirm saßen sie gerade zu dritt: ein kahlgeschorener Tatare, auf dessen T-Shirt *KI.KA* stand, eine aufgedunsene Frau mit rot gefärbten Haaren und ein jugendlicher Matrose, den Stepan kannte – aus dem Klub *Windrose*. Moskau nahm Abschied von Firkin.

»Was mich am meisten an ihm fasziniert hat«, sprach holpernd der kleine Matrose, »das war seine Beobachtungsgabe, sein phänomenales Kunstverständnis. Als wir uns das letzte Mal sahen, sprachen wir den ganzen Abend über das neue Theaterstück von Rodion Achmetow, das wir zuvor gemeinsam gesehen hatten – ein, wie Sie wissen, umstrittenes, wenn nicht skandalträchtiges Werk. Mir war es wie eine Farce vorgekommen. Doch Marky sagte: Du, das ist eine unerhört tiefgründige Arbeit, ein wahres Meisterwerk. Und was glauben Sie: Binnen weniger Minuten hat er mich überzeugt. Ich hatte einfach nicht begriffen, daß der King und Doktor Gulago, daß das in Wirklichkeit ein und dieselbe Person war! Erst als Marky davon sprach, fiel mir auf, daß Seine Majestät während der Exekution ›Unlucky, eh?‹ gerufen hatte – genau wie Doktor Gulago im ersten Akt!«

»Toll!« sagte die Rothaarige.

»Und das ist noch nicht alles. Marky sagte außerdem, daß die bunten Lichter, die auf der Bühne im zweiten Akt blinken – das ging immer so grün-blau-rot, grün-blau rot, Sie entsinnen sich –, also diese Lichter sollen zeigen, daß das Ganze im Bardo spielt, wo der tote Bond die Früchte seiner irdischen Taten erntet. Denn in Wirklichkeit ist er vorher in der Beringstraße erfroren, wie er versucht hat, mit seinen Bullterriern zur Eishütte von Doktor Gulago zu gelangen. Und die verführerische Assistentin von Doktor Gulago ist in Wirklichkeit er selber, und er hat Bond die falsche Wegbeschreibung gegeben. Aber wieso ist Doktor Gulago denn auch im Bardo? habe ich Marky gefragt. Ganz einfach: weil das Meerkatzenfutter am Ende doch bis zu Mister Bush gelangt ist. Erinnern Sie sich an den Moment, wo plötzlich das Licht ausgeht, und dann kommt dieses orange Leuchten? Nicht bloß Doktor Gulago war im Bardo, nein, alle, der ganze Saal! Und keiner hat es gemerkt, so meinte Marky zum Schluß mit herzzerreißend trauriger Stimme – keiner auf der Bühne und im Publikum kam auf die Idee, daß, wer im Bardo ist, zum Lichte gehen muß. Keiner! … Diese Worte haben mich so erschüttert, so entsetzt, mir ist in dem Moment ganz übel geworden, Markys Freunde mußten mich nach Hause schaffen …«

»Ja, er hat es geahnt!« sagte die Rothaarige. »Er hat es gewußt! Das wird einem nachträglich klar. Tatsächlich hat sich Mark zuletzt sehr für geistige Fragen interessiert. Er muß das nahe Ende gespürt haben. Er sagte, er hätte die Bibel neu für sich entdeckt.

Und er konnte nicht aufhören sich zu wundern: Ich bin mit allen Geboten einverstanden, sagte er – nur daß die Liebe Sünde sein soll, das will mir nicht in den Kopf …«

Stepan wechselte den Kanal. Auf dem Bildschirm erschienen Sjusja und Tschubaika. Das Animationsteam hatte auf die betrübliche Nachricht bereits reagiert: Die Protagonisten trugen Trauerbinden, die von Sjusja hatte rote Streifen am Rand. Tschubaika im samtenen Morgenmantel lag auf dem Sofa und rauchte Wasserpfeife, Sjusja in durchnäßter Wattejacke stand in einigem Abstand neben ihm; von Zeit zu Zeit schlug er die Stirn gegen die Wand und stieß dabei seltsame dumpfe Laute aus.

»Tschubaika, wissen Sie was«, sagte er in einer Pause zwischen zwei solchen Anfällen, »unsere Gesellschaft kommt mir vor wie ein Organismus, in dem ein Krebsgeschwür die Hirnfunktionen übernommen hat!«

»Tja, Sjusja«, erwiderte Tschubaika, einen schlanken Rauchstrahl ausstoßend, »was soll man machen, wenn er sonst nur Sitzfleisch hat?«

»Tschubaika, wie können Sie es wagen!« In seinem Zorn stieß Sjusja den Kopf noch härter gegen die Wand.

»Nein, überlegen Sie doch mal. Gäbe es noch anderes, hätte es das Geschwür nicht so leicht.«

»Es wird es auch nicht leicht haben, das sage ich Ihnen, Tschubaika!«

»Natürlich nicht. Was erwarten Sie denn. Von einem Furunkel am Arsch!«

Er schaltete weiter und geriet in eine religöse Sendung. Man konnte es an dem Logo in der linken unteren Ecke erkennen – wenn man begriffen hatte, daß es Kirchturmkuppeln sein sollten und nicht drei raffiniert gepiercte Silikonbrüste. Hier talkten zwei Personen: eine Nachwuchsjournalistin und ein junger Mann in Schwarz, in dem Stepan verblüfft seinen Reisegefährten aus dem Moskau-Petersburg-Expreß wiedererkannte. Er sah kaum anders aus als in jener denkwürdigen Nacht, nur das Gesicht noch etwas verquollener, wie nach einem mehrtägigen Besäufnis.

»Also, wie war das bei dir? Wie kam es zur Umkehr?« fragte die junge Dame.

»Ja, wie gesagt, in meiner Zeit als Tantrist und Agnostiker habe ich immerzu Fliegenpilze zum Wodka gefressen. Da bin ich dermaßen abgehoben ... also ich meine, abgestürzt, ich habe echt geglaubt, ich könnte in die Seele von jedem einzelnen Pilz blicken. Hab genau gespürt, wo er mich hinträgt, was er mir mitgibt. Und einmal, da habe ich einen ganz besonderen Pilz gefunden, er trug ein Geheimnis in sich, eine höhere Botschaft, das sah ich auf den ersten Blick. Er war wunderschön: der Schirm nicht flach, sondern um den Schaft gewölbt, sah aus wie eine kleine rote Rakete. Ich hab ihn extra nicht getrocknet wie sonst, sondern in Wodka mariniert, zum Zeichen meiner Ehrerbietung. Und ich beschloß ihn nicht zu Hause in Moskau zu verspeisen, sondern unterwegs, im Moskau-Petersburg-Expreß, damit man vom Fleck kommt, wenn man im Rausch auf der Stelle tritt, kommt ja vor. Ich hab mir also eine Schlafwagenkarte gekauft, Pilze eingepackt, paar ganz normale so für den ersten Gang, weil den Prachtfliegenpilz, den Joker, den wollte ich mir für den Schluß aufheben, so als letzten Lack obenauf, als Schlußredaktion.«

»Du erklärst das wirklich sehr schön«, sagte die Journalistin. »Mir ist, als wäre ich dabei ...«

Instinktiv drückte Stepans Daumen den Knopf der Fernbedienung.

»... einen unglaublich vielfältigen Charakter«, quasselte nun wieder die Rothaarige. »Marks Office befand sich ja in der Straße der Kursker Schlacht. Ich weiß nicht, ob es Zufall war, jedenfalls schrieb er seit längerem an einem experimentellen Roman über die größte aller Panzerschlachten des Zweiten Weltkriegs. Seine Grundidee war, diese Hohezeit unserer Geschichte mit den Augen Dostojewskis zu sehen ...«

»Ja, genau«, fiel ihr der kleine Matrose ins Wort, »Die Dreiundvierziger sollte das Buch heißen. Er hat mir erzählt, zwei Text-Builder würden ihm helfen, aber wie weit die Sache gediehen war, verriet er niemandem …«

»Und außerdem«, nahm die Rothaarige mit einem feindseligen Blick auf den kleinen Matrosen ihren Faden wieder auf, »hat er gemalt und komponiert. Seine Ideen haben an die fünfzehn Leute mit Arbeit versorgt. Wissen Sie, was sein Lieblingsspruch war? ›Die Schönheit wird die Welt erretten und dem Großkapital zu Füßen legen.‹ Wenn alle unsere Banker so wären wie er, wir lebten in einer zweiten Renaissance …«

»Ja, Energie hatte er im Überfluß«, seufzte der kleine Matrose und wurde aus unerfindlichen Gründen rot.

»Wo nahm er die bloß her?« fragte die Rothaarige. »Was war, um es einmal so zu formulieren, seine Grundmotivation? Vielleicht können Sie dazu etwas sagen, Herr Nafikow?«

»Ich?« fragte der kahlköpfige Kika zurück und schaute drein, als kränkte es ihn, so angesprochen zu werden. »Von mir aus. Aber das ist ein schwieriges Thema. Hier ist nicht einfach ein Freund oder Partner von uns gegangen. Sondern ein Aljoscha Karamasow der russischen Geschäftswelt. Er war eine markante, tiefgründige, leidenschaftliche Persönlichkeit, das ganz gewiß, aber er war noch mehr. Er verstand sich als Kapitalist. Und er war fest entschlossen zu beweisen, daß das Kapital zu allem fähig ist. Hätte nur einer die vielen klugen Worte aus seinem Munde aufgeschrieben! Mit der Zeit wäre ein Buch zusammengekommen, das das Marxsche Kapital hätte aufwiegen können. Es könnte uns eine Hilfe sein in diesen schwierigen Zeiten! Als Gegenleistung für all seine Gaben an die Menschheit verlangt das Kapital von uns nur ganz wenig, hat Mark zum Beispiel gesagt: daß wir bereit sind, uns zu vergessen, wenn wir unsere simplen und überschaubaren Rollen im großen Welttheater übernehmen. Aber dazu muß man den Mut und die Kraft erst einmal aufbringen. Und hier, so hat Mark gemeint, kann uns nur eine gute Portion

Stoizismus helfen. Kraft schöpft man aus der Sicherheit der inneren Geste – welche, ist egal, doch sie muß zu hundert Prozent authentisch sein. Und da gab es bei ihm keine Diskrepanzen zwischen Wort und Tat. Das einzige, was ich ihm in aller Freundschaft mitunter vorwarf, war, daß er sich für meinen Geschmack zu sehr auf seine Konzept-Stylingberater verließ, auch wenn es durch die Bank Künstler von Weltrang waren. Marky, hab ich zu ihm gesagt, sieh doch mal, was diese Leute aus dir machen! Begreifst du nicht, daß der Künstler heutzutage nur ein Präservativ ist, das das Kapital sich überstreift, bevor es den rituellen Verkehr mit sich selber vollzieht? Warum so viel blindes Vertrauen in diese abgewichsten Ar-…«

»Und was hat er darauf geantwortet?« beeilte sich die junge Frau, ihm das Wort abzuschneiden.

»Er hat nur gelacht. Das ist es ja eben, hat er gesagt. Der Sinn des Lebens liegt in der Selbstverwirklichung. Doch der wahre Geschäftsmann hat kein anderes Selbst als das Kapital. Und die besten Möglichkeiten für das Kapital, sein wahres Wesen auszudrücken, bietet immer noch die moderne Kunst. Warum also nicht das ganze Leben zu einem Kunstwerk machen, einem permanenten Happening? Muß es aber ausgerechnet dieses sein? hab ich gefragt. Darauf er: Weißt du nicht mehr, was Pasternak geschrieben hat? Dem Zufall folgen heißt gewiß sein … Man konnte mit Mark über dieses Thema nicht streiten. Man hätte einfach nur mitschreiben müssen!«

Stepan zappte zurück in die Sendung mit den Silikonkuppeln.

»… ein Priester ins Abteil«, war der junge Mann in Schwarz gerade dabei zu erzählen, »äußerlich brav und unscheinbar, ein Dorfpope. Hat sich hingelegt und ist sofort eingeschlafen. Während ich im Dunkeln saß, meine Pilze verputzte und wartete, daß der Rausch kommt, damit ich den Pilz der Pilze, den in Wodka marinierten, nachlegen konnte. Irgendwann war es soweit. Ich wollte den Pilz auspacken – aber er war nicht da. Erst dachte ich,

ich hätte ihn im Dunkeln aus Versehen schon mitgegessen. Aber dann kam plötzlich dieser Horrortrip. Ich bildete mir ein, der Superpilz wäre lebendig geworden und untergetaucht ... Und dazu noch überall diese Lichtpünktchen, so mosaikartig, wenn du weißt, was ich meine, wie man das halt von Pilzen so kennt ... Ich hatte plötzlich das Gefühl, lauter kleine Teufel hocken um mich herum und starren. Mich packte das Grausen. Ich hab den Alten geweckt und den Wodka geschnorrt, den er in der Tasche hatte, man sah die Flasche oben rausgucken. Er hat ihn rausgerückt. Und bekam dafür von mir die ganze Nacht eins vorgelabert. Von wegen, Christentum wär alles nix, Buddhismus tät's bringen, die Tour. Und er hat andächtig zugehört und genickt mit einer Engelsgeduld. Kannst du dir das vorstellen?«

Die junge Dame nickte.

»Ich gehe ihm auf den Geist, doch er nimmt es gefaßt und demütig an ... Und ganz allmählich schwant mir: Was muß hinter dieser Demut für eine geistige Kraft stecken! Eine Urgewalt. Darüber bin ich eingeschlafen. Wie ich wach werde, ist es noch dunkel. Ich stehe auf und ziehe mich leise an, um beim nächsten Halt auszusteigen – ich wollte nicht mehr ankommen. Dann bin ich vor den Popen hingetreten, um mich zu verabschieden, und was sehe ich? Unter seiner Hand liegt mein Superpilz. Dabei hatte sich Batjuschka nach Betreten des Abteils nicht mehr von der Stelle gerührt ...«

»Unglaublich«, sagte die junge Dame. »Ein Wunder?«

»Jawohl. Ich habe nichts gesagt, nur so die üblichen Artigkeiten. Dann bin ich ausgestiegen. Verschneiter Bahnsteig, alles noch zappenduster, es hat gestürmt. Und da kam mir die Erkenntnis: Es war ein Zeichen des Herrn! Der Erlöser hat mir den Satanspilz aus der Hand gerissen – und das, obwohl ich ihn die ganze Nacht vor seinem Diener geschmäht hatte. So ist sie, die Fürsorge Gottes ... Ich bin gleich auf die Knie gefallen, mittenrein in den Schnee, hockte da und hab geheult, während der Himmel über mir lichter und lichter wurde ... So sind mir die

Augen geöffnet worden. Und seither folge ich den Wegen des Herrn, wie es in meinen Kräften steht …«

»Und er steht dir bei? Weist dir den rechten Weg?«

Der junge Mann guckte die Interviewerin an, als wäre sie nicht gescheit.

»Der Erlöser steht uns bei, indem er mit uns ist. Den Weg muß jeder selber finden.«

»Wenn du diesen Priester heute noch einmal träfest – was würdest du ihm sagen?« fragte die junge Dame als nächstes.

»Was ich ihm sagen würde?« Der junge Mann schaute jetzt direkt in die Kamera. »Batjuschka, wenn Ihr mich hören könnt: Ich danke Euch! Von Herzen sei Dank!«

Ein Publikum im Off applaudierte, dann kam ein harter Schnitt und Werbung. Stepan seufzte nur und wechselte zurück zur Talkshow mit der Rothaarigen, Glatzkopf Kika und dem Matrosen.

»Und was es nicht für Gerüchte gab über diese Eselsohren und all das Drumherum!« rief die Rothaarige und klatschte theatralisch in die Hände. »Was halten Sie zum Beispiel von der Theorie, wonach darin seine unterdrückte Homosexualität zum Ausdruck kam, zu der er sich bis zuletzt nicht bekennen mochte? Die er vor sich selber verbarg, weil er, ein Mensch klassischer Bildung und Kultur, sie als schlicht inakzeptabel ansah? Verbergen ist nicht einmal das zutreffende Wort – eher der Versuch, sie durch eine extreme Art der Verfremdung aus seiner Persönlichkeitsstruktur auszuklammern?«

Kika verzog das Gesicht. »Ich bin kein Psychoanalytiker, wissen Sie. Wie dieses Ausklammern gehen soll, kann ich Ihnen nicht sagen. Aber dieser schwule Determinismus, alles, was den geistigen Horizont eines Börsenmaklers irgendwie übersteigt, gleich als Ausdruck unterdrückter Homosexualität zu sehen, der bringt mich auf die Palme. Darum lassen Sie uns besser nicht auf diesem Thema herumreiten. Jawohl, er wurde öfters rot beim Sex, das ist wahr. Aber das kann auch einfach daran gelegen haben, daß er den Kopf dabei so niedrig hielt. Dann muß einem ja das Blut zu Kopf steigen! Analverkehr war für ihn nie das A und O, da bin ich mir sicher. Vermutlich praktizierte er ihn rein metaphorisch …«

»Jawohl«, hakte der kleine Matrose ein, »das denke ich auch. In letzter Zeit schien es mir so, als wäre seine Zielscheibe eine ganz andere. Nämlich die Hollywood-Fratze des amerikanischen Nationalkapitalismus. Bedenken Sie, daß der Esel das Wappentier der Demokraten ist! Hätte Marky noch länger gelebt, die Republikaner hätten auch noch eins abgekriegt, da bin ich mir sicher.«

Die Rothaarige bedachte den kleinen Matrosen neuerlich mit bösen Blicken, während Kika auf dessen Einwurf überhaupt nicht reagierte.

»Die falschen Ohren waren viel wichtiger als der Sex an sich«, fuhr er fort. »Er brauchte sie vor allem, um die Situation ins Absurde zu treiben, oder besser gesagt: sie von Beginn an absurd aufzuziehen. Er hat Guy Debord vergöttert, müssen Sie wissen, und mehr als einmal hat er zu mir gesagt: ›Wir werden die Gesellschaft des Spektakels noch so weit kriegen, daß sie uns stehend applaudiert!‹ Er spielte das geniale Spiel einer starken und begabten Persönlichkeit. Doch einmal kommt immer der Tag, da die unstillbare Lebensgier in Müdigkeit und Frustration versinkt …«

»Sie halten das Ganze also für ein Geniespiel? Warum hat er aber dann die Ohren getragen, als er … nun ja: kurz vor dem Tode? Als er ganz mit sich allein war?«

»Ach, wissen Sie … Wie sagte einmal ein großer Franzose: ›Heute spielen wir ohne Publikum. Heute spielen wir unser Leben.‹«

60

Das Handy, das auf dem Fußboden lag, klingelte. Stepan sah es furchtsam an – wie ein giftiges kleines Reptil, dessen durchdringendes Fiepen ankündigt, daß es gleich gesprungen kommt. Das Klingeln wollte nicht aufhören. Fluchend ging Stepan ran.

»Vierunddreißig, hallo, vierunddreißig«, drang eine unnatürlich tiefe Stimme aus dem Hörer, »hier dreiundvierzig, bitte kommen!«

Stepan zuckte zusammen. »Wer ist da?«

»Leo am Apparat«, sagte Lebedkin mit normaler Stimme. »Hab ich dich erschreckt? Take it easy. Jedi wissen einfach alles. Das macht ihr Job.«

»Und sonst?« fragte Stepan. »Viel Neues, Aufregendes?«

»Ach ... Wie man's nimmt. Der eine hat einen Kuhschädel im Tresor. Der andere ein SS-Messer im Nachttisch. Einer leckt Frösche beim Wichsen, der andere betet eine weiße Ratte an. Ich will keine Namen nennen, du wirst schon wissen, wen ich meine. Und dann gibt es noch Leute, die denken immer nur ans Geld. Wenn du wüßtest, Stepan, von was für Leuten die Welt regiert wird ... Du würdest zum Zyniker werden.«

»Schon passiert«, sagte Stepan.

»Stimmt. Ist mir gestern aufgefallen. Aber wenn wir schon davon reden: Du weißt nicht zufällig, was es mit den sieben Cent auf sich hat? Rück raus damit, Alter, dem lieben Mark schadest du damit nicht mehr.«

»Keine Ahnung«, sagte Stepan seufzend. »Ich konnte ihn nicht mehr fragen.«

»Verstehe ... Dann wird es wohl ewig ein Rätsel bleiben. Was gluckert da? Säufst du?«

»Ich saufe. Hilft aber nicht.«

»Ist doch klar, wenn du immer diesen Dreck sniffst. Aber ich bin nicht deine Gouvernante. Du mußt wissen, was du tust.«

Lebedkin schwieg. Der Stille im Hörer lauschend, fuhr Stepan mit dem Finger über die Glasplatte des Rauchtischs.

»Ich wollte dir nur tschüß sagen«, ließ Lebedkin sich nach einer Pause wieder hören. »Ich bin versetzt worden. Taras Kosulin übernimmt dich. Spitzname: Tarantina. Mit ihm wird's nicht langweilig, das kann ich dir versprechen. Er meldet sich demnächst bei dir. Zwecks Übergabe der Ohren – und überhaupt, zum Kennenlernen.«

»Was denn noch für Ohren?«

»Aus Marks Tresor«, sagte Lebedkin. »Ich hab drei Paar für dich beiseite gelegt. Ein blaues, ein grünes und ein rotes. Das ist natürlich eine Verletzung der Dienstvorschrift, macht aber nichts.«

»Was soll ich damit?«

»Ich dachte, als Andenken?« erwiderte Lebedkin verwundert. »Hattest du nicht drum gebeten? Ich hatte dich so verstanden, daß es dir leid täte, wenn sie zu den Akten gelegt würden. Und außerdem ... Bedenke, was die Dinger in zehn Jahren bei Sotheby's kosten!«

»Vergiß es.«

»Willst dir nicht unnötig die Seele damit schwer machen, wie? Kann ich auch verstehen. Dann eben nicht. Erklär das Kosulin am besten selber. Aber taktvoll, hörst du? Er schnappt leicht ein.«

»Wohin wechselst du?« fragte Stepan.

»Ins Internet. Du weißt nicht zufällig, wo man was Gutes über Windows lesen kann? Irgendein Buch, das man nach Möglichkeit auch versteht.«

»Fang damit bloß nicht erst an«, riet Stepan. »Steig lieber gleich mit Unix ein. Das einundzwanzigste Jahrhundert steht vor der Tür ... Ist irgendwas passiert?«

Lebedkin zögerte mit der Antwort.

»Du kannst dich doch an Mussa erinnern? Vor dem ich dich gerettet habe?«

»Aber hallo.«

»Der hat einen Kumpel, der nur davon träumt, seinen toten Kameraden zu rächen. Wie du siehst, Stepan, auch Jedi kommen manchmal in die Bredouille.»

»Was ist das für ein Kumpel?«

»Irgendein Dschibrail.«

»Und wer soll das sein?«

»Weiß keiner, das ist es ja gerade. Umar Dschibrailow schwört, es wäre kein Verwandter. Man tappt noch im dunkeln. Jedenfalls ein ernstzunehmender Zeitgenosse ... Du kannst dir nicht vorstellen, Steps, was auf dem Gipfel los war. Von daher die Empfehlung meiner Vorgesetzten, in ruhigeren Gewässern unterzutauchen. Und sowieso interessiere ich mich seit längerem fürs Internet. Der Mensch wächst mit seinen Aufgaben. Immer nur dieses Geballere, was ist das für ein Leben? ... Man kommt sich vor wie ein Heizer am Kessel. Das hab ich gründlich satt. Ich wechsle also in HA fünf, Internetterrorismus. Die ist unten im Bunker unter der Lubjanka. Wo früher die Weltraumzentrale war.«

»Sag bloß, im Internet gibt es auch Terroristen?« fragte Stepan.

»Und was für welche. Aber laß uns von denen später reden, bringen wir erst mal das Geschäftliche hinter uns. Ich muß mit dir ein ernstes Wörtchen reden wegen Sjusja und Tschubaika.«

»Was ist damit?«

»Du hast Schulden, mein Lieber. Möchtest du nicht bald mal überweisen? Die zweite Rate ist fällig, und du hast die erste noch nicht bezahlt. Was soll das, Steps? Ich mache hier die Übergabe, und es stellt sich raus, mein Partner hat die ganze Rechnung offen. Möchtest du einen Jedi um seine Abfindung prellen?«

»Lebedkin, ich muß da höchstwahrscheinlich aussteigen«, sagte Stepan, und bei jedem seiner eigenen Worte fröstelte ihn. »Ich habe kein Geld. Null.«

»Stepan, so zu reden ist keine Art«, antwortete Lebedkin ruhig.

»Das hättest du dir vorher überlegen müssen, worauf du dich einläßt. Du weißt doch ganz genau, wie groß das Ding ins Rollen gekommen ist.«

»Verstehst du mich nicht, Lebedkin? Mein Geld ist weg!«

»Steps, knips dein Hirn an und überlege. Deine Probleme sind mir bekannt. Aber Geld beschaffen mußt du so oder so.«

»Und wenn ich keins finde?«

»Dann sehen wir uns gezwungen, dich als Finanzterroristen zu betrachten. Hast du das Absichtsmemorandum unterschrieben oder nicht? Wir müßten dich zur Verantwortung ziehen.«

Stepan hatte sich erhoben. Die Finger seiner freien Hand ballten sich zur Faust.

»Was soll das heißen? Abknallen?« Er bemühte sich, gelassen und ironisch zu klingen.

»Das nun gerade nicht. Wir sind ja keine Schwarzärsche. Aber du wirst einsehen, daß es eine ganze Reihe von Paragraphen gibt, nach denen es dir an den Kragen gehen könnte. Du darfst dir aussuchen, welcher dir am besten gefällt. Soll ich aufzählen?«

»Hör mal, die Nummer kannst du den Pinguinen im Zirkus vorführen«, erboste sich Stepan. »In welcher Zeit lebst du? Meinst du, ich hätte keine Rechtsanwälte? Dann gehe ich eben eine Woche in den Kahn oder im Höchstfall zwei. Und dann bin ich wieder draußen. Wäre dir damit geholfen?«

»Nein, Stepan. Diese Variante käme für dich nicht in Betracht. Der Kahn, von dem du sprichst, ist für solche wie dich nicht vorgesehen.«

»Solche wie mich, was heißt das?«

»Ja sag mal, Steps. Du stellst Fragen. Hast du nie Puschkin gelesen?«

»Was hat das mit Puschkin zu tun?«

»Daß du im Ausweis Stepan stehen hast, aber mit Klarnamen Tatjana heißt. Russin tiefster Seele, wie der Meister sagt.«

»Wie bitte?«

»Schon vergessen? Macht nichts, es gibt Leute, die erinnern

sich. *Privacy* ist uns ein heiliges Gut. Daß du einen Esel gefickt hast, ist einzig und allein deine Sache. Aber daß du auch noch bereit warst, die Tatjana zu spielen – das geht leider zu weit.«

»Wie soll ich das verstehen?«

»Daß wir jetzt einen Pikachu aus dir machen. Wie Firkin es dir versprochen hat.«

»Mir?«

»Na, aber. Im Klub Windrose. Was glaubst du, weshalb er nach Tatjana rief, während du ihn genagelt hast? Er hat dich doppelt verarscht, und du hast es nicht gemerkt, Blödmann.«

»Mal langsam, mal langsam«, sagte Stepan und sank auf sein Sofa. »Wovon redest du?«

»Du weißt genau, wovon ich rede, Stepan. Hier bist du der größte Pokémon, im Lager wirst du die letzte Arschgeige sein. Das geht ganz schnell, wir brauchen nur das Video zu starten. Das ist nun mal die Enzyklopädie des russischen Lebens. Die wirst du binnen einer Woche gefressen haben, das kann ich dir versprechen. Und weniger als ein Jahr kriegst du auf gar keinen Fall. So lauten die Regeln in unserem Land, und bis jetzt hat sie keiner aufgehoben. Klar oder nicht klar?«

Die magischen Worte, die Lebedkin durch den Hörer schickte, hatten eine enorme Gefrierkraft. Und daß er sogar von den Pokémons wußte, war schlicht nicht zu ertragen. Stepan spürte, wie sein Körper reagierte: Auch dort, irgendwo unter dem Schlüsselbein, schaltete sich ein kleine, kräftige Kühlbox ein.

»Nicht klar wäre dämlich«, gab er zur Antwort und kippte noch einen Wodka, der jedoch an der polierten Oberfläche dieser Kühlbox abperlte – kein Tropfen drang bis in seine Seele.

»Na endlich. Ich fürchtete schon, dein Kopf hätte gelitten. Der ist jetzt dein ganzes Kapital, Steps. Für die hohe Schule des Managements.«

Unversehens entfuhr Stepan ein physiologisches Geräusch – etwas zwischen Schluckauf und Rülpsen.

»Sag ich doch«, kommentierte Lebedkin. »Was ist, wollen wir

einen Zusatz zum Absichtsmemorandum verfassen? Oder kommen wir ohne aus?«

»Ohne«, sagte Stepan. Er war dabei, sich noch einen einzugießen.

»Wie du meinst. Mach einen Rundgang durch die Community, nimm einen korporativen Kredit auf, laß dir was einfallen. Du weißt besser als ich, wie so was geht. Und nimm's mir nicht übel. Ich liebe dich von Herzen, das weißt du. Als dein Lebensretter ... Aber das hier kann ich dir leider nicht ersparen. Wie schon Platon sagte: Aristoteles ist mein Freund, aber das Geld brauche ich dringender, ha-ha-ha ... Es geht ja nicht nur um mich. Kannst du dir vorstellen, wie viele Leute drinhängen in der Sache?«

Stepan meinte diesen Satz kürzlich schon einmal gehört zu haben, in einem anderen Universum allerdings.

»Ich weiß«, sagte er. »Das ganze Land.«

»Das ganze Land, das galt früher einmal. Heute ist es die ganze freie Welt, klar oder nicht klar? Und die unfreie auch.«

»Hab schon verstanden. Du hast einen beneidenswerten Job, Lebedkin. Kam, sah und siegte.«

»Kam, sah und siegte, das galt früher«, lachte Lebedkin sein Lachen. »Willst du wissen, wie es heute geht? Ficken, totschlagen, eingraben, wieder ausgraben und noch mal ficken. Das Tempo des Lebens hat sich gewandelt, Stepan. Nicht zurückbleiben, das ist das Wichtigste. Also dann mal los! Kalte Dusche – und ab an die Werkbank. Daß mir das Geld heute noch reinzischt.«

Gehorsam trottete Stepan zur Dusche. An die fünf Minuten stand er unter dem kalten Strahl und kam langsam zu sich. Als die Kälte unerträglich wurde, wußte er, was zu tun war. Es war ganz einfach. Und löste auf einen Schlag alle Probleme. Früher hätte er es für einen unwürdigen Ausweg gehalten; er hatte gedacht, daß nur schwache Menschen so handelten.

Sieht so aus, als wäre ich auch einer von denen, dachte er.

Es war erstaunlich, wie leicht ihm dieser Entschluß fiel, der ihm früher so ungeheuerlich vorgekommen war. In Wirklichkeit war er überhaupt nicht ungeheuerlich. Es war einfach ein Ausweg – ein trauriger, das ja.

Es gab nur noch ein paar Kleinigkeiten zu erledigen.

Als erstes wollte er mit den Zahlen ins reine kommen. Es spielte keine Rolle mehr – doch der Gedanke, der ihm damals beim Donnerschlag im Zen-Garten gekommen war, hatte ihm seither keine Ruhe gelassen: Er wollte die 34 noch einmal als Binärcode vor sich sehen.

Er ging also zurück in sein Zimmer, setzte sich an den Schreibtisch und nahm den Stift zur Hand. Wie es ging, wußte er noch aus dem Institut: Vierunddreißig gleich zwei hoch eins plus zwei hoch fünf. Die übrigen Potenzen, von null bis vier, waren gleich null. Zu schreiben von rechts nach links. Es ergab sich:

100010

Stepan sah sofort, daß er wieder ein Hexagramm aus dem *Buch der Wandlungen* vor sich hatte. Das interessierte ihn nun doch. Er rief Prostislaw an.

»Hallo? Ich bräuchte mal eine Blitz-Konsultation. Sag mir, was das ist: zweite und sechste Linie fest, alle übrigen schwach?«

»Die Torheit der Jugend.«

»Wie meinst du das?«

»Das meine nicht ich. Das Hexagramm heißt so. Nummer vier. Auf chinesisch: Mong. Die Unerfahrenheit, in anderer Übersetzung.«

»Paßt«, sagte Stepan ganz leise.

»Ach ja? Na fein. Und sonst? Ich hab gehört, du sollst Probleme haben?«

»Nicht der Rede wert«, sagte Stepan. »Alles klar auf dem Basar.«

»Jaja. Wenigstens solange am Büfett alles o.k. ist, nicht wahr?

Ha-ha … Na dann Harry Widertschi. Ich muß auch los … Zum Schuster.«

Stepan legte den Hörer auf. Von den Zahlen wußte er nun genug. Von den Menschen ebenso. Er überlegte, was noch zu tun war.

Vielleicht sollte er die Anrufbeantworter in den beiden Moskauer Wohnungen abhören. Das hatte er schon lange nicht mehr getan. Der eine war leer. Auf dem anderen gab es eine Nachricht.

»Hallo!« erklang im Hörer eine Stimme, an die man nicht glauben mochte. »Hier Firkin. Ich weiß nicht, was das für eine Nummer ist, privat oder Büro und ob überhaupt deine. War nur die eine zu kriegen … Bin wieder in Moskau, du wahrscheinlich noch in Petersburg … Du, von so ein bißchen Blubber abgesehen, geht's mir einfach himmlisch. Ich mach die Augen zu und lache … Aber gut, ich kann so ein Liebesgesäusel am Telefon auch nicht leiden. Alles übrige, wenn wir uns sehen. Ich wünsch dir was bis dahin, paar nette Bringer! Und vor allem, Steps: daß du mir immer auf die innere Stimme der Wahrheit hörst!«

Tut-tut-tut. Stepan drückte die Taste mit dem Stern, dann die Vier. Es piepste im Hörer, und die Automatenstimme sagte: »No message.« Firkin existierte nicht mehr.

Keine Reue, hatte der Kommentar zum fünften Platz im Hexagramm *Des Großen Macht* geheißen. Und nun reute es ihn doch. Firkin tat ihm leid, trotz Doppelverarschung. Nicht bloß wegen des untergegangenen Geldes. Er tat ihm leid, wie ihm einmal der überfahrene Esel leid getan hatte, den er als Kind im Urlaub in Suchumi sah. Aber was sollte er tun? Raskolnikow in ähnlicher Situation war zuletzt vor die Leute hingetreten und hatte gesagt: Ich war's. Ich habe getötet. Sollte er sich auf die Stufen vom Dostojewski-Denkmal stellen, die dreckigen Eselsohren aufsetzen und »Ich auch! Ich auch! Ich auch!« schreien?

So ein Epitaph hatte Firkin nicht nötig. Er hatte gar nichts mehr nötig. Und was ihn, Stepan, anging, so gedachte er etwas zu tun, was alle Selbstzweifel hinfällig machte.

Er stand auf und zog sich an. Dann nahm er die Gürteltasche aus dem Schrank, prüfte den Inhalt: tschechischer Paß, Latte Kreditkarten, russischer Paß mit gültigem Schengen-Visum, dazu zehntausend Dollar in bar. Er schnallte sich die Tasche um den Bauch und setzte sich auf das Sofa. Es gab diesen Aberglauben: daß man sich vor Antritt einer Reise noch einmal hinsetzte. Worauf, wenn nicht auf Aberglauben, sollte man sich jetzt noch verlassen?

»Die innere Stimme der Wahrheit«, murmelte er vor sich hin, während er all die Dinge musterte, die er nun gleich hinter sich lassen würde. »Was ist das eigentlich, Wahrheit? Das haben sie uns anscheinend zu erklären vergessen ...«

Eine Minute später war er in Mantel und Hut, öffnete die Haustür, tat einen Schritt nach draußen – und blieb überrascht stehen.

Es war der erste Frühlingstag. Man spürte es sofort. Die Sonne schien, der Himmel war blau und klar – vor allem aber lag etwas in der Luft, um dessentwillen das Herz unbedingt weiterleben wollte, trotz allem. Das Herz spürte es: Da war etwas, um dessentwillen es sich lohnte. Stepan lächelte. Plötzlich fühlte er sich wie die alte Eiche in Tolstois *Krieg und Frieden*, die nach dem Winterschlaf wiedererwacht (um in tausend Schulaufsätzen neu zu ergrünen). Alles, was er in dieser Sekunde fühlte, erinnerte ihn an den berühmten Roman – nur mit dem Unterschied, daß die russische Eiche in den letzten einhundertfünfzig Jahren gehörig dazugelernt hatte.

»Ergrünen kann man besser im Exil«, murmelte Stepan, schleuderte sein Telefon in die nächste Schneewehe und nahm den Hinterausgang, wo der Trampelpfad zur Rubljowoer Chaussee abging.

Das Frühlingsgefühl, die Ahnung, daß ein Wunder bevorstand – sie verließen ihn den ganzen Weg über nicht, verdichteten sich zu ruhiger Gewißheit: Etwas mußte das Leben für ihn in der Hinterhand haben. Woher sonst auf einmal dieser freudige Kinderglaube an das Unmögliche?

Er konnte die Chaussee schon hören. Trat aus dem Schatten der Bäume und mußte blinzeln, so strahlend waren Sonne und Himmel. Über der Fahrbahn schwebte ein leuchtender Kreis im puren Nichts, wie ein kleiner Himmelskörper. Reflektiertes Sonnenlicht, ein einziges Gleißen.

Stepan konnte sich nicht entsinnen, an dieser Stelle jemals einen solchen Kreis gesehen zu haben. Ein neu aufgehängtes Verkehrszeichen vielleicht. Er ging weiter, nach wenigen Metern hörte das Gleißen auf. Stepan erkannte einen weißen, rot umrandeten Kreis. In ihm eine Zahl: *60*. Daneben hing noch ein Schild, das sah er erst jetzt: ein blaues Viereck mit einem kranichartigen kleinen Flugzeug und dem Wort *Scheremetjewo-2*.

Da haben wir sie ja, unsere neue Sonne! dachte Stepan schon beinahe beruhigt, während er irgendein Taxi aus dem Strom herauszuwinken versuchte. Wie einfach doch alles ist … Siebzehn Jahre an nichts Böses denken! Nur im Jahr 06 wird man aufpassen müssen, da kommt es dick. 06 oder eher 09? Puh, noch mal in die Schule, der ganze Dschihad von vorne …

Aber das nicht so bald. Nicht hier. Und bestimmt nicht mit mir.

Die mazedonische Kritik der französischen Philosophie

> Jedes Konzept bildet die Basis für einen
> dualistischen Zustand des Geistes,
> und das begründet Samsara.
>
> *Tulku Urgyen Rinpoche*

> Im ganzen Universum riecht es nach Erdöl.
>
> *William James*

Dem sozialen Status nach war Nassych Nafikow, seinen Freunden und Interpol als Kika bekannt, ein typischer neuer Russe aus der Epoche der ursprünglichen Karma-Akkumulation. Der Nationalität nach war er zwar kein Russe, aber irgendwie sträubt sich die Zunge, ihn einen *neuen Tataren* zu nennen. Wir verzichten daher besser auf Etiketten und erzählen einfach seine unheimliche, phantasmagorische Geschichte, welche einige empfängliche Gemüter, die die Angelegenheit aus der Boulevardpresse kannten, veranlaßte, ihn den Gilles de Rais unserer Zeit zu nennen.

Nafikow war in Kasan geboren worden, aber in Europa aufgewachsen. Seine frühe Kindheit – die Zeit, in der sich das Persönlichkeitsskelett ausbildet – verbrachte er zunächst in englischsprachigen Kindergärten und später in kosmopolitischen Schulen für Diplomatenkinder. Sein Leben lang behielt Kika den Vers im Gedächtnis, der in einer dieser Institutionen über dem Waschbecken hing:

> *We condemn in strongest terms*
> *Dirty nails that harbour germs!*

Die nicht der elterlichen Kontrolle unterliegenden Kindheitseindrücke ließen Kika eher zum Europäer werden denn zum *Eurasier*, wie sich sein Vater, der diesen Terminus sehr liebte und ihn häufig an seinem Sohn erprobte, zu nennen pflegte. Dem Sohn aber schien dieses ungereimte Wort jemanden zu bezeichnen, der, wenn er gut drauf war, in Europa als Asiate durchgehen konnte und in Asien als Europäer. Eurasien selbst hingegen, über das der Vater sich häufig ausließ, stellte Kika sich als eine Art virtuelles Atlantis vor, das im Portwein ertrunken war, lange bevor er auf die Welt kam.

Als sein Sohn geboren wurde, war Nasratulla Nafikow ein hoher Parteibonze in Tatarstan; als er starb, war er ein Ölmagnat, der statt einer Parteirente nun die Naturrente bezog. Ihn hatte der Schlag getroffen, als er von einem Regierungsbeschluß erfuhr, der vorsah, mal wieder die Quoten zu senken oder die Abgaben zu erhöhen. Doch man ließ ihn nicht in Ruhe sterben – gleich im Krankenzimmer machte ihm ein Scharfschütze den Garaus. Man munkelte, der Mörder sei Alexander Solonik, mit Spitznamen Schura Makedonski genannt wegen seines ungewöhnlichen Talents für's mazedonische Schießen – mit beiden Händen und auf bewegliche Ziele. Dieser Schura hatte sich in Kasan nach einer Sauftour verausgabt und angeblich eine kleine Nebenbeschäftigung angenommen, um die Geschäfte wieder ins Laufen zu bringen. Für diese Version sprach, daß man auf dem Dachboden des Gebäudes neben dem Krankenhaus ein belgisches Gewehr vom Kaliber 5,45 fand – genau jenes Modell, das der berühmte Liquidierungskünstler in ähnlichen Fällen bevorzugte. Gegen diese Version sprach, daß Solonik lange vor den genannten Ereignissen in Athen ermordet worden war. Es ist kaum nötig zu erwähnen, daß die Leute genau deshalb an diese Version glaubten.

Kika Nafikow kannte sich mit den russischen Verhältnissen schlecht aus und begriff nicht recht, worin der wahre Grund für die Tragödie lag. Auf Drängen seines Vaters studierte er Philosophie an der Sorbonne, aber er verfügte auch über eine gewisse ökonomische Ausbildung. Er wußte Bescheid in allem, was Abgaben und Quoten betraf. Doch der traurige Bote aus der Heimat erklärte ihm, der wahre Grund sei, daß sein Vater »ein graues Pferdchen an den Eiern gepackt« habe, was nicht ratsam sei, denn »das Dach in der Ecke beißt«. Kika, verblüfft ob der Zauberkraft der russischen Sprache, die er etwas weniger gut als Englisch oder Französisch beherrschte, stellte sich das alles zu Anfang bildlich vor. Erst nachdem er einen ganzen Abend lang über Wörterbüchern gehockt hatte, verstand er den Sinn des Gesagten: Sein Vater hatte einer einflußreichen Persönlichkeit, die nach außen hin wenig in Erscheinung trat, Probleme bereitet, was nicht ratsam war, weil die Kuratoren des Ölgeschäfts aus kriminellen Kreisen zu grausamen, aggressiven Taten fähig waren, wenn man ihnen das Leben schwermachte und sie in die Enge trieb. Es gab noch ein paar andere mögliche Übersetzungsvarianten, aber Kika ging nicht weiter ins Detail.

Viele trauerten um Nafikow senior: Bei aller Geschäftstüchtigkeit war er ein guter Mensch gewesen – einer jener seltsamen sowjetischen Idealisten, deren Existenz in der UdSSR für immer ein Rätsel des Universums bleiben wird.

Der Tod des Vaters, der mit dem Abschluß seiner Ausbildung zusammenfiel, machte Nafikow junior zu einem reichen Mann – einem sehr reichen, nach den Maßstäben eines jeden Landes. Kika zog zunächst kreuz und quer in Europa umher und ließ sich danach erneut in Frankreich nieder, auf dem Cap Ferrat, wo der verstorbene Eurasier es noch zur Sowjetzeit irgendwie geschafft hatte, sich eine kleine Villa zu eurasieren. Der Bau im Pueblo-Stil bestand aus einem sandfarbenen Kubus mit durchsichtigem Dach und hätte besser nach Albuquerque, New Mexico, gepaßt. Eine hohe Mauer verbarg ihn vor neugierigen Blicken, er war nur von der Meerseite her einsehbar. Die sieben Bronzeelefanten, ein Werk von Zereteli, die Nafikow senior in der Jelzin-Zeit auf dem Abhang zum Wasser hin aufgestellt hatte (der größte wog genausoviel wie ein Tigerpanzer, das wußte Kika noch aus der Kindheit), wurden durch einen Trupp Arbeiter, denen der Sohn für ihren nächtlichen Einsatz einen üppigen Zuschlag gewährte, im Mittelmeer versenkt. Es war nicht etwa so, daß Kika sich nicht für Kunst interessiert hätte. Aber er hegte den Verdacht, daß diese Tierchen für seinen Vater so etwas wie Panzerigel gewesen waren, eine Art Panzersperre gegen den Ansturm der Realität. Um so mehr Grund, sie wegen Berufsuntauglichkeit zu entlassen.

Es ist schwierig, mit Bestimmtheit zu sagen, wann Kikas Geisteskrankheit ausbrach. Das Gerücht, er sei nicht ganz richtig im Kopf, kam erstmals auf, als er in seiner Villa einige Neuerungen einführte. In jedem Raum, selbst in dem kleinen Trainingsraum mit dem zugestaubten Universaltrainer, der aussah wie ein Marsmensch bei H. G. Wells, wurde ein Fernseher aufgestellt, auf dem von morgens bis abends KI.KA lief, der Kinderkanal des deutschen Fernsehens, wo es hauptsächlich Zeichentrickfilme zu sehen gibt. Andere Programme liefen auf den Fernsehern nicht. Viele meinten, dieser Schrulle habe Kika auch seinen Spitznamen zu verdanken.

Nafikow junior konnte kein Deutsch, und in einem kleinen Kellerzimmer war ein Platz für einen Synchrondolmetscher eingerichtet, der ununterbrochen alles übersetzte, was der Kinderkanal zeigte. Gegen Abend wurde der Dolmetscher müde und kam aus dem Konzept, aber Kika nahm ihm das nicht übel, weil manchmal lustige Fehler dabei herauskamen. Bald jedoch mußte man einen zweiten Übersetzer anstellen und zwei Schichten einführen, weil einer allein der Sache nicht mehr gewachsen war. Da kam ein Freund von Kika auf die Idee, den Übersetzern irgendwelche Tabletten aus Amsterdam anzubieten, die sie völlig durcheinanderbrachten und zu einem heillos verworrenen Redeschwall animierten. Die Übersetzerei wurde bald sehr komisch, und die Leute kamen jetzt extra zu Kika zu Besuch, um sich diese Nummer anzuhören. Die Dolmetscher begriffen, was von ihnen erwartet wurde, und fanden sich damit ab, nachdem sie eine Zulage wegen Gesundheitsgefährdung ausgehandelt hatten. Kikas zugekiffte Gäste nannten den einen Dolmetscher Urim und den anderen Thummim – nach den himmlischen Steinen, mit deren Hilfe das Buch Mormon übersetzt wurde.

Anderen Angaben zufolge hatte Nafikow den Spitznamen *Kika* schon bedeutend früher bekommen, noch während seines Philosophiestudiums in Paris – dem Vernehmen nach von seinem wissenschaftlichen Mentor, der glaubte, sein Schüler könne nur dann ein echtes Verständnis für Philosophie entwickeln, wenn er die in seinem Lehrmeister lodernde Flamme rückhaltlos in sich aufnehme. Die konkrete Übergabe des heiligen Feuers kam für den Fremdling aus der Tiefe Rußlands einigermaßen unverhofft, doch das Streben zum verfeinerten europäischen Ideal war stärker als Verlegenheit und Scham. So erinnerte sich jedenfalls Surab (Zizi) Merdaschwili, der verstorbene Philosoph, mit dem gemeinsam Nafikow damals in *Weisheitsliebe* unterwiesen wurde.

Die Erinnerungen des verstorbenen Zizi, die nirgends dokumentiert und uns nur mündlich überliefert sind, sind eine zu wacklige Stütze für Behauptungen, die juristische Konsequenzen nach sich ziehen könnten. Daher werden wir den Professor, bei dem Kika studierte, nicht nennen. Er lebt noch, und sein klingender Name ist nicht nur in Fachkreisen bekannt. Beschränken wir uns auf eine Anspielung: Die Rede ist von einem Philosophen, der in den letzten Jahren als Sex-Symbol der denkenden Französin zwischen fünfundvierzig und sechzig positioniert wurde.

Wir wiederholen – wir können nicht bestätigen, daß Nafikows Studienkollege die Wahrheit gesagt hat. Doch man kann kaum umhin zu bemerken, daß seine Worte vieles erklären – sowohl Nafikows Anhänglichkeit an den Sender KI.KA als auch seine krankhafte Besessenheit von der französischen Philosophie, deren Entlarvung zur Passion seines Lebens wurde. Man möchte hinzufügen: Das alles wäre lächerlich, wenn es nicht so schrecklich wäre. Doch bevor wir zum schrecklichen Teil dieser Geschichte übergehen, wollen wir den komischen zu Ende führen, denn das eine geht allmählich und unmerklich in das andere über.

Kika hielt sich selbst für einen Denker, der seine französischen Lehrer bei weitem übertraf. Das erkennt man bereits an den Titeln seiner ersten Werke: *Baudrillard geht baden, Derrida hier, Derrida da* und dergleichen mehr. Es ist schwierig, etwas zu diesen Texten zu sagen – für einen ungebildeten Menschen sind sie genauso schwer verständlich wie die Werke der großen Franzosen, die darin zerpflückt werden. Die Urteile gebildeter Menschen hingegen sind nebulös und wortreich; die Schlußfolgerung liegt nahe, daß es ohne den Sorbonne-Professor mit seiner Injektion des heiligen Feuers unmöglich ist, überhaupt etwas von Nafikows Werken zu verstehen, geschweige denn ihr fachliches Niveau zu würdigen. *Genialer Volltrottel, Sprühende Geistesarmut* und andere ausweichende Epitheta, mit denen die von Interpol beigezogenen Experten Nafikow bedachten, waren nicht nur wenig förderlich für die Untersuchung, sondern brachten diese im Gegenteil vollends durcheinander, weil sie den Eindruck erzeugten, die zeitgenössischen Philosophen seien so etwas wie eine internationale Bande von Zigeunern und Pferdedieben, die bei jeder sich bietenden Gelegenheit die letzten Überbleibsel von Einfachheit und gesundem Menschenverstand unter großem Geschrei vertreiben.

Der Titel von Kikas bekanntester Arbeit – *Die mazedonische Kritik der französischen Philosophie* – reflektiert zweifellos sein Familiendrama und verweist auf Sascha Makedonski, den legendären Mörder von Nafikow senior. Dieses Werk, abwechselnd Kindheitserinnerung, intimes Tagebuch, philosophisches Traktat und technische Beschreibung, ist eine seltsame Mischung ineinander übergehender Textschichten, die auf den ersten Blick völlig unverbunden nebeneinander stehen. Nur bei aufmerksamer Lektüre erschließt sich die alptraumhafte Logik des Autors, und man hat Gelegenheit, Einblick in sein Innenleben zu nehmen – eine einzigartige Gelegenheit, geben uns doch Geisteskranke nur selten Rechenschaft über ihre Gedankengänge.

Der philosophische Teil der *Mazedonischen Kritik* ist ein Versuch, die größten französischen Denker des vergangenen Jahrhunderts von ihrem Piedestal zu stürzen. Michel Foucault, Jacques Derrida, Jacques Lacan und so weiter – kein klingender Name wird ausgelassen. Ihren Titel verdankt die Arbeit der Methode, derer sich Kika bedient – gewissermaßen dem Schießen mit beiden Händen und auf bewegliche Ziele, was er in seinem kurzen Vorwort auch erwähnt. Das erreicht er auf originelle Art und Weise: Kika verkörpert einen Ignoranten, der diese Philosophen nie gelesen hat, sondern lediglich einige Zitate und Ausdrücke aus ihren Werken vom Hörensagen kennt. Seiner Meinung nach sind sogar Bruchstücke des Gehörten ausreichend, um die völlige Nichtsnutzigkeit der großen Franzosen zu demonstrieren, und es besteht keinerlei Notwendigkeit, sich den Originalen ihrer Texte zuzuwenden, um so mehr, als darin – wie Kika sich ausdrückt – »ein stumpfer Verstand versinkt wie ein Bügeleisen im Ozean des H...n und ein scharfer Verstand wie eine Damaszenerklinge«.

Dabei ist Kika bemüht, seine Schmähschrift möglichst präzise und in wissenschaftlichem Stil abzufassen, indem er sie mit Zitaten und sogar mit Berechnungsformeln schmückt. Ein unter Umständen durchaus interessantes Verfahren, wenn der ignorante Kritiker, als der Kika sich aufspielt, nicht so offensichtlich ein französischer Philosoph sein wollte. Leider fühlt sich der ungebildete Leser bei näherer Bekanntschaft mit den philosophischen Passagen der *Mazedonischen Kritik* unweigerlich wie das Bügeleisen in der von Nafikow genannten Situation. Alle Beanstandungen, die Kika den Franzosen gegenüber geltend macht, könnten genausogut gegen ihn selbst erhoben werden.

Die Philosophen Baudrillard und Derrida vergleicht er beispielsweise so:

»Was Jean Baudrillard angeht, so kann man in seinen Werken alle positiven Sätze gegen negative austauschen, ohne daß der Sinn verlorengeht. Außerdem kann man sämtliche Substantive mit solchen ersetzen, die genau das Gegenteil bedeuten, und auch das ohne jegliche Konsequenzen. Und mehr noch: Man kann diese Eingriffe gleichzeitig, in beliebiger Reihenfolge oder sogar mehrmals nacheinander vornehmen, und selbst dann wird der Leser keinen wesentlichen Unterschied erkennen. Jacques Derrida hingegen – der echte Intellektuelle wird mir zustimmen – taucht tiefer und mit längerem Atem. Während man bei Baudrillard immerhin die Bedeutung der Aussagen in ihr Gegenteil verkehren kann, läßt sich bei Derrida der Sinn des Satzes durch irgendwelche Eingriffe zumeist nicht verändern.«

Es fällt auf, daß Kika immer besonders gereizt auf Jean Baudrillard reagiert, den er häufig *Baudrillacrum* nennt – eine Analogiebildung zum Terminus *Simulacrum* (mit dem Kika in der *Mazedonischen Kritik* ungeheures Schindluder treibt, wobei er sich allerdings folgendermaßen rechtfertigt: »Der Leser versteht, daß das Wort Simulacrum, so wie ich es verwende, lediglich ein Simulacrum von Baudrillards Terminus Simulacrum ist.«). Seine Gereiztheit ist leicht zu erklären – war doch Baudrillard der Auslöser für die Entdeckung, die Kika zum Verbrecher werden ließ, mit der er aber seiner Ansicht nach alle zeitgenössischen Denker überflügelt.

Nafikows Haß auf Baudrillard ist ein intellektueller Ödipus-Komplex. Er manifestiert sich in dem Wunsch, seinen geistigen Vorläufer durch magische Übertragung des Schicksals seines Vaters, der die ganze Macht der mazedonischen Kritik am eigenen Leib erfahren mußte, zu vernichten. Derrida und Saussure mußten zur Gesellschaft einfach auch dran glauben. Doch an dieser Stelle kommen wir vom Komischen allmählich zum Schrecklichen.

Nachdem er seine geistigen Mentoren von ihren Podesten geprügelt hat, fragt Kika nachdenklich: Wozu existiert die französische Philosophie überhaupt? Seine Antwort lautet: Sie ist eine intellektuelle Kinderklapper, die vom transnationalen Kapital ausschließlich dafür bezahlt wird, die Aufmerksamkeit der Elite der Menschheit vom schrecklichen, schmählichen, verborgenen Mechanismus der Zivilisation abzulenken.

Kika nahm an, er sei der erste, der dieses Geheimnis in seiner ganzen unheimlichen Einfachheit erkannt hätte. Der Keim seines Wahns schlummerte friedlich in Baudrillards Buch *Der symbolische Tausch und der Tod*. Wir werden die verhängnisvollen Worte etwas später anführen: Um die Reaktion zu verstehen, die sie bei Kika hervorriefen, muß man sich vorstellen, welch explosives Gemisch sich zu diesem Zeitpunkt in seinem Bewußtsein befand. Das ist nicht schwierig, denn in der *Mazedonischen Kritik* widmet er, offenbar im Vorgeschmack auf die Aufmerksamkeit der Historiker, den Erinnerungen viel Raum.

Er beginnt damit, daß er erzählt, welche Rolle das Erdöl in seinem Leben spielte. Schon als kleiner Junge begriff er, wie sehr der Wohlstand seiner Familie vom Öl abhing – und er reagierte mit kindlicher Direktheit. Im Büro von Nafikow senior hing jahrelang eine Zeichnung des kleinen Sohnes an der Wand: Eine Gestalt mit unheildrohendem Aussehen, ähnlich wie Blaubart oder Karabas-Barabas, hat den Kopf zurückgeworfen und hält ein rundes Gefäß mit den Konturen der Kontinente über dem Mund, in den ein dünner schwarzer Strahl rinnt. Darunter steht mit bunten, tanzenden Buchstaben: PAPA TRINKT DAS BLUT DER ERDE.

Als er älter wurde, stürzte Kika sich auf Bücher. Aus den zahlreichen Kinderlexika, die der Vater ihm kaufte, ging hervor, daß das Öl nicht, wie er naiverweise angenommen hatte, das Blut der Erde war, sondern eine Art brennbarer Humus aus lebenden Organismen, die in grauer Vorzeit den Planeten besiedelt hatten. Er war tief erschüttert, als er erfuhr, daß die Dinosaurier, die vermeintlich nur eine Computeranimation wiederauferstehen lassen konnte, nicht etwa spurlos verschwunden waren, sondern bis in unsere Zeit auf dem Planeten existierten – in Form jener zähen, stark riechenden schwarzen Flüssigkeit, die sein Vater aus der Erde gewann. Als ihm dieser Gedanke zum erstenmal kam, fragte er seinen Vater: »Papa, wie viele Dinosaurier frißt unser Auto in der Stunde?« Diese Worte, die der Vater als kindliches Hirngespinst abtat, hatten, wie wir noch sehen werden, einen durchaus ernsten Hintergrund.

Natürlich interessierte sich der kleine Kika nicht nur für Erdöl. Wie andere Kinder auch, beschäftigte er sich mit den großen Fragen, auf die kein Erwachsener eine Antwort weiß. Sein Vater antwortete ihm, so gut er konnte, und empfand voller Scham, daß er keine Ahnung hatte von der Welt, an der er so gewaltige Summen verdiente – kurz, es war alles wie in jeder ganz normalen Familie.

Eines Tages wollte Kika wissen, was mit den Menschen nach dem Tod passiert.

Das geschah zwischen zwei Auslandsaufenthalten. Kika besuchte zu der Zeit gerade den Kindergarten in Kasan, wo er auf seinem Töpfchen neben dem Enkel des Ideologiesekretärs der tatarischen Kommunistischen Partei saß. Nafikow senior, der seinen Aufstieg zum Olymp des Lebens ausschließlich seiner Intuition zu verdanken hatte, stand still wie ein Jagdhund, der ein Wild aufgespürt hat. Sein Instinkt sagte ihm, daß er äußerste Vorsicht walten lassen müßte: Gerade wegen solcher Kleinigkeiten hatten schon viele Karrieren ein unrühmliches Ende gefunden. Er schützte Kopfschmerzen vor, befahl Kika, ihn in Ruhe zu lassen, und bat unterdessen seinen Assistenten, zu dieser Frage eiligst eine sorgfältig abgewogene Auskunft vorzubereiten, die mit größtmöglicher Klarheit all das wiedergeben sollte, was die offizielle Ideologie diesbezüglich zu verkünden hatte.

Am folgenden Tag erfuhr der verblüffte Kika, daß der Sowjetmensch nach dem Tod in den Früchten seiner Arbeit weiterlebe. Dieses Wissen inspirierte den Jungen zu einer neuen Serie schauerlicher Zeichnungen: Hebekräne aus Hunderten sich aneinanderklammernder Hände; Eisenbahnen, die sich wie Tausendfüßler mit zahlreichen aus den Waggons wachsenden Füßen vorwärts bewegten; Düsenflugzeuge, aus deren Triebwerken die flammenden Augen des Generalkonstrukteurs blickten, und so weiter. Interessanterweise malte Kika all diesen Maschinen, selbst den Flugzeugen, einen Mund, in den Reihen winziger Dinosaurier hineinmarschierten, die aussahen wie gerupfte schwarze Hühner.

Kikas metaphysischer Erfahrungsaustausch mit seinen Topfnachbarn blieb ohne schädliche Konsequenzen für die väterliche Karriere. Doch das Geheimnis des sowjetischen Lebens nach dem Tod verankerte sich so tief im Bewußtsein des Kindes, daß es sozusagen zum Fundament seiner sich herausbildenden Weltanschauung wurde. Natürlich wurde dieses Thema bald von anderen kindlichen Interessen in den Schatten gestellt. Viele Jahre später aber, als der erwachsene Kika bereits Philosophie an der Sorbonne studierte, begann die Privatisierung Rußlands, und aus den dunklen Tiefen seines Geistes tauchte die Frage von damals wieder auf.

Angenommen, die Sowjetmenschen lebten nach dem Tod in den Früchten ihrer Arbeit weiter – aber was, so fragt es sich, geschah denn mit den Erbauern des entwickelten Sozialismus, als diese Früchte zum Vorzugskurs an eine Gruppe von Glückspilzen veräußert wurden? Daß sein Vater auch zu dieser Gruppe gehörte, machte die Sache noch peinlicher, weil sie dadurch zu seinem persönlichen Problem wurde. Wo waren sie heute, die fröhlichen Erbauer des Stahlkombinats *Magnitka* und von Komsomolsk, die tapferen Helden, die den Kosmos erobert und das Neuland erschlossen hatten, die unerbittlichen Bezwinger des Gulag und der Arktis?

Die Antwort, daß die Früchte ihrer Arbeit verfaulten und zugrunde gingen, paßte Kika nicht – er wußte, daß die Dinge ineinander übergehen, ähnlich wie sich die Eltern in ihren Kindern fortpflanzen: Die Einzelteile einer neuen Werkbank werden an der alten geschliffen, und Stahl wird zu Stahl umgeschmolzen. Die andere gängige Antwort – daß alles gestohlen, verkauft und exportiert wird – war gleichermaßen unproduktiv. Nicht der besitz- oder strafrechtliche Aspekt dieser Frage beunruhigte Kika, sondern der philosophisch-metaphysische. Man konnte monatelang Busineßpläne studieren und den Kapitalverlauf verfolgen, man konnte die Biographien der Oligarchen auswendig lernen (die der dekorativen, im Rampenlicht stehenden, und die der echten Oligarchen, von denen der arglose Durchschnittsbürger kaum etwas weiß), doch auch das schaffte keine Klarheit darüber, wo die Millionen kommunismusgläubiger Seelen nach der Einstellung des sowjetischen Projekts abgeblieben waren. Diese Frage steckte wie ein rostiger Nagel in Kikas Bewußtsein und wartete lange Jahre auf ihre Stunde.

Eines Tages hatte diese Stunde geschlagen.

Überlassen wir Kika und der *Mazedonischen Kritik* das Wort:

»Es war ein gewöhnlicher Mittag im Herbst, klar und still. Ich saß mit einem Buch am Fernseher; ich glaube, es war *Der symbolische Tausch und der Tod* von dem scheußlichen Baudrillard. Auf dem Bildschirm flimmerte ein Trickfilm, den ich nur aus dem Augenwinkel verfolgte: Ein Pirat im Dreispitz tanzte unter freudigem Gelächter um eine Schatztruhe herum und beugte sich von Zeit zu Zeit darüber, um die Hände in einen Haufen Goldpiaster zu stecken ... Mit einemmal knallte der Deckel herunter und prägte aus dem Kopf des Piraten eine Münze ähnlich wie die, die in der Truhe lagen. Die Münze war noch lebendig – das Profil darauf blinzelte heftig mit dem einzigen Auge, aber der Mund schien für immer zusammengepreßt. Thummim, der gerade mal wieder ziemlich high war, hörte auf zu kichern (so übersetzte er das schallende Gelächter des Piraten) und fragte jemanden – man muß wohl annehmen, mich, weil außer mir und den Wachleuten niemand in der Villa war:

›Das ist ja interessant, und die anderen Münzen ... Sind die sozusagen auch aus Köpfen, ja? Da kommen also sozusagen die

Piraten, klappen die Truhe auf, und dann rumms und fertig, ja? Da ist also in ein paar Jahrhunderten eine ganze Truhe zusammengekommen …‹

Mein Blick fiel auf die Seite vor mir und schnappte aus dem Wirrwar unverständlicher Gedanken die seltsame Wortverbindung auf: ›Ein Arbeiter, der im Kapital gestorben ist.‹ Und das Geheimnis des Geldes wurde mir in Sekundenschnelle so klar wie der Himmel draußen vor dem Fenster.«

Versuchen wir, in Kürze darzulegen, was Kika das *Geheimnis des Geldes* nennt. Geld ist seiner Ansicht nach das *Erdöl,* das von den Menschen übrigbleibt, und die Form, in der die in die Arbeit investierte Lebenskraft nach dem Tode weiterexistiert. Es gibt immer mehr Geld auf der Welt, weil immer mehr Leben in dieses Reservoir fließt. Davon ausgehend gelangt Kika zu einer eindrucksvollen Schlußfolgerung: Eine internationale Finanzclique, die die Geldströme manipuliert, kontrolliert die Seelen der Toten, so wie die ägyptischen Hohenpriester in dem Film *Die Mumie kehrt zurück* durch Zauberei die Armee des Anubis manipulieren (der aufmerksame Leser der *Mazedonischen Kritik* wird bemerken, daß Kika sich seiner Sache etwas sicherer ist, wenn er nicht mit philosophischen Kategorien, sondern mit kinematographischen Beispielen hantiert).

Hier verbirgt sich auch die Erklärung für das postume Verschwinden des Sowjetvolkes. Der Plesiosaurus, der einst dort im Meer planschte, wo sich heute die Arabische Wüste erstreckt, verbrennt im Motor eines Honda. Das Leben eines Stachanow-Arbeiters tickt in einer brillantbesetzten Cartier Uhr, oder es perlt in der Flasche Dom Pérignon, die man auf der Datscha eines Oligarchen trinkt. Weiter folgt ein noch verwegenerer Gedankensprung: Nach Kikas Meinung bestand die Aufgabe des Gulag darin, ein alternatives Reservoir an Lebenskraft zu schaffen, welches mit demjenigen, das die finanziellen Drahtzieher des Westens kontrollierten, nicht kommunizierte. Der Sieg des Kommunismus würde dann eintreten, wenn die Menge des kommunistischen *Humanöls,* das den Leuten mit Gewalt entzogen worden war, die Vorräte an postumer Lebenskraft des Westens überstieg. Nichts anderes verbarg sich auch hinter der Aufgabe, »den Kapitalismus im ökonomischen Zweikampf zu besiegen«. Kommunistisches Humanöl war nicht einfach Geld, obgleich es auch diese Funktion erfüllen konnte. Seiner Natur nach entsprach es eher dem in Reinform abgesonderten Leidenswillen. Doch dann geschah das Undenkbare: Nach dem Zusammenbruch des Systems begann man, das sowjetische Humanöl in den Westen abzupumpen.

»Seinem Charakter nach ist der als Kapitalexport bekannte Prozeß«, schreibt Kika, »nichts anderes als die Einspeisung der infernalen Energievorkommen der ehemaligen Sowjetunion in die Weltreservoirs, in denen die Lebenskraft der marktwirtschaftlichen Demokratien gelagert wird. Ich fürchte, niemand kann das ganze Ausmaß der Gefahr ermessen, die dieser Vorgang für die alte westliche Zivilisation und Kultur birgt.«

Diese Gefahr hängt mit dem zusammen, was Kika als *Schwefel-Faktor* bezeichnet. Den Begriff hat er aus dem Erdölgeschäft übernommen. Die Kenntnis der technologischen Aspekte des Ölgeschäfts, die er in seinen Berechnungen offenbart, ist nicht erstaunlich – vermutlich unterhielten sich die Nafikows beim Frühstück über solche Themen, so wie man in anderen Familien über Fußball oder das Wetter redet. Wir bitten um Nachsicht, wenn einige Begriffe, mit denen Kika operiert, allzu spezialisiert erscheinen, doch mit Hilfe eines Zitats kann man die irrwitzige Logik der *Mazedonischen Kritik* besser nachvollziehen.

»Wenn man ein halbes Glas Red Label mit einem halben Glas Black Label vermischt«, schreibt Nafikow, »ist der so gewonnene Whisky besser als der erste, aber schlechter als der zweite. Genauso verhält es sich mit dem Erdöl. Das Produkt mit der Bezeichnung *Urals,* das Rußland verkauft, ist nicht eine Sorte, sondern eine Mischung von Erdölen unterschiedlicher Provenienz und Zusammensetzung, die in eine Röhre gepumpt werden, was zu einer Nivellierung der Qualität führt. Deswegen bekommen die Öllieferanten von Spitzensorten mit niedrigem Schwefelgehalt eine Kompensation. Das ist der sogenannte »Schwefel-Faktor«, der nach folgender Formel berechnet wird:

$$SF = 3{,}68\ (s2 - s1)\ \text{Dollar pro Tonne}$$

Hier ist s2 der Koeffizient, der den mittleren Schwefelgehalt der Mischung angibt, und s1 ist der Schwefelgehalt in qualitativ höherwertigem Öl. Das gleiche Berechnungsprinzip gilt für das Nordseeöl *Brent*, für die Saharamischung *Saharan Blend*, für *Arabian Light* und so weiter. All das sind Cocktails aus einer Vielzahl von Ingredienzen, die sich wesentlich voneinander unterscheiden. Es ist jedoch bezeichnend, daß das Erdöl der Marke *Urals* im Vergleich zu anderen Marken bedeutend mehr Schwefel enthält – was poetisch genau die spezifischen Aspekte seiner Förderung und der damit verbundenen Tätigkeit widerspiegelt. Jeder, der mit dem russischen Ölbusineß vertraut ist, kennt den unvergeßlichen Beigeschmack des Schwefel-Faktors in allem – von der ersten Tasse Kaffee am Morgen bis zum letzten Alptraum in der Nacht. Und je näher an der Röhre, desto stärker der Höllengeruch nach Schwefel. Daher rührt auch dieser für die russische Öloligarchie so charakteristische ›bohrende Blick‹ – wie auf den letzten Fotos von Baudrillard.

Wenn wir schon bei Baudrillard sind: Da haben wir einen, den man als *Schwefel-Eminenz* der französischen Philosophie bezeichnen kann ...«

Und dann geht es richtig los. Wenn in der *Mazedonischen Kritik* überhaupt ein Strukturprinzip zu erkennen ist, dann besteht dieses einfach in derartigen Sprüngen von einem Gegenstand zum anderen. Wenn Kika das Erdöl für eine Weile vergißt (und einen Absatz weiter auch Baudrillard), veranstaltet er blitzartig einen Verwüstungszug im Lager all dessen, was er als *konzeptualistische Sprachhurerei* bezeichnet.

Auf die Schnelle läßt er alle französischen Denker in zwei Reihen antreten unter Anwendung eines Prinzips, das er ohne falsche Bescheidenheit *Nafikows Doppelklinge* nennt.

In die erste Reihe kommen diejenigen, die sich mit der Analyse von Worten beschäftigen; Kika bezeichnet sie als *linguistische Philosophen*. Nach seiner Vorstellung sind sie wie Exhibitionisten, die so tief in ihrem Laster versunken sind, daß sie es sogar geschafft haben, die Perversion selbst zu pervertieren: »Sie warten auf einen einsamen Leser, und wenn er kommt, schlagen sie ihren Mantel weit auf, doch anstelle der Scham, die das lüsterne Funkeln ihrer Augen verspricht, sehen wir bloß ein mit dem Wort ›Schw...z‹ besticktes T-Shirt.«

In die zweite Reihe kommen die *nichtlinguistischen Philosophen*, das heißt diejenigen, die versuchen, sich neben der Analyse von Worten noch mit etwas anderem zu beschäftigen. Um die genannte Analogie auch auf sie zu übertragen, so Kika, müsse man sich nur vorstellen, »daß unser Exhibitionist eine verkleidete Frau ist – und zwar nicht einfach eine Frau, sondern eine keusche Jungfrau, die ihren Glauben daran, daß Babys vom Storch gebracht werden, noch nicht unter einem unanständigen Wort auf ihrer straffen Brust zu verbergen gelernt hat«.

Diese plastische Bildhaftigkeit hätte unserem Antihelden zur Ehre gereichen können, gäbe es nicht die Information von Zizi Merdaschwili, daß Kika in dieser Frage einen anderen Pariser Professor konsultiert habe, dessen Namen wir aus demselben Grund nicht nennen werden wie beim ersten: Es wird kaum jemand zugeben wollen, er habe den perversen Geist eines Besessenen mit Konzeptionen und Syllogismen gefüttert. Wir möchten aber andeuten, daß im zweiten Fall von jenem Philosophen die Rede ist, den man als Symbol des allbezwingenden Intellekts am geistigen Horizont der sexuell aktiven Französin über fünfunddreißig positioniert.

Es ist schwer zu sagen, was genau Kika von anderen übernommen hat und worauf er selbst gekommen ist. Ein Gedanke aus dem Teil, in dem er sich der *konzeptualistischen Sprachhurerei* widmet, läßt sich jedoch mit Zuversicht und ohne die Gefahr eines Irrtums ihm persönlich zuschreiben. Hier ist er:

»Die Franzosen täuschen sich, wenn sie meinen, sie hätten die Dekonstruktion erfunden. Derrida hat einfach das tatarische Wort ›Perestrojka‹ ins Französische übersetzt, und fertig. Wenn aber die linguistische Schule uns weismachen will, daß alles auf die Wörter hinausläuft, dann sage ich ... Ich sage ... Da könnt ihr lange warten, daß Kika die Perestrojka anfängt. Kika befaßt sich lieber mit der Dekonstruktion. Er zeigt schweigend mit dem Finger auf euer T-Shirt, wird euch für immer vergessen und geht auf einen Joint von bestem Amsterdamer Gras in das Loch zu Urim und Thummim.«

Und so weiter. Wenn Kika dann schließlich wieder zum Kapitalexport und zum Schwefel-Faktor zurückkehrt, kann sich kaum ein Leser daran erinnern, was das ist. Kika aber nimmt es ganz locker, als sei er nie vom Thema abgeschweift:

»Wird in eine Röhre mit *West Texas Sour* plötzlich eine Mischung von *Urals* mit hohem Schwefel-Faktor zugepumpt, erhalten die ölverarbeitenden Fabriken einen Rohstoff von völlig anderer Zusammensetzung, für den alle früheren technologischen Berechnungen keine Gültigkeit mehr haben. Das versteht selbst ein Idiot. Doch aus irgendeinem Grunde glaubt man für gewöhnlich, daß die dreißig Milliarden Dollar, die jedes Jahr aus Rußland ausgeführt wurden, unbemerkt mit dem westlichen Kapital zusammenfließen können. Man nimmt an, daß die Lebenskraft beim Transfer ihre Individualität völlig verliert und die aus Rußland abgepumpten Gelder sich durch nichts vom Militärbudget des Pentagon, von Bill Gates' Privatvermögen oder den Auslandsschulden Brasiliens unterscheiden. Doch sind diese Gelder ihrem Wesen nach so verschieden, daß man sie ebensowenig vermischen darf wie *Urals* und *West Texas Sour*.«

Etwas später macht Kika eine sehr interessante Beobachtung:

»Nebenbei gesagt gibt es zwei Rohölsorten, die an verschiedenen Punkten des Erdballs gefördert werden, einander aber ersetzen können, weil sie sich von der Qualität her praktisch nicht unterscheiden und ein- und denselben Schwefel-Faktor haben. Darin liegt eine unheimliche, bedeutsame Symbolik: Es handelt sich um die russische Mischung *Urals* und das irakische Erdöl *Kirkuk*. O Saddam! O Jossif! O George!«

In diesem Abschnitt kommt Kika, der kein Interesse für geistliche Lehren bekundet und nur nominell zu den Anhängern des Islam zählt, dem Verständnis dessen sehr nahe, was die fortschrittlichsten der Muslime als Karma bezeichnen. Sein Gedanke ist folgender: Die in ihrer irdischen Existenz je unterschiedlich ausgebildeten Seelen, die sich nach dem Tod in Geld verwandelt haben, werfen einen Schatten auf das Leben der Gesellschaft, die dieses Geld benutzt. Mehr noch, dieser Schatten wird eine Art Schablone, nach der die neuen Generationen »ihr Leben machen«, ohne auch nur eine Ahnung davon zu haben, was ihnen da als Muster dient, obwohl sie dieses »Muster« im wahrsten Sinne des Wortes beständig in der Hand halten. Auf vorbewußtem Niveau kann man darüber Mutmaßungen anstellen: Nur so läßt sich das auf den ersten Blick irrationale Streben Britanniens erklären, das Pfund Sterling (und das ganze damit zusammenhängende jenseitige Pantheon des Imperiums) beizubehalten, auch wenn es längst keine objektiven ökonomischen Gründe mehr dafür gibt.

»Das Echo der Vergangenheit«, schreibt Kika, »ereilt uns im Halbdunkel der Geschichte und im Brachland des Geistes. Die Vergangenheit verbleibt bei uns, ungeachtet der Versuche, alles von neuem zu beginnen – und immer erweist sie sich als stärker. Wir können uns weder verstecken noch abwenden. Wir sind nicht einmal imstande zu verstehen, wie nun die Vergangenheit genau zur Zukunft wird. Das Blatt eines prähistorischen Baums auf einem Stück Kohle ist in den kleinsten Details zu erkennen, obwohl man nicht behaupten kann, daß es existiert: Niemand kann es in die Hand nehmen oder zwischen die Seiten eines

Buches legen. Doch man kann es kopieren und sogar als Emblem verwenden wie auf der kanadischen Flagge. Ebensowenig materiell und faßbar ist der Nachklang der Vergangenheit, von dem wir sprechen – doch er bestimmt all das, was mit uns und unseren Kindern geschieht.«

Kika hatte, nebenbei bemerkt, gar keine Kinder.

Was passiert, wenn Millionen sowjetischer Menschentage in Dollar und Euro konvertiert werden? Nach Kikas Philosophie ist dieser Akt gleichbedeutend mit der unmerklichen und daher besonders schrecklichen Invasion einer Armee hungriger Geister in das Blutzirkulationssystem der internationalen Wirtschaft – doch um das zu erkennen, braucht man keine einfältigen Finanzanalysten, die eine Rezession nicht einmal dann vorhersagen können, wenn sie schon seit einem Jahr ausgebrochen ist, sondern einen Geisterseher wie Swedenborg. Der Leser hat sicherlich bereits erraten, daß Kika sich selbst für diesen Geisterseher hielt.

»Ein Mensch, der die Fähigkeit zum geistigen Sehen besitzt, sieht die Gulag-Häftlinge in zerfetzten Steppjacken, wie sie ihre Schubkarren durch die Geschäftsviertel der internationalen Metropolen schieben und einen mit ihrem zahnlosen Grinsen aus den Schaufenstern der teuren Geschäfte anstarren«, schreibt er. »Die Lebensenergien der beiden früheren Antipoden des Universums zu vermischen, ist eine verantwortungslose, wahnsinnige Aktion, die das Antlitz der Welt verändern wird. Die Krise, die die hochentwickelten Ökonomien heimgesucht hat, und die aggressive Kriegsparanoia ihrer Führer sind nur die ersten Konsequenzen dieses Experiments. Alle Übel, die zu Beginn des neuen Jahrtausends über die westliche Zivilisation hereingebrochen sind, lassen sich mit dem erheblich gestiegenen Schwefel-Faktor des westlichen Lebens erklären.«

In Rußland vollzieht sich seiner Meinung nach ein gegenläufiger Prozeß: Die ökonomische Katastrophe und die Verarmung werden nicht, wie Soziologen erwartet haben, von Demonstrationen und Barrikadenkämpfen begleitet, sondern von immer größerer Euphorie und Verliebtheit der Bevölkerung in die Führung, die das Volk von einem Abgrund zum anderen steuert, weil die Dollarisierung des Landes, die diese fröhliche Reise begleitet, den Schwefel-Faktor und damit auch die Infernalität des russischen Lebens senkt.

»Doch ach!« konstatiert Kika. »Die internationalen Finanzhaie haben sich verrechnet – statt Blut haben sie Rußland den giftigen Eiter von Jahrhunderten ausgesaugt und versuchen nun erfolglos, diesen zu verdauen.«

Dieses »Doch ach!« ist überaus charakteristisch. Viele westliche Boulevardzeitungen, insbesondere die französischen, schildern Kika als *Rächer Rußlands,* der mit denen abrechnet, die vermeintlich schuld sind an der Misere seines Landes. Nichts könnte weiter von der Wahrheit entfernt sein als diese Interpretation. Die »Beweise«, die die Journalisten anführen, sind lachhaft. Zum Beispiel wird häufig ein Zitat kolportiert, in dem Kika Frankreich als *prächtigen Aufkäufer von Diebesgut* bezeichnet. Doch das ist keineswegs ein Ausdruck von Verachtung oder Haß. Im Gegenteil, es ist eine Liebeserklärung. In dem Kreis, in dem Kika aufwuchs und der ihn prägte, hätte niemand die Bezeichnung »Aufkäufer von Diebesgut« als Beleidigung benutzt, ebensowenig wie das diejenigen getan hätten, die das Diebesgut absetzten. Dasselbe gilt auch für andere Sentenzen von Kika, die aus dem Kontext gerissen sind und ihn überhaupt nicht als den darstellen, der er ist.

Beispielsweise wird behauptet, Kika habe das anhaltende Unglück, von dem die Familien der Oligarchen getroffen wurden, welche die im Gulag geschaffenen Reichtümer an sich gerissen hatten, als *Schwefel-Faktor* bezeichnet. In der gesamten *Mazedonischen Kritik* hingegen gibt lediglich eine einzige Zeile Anlaß zu einer derartigen Interpretation:

»Die Flüche und Verwünschungen der Sklaven Stalins im Angesicht des Todes lösten sich nicht spurlos in der frostigen Luft

Sibiriens auf – sie wurden reflektiert von den himmlischen Spiegeln und fanden neue Adressaten.«

Der Schwefel-Faktor, von dem Kika an anderer Stelle und aus anderem Anlaß spricht, hat damit gar nichts zu tun.

Es wäre dumm, Kika irgendein antibourgeoises Pathos zuzuschreiben, wie es diejenigen Journalisten tun, die beherzt ihre Stimme zur Verteidigung des Kapitalismus erheben. Tatsächlich machte Kika sich unmittelbar nach einer Modenschau von John Galliano, bei der es Blütenblätter aus Blattgold auf den Laufsteg regnete, an die Verwirklichung seines unheilvollen Planes. Der Goldregen, zu dessen Bild er mehrmals zurückkehrt, war für ihn die endgültige Metapher für Humanöl – für die zu Geld gewordene Lebenskraft der Toten. Kika wurde jedoch keineswegs beherrscht von der »Abscheu vor den Perversen, die schamlose Tänze unter einem Regen aus ausgegorenem Blut aufführen«, wie ein allzu scharfsinniger Moskauer Beobachter schrieb, der die eigenen Gefühle mit denen anderer verwechselte. Im Gegenteil, ihn trieb das Bestreben, die anfällige, erlesene europäische Kultur vor einer Gefahr zu bewahren, die, wie er annahm, nur für ihn zu erkennen war.

Kika hatte sich nie für links oder rechts gehalten oder mit einer Nation identifiziert. Was politische Ansichten betrifft, so besaß er einfach keine. Er bezeichnete sich als *denkenden Patrioten,* das heißt als jemanden, dessen Patriotismus sich auf alle Orte erstreckt, wo es warm und sonnig ist. (»Die Geschichte Rußlands hat gezeigt«, schrieb Kika, »daß Menschen, die sich öffentlich zu einem anderen Standpunkt bekennen, in der Regel einfach Lügner sind, die *auf Umwegen* an warme und sonnige Orte gelangen wollen und dabei ihren Mitmenschen unsägliches Leid bereiten.«) Er war ein Kind Europas und besaß, wenn man das so ausdrücken kann, eine durchschnittliche eurokompatible *identity,* zusammengesetzt aus Bruchstücken von Fernsehsendungen, Comics und Werbeclips, die er in diversen europäischen Metropolen verschlungen hatte. Er selbst sagt folgendes:

»Wenn man meine Seele mit einem Gebäude vergleicht, so wurden in ihm nur einige Pflastersteine aus Rußland verbaut, die längst keine Waffe des Proletariats mehr, sondern mittlerweile so etwas wie Sehersteine sind (meine inneren Urim und Thummim) und die mich nicht zum Feind westlicher Werte machen – ich liebe Sex und Geld, und ich schäme mich nicht, das zuzugeben –, sondern mir gestatten, das zu sehen, was die naiven, vertrauensseligen Europäer nicht begreifen.«

Es wäre unklug, Kikas Handlungen mit sexuellen Problemen zu erklären. Eine solche Interpretation stützte sich im wesentlichen darauf, daß Kika alle unanständigen Termini durch Abkürzungen und Schwärzungen ersetzt – nach Ansicht einiger zur Psychoanalyse neigender Autoren drückt das seine sexuelle Unzulänglichkeit aus. Kika aber verfährt mit dem Wort »G…t« genauso und nimmt sich hier ein Beispiel an den heiligen Texten des Judentums. Was ihn dazu treibt – das Bestreben zu besonders raffinierter Gotteslästerung, oder ob er einfach besonders originell sein will –, ist schwer zu sagen, die Frage bleibt offen. So sieht beispielsweise eine Passage aus, die dem Schriftsteller Michel Houellebecq gewidmet ist, den Kika zu den Institutionen der zeitgenössischen französischen Philosophie zählt:

»Houellebecq, dieser lebendige französische Geist, will sein Augenmerk auf das Geheimnis der Welt richten, doch bereits nach ein oder zwei Absätzen gleitet er ab und suhlt sich – vermutlich nicht ohne Vergnügen – in der nächsten seiner aus Buchstaben gekneteten F…en. Aber liegt nicht darin das größte Geheimnis der Welt, ihre größte Versuchung? So hätte der junge Baudrillard gefragt. Woraufhin Derrida bemerkt hätte, daß F…e und Schw…z, die neben einer allgemeinverständlichen Darlegung der Grundlagen der Quantenmechanik eine zentrale Position im Werk Houellebecqs einnehmen, keine echten Reproduktionsorgane sind, sondern vielmehr deren Potjomkinsche Simulacra auf dem ›kalten und bleichen‹ (Sartre) Körper der französischen Sprache. Aber ich, Kika, hätte noch folgendes hinzugefügt: Im Unterschied zu Autoren, die nur mit Nachschlagewerken und Enzyklopädien arbeiten, hatte ich zwei- oder dreimal im Leben tatsächlich Gelegenheit, einer F...e von Angesicht zu Angesicht gegenüberzustehen und geradewegs in ihr trübes, starres Auge zu blicken, weshalb mir Houellebecqs erotische Satzgefüge etwas konstruiert und kopflastig erscheinen – sie zeigen eine glänzende Kenntnis der Theorie, offenbaren jedoch ein bedauerliches Manko an praktischer Erfahrung. In G...tes Namen! Ich werde ihm nicht vorwerfen, daß er die sexuelle Frustration des französischen Spießers ausbeutet. Aber nicht etwa deshalb, weil ich finde, daß seine Romane den Ton so schonungslos treffen, sondern weil mir die Worte fehlen, mit denen ich ausdrücken könnte, wie sch...egal mir der französische Spießer ist.«

Wie aus dem letzten Satz ersichtlich ist, kann man hier nicht von Haß sprechen. Seine Motivation hatte nichts mit Rache zu tun. Sie war etwas diametral Entgegengesetztes. Kika war der Ansicht, er könne Europa vor dem Strom schmutzigen asiatischen Humanöls retten, indem er ihm einen magischen Schutzwall entgegenstellte. Dafür mußte Nafikow ein in seinem Zynismus ungeheuerliches Verbrechen begehen, doch er war überzeugt, das Ziel werde die Mittel rechtfertigen.

Kika hatte beschlossen, Europa kraft der Magie zu helfen. Genauer – kraft der sympathetischen Magie, die das Große durch ein ihm ähnliches Kleines beeinflussen soll. Seine Idee lief darauf hinaus, daß man Europa durch eine Impfung retten könne, genauso wie man einer ernsthaften Erkrankung vorbeugt, indem man den Organismus zwingt, die Krankheit in leichter Form durchzumachen.

»Ich weiß, daß man mich verfluchen und in eine Reihe mit Jack the Ripper stellen wird«, schreibt Kika. »Doch jemand muß diese undankbare Arbeit auf sich nehmen. Einstmals erhob sich der Barbar Theoderich zur Verteidigung von Rom. Heute, da wir in ähnlich schwierigen Übergangszeiten leben, ist es mir bestimmt, Theoderich zu werden.«

Der neue Theoderich begann seinen Dienst an der alten europäischen Zivilisation damit, daß er auf der Rue St.-Honoré in Paris ein zweistöckiges Büro für das Gemeinschaftsunternehmen Even-Treur mietete. Dieser Name erklärt sich dadurch, daß die Firma im Autonomen Kreis der Ewenken registriert war, um eine maximale Steuerersparnis zu erzielen – selbst in tiefster Schizophrenie verliert der Sproß aus solchem Haus, wie wir sehen, seinen Geschäftsinstinkt nicht.

Fortan gewann Kika das Öl aus den Franzosen und pumpte es zurück nach Rußland.

Selbstverständlich geht es hier nicht um die zähe, schmierige schwarze Flüssigkeit, sondern um ihr virtuelles Analogon, das Kika als *Humanöl* bezeichnete, nämlich um das Geld, in das das menschliche Leiden verwandelt wird. Kikas Berechnungen und Überlegungen zu diesem Thema erinnern mal an eine Erzählung von Lovecraft, mal an die Werke eines mittelalterlichen Mystikers; sie münden in ein Konzept, in dem scharfe Logik gepaart ist mit zügellosem Wahnsinn. Um das gestörte Energiegleichgewicht im europäischen Raum wiederherzustellen, müßte man nach Kikas Plan einen umgekehrten Kapitalexport – wenn auch nur in symbolischer Form – aus Europa nach Rußland organisieren. Doch dieses Kapital müßte unbedingt aus menschlichem Leiden resultieren – nur dann wäre der Erfolg der magischen Impfaktion garantiert.

Weiter oben sprachen wir davon, daß Kikas Haß auf Baudrillard eine Art Ödipus-Komplex ist, weil Baudrillard der wahre Vater der meisten seiner Ideen war. Hier soll diese These noch erhärtet werden: Es ist kaum zu übersehen, daß Kikas gesamtes okkultes Ingenieurprojekt eine schizophrene Reaktion auf das Buch *Der symbolische Tausch und der Tod* ist. Genaugenommen nicht auf das Buch selbst, sondern auf seinen einzigen Teil, der dem durchschnittlichen Verstand zugänglich ist – den Titel. Höchstwahrscheinlich hat sich ebendieser Titel Kika nachhaltig eingeprägt, und er wurde zum Leitfaden seines Handelns.

Even-Treur war ein merkwürdiges Unternehmen. Als Mitarbeiter stellte man einsame Menschen ein; ihr enormes Gehalt diente als Kompensation für eine lange Geschäftsreise »in eine ziemlich uninteressante Gegend«, wohin sie kurz nach Vertragsunterzeichnung geschickt wurden. Die Firma verschlang Unsummen an Geld und fabrizierte unter der diffusen Bezeichnung *Beratend-vermittelnde und zahlungstechnische Dienstleistungen für Investitionen in Schürfung, Erschließung und Ausbeutung aussichtsreicher Erdöllagerstätten in beiderseitig vereinbarten Interessenzonen* ein Produkt, für das überhaupt keine Nachfrage bestand. Die beratende Dienstleistung von Even-Treur hatte, wie sich im nachhinein herausstellte, lediglich ein einziges Unternehmen in Anspruch genommen – das russisch-deutsche Konsortium Konti-Nenz, das im Autonomen Kreis der Nenzen registriert war, ebenfalls mit dem Ziel, Steuerprivilegien zu erlangen. Der Gründer von Konti-Nenz war selbstredend Kika.

All das war nur ein Deckmantel gegenüber der Polizei und den Steuerbehörden. Im Büro auf der Rue St.-Honoré saßen fünf bis sechs Sekretärinnen, die mit der »Ausarbeitung technischer Bestimmungen« oder mit der »Koordinierung von Zahlungseinheiten« beschäftigt waren – dabei handelte es sich immer um leichte Büroarbeit, kaum komplizierter, als Papiere aus einem Ordner in den anderen zu legen. Wenn Even-Treur eine Bestellung von Konti-Nenz ausgeführt hatte, wurde das Geld von Kikas Frankfurter Konto auf das in Paris überwiesen.

Obgleich beide Unternehmen verlustbringend waren und einfach Kikas Vermögen verschwendeten, waren die Gelder auf dem Pariser Konto technisch gesehen Einkünfte aus der Tätigkeit von Even-Treur, für die Kika Steuern bezahlte, was ihn zu einem respektablen Geschäftsmann machte. Daher stellte sich bis zu einem bestimmten Zeitpunkt niemand die Frage, was das für eine »längere Geschäftsreise in eine uninteressante Gegend« war, zu der die Mitarbeiter nach einem kleinen Imbiß in der Rue St.-Honoré so vertrauensvoll aufbrachen.

Verdacht schöpfte man erst, als einer der Geschäftsreisenden von seiner früheren Freundin gesucht wurde, der er im Traum als leidender Geist erschienen war. Bei der Polizei wehrte man die lästige Besucherin anfangs ab, weil man sie für verrückt hielt, doch letzten Endes mußte eine Untersuchung eingeleitet werden. Bald darauf gab es noch weitere Vermißtenmeldungen über verschwundene Mitarbeiter von Even-Treur, und die Polizei begann sich nun ernstlich für Kika zu interessieren. Man ließ ihn beschatten, was aber zu keinem Resultat führte.

Eines Tages, als er gerade das Restaurant *Nobu* verließ, kamen zwei Mitarbeiter der Kriminalpolizei auf ihn zu und baten ihn, zu ihnen in den Wagen zu steigen. Kika fügte sich, verlangte aber, daß ein Anwalt beim Verhör anwesend sein sollte.

Als der Anwalt eintraf, sagte Kika, er wolle eine Erklärung abgeben. Die Untersuchungsbeamten schalteten ihr Diktaphon ein und der Anwalt das seine, woraufhin Kika auf den Tisch kletterte und in ausgezeichnetem Französisch einen anderthalbstündigen Monolog hielt, dessen Hauptthese darauf hinauslief, daß die abgestreiften Häute von Vipern und die Spuren von Elstern im Flußsand ebenso als gleichberechtigte Elemente des Diskurses betrachtet werden müßten wie Geschlechtsverkehr, Jazzfestivals und Luftbombardements.

Das beeindruckte die Polizisten dermaßen, daß Kika gegen eine schriftliche Verpflichtung, seinen Wohnort ohne amtliche Genehmigung nicht zu verlassen, unverzüglich und sogar ohne Kaution auf freien Fuß gesetzt wurde. Am folgenden Tag aber gingen neue Vermißtenmeldungen bei der Polizei ein, und die Information sickerte an die Zeitungen durch. Es erging Haftbefehl für Kika, doch der hatte sich zu diesem Zeitpunkt bereits mit unbekanntem Ziel abgesetzt. Die Polizei begab sich in die Rue St.-Honoré.

Die Unterlagen im Büro von Even-Treur enthielten keinerlei direkte Hinweise auf das Schicksal der Vermißten. Doch im Safe von Kikas Büro wurde eine Dokumentation über einen leistungsstarken Ofen zur Müllverbrennung gefunden, den die Firma kürzlich erworben hatte. Keiner der Mitarbeiter hatte etwas davon gewußt. Außerdem fand man Notizen von Kika sowie zwei Zeichnungen von ihm, die die Untersuchungsbehörde außerordentlich beunruhigten (später wurden sie als Beilage zur *Mazedonischen Kritik* veröffentlicht).

Kikas erste Skizze stellte einen Ziegelschlot dar; um diesen herum wand sich eine Telefonleitung, und ein punktierter Pfeil verdeutlichte, daß Geld durch diese Leitung floß. Aus Notizen unterhalb der Zeichnung ging hervor, daß über diese Leitung Banküberweisungen nach Rußland getätigt wurden. Separat abgebildet war der Schutzmantel für die Leitung, dessen Querschnitt dem eines Sarges glich. Darin wand sich die Leitung den Schornstein empor, bildete an seiner Mündung eine Schlaufe und führte dann innen hinab. Dieses technisch sinnlose Detail hielt Kika aus einem unerfindlichen Grund für unabdingbar. Doch woher die Leitung kam und wohin sie ging, war aus der Skizze nicht ersichtlich. Der Schlot war von ein paar Bäumen umgeben; mit großer Sorgfalt waren die Ziegel, die zur Mündung führenden Steigeisen und der Rauch gezeichnet. Daneben war ein Vogel in der Luft erstarrt; unter dem Vogel stand ein handgeschriebener Reim:

Einmal zog aus Arroganz
Baudrillard Saussure am Barthes

Interessanterweise ist dies der einzige Hinweis auf Roland Barthes in Kikas gesamtem theoretischem Vermächtnis.

Die zweite Zeichnung machte in ihrer nebulösen Mehrdeutigkeit einen noch größeren Eindruck auf die Ermittler. Die Unterschrift besagte, daß es sich um das Saussure-Dreieck handle, welches in das Guderian-Dreieck eingeschrieben sei. Der bereits mit dem Gegenstand vertraute Leser wird sich nicht wundern, daß das Saussure-Dreieck neun Winkel hatte, als deren Scheitelpunkte Begriffe wie *Signifikat* und *Signifikant*, gestopfte Gänseleber – *foie gras* –, Beaujolais und intime Stellen des menschlichen Körpers fungierten.

Was das Guderian-Dreieck betrifft, war damit das Visier des deutschen Tigerpanzers gemeint – die Einkerbung in der Zieloptik, durch die der Richtschütze des Panzers die Welt sah. Sie stellte tatsächlich ein Dreieck dar, das von drei gezackten Linien umgeben war, zwei horizontalen und einer vertikalen. Den Untersuchungsbeamten lief ein Schauer über den Rücken. Anfangs begriff niemand so recht, was der deutsche Panzerstratege Guderian hier zu suchen hatte. Erst als jemand ein Lexikon aufschlug, wurde klar, was das zu bedeuten hatte: Guderian war ein Absolvent der Kasaner Panzerschule, an der er in den dreißiger Jahren des vergangenen Jahrhunderts ausgebildet worden war.

Interpol nahm im Büro von Konti-Nenz in Frankfurt eine Hausdurchsuchung vor. Es stellte sich heraus, daß dieses Unternehmen neben der Erteilung von Aufträgen an das Pariser Büro einer höchst eigenartigen Tätigkeit nachging. Es ließ am Ufer von Flüssen im Ural winzige Schlösser errichten und ebendort zwergenhafte Gewächshäuser mit Weingärten anlegen, deren Rebstöcke aus Frankreich herbeigeschafft worden waren. Eine Anfrage in Rußland ergab, daß die Spielzeugbauten durch Kikas Repräsentanten erworben wurden, die die Finanzierung über ein Konto bei der Moskauer DeltaCredit abwickelten.

Neben DeltaCredit arbeitete ein weiteres Moskauer Finanzinstitut mit Kika zusammen, die Sunbank. Dorthin waren insgesamt etwa dreißig Millionen Dollar transferiert worden, deren weiteren Verbleib die Untersuchung nicht an den Tag brachte. Aus den vorgefundenen Dokumenten ging nicht hervor, woher Kika das Geld überwiesen hatte, man konnte lediglich die Bilanzzahl ermitteln. Möglicherweise hätten die Polizisten die Herkunft des Geldes klären können, wenn ihnen das folgende Zitat aus der *Mazedonischen Kritik* zugänglich gewesen wäre:

»Kalkulationen zeigen, daß im Verlauf von drei Jahren auf

dem russischen Kompensationskonto dreißig Millionen Eurodollars« (so bezeichnet Kika die aus den Leiden der Europäer transmutierten Dollars) »zurückbehalten werden müssen. Dann kann das Damoklesschwert, das über den alten Zivilisationen Europas schwebt, abgewehrt werden …«

Doch die Ermittler hatten keine Ahnung von diesem Traktat. Es kam ihnen seltsam vor, daß der Transfer in Summen zu 368 Euro (und obendrein mit bis zu tausend Überweisungen pro Tag) vorgenommen wurde. Doch an diesen Kontobewegungen war nichts Ungesetzliches.

Im Büro von Konti-Nenz fand man ein paar Mietrechnungen; die Firma hatte bereits seit einigen Monaten eine verlassene Schuhfabrik in der Nähe von Paris angemietet. Keiner der Mitarbeiter hatte eine Vorstellung davon, was für eine Fabrik das war oder was dort vor sich ging – sämtliche diesbezüglichen Verträge hatte Kika persönlich abgeschlossen. Mit dieser neuen Information stürmte ein Trupp der Pariser Polizei in Begleitung einer Spezialeinheit zur Fabrik.

Diese bestand aus einigen Lagergebäuden und einer abseits stehenden Werkhalle, die aussah wie ein Hangar. Daran schloß sich ein Nebengebäude an, über dem ein Ziegelschlot qualmte; mit dem Fernrohr konnten die Polizisten an dem Schlot einen Schutzmantel ausmachen, durch den eine Leitung verlief, genau wie auf der Zeichnung.

Der gesamte Komplex wurde durch Mitarbeiter eines privaten Pariser Sicherheitsdienstes bewacht, die Werkhalle und das Krematorium indes von Brüdern aus Kasan – unheimlichen, kahlrasierten, tätowierten Gestalten, die in Cardin-Anzügen steckten und Goldketten trugen. Auf dem Gelände hielten sich zwei Anwälte auf, die versuchten, die Ermittlungen zu verzögern, und von den Polizisten bald dieses, bald jenes Papier verlangten, so daß die Spezialeinheit äußerst gelegen kam. Alle diese Herrschaften mußten eingeschüchtert und in ein leeres Lagergebäude gesperrt werden, bevor die Spezialeinheit mit vorgehaltenen Waffen die Werkhalle stürmte; die Männer waren auf das Schlimmste gefaßt.

Doch was sich ihren Augen bot, hatte niemand erwartet.

»Mir kam es vor«, beschrieb im nachhinein einer der Polizisten seine Eindrücke, »wie eine äthiopische Version von ›Matrix‹ oder vielleicht der Drehort eines Sado-Maso-Porno-Blockbusters. Oder wie jener Teil der Hölle, den Dante sich schämte zu beschreiben.«

In der Werkhalle waren siebenunddreißig gleichförmige Zellen aufgebaut, die aussahen wie Einzelarbeitsplätze in einem Großraumbüro, sogenannte *cubicles*. Doch an diesen Arbeitsplätzen gab es keine Tische und nicht einmal Stühle. Die Menschen in diesen Zellen hingen in Spezialriemen wie Tiere in einem Verschlag. Ihre Arme und Beine waren mit Lederriemen an im Betonboden verankerte Haken gebunden. Vor dem Gesicht war ein Flüssigkristallbildschirm angebracht, auf dem in ausgeklügelter Reihenfolge Fragmente aus Texten von Lacan, Foucault, Baudrillard, Derrida und anderen Titanen der Philosophie aufleuchteten – selbst Michel Houellebecq hatte man nicht vergessen.

Alle Gefangenen waren völlig nackt (im Gebäude herrschte eine konstante Temperatur). Die kleinen Kabinen waren in zwei parallelen Reihen angeordnet; über der Lendengegend der Gefangenen verliefen entlang der Zimmerdecke Schienen, an denen zwei identische Industrieroboter hin- und herfuhren, die Kika in Japan hatte anfertigen lassen. Ein Computersystem, das die Reihenfolge der Texte auf dem Bildschirm bestimmte, steuerte auch die Roboter. Es war so programmiert, daß in dem Moment, wenn vor einem der Unglücklichen ein Ausschnitt aus Michel Foucaults *Überwachen und Strafen* erschien, einer der Roboter genau über ihm war und ihm mit einer Nylonrute einen schmerzhaften Schlag auf das entblößte Gesäß versetzte. Gleichzeitig überwies das Computersystem 368 Euro auf ein spezielles Konto bei der Moskauer Sunbank – durch ebenjene über die Schornsteinmündung geschleifte Leitung.

Um die Fütterung der Gefangenen sowie das Putzen des Gebäudes kümmerten sich zwei taubstumme Afghaninnen in Burkas, was im nachhinein Anlaß zu Spekulationen über die Beteiligung arabischer Terroristen gab. Doch das war natürlich bloß eine Ente, und was das berühmte Foto angeht, auf dem Kika in einem T-Shirt mit der Aufschrift *Je ne regrette rien* neben Osama Bin Laden steht, so handelt es sich dabei um eine schlechte Fälschung, auf der in der Vergrößerung noch die Montageränder zu erkennen sind. – Kikas Putzfrauen mußten taubstumm sein, damit sie sich nicht über ihre merkwürdige Arbeit beklagen konnten. Orientalische Frauen sind zwar nicht anspruchsvoll, aber die Arbeitsbedingungen in der Werkhalle waren ziemlich hart.

Dies vor allem deshalb, weil es unerträglich stank – alle Gefangenen litten wegen der besonderen Kost an Durchfall. Die Frauen in den Burkas gaben ihnen ausschließlich Sushi mit *foie gras* zu essen, ein Gericht, das ein Koch aus dem Pariser Restaurant *Man Ray*, den Kika angeheuert hatte, im benachbarten Dorf in gewaltigen Mengen zubereitete. Zu trinken bekamen die Gefangenen nur Beaujolais Nouveau. Der zu den Sushi gereichte Rotwein hätte nach Kikas Vorstellung ihre Leiden unerträglich machen sollen.

Hier aber hatte er sich verrechnet – gestopfte Gänseleber paßt nach Meinung vieler Experten ausgezeichnet zu jungem Rotwein. Wie ein Pariser Philosoph dazu bemerkte: Vor der bloßen Kombination der Wörter *Sushi* und *rot* zurückzuschrecken und von ihren Referenzen zu abstrahieren, hieße unter den Einfluß des Nominalismus, um nicht zu sagen des linguistischen Determinismus in seiner allerprimitivsten Form zu geraten. Da hast du's, Kika, da hast du's …

Die Ermittler errieten, daß das Essen und einige andere Details des Geschehens, mit denen wir den Leser nicht in Verlegenheit bringen wollen, Varianten zum Thema *Saussure-Dreieck* waren. Auch an das *Guderian-Dreieck* hatte man gedacht: Der Boden und die tragenden Säulen waren mit einem Ornament aus Dreiecken und Zickzacklinien bedeckt. Die fensterlosen Wände des Gebäudes zierte ein dreiteiliges Fresko mit dem Titel *Michel Foucault erhält vom CIA eine Million Dollar für Verleumdung der UdSSR*. Foucault war dreimal dargestellt – gegenüber dem Eingang erhielt er im Dunkel der Nacht seine Silberlinge, und an den beiden Seitenwänden betrieb er schamlos seine üble Nachrede und tat so, als sehe er weder die großen Mähdrescher noch die Sputniks, weder die Weizenberge noch die blinkenden Lichter der Neubauten. Und über all dem schallte aus mächtigen Lautsprechern der ethnofuturistische Chor von Klaus Badelt aus dem Film *The Time Machine*, der die Stimmen übertönte und jeden Diskurs unmöglich machte.

Die Ermittlung kam zu einigen klugen und präzisen Interpretationen. Erstens fand man heraus, wieso bei jedem Rutenschlag exakt 368 Euro nach Rußland überwiesen wurden. Dieser Betrag war der um den Faktor Hundert vergrößerte Koeffizient der Formel für die Berechnung des Schwefel-Faktors, die in der *Mazedonischen Kritik* zweimal vorkommt:

SF = 3,68 (s2 – s1) Dollar pro Tonne

Andere Vermutungen hingegen gehen wahrscheinlich zu weit. Beispielsweise wurde die Mutmaßung geäußert, die Modelle des Eiffelturms und der Basilius-Kathedrale in den Ecken der Werkhalle ständen für die Summanden in der Formel (s2 – s1), und der waagerechte Flaggstock mit der russischen und der französischen Trikolore im Zentrum des Gebäudes stelle das Minus dar. Aus begreiflichen Gründen läßt sich diese Behauptung schwer nachprüfen.

Eine andere Hypothese betrifft die Anzahl der Gefangenen – insgesamt, wie wir bereits gesagt haben, siebenunddreißig. Aufgrund der Tatsache, daß unter den Opfern sechsunddreißig Franzosen und ein Belgier waren, nahmen die Ermittlungsbeamten an, das sei eine verborgene Repräsentation der Zahl 36,8 – der um den Faktor Zehn vergrößerte Schwefel-Koeffizient von 3,68. Für diese Vermutung spricht, daß die Zahl 36,8 sich genau in die Reihe zwischen 3,68 und 368 einfügt. Doch im Unterschied zu dem Ermittlungsbeamten, dem diese Idee kam, war Kika noch nie ein Chauvinist gewesen.

Die Folterhalle hatte erstaunlich lange reibungslos funktioniert. Viele fragten sich, wie so etwas mitten in Europa hatte passieren können. Doch Kika war ein sehr umsichtiger Psychopath – niemand von denen, die er in die Sache hineingezogen hatte, hegte auch nur den leisesten Verdacht, in der Fabrik könne es nicht mit rechten Dingen zugehen. Niemals wurde etwas aus dem Gebäude herausgetragen. Alle Abfälle von den Lebensfunktionen der Gefangenen wurden in jenem Ofen verbrannt, dessen Unterlagen man in der Rue St.-Honoré gefunden hatte – an seinem Schlot entlang verlief die Leitung in dem sargähnlichen Schutzmantel. Möglicherweise spielte die Kremierung in Kikas alchimistischen Theorien ebenfalls eine gewisse Rolle; doch es ist müßig, darüber zu spekulieren.

Die Mitarbeiter des Pariser Sicherheitsdienstes waren nie in die Nähe der Werkhalle gekommen, sondern hatten das Fabrikgelände lediglich von außen bewacht, und die Typen aus Kasan, die das Gebäude häufig betraten und alles sahen, was dort ablief, waren von Kika in die Irre geführt worden. Er hatte nämlich behauptet, in der Werkhalle würden »seine Schuldner schmoren«. Die Kasaner Jungs waren überzeugt, bei einer ganz normalen Schuldeneintreibung mitzumachen, und die Wahrheit, die ihnen erst im Laufe der Ermittlung aufging, war ein Schock für sie.

»Wenn wir gewußt hätten, daß der Typ eine solche moralische Mißgeburt ist«, sagte Marat, der Brigadier der Kasaner, »dann hätten wir ihn selbst in die Riemen gehängt.«

Das Erstaunlichste war, daß keiner der Geschädigten Strafanzeige gegen Kika stellte und das dem Staat überlassen blieb. Der Vertrag, den diese Opfer unterzeichnet hatten, war so aufgesetzt, daß man ihn als Einverständnis zur Teilnahme an einem Experiment auslegen konnte; wenn sie ihn brachen, verlören sie das Anrecht auf ihr mehr als beträchtliches Entgelt. Daher wurde kein großes Aufheben gemacht. Doch die Untersuchungsbehörde hat mittlerweile so viele Fragen an Kika, daß er bis zum heutigen Tag auf der Fahndungsliste von Interpol steht.

Es geht das Gerücht, Kika sei nach Kasan zurückgekehrt und habe sogar ein Libretto für das Tatarische Akademietheater verfaßt – das autobiographische Ballett *Der ungeladene Gast*. Andere behaupten, er habe sich in Buenos Aires niedergelassen. Wieder andere wollen ihn in Malibu gesehen haben. Keines dieser Gerüchte läßt sich bestätigen. Zuverlässig bekannt ist nur eines – zwecks Rettung vor Enteigung seines französischen Besitzes hat Kika die Villa auf dem Cap Ferrat Urim und Thummim überschrieben.

Urim und Thummim haben in Schweden geheiratet und leben jetzt einträchtig zusammen in der Villa. Mit Journalisten reden sie nur widerwillig, und sie können es gar nicht leiden, wenn zuviel Wind um sie gemacht wird. Nichtsdestoweniger haben sie kürzlich an der Berliner Love-Parade teilgenommen. Sie haben Zeretelis Bronzeelefanten aus dem Mittelmeer geborgen, sie an ihren Platz zurückgestellt und rosa angestrichen. An Kika erinnert in der Villa nun nur noch das schwarze Autograph an der Wand:

»Die Menschen denken, sie handeln mit Erdöl,
dabei werden sie selbst zu Erdöl.«

Urim und Thummim sagen, sie hätten die Aufschrift zum Andenken stehenlassen. Das Foto des glücklichen Paars neben den rosa Elefanten, die eher aussehen wie Ferkel, ging durch alle Pariser Zeitschriften. Der russische Kulturattaché formulierte deshalb einen schwachen Protest, doch Václav Havel, der sich gerade auf der Durchreise in Frankreich befand, verteidigte Urim und

Thummim höchstpersönlich, und die Angelegenheit wurde vertuscht.

Was weiß man über Kika? Er lebt; aus mehreren Presseerklärungen, die er abgegeben hat, geht hervor, daß er noch immer überzeugt ist, er habe das undankbare Europa vor einem neuen Mittelalter bewahrt (wir Tataren machen das ja nicht zum erstenmal, hat Kika noch hinzugefügt). Doch in seinem Hauptanliegen – der Entlarvung der französischen Philosophen des zwanzigsten Jahrhunderts – hat er unserer Ansicht nach ein völliges Fiasko erlitten. Je wütender er gegen diese großen Geister anschreibt, desto stärker spürt man, wie wenig er ihnen ebenbürtig ist. Kikas Insinuationen kann man als eine Art Kompliment ansehen: Was einem gleichgültig ist, attackiert man nicht mit derart bestialischer Wut.

Die Philosophie ist für den Uneingeweihten ein dunkler Gegenstand, daher sprechen wir nicht über die Kernpunkte von Kikas Angriffen. Es geht um die Intonation, die ihn immer wieder verrät, etwa in der Passage, mit der die *Mazedonische Kritik der französischen Philosophie* endet:

»In berühmten französischen Komödien wie ›Der große Blonde mit dem schwarzen Schuh‹, ›Der Teufelskerl‹, ›Taxi 2‹ und anderen gibt es folgende Szene: Ein nicht mehr junger und sichtlich unsportlicher Mann verrenkt sich vor dem Spiegel oder vor anderen Menschen und parodiert Kung-Fu-Bewegungen, und das Komischste ist, daß er offenbar nicht richtig auf den Beinen stehen kann, aber nichtsdestotrotz ein überaus fortgeschrittenes, beinahe mystisches Niveau imitiert, als wolle er Schläge auf die Reizpunkte und energetische Passes ausführen in jener höchsten, geheimen Technik, die nur ein anderer Meister, der ebenfalls Vollkommenheit erreicht hat, würdigen kann, und auch das nur während eines Kampfes auf Leben und Tod irgendwo im Himalaya – dieser Mann wird plötzlich vor der Kamera mit einem derart selbstvergessenem Schluchzer gezeigt, daß einem die ruhige Souveränität des echten Meisters angesichts der Welt einfällt, auch angesichts der Fähigkeit, richtig auf den Beinen zu stehen; das schlaffe Bäuchlein scheint ein Behälter für die ganze Weltenergie Qi zu sein, die behaarten mageren Ärmchen sind Kanäle, durch die, wenn nötig, eine übernatürliche Macht strömt; und das Bewußtsein balanciert einige Sekunden lang auf der Schwelle zum Glauben an diese Buffonade. Gerade die Möglichkeit, sich, und sei es auch nur für einen Augenblick, die Frage zu stellen: ›Und wenn es nun so wäre?!‹ macht das Geschehen auf dem Bildschirm so unsagbar komisch.

Der diskrete Charme der modernen französischen Philosophie beruht im Grunde genommen auf demselben Effekt.«

Aus dem Russischen von Dorothea Trottenberg

Ein Vogue

Ein Coulomb ist die Elektrizitätsmenge,
die bei einer Stromstärke von einem
Ampere während einer Zeit von einer
Sekunde durch einen Leiterquerschnitt fließt.

SI-Einheitensystem

Ein Vogue ist die auf der Damentoilette des Restaurants *SKANDINAVIA* abgesonderte Vergeblichkeitsmenge, wenn Diana, Expertin für Manual Relieving, und Lada, spezialisiert auf Oral Massages, einander im Spiegel aus den Augenwinkeln taxierend, zum telepathischen Konsens gelangen, daß ihrer beider Glamour sich ungefähr aufwiegt, da die weißgeschuppte, wie aus der Haut eines Albinoreptils genähte Handtasche von *ARMANI* und die kleine *GUCCI*-Uhr, deren schillerndes Zifferblatt sich harmonisch in das edel proportionierte Stahlviereck fügt, den einer zerknitterten Schuluniform ähnelnden Hosenanzug von *PRADA*, der mit dem knabenhaften Kurzhaarschnitt in verderbtem Einklang steht, hinreichend zu kompensieren vermögen – doch wird diese mühevoll erzielte Balance der Paradigmen und Kurven augenblicklich entkräftet, wenn Meowthy, erfahren in Natural Therapeutics, den Toilettenraum betritt, die ihre Haare zu spitzen Pfeilen hochgegelt trägt und außerdem ein ausgeschnittenes weißes *BURBERRY*-Kleid, das an einen straff gegürteten zweireihigen Regenmantel mit schräg abgeschnittenen Ärmeln erinnert, was Lada und Diana einmal mehr vor Augen führt, daß es nicht auf *GUCCI* und *PRADA* ankommt, die sich jede unbedarfte Schülerin nach einer Woche Schinderei ohne Ekelschwelle leisten kann, und nicht einmal auf das *BURBERRY* mit den zwei Reihen Perlmuttknöpfen, eher schon auf den durch die Firma *BRABUS* zu kosmischer Vollkommenheit getunten *G-KLASSE-MERCEDES* mit dem goldenen Emblem *RV-700*, worin Meowthy wie immer an der Seite ihres Freunds und Sponsors vorgefahren ist, während diese ihrerseits mit glasklarer Schärfe erkennt, daß das Geheimnis eines vollendeten Relievings weniger in Kenntnissen männlicher Psychologie, Anatomie und anderen leidvollen weiblichen Grenzerfahrungen begründet ist, als vielmehr umgekehrt in deren gänzlicher Ermangelung, in einer blendenden Reinheit der Seele, dem naiven, lauteren Blick, der sich nicht sosehr dem zarten Alter verdankt als der schlichten Unkenntnis gewisser Dinge, die Meowth nicht einfach wieder vergessen kann, was bei marktwirtschaftlicher Lage der Dinge den Platz im *BRABUS RV 700* für den morgigen Tag fraglich macht, denn Lada und Diana sind jung und zu allem bereit, während eine Creme *VICHY PUETAINE* die Zeit gewiß nicht zurückdreht, wie es die Packungsbeilage behauptet, im Gegenteil, sie gemahnt an deren Unumkehrbarkeit – und was womöglich weit schwerer wiegt als alles bis hierhin Gesagte, ist, daß Meowthys Freund und Sponsor, der unterdessen auf der Terrasse steht und nervös seine *TRINIDAD FUNDADORES* pafft, auf die von unten, hinter der Absperrung her, schief grinsend ein beinloser Invalide im verschlissenen Tarnanzug starrt, daß auch er zu ahnen beginnt: Nicht orale Massage und nicht anale Eskorte werden entscheiden, nein, jener scharfe, kalte und zutiefst besorgniserregende Windstoß wird es gewesen sein, der soeben vom *KREML* herüberwehte – wobei es natürlich genausogut sein könnte (und sogar am wahrscheinlichsten ist), daß alles wieder einmal nur Einbildung war.

Akiko

Guten Tag, edler Unbekannter. Fremd erscheinst du mir – als kämest du nicht aus dieser Gegend. Du bist ein Reisender aus den fernen Ländern des Nordens, nicht wahr? Ich heiße Akiko. Wie ist dein geschätzter Name? Trage ihn ein und drücke *Enter*, dann öffnet Akiko dir die Tür.

Wir freuen uns sehr, QWERTZ, daß du den Weg auf unsere Site, tief in den Bergen des alten Japan, gefunden hast. Wir – das sind Akiko und das Äffchen Mao. Wenn du in die linke untere Ecke deines Bildschirms schaust, siehst du zwei kleine gelbe Pünktchen. Das sind seine Augen. Äffchen Mao versteckt sich nicht etwa deswegen, weil du ihm nicht gefielest, QWERTZ. Es weiß sehr gut, wie wichtig uns dein Besuch ist, braucht nur immer ein bißchen Zeit, um sich an einen neuen Bekannten zu gewöhnen. Es ist ein sehr scheues Wesen, doch in seinem Herzen wohnen Tapferkeit und Neugier. Du wirst dich vielleicht wundern, daß Akiko über ein Äffchen solche Worte verliert. Außer Mao hat sie hier keine Freunde.

Vielleicht magst ja du, QWERTZ, mein Freund werden? Seit diese Hoffnung in Akikos Herzen entbrannt ist, hat sich die Welt ringsum verwandelt, sie leuchtet in allen Farben, wie vor einem Festtag. Akiko hat deine begehrlichen Blicke auf ihre grazile Figur im herbstlaubfarbenen Seidenkimono sehr wohl bemerkt. Sie sind es, die auf Akikos Wangen die flammende Röte treiben.

O nein, QWERTZ, dorthin mußt du deinen Cursor gar nicht lenken. Vorerst darfst du Akiko nur ins schamvoll errötete Gesicht sehen. Akiko ist ein Mädchen mit Prinzipien. Wenn du mehr sehen willst, mußt du unsere Site abonnieren. Siehst du das Türchen mit der Aufschrift *members*? Bist du erst Mitglied bei uns, QWERTZ, darfst du dort eintreten und Akiko in ihre geheimsten Gemächer folgen. Einstweilen ist die andere Tür für dich bestimmt: *instant access*.

Dank dir, daß du dich entschlossen hast, den Service unseres *instant access* in Anspruch zu nehmen. Alle führenden Kreditkarten werden akzeptiert. Du kannst zeitweiliges Mitglied bei uns werden: für nur $ 9.99 pro Monat. Oder du wirst für nur $ 24.99 ein ganzes Jahr lang Vollmitglied sein ... Akiko sieht, QWERTZ, du bist ein erfahrener Samurai. Du hast zuerst die kleine Truhe mit der Aufschrift *terms and conditions* geöffnet, die zwischen der Kannon-Statue und dem Bündel Bambuspfeile steht. So verfährt beileibe nicht jeder, der zu uns hereinschaut ... Ja, das ist so: Die zeitweilige Mitgliedschaft verlängert sich nach Ablauf der Frist automatisch, der Betrag von $ 9.99 wird monatlich von deinem Konto abgebucht, zu deiner Bequemlichkeit.

Wie? Was ließe sich beständig nennen in einer Welt, wo alles wie Tau und wie Wolken ist? Natürlich ist die Vollmitgliedschaft besser, QWERTZ. Und deswegen teurer. Bedenke, daß unrichtige Angaben zu deiner Kreditkarte strafrechtlich verfolgt werden ... Nein, nein, es ist nur meine Pflicht, dich daran zu erinnern. Wir vertrauen dir. Und du kannst uns ebenso vertrauen. Hab keine Angst, daß Feinde und Neider von deiner Verbindung zu uns erfahren. Akiko und Äffchen Mao können schweigen. Und die Buchhalter deiner Bank werden an einer Rechnung von *ninpoop.com* nichts Verdächtiges finden.

Dank dir, QWERTZ, daß deine Wahl auf die Vollmitgliedschaft für $ 24.99 fiel, die sich zu deiner Bequemlichkeit nicht automatisch verlängert. Sobald wir deine Angaben überprüft haben, bekommst du von uns eine Nachricht mit der Kranichpost. Ja, QWERTZ, nichts anderes bedeutet *instant access*. Wie? Es ist die normale Bezeichnung dafür. Letztlich ist das ganze irdische Leben doch nur ein Augenblick, nur der Sommernachtstraum des Mondes im Teich beim Gesang des Kasiwagi.

Sei gegrüßt, QWERTZ. Akiko und Mao erinnern sich gut an dich und deine IP-Adresse 211.56.67.4. Du bist diesmal durch das Türchen mit der Aufschrift *members* eingetreten – das heißt, der weiße Kranich hat dir den Brief mit dem Geheimwort zugestellt. Nun bist du ein vollwertiges Mitglied – welch starkes und belebendes, aufregendes Gefühl muß das sein! Ja, fünf Tage sind eine lange Zeit, doch wir hatten dich vorgewarnt, QWERTZ, daß die Kranichpost mit Verspätung eintreffen kann, wenn du die Adresse eines kostenlosen Servers hinterläßt, *Yahoo!* oder *Hotmail* oder so etwas. Denn genau dort nisten jene Gauner, die gern einmal falsche Angaben über ihre Kreditkarten machen. Und da dem nun einmal so ist, kannst du von Glück reden, daß du den Brief mit dem Geheimwort überhaupt erhalten hast …

Wieso, das weißt du doch. Wenn du schon die Nase in die *terms and conditions*-Truhe steckst, dann solltest du auch gründlich lesen, was dort kleingedruckt auf Seite 12 steht. Doch lohnt es darüber jetzt noch zu streiten, da der Augenblick der Wonne schon ganz nahe ist? Wirf diese Gedanken über Bord, QWERTZ, und hör dich ein in den Sound der Natur zu dieser abendlichen Stunde. Ist die Welt nicht wunderschön? Zarte Wolkenbänder ziehen über den blassen Himmel, in den Zweigen säuselt der Wind, und die Grillen im Gras singen ihr melancholisches Lied. Es rührt dein Herz, nicht wahr?

Ganz schön verwegen, wie du Akikos Allerheiligstes gleich mit deiner Maus anklickst, QWERTZ! Du bist einer von denen, die wissen, was sie wollen! Du glaubst an dich. Das solltest du auch. Einem Kavalier mit solch erlesenen Manieren konnte gewiß noch keine Pornosite widerstehen! Akiko ist ganz außer sich, sie schlägt die Augen nieder, flieht in die hinteren Gemächer. Akiko in ihrer Verwirrung vergißt, die Pforte hinter sich zu schließen … Sie erzittert ganz leicht, wie der Cursor über ihre grazile Figur hinwegstreicht. Ist dir aufgefallen, QWERTZ, daß der Cursorpfeil sich in ein kleines Händchen verwandelte, kaum daß er den Gürtel des herbstlaubfarbenen Seidenkimonos berührte? In Akikos Augen, wo ein Geheimnis wohnt, spiegelt sich das Kerzenlicht. Und nun, QWERTZ, wird dir Akiko ihre Geschichte erzählen.

Vor langer, langer Zeit lebte ein mächtiger Mann, Gebieter der

Provinz Ise, der hatte drei Töchter. Die Älteste … Wie? Natürlich. Den Button *skip story* findest du in der oberen rechten Ecke. Du meinst den Button daneben, den mit dem Schnapsglas? Der ist für den Fall, daß du dem Äffchen Mao einen Cherry spendieren möchtest.

Na, na! … Was tust du denn da, QWERTZ. Jetzt hat Akiko nur noch ihren Unterrock an. Um ihr auch den noch auszuziehen, genügt ein Mausklick. Vor Aufregung ist Akiko schon ganz schwindlig. Wenn du erlaubst, legt sie sich auf die Tatami. Oh! … Oho! Nun hast du an Akiko kein Fähnchen mehr gelassen, QWERTZ. Gefällt dir ihr jugendlich unausgeformter Körper? Nein, QWERTZ, laß das Klicken, du kriegst sie nicht weiter auseinander. Das Allerheiligste bekommst du in dieser Version nicht zu sehen. Akiko geniert sich.

Du fragst Akiko, wie man ihren grazilen Körper liebkost? Das muß dein verliebtes Herz dir sagen. Du kannst jeden Gegenstand wählen, den du in diesem Zimmer findest. Wenn der Cursor sich auf ihm in eine Hand mit Zeigefinger verwandelt, lohnt der Versuch. Klicke ihn an, und er läßt sich gebrauchen. Achte vor allem auf die Perlen an der Wand, sie sind das Wichtigste für dich. Wenn du dein Spiel mit Akiko beginnst, werden sie eine nach der anderen ihre Farbe wechseln. Je mehr grüne Perlen, desto mehr kannst du dich freuen, daß Akiko deine Liebkosungen genießt. Je mehr rote, desto weniger scheinst du ihre geheimen Wünsche zu ahnen.

Was verstehst du nicht? Hast du schon einmal Börsennachrichten gesehen? Fallen die Aktien, steht da ein roter Pfeil, der nach unten zeigt. Bei steigenden Aktien gibt es einen grünen Pfeil aufwärts. Bedenke, Häschen: Akiko erwartet von dir ein kleines Wirtschaftswunder! Bei den richtigen Zärtlichkeiten ruft sie: Oh-oh-oh! Hörst du aber ein Hi-hi-hi! von ihr, dann heißt das, du machst etwas falsch. Und wenn alle Perlen grün sind, hörst du einen wonneerfüllten Schrei: Ooh-ooh-aah!, den gibt Akiko als Bonus dazu.

Aha, du hast nach dem Fledermausfächer gegriffen – eine Erinnerung an den letzten Sommer. Möchtest du Akikos kleine braune Brustwarzen, diese Liebespfeile, damit zwacken? Hi-hi-hi! Gib auf die Perlen acht! Drei sind schon rot. Hi-hi-hi! Jetzt sind es sechs. Überleg doch mal! Wozu ist ein Fächer normalerweise da? Richtig! Um sich Luft zuzufächeln. Sich oder anderen. Und das überall. Oh-oh-oh! Oh-oh-oh! Oh-oh-oh! Hi-hi-hi!

Nein, QWERTZ, wenn Akiko erst Oh-oh-oh! macht und dann Hi-hi-hi!, heißt das, du mußt dir etwas Neues ausdenken. Sonst könnte es sein, daß du Akiko ermüdest. Und trödele nicht! Du mußt Punkte sammeln. Wenn Akiko Hi-hi-hi! macht, verlierst du welche. Probiere doch mal, ob der Fächer noch anderen Stellen wohltut. Hi-hi-hi! Hi-hi-hi! Oh-oh-oh! Oh-oh-oh! Oh-oh-oh! Hi-hi-hi! Hi-hi-hi!

Vergiß den Fächer. Er nervt. Nimm etwas anderes ... Die Haarnadel vielleicht? Ich weiß es nicht, QWERTZ, probier es. Du möchtest mit ihr über Akikos Achselhöhlen fahren, diese schattigen Gruben? Hi-hi-hi! Die dunkle Haut am Bauch zart damit pieken? Hi-hi-hi! Zum Allerheiligsten vorstoßen, das hinter dem elegant angewinkelten Schenkel verborgen liegt? Hi-hi-hi! Die Ferse kitzeln, die wie ein reifer Pfirsich aussieht? Oh-oh-oh! Oh-oh-oh! Oh-oh-oh! Hi-hi-hi! Und jetzt also der Tuschpinsel? Wohl um ein Gedicht für Akiko zu schreiben? Ach so. Oh-oh-oh! Oh-oh-oh! Oh-oh-oh! Sieh an, es klappt doch. Nur einen kleinen Tip noch, QWERTZ: Wenn du den Pinsel in den Sakekrug tauchst, bekommst du mit einem Strich gleich doppelt so viele Punkte ... Aber laß den Pinsel ja nicht hineinfallen, hörst du, sonst müßte man den Krug umfüllen, und dazu fehlt uns ein zweites Behältnis ...

Was? Es lädt zu langsam? Dann wird wohl das Äffchen Mao auf der Leitung sitzen, das tut es gern. Möchtest du ihm nicht einen Cherry spendieren, QWERTZ? Mao, komm runter da! Komm sofort her, sonst ... Was? Nein, den Sake mag es nicht. Mao, komm, spiel mit dem Fledermausfächer ... Wo waren wir stehengeblieben? Beim Tuschpinsel? Oh-oh-oh! Oh-oh-oh! Oh-oh-oh! Hi-hi-hi! Der alte Brief von einer Hand, die dir einst teuer war? Hi-hi-hi. Die lange Kalmuswurzel? Oh-oh-oh! Oh-oh-oh! Oh-oh-oh! Hi-hi-hi! Die Kusudama-Heilkugeln mit bunten Quasten? Oh-oh-oh! Oh-oh-oh! Oh-oh-oh! Hi-hi-hi! Die ausgestopfte Nachtigall? Hi-hi-hi. Die Eboshi-Kappe? Oh-oh-oh! Oh-oh-oh! Oh-oh-oh! Hi-hi-hi! Die grüne Papierrolle, geknüpft an einen Kiefernzweig? Oh-oh-oh! Oh-oh-oh! Oh-oh-oh! QWERTZ, bist du sicher, daß du Äffchen Mao keinen Cherry bestellen willst? O.k., o.k. Oh-oh-oh! Oh-oh-oh! Oh-oh-oh! Ooh-ooh-aah!!!

Wie glücklich wäre Akiko, wenn der Morgen ewig auf sich warten ließe! Doch der Mond ist schon vom ersten frühen Morgennebel verhangen, die Stunde des Abschieds naht. Wie quälend lang wird der Tag ohne dich sein, QWERTZ!

Das war's ... Was hattest du gedacht? Nein, das Allerheiligste nur auf dem Golden Level. Von heute an, QWERTZ, wird der Frühlingswind auf deinem Desktop von Zeit zu Zeit ein Fensterchen aufwehen, darin steht: *AKIKO hardcore! Daß du dich nicht genierst!* Die Fotografie des Allerheiligsten, die dort zu sehen sein wird, ist ein authentischer Screen-Shot aus der Hardcore-Version. Wenn dich das Fensterchen stört, schließ es einfach und arbeite weiter. Nein, jetzt noch nicht. Dafür brauchst du die goldene Mitgliedskarte, nicht bloß die einfache. Wie? Das stand doch alles kleingedruckt auf Seite 17 der Schriftrolle, die in der Truhe *terms and conditions* liegt.

Sei nicht traurig, QWERTZ, Akiko hat sich wohl gefühlt in deinen starken Armen, und sie wird dir gleich sagen, wie du länger mit ihr zusammensein kannst. Um Zugang zur Hardcore-Version zu erhalten, mußt du ein Upgrade deiner einfachen zur goldenen Mitgliedschaft veranlassen, was dich nur $ 14.99 kostet. Deine Kreditkartennummer mußt du dabei nicht noch einmal eingeben, wir haben sie ja schon gespeichert. Es reicht, einmal den Button *one-click purchase* anzuklicken, und dir eröffnet sich eine Welt unvergeßlicher Genüsse. So wie es nur einen Klick braucht, um dem Äffchen Mao einen Cherry zu kaufen. Ein Mausklick trennt dich von der goldenen Mitgliedschaft, QWERTZ! Ein goldenes Mitglied bekommt gleich zwei Vollbildansichten von Akikos Allerheiligstem. In der Hardcore-Version erwarten dich neue Gerätschaften der Lust, darunter unser legendärer Multigeschwindigkeitsvibrator. Außerdem macht Akiko für goldene Mitglieder von Anfang an Ooh-ooh-aah! statt Oh-oh-oh! Und ein abschließendes Aah-ooh-uhuaaah! als Bonus. Überleg es dir, QWERTZ. Akiko wartet.

Sei gegrüßt, QWERTZ. Akiko und das Äffchen Mao wissen sehr gut, wer du bist. IP-Adresse 211.56.67.4, Master Card 5101 2486 0000 4501, cvc2-910, Alpha Bank, wohnhaft Mascha-Porywajewa-Straße 11. Sag, QWERTZ, wer war denn diese Mascha Porywajewa? Sie muß den Shogun persönlich erfreut haben, wie sonst könnte sie eine ganze Straße für sich haben? Oder ist sie selbst von altem Adelsgeschlecht? Fast wird man ein wenig neidisch, QWERTZ. Für eine allein all die Gaben des Meeres, wie geht das an? – so heißt es in dem alten Buch …

Nun gut. Zur Sache. Einst vor langen Zeiten hatte der mächtige Herrscher der großen Provinz … Wie, schon wieder weglassen? QWERTZ, warum willst du mich denn nie anhören? Na schön, wie du meinst. Akiko freut sich sehr, daß du die goldene Mitgliedschaft für unsere tief in den Bergen des alten Japan verborgene Site erworben hast. Deine Visite gereicht einem armen Mädchen zu hoher Ehre. Selten einmal verläuft sich ein Mann wie du in diese Einöde. Magst du vielleicht dem Äffchen Mao einen Cherry bestellen? Gut, dann fahren wir fort. Akiko ist aufgeregt, QWERTZ. Obwohl Scham und Schüchternheit einem jungen Mädchen nicht erlauben, es zuzugeben: Sie freut sich sehr, mit dir allein sein zu dürfen. Wir sollten darum schnellstens in die Grotte der Lust hinüberwechseln, wo du deinen Begierden freien Lauf lassen kannst. Selbst wenn Akiko abgeneigt wäre, sie müßte sich deinem Willen beugen, starker QWERTZ.

Doch sie hat deine wonniglichen Liebkosungen noch gut in Erinnerung …

Ja, nun sind wir in der Grotte der Lust. Wieso dasselbe? Dort gab es eine Tatami, hier hast du das Bruchstück eines Mastes. Dort waren die Wände grün, hier sind sie gelb. Dort hing das Bild von Toyotomi Hideyoshi an der Wand, hier ist es Tokugawa Ieyasu. Wie? He, du sitzt auch genauso da wie beim letztenmal! Beschwere ich mich vielleicht darüber?

Warum so mißtrauisch, QWERTZ? Keiner betrügt dich. Das Allerheiligste kommt noch, du bist erst bei Ansicht A. Wechsle zu B. Ganz einfach. Klicke Akikos schmale Nymphenschenkel an, und schon kannst du sehen, was dich so brennend interessiert. Da! … Na, gefällt es dir? Wie?

Dich soll einer verstehen, QWERTZ. Einmal ist es dir zuwenig, das andere Mal zuviel. Natürlich ist es dasselbe Bild wie im Werbebanner. Das ist extra so gemacht, damit gewisse Nörgler nicht behaupten, es wäre nicht das, was man ihnen versprochen hat. Wenn du das Gesicht sehen möchtest, gehe zurück auf die Gesamtansicht. Genau. Und jetzt mußt du, um das Allerheiligste zu sehen, wieder auf Akikos schmale Nymphenschenkel klicken. Na, einen Moment Geduld sollest du schon haben, bis es fertig geladen ist, was will man machen. Wenn bei euch die Leitungen so miserabel sind. Nein, gleichzeitig geht nicht. Hi-hi-hi! Ach wo, Akiko lacht nicht über dich. Akiko sagt dir Hi-hi-hi. Na hör mal, QWERTZ, das gibt es im sonstigen Leben auch nicht, daß du etwas gleichzeitig von zwei Seiten siehst. Wie? Könnte jede sein – was meinst du damit? Du Dummer, wer außer Akiko sollte es sein, wenn doch niemand weiter da ist außer Akiko und dir?

Wie? Alles wie beim letzten Mal. Siehst du die Perlen an der Wand? Soll ich es noch mal erklären? Was? Wieso Vorschlaghammer? Das ist unser legendärer Multigeschwindigkeitsvibrator. Hi-hi-hi! He, hallo, Akiko sagte: Hi-hi-hi! Der Vibrator funktioniert nur bei Bild B und C. Stimmt, dort sieht man ihn nicht, dafür funktioniert er. Und hier funktioniert er nicht, weswegen man ihn sehen kann. Was? Mit dem rosa Herzchen wählt man die Geschwindigkeit. Nein, wieso Betrug, QWERTZ, es gibt ja noch ein zweites Bild vom Allerheiligsten. Um zum Bild C zu wechseln, klicke mit der Maus auf Akikos schmale Nymphenschenkel, aber diesmal von der anderen Seite. Jawohl ... Was gefällt dir denn diesmal nicht? Dasselbe Foto, nur andersherum – was soll das heißen? Sag, QWERTZ, wächst deiner Mascha Porywajewa davon, daß du sie vom Rücken auf den Bauch drehst, gleich etwas Neues? Könnte es sein, daß du grundsätzlich nicht damit einverstanden bist, wie die Welt eingerichtet ist, mein lieber QWERTZ?

Hi-hi-hi! Ich sagte: Hi-hi-hi! Weiß ich nicht, überlege selbst. Versuche die Geschwindigkeit zu wechseln. Wieso? Alle drei Geschwindigkeiten funktionieren normal. Wenn Akiko es dir sagt. Natürlich sieht man das nicht. Was dachtest du, was man sehen müßte? Willst du behaupten, einhundert Hertz von dreihundert Hertz vom bloßen Hinsehen unterscheiden zu können? Schalt mal Stufe 1 ein. Hörst du, wie es tick-tick-tick macht? Na also. Jetzt Stufe zwei. Ti-ti-ti-ti-ti ... Und jetzt Stufe drei. Tr-r-r-r-r! ... Funktioniert alles hervorragend, kein Grund zum Maulen. Tu lieber deiner Akiko etwas Gutes! Hi-hi-hi! Hi-hi-hi! Hi-hi-hi! Merkst du nicht, bei allen drei Stufen hi-hi-hi! Keine Ahnung, wieso. Vielleicht bohrst du an der falschen Stelle ... Ooh-ooh-aah! Ooh-ooh-aah! Ooh-ooh-aah! Wie? Was denn, hast du mein Ooh-ooh-aah! nicht gehört? Warum fragst du dann noch, ob es mir gefällt? Genau deshalb rufe ich Ooh-ooh-aah!, damit du nicht erst fragen mußt.

Nein, laß ihn stecken. Der rutscht schon nicht raus, keine Angst. Denk nach, QWERTZ, denk bitte nach. Hast du nicht auch das Gefühl, daß es am Wichtigsten noch fehlt? Geh zurück zur *main page*, dort gibt es noch viele nette Dinge. Die Haarklemmen? Hi-hi-hi! Das ovale Kohlebecken? Was bist du heute wieder hitzig! Das Reisplätzchen? Hi-hi-hi! Das Tokugawa-Ieyasu-Bild? Ja sag mal, bist du närrisch? Ooh-ooh-aah! Ooh-ooh-aah! Ooh-ooh-aah! O du wunderbarer QWERTZ! Ooh-ooh-aah! Ooh-ooh-aah! Ooh-ooh-aah! Hi-hi-hi! Siehst du, QWERTZ, Akiko wußte es selbst nicht. Keine Angst vor Experimenten! Das, wonach du begehrst, muß ganz in der Nähe sein. Die Samurairüstung? Hi-hi-hi! Der Sakekrug? Hm ... Weißt du was: Probier es einfach. Läßt sich nicht bewegen? Dann sitzt wohl wieder Äffchen Mao auf der Strippe. Gleich geht es runter.

Warum so schüchtern, QWERTZ. Das macht nichts! Wir grazilen jungen Mädchen haben es gerne groß ... Ja ... Du, so wird das nichts. Höre auf Akiko: So kann das nichts werden. Was hast du für ein Maus-Pad? Nein, das ist viel zu klein. Räume zuerst den Tisch frei. Damit der Arm Bewegungsfreiheit hat. Du brauchst ein freies Viereck, sagen wir, einen Meter in der Diagonale, für die Bewegung der Maus. Genau so. Auf geht's ... Und gleich noch mal. Warum hörst du schon wieder auf? Du darfst nicht aufhören. Und schneller, schneller! ... Ooh-ooh-aah! Du wirst schon wieder langsamer ... QWERTZ, brems doch nicht immer ab, du verlierst nur Punkte dabei ... Ooh-ooh-aah! Ooh-ooh-... Hörst du nicht, was Akiko dir sagt: Du sollst nicht trödeln! Ja natürlich: alle zehn Schwünge ein Ooh-ooh-aah! Wie hätte der Herr es denn gern? Zehn Ooh-ooh-aah! auf einen Schwung, ja? Dann hättest du dich für eine Platinmitgliedschaft einschreiben sollen. Der Arm tut weh? Für das Glück muß man auch leiden können. Ach, komm, nun heule nicht gleich ... Ooh-ooh-aah! Ooh-ooh-aah! Nicht die Maustaste drücken. He, was hat Akiko eben gesagt? Du sollst die Maustaste nicht drükken, sonst wirst du immer nur von Bild zu Bild geschickt. Und verlierst Punkte dabei, QWERTZ. Den Krug schön am Boden anfassen, dann flutscht es besser bei jedem Schwung. Ooh-ooh-aah! Ooh-ooh-aah! Ooh-ooh-aah! Siehst du. Ooh-ooh-aah!! Ooh-ooh.

Schon wieder genug? Was sagst du da? Wie? Das *ist* Cybersex – wenn du mir manuell die Maus stimulierst. Ach, es ist deine Maus? Bitte, wenn du meinst. Nichts anderes will ich, als daß meine Maus recht oft deine Maus ist. Du aber knurrst immer nur. Knurrst in einem fort. Was erwartest du eigentlich vom Leben? QWERTZ, Akiko hat den Eindruck, die Welt, wie sie ist, gefällt dir nicht, und darum kann man es dir gar nicht recht machen ... Wie? Was? Waas? Du, hör mal, so wollen wir doch besser gar nicht erst anfangen, ja? Wie? Was? Was sagst du da, QWERTZ? Würdest du bitte einmal zu Bild A wechseln und mir in die Augen sehen? Genau ...

Sag das noch einmal. Hast du pervers gesagt? Keine Lust mehr, die Maus zu wichsen? Was tust du denn sonst so den lieben langen Tag, sag mal? Geht mich nichts an? Willst du, daß Akiko es dir sagt? Du wichst von früh bis spät einen glupschäugigen schwarzen Herrn namens Franklin. Den auf dem Hundertdollarschein. Das ist es! Woher ich das wissen will? Weil andere Möglichkeiten gar nicht in Betracht kommen. Ihr alle tut es. Und merkt dabei gar nicht, wie ihr ihn manuell stimuliert, weil er nämlich unterhalb der Halsbinde gar nichts hat, nur den schwarzen Rand. Jedenfalls seit neunzehnhundertzweiundsiebzig ist das so, als sie die Golddeckung abgeschafft haben. Und trotzdem gehen eure Hände da unten irgendwie zielstrebig auf und ab, und dabei werden bedeutungsvolle Blicke gewechselt. Das kommt dir nicht zufällig pervers vor, QWERTZ, nein? Nur bei Akiko, da ist es pervers? Und dabei hörst du von Franklin ganz bestimmt kein Ooh-ooh-aah! – sonst hätten sie schon in der *Forbes* über dich geschrieben. Und das werden sie gewiß nie tun, QWERTZ. Woher denn auch. Da kannst du vor Anstrengung Blut und Wasser schwitzen, der Franklin guckt dich gar nicht an. Er merkt nicht mal, was du da unterhalb vom schwarzen Oval mit ihm tust, weißt du das? Und wenn du abstürzt, dann fällst du ins Bodenlose, weil er seit zweiundsiebzig dort nichts mehr hat, du fällst ins Nichts, und er sagt zum Abschied nicht mal hi-hi-hi!, sondern schaut so majestätisch und mit verkniffenem Mund in die Ferne wie immer. Verstehst du?

Pervers findet er das. Hat es satt, die Maus zu wichsen. Wenn du so anspruchsvoll bist, mein lieber QWERTZ, dann bring es gefälligst im Leben erst mal zu was und kauf dir anschließend so ein Cyberdingelchen für fünfzehntausend Bucks. Da kannst du auf die Maus gucken und siehst an ihrer Stelle dein Hi-hi-hi. Und für noch mal fünfzehntausend kannst du deinem Hi-hi-hi einen vorgeheizten Synchronvibrostimulator überziehen. Wenn du dann mit der Maus über den Tisch fährst, dann hast du die absolute Illusion, es dir in Echtzeit selber zu besorgen. Aber ehe du soweit bist, müßte Herr Franklin erst noch ein kleines Ooh-ooh! für dich ablassen. Bis jetzt denkt er nicht dran. Und dabei wird es wohl bleiben. Denn wenn ich ehrlich sein darf, QWERTZ, dafür bist du einfach nicht am rechten Ort geboren. Du kannst von Glück reden, wenn du ein hübsches Foto auf dem Bildschirm hast und eine Maus zum Wackeln. Was möchtest du noch für deine hundert Piepen?

Natürlich hundert. Wie? Dann laß uns mal nachrechnen. $ 24.99 für die einfache Mitgliedschaft. $ 14.99 für das Upgrade zur goldenen. Und für $ 59.99, zu ermäßigten Bedingungen, haben wir dich auf die Site *Prinz Genji und seine wilden Buben* abonniert. Was heißt, warum? Das geschieht zu deiner Bequemlichkeit automatisch. Für alle, die die goldene Mitgliedschaft haben. Wobei du wissen mußt, daß der ermäßigte Zugang nur bis zur automatischen Verlängerung deiner goldenen Mitgliedschaft gilt. Danach … Was? Nein, das hast du falsch verstanden, QWERTZ. Das ist die einfache Mitgliedschaft, die nicht automatisch verlängert wird. Die goldene automatisch. Die Platinmitgliedschaft dann wieder nicht automatisch …

Wie? Dann tu's doch. Beschwer dich. Hat alles seine Richtigkeit. Steht in den *terms and conditions*, Seite 21, zweiter Absatz von oben. Goldene Mitglieder erhalten fünfzig Prozent Rabatt beim Abonnement thematischer Seiten zu persönlichen Vorlieben nach aktueller Preisliste … Was? Oh! Wie kannst du so etwas sagen, QWERTZ, nach allem, was zwischen uns war. Oh, nein … Laß es dir von Äffchen Mao erklären, Akiko muß weinen …

Was ist daran unklar, Mann? Ja. Äffchen Mao. Korrekt. Deshalb hast du ja dein Abo für nur $ 59.99. Regulärer Preis wäre $ 119.99, kannst du nachlesen. Noch Fragen? Woher wir deine Vorlieben kennen? Ha, QWERTZ, guck ins Verlaufsprotokoll deines Computers, was da zwischen der nationalbolschewistischen Tageszeitung *Sawtra* und der antiklerikalen Nachrichtenagentur ARI für eine hübsche kleine Adresse steht. Lese ich richtig: *Hot Asian Boys*? Hast du die aufgerufen oder nicht? Drum eben. Da haben wir dich gleich mal auf *Prinz Genji* abonniert. Reg dich nicht auf. Dort ist alles bloß gezeichnet, alles legal – künstlerische Freiheit, nichts weiter. Was man von den *Hot Asian Boys* nun gerade nicht sagen kann, was, QWERTZ? Zufällig reingeraten? Kommt vor, na klar … Bleib cool, Mann, QWERTZ, du bist doch nicht der einzige Pädophile auf der Welt … Was für ein Pädophiler? Willst du das wirklich von mir wissen? Das kann ich dir genau sagen, warte … Ein Vaginal-Pädophiler. Das ist einer, QWERTZ, der's am liebsten mit einem Kindchen treiben will, das noch in der Gebärmutter steckt … Was? Ja, auf was für Ideen sollten wir von der HA fünf sonst kommen, wenn einer von den *Hot Asian Boys* zu den *Pregnant Latino Teens* und von den *Pregnant Latino Teens* zurück zu den *Hot Asian Boys* wechselst? Die einzig naheliegende Vermutung ist, daß du ein Vaginal-Pädo vom islamischen Dschihad bist. Wieso? Na weil du auch noch bei *Kavkaz.org* ein Lesezeichen stehen hast. Wohl um tschetschenische Sprichwörter runterzuladen, was? Weil, die sind lustig, man hat ja sonst nichts zu lachen, was? Tja, ja. Lach nur. Eines Tages hörst du auf zu lachen, du Hund. Wer zuletzt lacht, lacht am besten. Ja, ja. Pervers nennt er das. Meinst du, wir wissen nicht, wer du bist, QWERTZ? IP-Adresse 211.56.67.4, Master Card 5101 2486 0000 4051? Glaubst du, das kriegen wir nicht raus? Wir haben hier alle so das Gefühl, QWERTZ, daß Mascha Porywajewa in kürzester Zeit einknickt … Pervers, sagt er …

Was ist, hast dich wohl eingeschissen inzwischen? Hinlegen! Aufstehen! Hinlegen! Aufstehen! Hinlegen! Aufstehen! Hinlegen! Aufstehen! Hast du's jetzt kapiert, Arschloch? Hinlegen! Aufstehen! Hast du's richtig gut kapiert? Und jetzt schnapp dir den Krug, du Hund, und im Laufschritt zum Bild B, zum Allerheiligsten in Großaufnahme. Im Laufschritt, sag ich, und ohne zu mucksen! Entschuldige dich bei Akiko. Pervers, ich faß es nicht ...

Mao sagt, du hättest jetzt kapiert, QWERTZ? Aber natürlich darfst du reden. Hin und wieder. Nur nicht zu laut. Und nicht ausfällig werden. Nicht ausfällig heißt, der Situation angemessen. Zum Beispiel wenn Akiko Ooh-aah! sagt, dann antwortest du leise: Aaah! Aaah! Paß aber auf, daß es nicht wie Allah! klingt, sonst kannst du dich nach allem, was du auf dem Kerbholz hast, nicht mehr rausreden. Dann kann dir auch Äffchen Mao nicht mehr helfen. Klar oder nicht klar? Und sieh zu, daß du mit der Maus auf Zack kommst, schlaf nicht wieder ein dabei. Du mußt jetzt Punkte sammeln. Und nicht Löcher in die Luft gucken. Leben – das ist Bewegung. Schneller. Noch schneller. Du solltest mit dem zufrieden sein, was du hast, QWERTZ, denk an die Menschen in Afrika, besonders in manchen Äquatorregionen, die können davon nur träumen. Ooh-ooh-aah! Die Welt behagt ihm nicht, man will es nicht glauben. Du weißt ja gar nicht, was für ein Glück du hast, daß du an mich geraten bist. Ooh-ooh-aah! Ooh-ooh-aah! Sonst würdest du nicht so dämlich daherreden. Ooh-ooh-aah! Ooh-ooh-aah! Ooh-ooh-aah! Glaube ja nicht, daß du klüger bist als andere! Besser, du siehst ein, daß du dümmer bist, sonst hättest du ja mehr Geld. Ooh-ooh-aah! Ooh-ooh-aah! Ooh-ooh-aah! Und wenn du ganz spezielle Wünsche hast, heimliche Träume – darüber läßt sich reden. Nur nicht zu laut, und nur zu uns, klar oder nicht klar? Ooh-ooh-aah! Ooh-ooh-aah! Ooh-ooh-aah! Du kriegst von uns die Platinmitgliedschaft mit Ehrennummer, und dann hast du jede Sorte Fotos im Stall, die du dir vorstellen kannst. Ooh-ooh-aah! Ooh-ooh-aah!

Was denn, QWERTZ? Wieso nicht? Da geht es doch erst richtig zur Sache! Analsex! Du kriegst das Abo, keine Widerrede. Ooh-ooh-aah! Sogar mit Rabatt. Aber du mußt noch lernen, wie man sich ordentlich benimmt im Leben. Was man sagen darf und was nicht, und wenn, dann bei welcher Gelegenheit. Ooh-ooh-aah! Ooh-ooh-aah! Ooh-ooh-aah! Und für den Fall, daß du es nicht begreifst, haben wir ein Karaoke-Fenster eingerichtet. Immer wenn *Aah-aah!* auf dem Bildschirm erscheint, sprichst du es aus. Klar oder nicht klar? Ob das klar ist? Na also. Schrei doch nicht so. Nebenan die Nachbarn schlafen schon, die müssen früh auf Arbeit. Und immer schön die Maus bewegen! Das Ärgste, was einem im Leben passieren kann, ist, an Tempo zu verlieren. Na, siehst du, warum nicht gleich so … Ooh-ooh-aah! Ooh-ooh-aah! Ooh-ooh-aah! Ooh-ooh-aah! Wie ihm der Schweiß auf die Stirn tritt vor lauter Spaß, dem Dummerchen. Akiko fühlt sich gut mit dir, klar oder nicht klar? Ooh-ooh-aah! Ooh-ooh-aah! Ooh-ooh-aah! Aah-ooh-uhuaaah!!!

Focus-Group

Auf den ersten Blick schien es so, als schwebte das Lichtwesen ohne jede Basis im Raum – einer Wolke gleich, durch die das Sonnenlicht dringt. Als die Augen sich ein wenig an das Leuchten gewöhnt hatten, war zu erkennen, daß es doch eine Basis gab. Das Wesen thronte (ob sitzend oder liegend, ließ sich der rundlichen Umrisse wegen schwer sagen) in einem Sessel, der genausoviel von einer überdimensionalen Lilienblüte wie von einer Art-deco-Lampe hatte. Dieses Möbel schwang auf dünnem silbrigem Fuß, von dem drei Seitentriebe abgingen, die in knospenartigen Verdickungen endeten.

Eigentlich erschien der Stengel viel zu fragil, um auch nur das geringste Gewicht zu tragen. Doch die sieben Entschlafenen (was für ein dummes Wort! hätte jeder von ihnen gesagt), die eben erst der Finsternis entkommen und in den sanften Lichtkreis eingetaucht waren, nun im Kreis um den floralen Leuchtkörper herumsaßen, scherten sich nicht darum, wieviel dieses Wesen wog, ob es überhaupt ein Gewicht hatte. Etwas anderes beschäftigte sie: Wenn schon sein Rücken soviel Licht gab, wie mochte erst sein Antlitz glänzen? Wie seine Augen strahlen?

Die Frage stellten sich alle sieben. Denn jeder von ihnen glaubte einen runden Rücken, Schultern und eine über den Kopf gezogene Kapuze vor sich zu sehen, weshalb er annahm, die Gegenübersitzenden könnten dem Lichtwesen ins Gesicht sehen. Das war ein Trugschluß, doch keiner ahnte, wie es sich wirklich verhielt. Dafür hörten sie alle die Stimme: ein angenehmes Organ, wohlwollend heiter und dabei seltsam vertraut, wie irgendein Fernsehsprecher.

»Also«, sprach das Lichtwesen, »ziehen wir eine Zwischenbilanz. Bei allem Respekt vor dem jahrhundertealten Kulturerbe hat keiner von uns Lust, in einem Apfelgarten mit Schlangen zu wohnen. Keiner möchte genötigt sein, durch finstere

Höhlen zu streifen, auf der Suche nach Wasser durch endlose Wüsten zu irren, Palmen zu erklimmen, um Kokosnüsse zu ernten und so weiter. Wir wollen nicht, daß Dornen sich in unsere Sohlen bohren und Mücken uns den nächtlichen Schlaf rauben. Wir wollen überhaupt keine Extremabenteuer – nach dem Tunnel ist keiner mehr scharf auf neue Attraktionen, nehme ich an. Schätze ich die Situation richtig ein? Ich sehe, es ist so, ha-ha ... Daraus ließe sich der schlichte Schluß ziehen: Wir würden uns von nun an lieber auf angenehme Empfindungen konzentrieren. Korrekt? Ha-ha-ha! Bliebe die Frage zu klären, welche das sein sollen. Was meint dazu ... sagen wir: Desdemona?«

Das Lichtwesen ging die Sache mit Humor an. Alle hatten sie von ihm komische, etwas kindische Spitznamen verpaßt bekommen. Übrigens hatte das vielleicht weniger mit Humor zu tun als mit dem Hintergedanken, die irdischen Namen für immer vergessen zu machen.

»Was gibt es da groß zu überlegen«, sagte die dunkelhäutige Frau mit den Ohrreifen. »Jeder zählt auf, was ihm gefällt. Und dann wird die Liste abgetanzt.«

Sie sprach ein Russisch mit starkem ukrainischem Akzent, was aber keinen verwunderte, denn man wußte bereits, daß sie einer odessitischen Hafenaffäre entstammte. Ihre dunkle Haut und der kleinrussische Sound erweckten zusammengenommen eher den Eindruck von Unverdorbenheit und Frische.

»Gut, probieren wir es so«, erklärte das Lichtwesen sich einverstanden. »Barbie fängt an.«

»Ich?« kicherte die Blondine, die tatsächlich einer Barbiepuppe nach der zweiten Scheidung ähnelte. »Meine Hobbys sind Segeln und Tiefseetauchen.«

Barbie war nicht mehr die Allerjüngste, doch immer noch sexy. Sie trug ein enganliegendes T-Shirt mit der Aufschrift *I wish these were brains*. Die spitzen Nippel waren durch den Stoff zu erkennen.

»Montigomo Habichtkralle?« fragte das Lichtwesen weiter.

»Ich bin ein Leckermaul«, sagte der links neben Barbie sitzende Mann mit der Adlernase und dem *Montigomo*-Tattoo am Arm. »Ein Vielfraß, könnte man sagen. Ich mag Schokolade, Pfannkuchen mit Puderzucker, Kuchen jeder Art. Aber mein Arzt rät zum Verzicht, weil wir die Neigung zu Diabetes in der Familie haben.«

Die Tätowierung paßte gut zu ihm: Mit seinen kantigen Gesichtszügen und der dunkelroten Gesichtsfarbe, typisch für Bewohner tropischer Länder und Alkoholiker mit kaputten Nieren, sah er tatsächlich aus wie ein Indianer.

»Vor Diabetes mußt du keine Angst mehr haben. Sündiget fröhlich und ohne zu reuen, wie es so schön heißt ... Und was sagt unsere Dame mit dem Hündchen? Wahrscheinlich sind Hündchen ihre große Leidenschaft?«

Mit diesen Worten wandte das Lichtwesen sich an eine Frau in mittleren Jahren mit kurzgeschnittenem Haar, die ein japanisches Täschchen in Pekinesenform mit Reißverschluß am Rükken auf ihrem Schoß liegen hatte. Der Pekinese sah so echt aus, daß er nicht nur unter Jenseitsbedingungen für lebendig hätte gehalten werden können.

»Das würde ich nicht sagen«, erwiderte die Dame mit dem Hündchen. »Es scheint mir eine sehr oberflächliche Betrachtungsweise zu sein. So als würde ich Sie einen passionierten Arschwackler nennen, nur weil Sie auf einem Drehstuhl sitzen.«

Das Lichtwesen brach in Lachen aus. Die übrigen lachten mit – es schmeichelte ihnen, daß das Lichtwesen sich so mit ihnen gemein machte. Die Dame mit dem Hündchen wartete, bis alle mit Lachen fertig waren, und sagte:

»Ich besäße gern eine Videothek sämtlicher europäischer Filme, von der Erfindung des Kinos an. Ich möchte alles sehen können, was je irgendwo gedreht wurde. Dies für den Anfang.«

»Desdemona?«

»Ich liebe es, die Nacht durchzutanzen«, sagte Desdemona. »Allerdings erst, nachdem ich ein, zwei Pillen eingeworfen hab.

Wenn ich also sage, ich täte am liebsten immerzu tanzen, muß man das komplex sehen.«

»Teletubby, du?«

»Ich?« fragte ein Dicker zurück, in dessen Gesicht viele kleine Schweißperlen standen. »Ich liebe freien, ungebundenen Sex.«

Teletubby war nicht einfach dick – er war fett, abstoßend fett. Er sah aus wie ein mit Wasser gefülltes, an mehreren Stellen abgeschnürtes Präservativ, wo die Bindfäden in den Falten verschwanden. Vielleicht lag es an dieser Ähnlichkeit – in obszöner Weise unterstrichen von dem schweißnassen Hemd –, daß einem der Wunsch nach ungebundenem Sex verständlich vorkam.

»Ah ja?« fragte das Lichtwesen. »Und was ist das?«

»Na«, machte Teletuby, »in dem Sinne wie bei Depeche mode, soll ich's vorsingen? No hidden catch, no strings attached – this is free love ...«

»Das scheint mir eher eine Neigung zum Komplizierten zu sein«, sagte das Lichtwesen, und alle außer dem Dicken lachten. »Mutter Heimat?«

»Ich gucke gern Fußball im Fernsehen«, sagte eine weißhaarige Alte im roten Kleid, die tatsächlich ein bißchen wie Mutter Heimat aussah, frisch vom Rote-Armee-Plakat entlassen. »Aber das mehr so nebenbei. Am liebsten ... Ihr werdet mich doch nicht auslachen? Also am liebsten habe ich dieses französische Bügelwasser. Wie es mir meine Tochter von der Reise mitgebracht hat. Das duftet so wunderbar! Damit zu bügeln ist das reine Vergnügen. Gardinen bügeln mit diesem Wasser, das machte ich am liebsten immerzu. Und draußen müßte Frühling sein. Und wenn's um's Essen geht, dann hartgekochte Eier mit schwarzem Kaviar gefüllt.«

»Verstehe. Na und du, Musterschüler?«

Ein junger Mann mit runder Brille lächelte verlegen.

»Denkt ja nicht, daß ich infantil bin«, sagte er. »Ich mag Videospiele, aber nicht die am Computer, sondern für PlayStation 2. Oder wenigstens Xbox. Bei Computern ist meistens entweder die Videokarte Mist, oder der Ton stimmt nicht ... Man hat ständig Probleme ...«

»Hier wirst du keine haben«, sprach das Lichtwesen. »Sag bloß, das ist schon alles?«

»Nein«, sagte der Musterschüler. »Eine Sache fuchst mich an diesen Spielen besonders, egal, ob PlayStation 1 oder 2. Man hat immer den Eindruck, als wären sie hauptsächlich dazu da, so viel wie möglich Lebenszeit der lieben Kinderlein zu verpulvern. Deshalb muß man tausendmal ein und dieselbe Operation wiederholen, immer wieder dieselben Levels durchlaufen, noch dazu irgendwelche blöden Listen ausfüllen – nur damit so ein Spiel ja nicht unter fünfzig Stunden dauert. Und das, obwohl es einen eigentlich bloß eine, im Höchstfall zwei Stunden fesseln kann. Ich würde gerne mal Spiele spielen, wo alle Kicks in einem Minimum an Zeit komprimiert sind. Ginge das?«

»Klar«, antwortete das Lichtwesen, und es klang beinahe verwundert. »Ich muß staunen über euch, Freunde. Hat es sich gelohnt, um solcher Kleinigkeiten willen zu sterben?«

»Denken Sie bitte nicht schlecht von uns!« sagte die Dame mit dem Hündchen. »Wir sind nicht so primitiv, wie Sie glauben. Jeder hat einfach nur das genannt, was ihm zuerst einfiel. Dabei ist es doch immer so, daß, wenn ein Wunsch erfüllt ist, der nächste auftaucht. Nach dem Essen kriegt man Lust zu tanzen, nach dem Tanzen will man plötzlich, was weiß ich, Gardinen bügeln. Wenn man ein Weilchen nachdenkt, kann man die Liste ins Endlose verlängern. Allein irgendwelches leckeres Essen könnte ich einen halben Tag lang aufzählen.«

»In der Bibel steht: Der Mensch lebt nicht vom Brot allein«, sagte Montigomo leise.

»Stimmt«, sagte Desdemona. »Er will auch Spiele haben. Das bekakeln wir ja grade.«

»Die Bibel, das ist lange her«, sagte Barbie. »Seitdem hat sich viel verändert auf der Welt. Man hat jetzt so viele Produkte und Bedürfnisse, die in keine der beiden Kategorien passen.«

»Was heißt: jetzt?« fragte Mutter Heimat. »Das gab es schon immer. Aber Produkte ist nicht das richtige Wort. Mich hat zum Beispiel als Kind nichts so gefreut wie eine Eins in der Schule. Ein Produkt würde ich das nicht nennen!«

»Man darf das nicht so eng sehen«, gab der Musterschüler zu bedenken. »Einsen in der Schule, das ist bloß das eine. Wenn ich es recht verstehe, geht es um Genüsse moralischer Art.«

»Es geht nicht um einzelne Genüsse, es geht um das Genießen an sich«, warf Teletubby ein. »Läuft alles auf dasselbe hinaus.«

»Und was haben wir davon?« fragte Desdemona.

»Man weiß, daß man richtig gehandelt hat«, sagte Mutter Heimat bestimmt. »Ein Kind aus einem brennenden Haus gerettet zum Beispiel. Oder einen Übeltäter der verdienten Strafe zugeführt.«

Plötzlich fuhr Montigomo zusammen. »Was ist das denn?« rief er und zeigte mit dem Finger auf Desdemona. »Seht doch, was mit ihren Ohrreifen ist!«

Tatsächlich ging mit Desdemonas Ohrreifen Seltsames vor. Sie waren angeschwollen und hingen schwer herunter, nicht mehr golden, sondern grün. Und es waren keine Ohrreife mehr, es waren …

»Schlangen!« flüsterte Montigomo entsetzt.

Es stimmte: Die Reife hatten sich in gekringelte kleine grüne Nattern verwandelt – wann, hatte keiner gesehen. Sie sahen aus wie noch nicht fertig, so als hätte ein Holzschnitzer erst vor kurzem daran zu arbeiten angefangen, nur stellenweise waren schon deutlich feuchtglänzende Schuppen zu erkennen. Desdemona griff danach, Verwunderung malte sich auf ihrem Gesicht.

»Sie sind kalt!« klagte sie, »kalt und feucht! Was ist das?«

»Beruhigt euch!«

Die Stimme des Lichtwesens übertönte alles Geraune und Gewisper, Stille trat ein.

»Ihr dürft nicht vergessen, daß ihr gestorben seid. Was euch noch wie euer Körper vorkommt, ist nur die Erinnerung an das, was ihr einmal wart. Diese Erinnerung ist wie ein Traum. Und im Traum ist alles relativ, man geht auf dünnem Eis. Habt keine Angst, was immer auch geschieht. Das Ärgste liegt hinter euch.«

»Darf ich etwas fragen?« meldete sich Montigomo. »Als religiös empfindender Mensch interessiert mich das. Es gibt so ein Dogma der Wiederauferstehung im Körper. Ich hab in einem geistlichen Buch gelesen, daß man den Körper nach dem Tode noch braucht, um ins Paradies zu gelangen, weil auch die Seele irgendeiner Konkretion bedarf. Weil man sonst nicht mehr durchblickt. Stimmt das?«

»Das könnte man so sagen«, antwortete das Lichtwesen. »Wobei dieser Körper illusorisch ist. Und darum ist es ein natürlicher Vorgang, daß er sich verändert. So etwas wie Akne in der Pubertät, wißt ihr noch? Wenn das losgeht, kann man sich nichts Schlimmeres vorstellen als diese Pickel. Und dabei sind es die Vorboten des Glücks, was, Teletubby? Wie? Ich höre nichts ... Das hier ist ähnlich.«

»Aber wieso denn die Ohrreife?« fragte Desdemona. »Die gehören doch gar nicht zum Körper, die sind doch weiß ich was ...«

»Da ist kein Unterschied. Nach dem Tod erscheint jeder Mensch allmächtig. Und jeder Geistesblitz wird sichtbar. Das kann die Quelle ewiger Seligkeit sein, doch zugleich eine große Gefahr. Vor lauter Schreck über den eigenen Schatten könnt ihr euch genauso ins ewige Leiden katapultieren wie in unvorstellbares Glück. Dazu bin ich hier, um euch in diesem Punkt zur Seite zu stehen. Ich bin euer Reiseführer, Freunde.«

»Was soll ich denn jetzt machen?« fragte Desdemona.

»Einfach nicht darauf achten«, empfahl das Lichtwesen. »Denkt einfach, ihr träumt. Und sollten euch diese Manifestationen zur Last fallen, dann versuchen wir unsere Diskussion einfach ein bißchen zu straffen. Sobald ihr ins Paradies eingetreten seid, wird von diesem zufälligen Schlenker des Bewußtseins keine Spur zurückbleiben. Also, konzentrieren wir uns auf das Wesentliche. Wo waren wir stehengeblieben?«

»Beim moralischen Genuß«, sagte Teletubby.

»Genau«, sagte Montigomo. »Wie wir ihn zum Beispiel empfinden, wenn wir das Böse bezwungen haben. Wobei es sehr darauf ankommt, wer was als das Böse ansieht. Wenn Sie zum Beispiel«, er schaute zu Teletubby hinüber, »ein Polizeikommissar auf der Jagd nach Sexualverbrechern sind, dann ist der Sexualverbrecher für Sie das Böse. Wenn Sie aber selbst dieser Verbrecher sind«, und wieder schaute er zu Teletubby hin, »dann ist der Kommissar für Sie der Inbegriff des Bösen. Es sei denn, Sie sind Kommissar und Sexualverbrecher zugleich.«

»So ist es«, sagte das Lichtwesen lachend. »Und was fangen wir mit dieser Unschärfe an?«

»Mir scheint, da ist keine Unschärfe«, widersprach Barbie. »Verschiedene Leute empfinden bei verschiedener Gelegenheit moralische Befriedigung. Und die ist immer gleich! Wir alle wissen, wie sie sich anfühlt, nicht wahr? Legen wir sie doch einfach zu den anderen Dingen in unseren Warenkorb und fertig!«

»Das kommt mir ein bißchen zu einfach vor«, sagte Teletubby mißtrauisch.

»Ich sage es ja«, warf das Lichtwesen ein, »Teletubby mag es kompliziert.«

»Barbie hat recht«, sagte Desdemona, darauf achtgebend, daß sich beim Sprechen nur ihr Mund bewegte und die Schlangen an den Ohren nicht ins Pendeln gerieten. »Wir müssen uns nicht noch zusätzlich Probleme ausdenken. Die kosten bloß Zeit. Was mir persönlich nicht sehr angenehm wäre. Falls das jemand noch nicht begriffen hat.«

»Ich habe auch das Gefühl, daß wir auf der Stelle treten«, meinte Montigomo. »Ein nach unseren Vorstellungen eingerichtetes Paradies müßte aussehen wie ein Gewerkschaftssanatorium. Wir brauchen einen qualitativen Sprung nach vorn. Den Durchbruch. Wer geht es an?«

Eine Zeitlang dachten alle angestrengt nach. Bis der Musterschüler sich auf einmal an den Kopf griff und einen triumphierenden Schrei ausstieß.

»Heureka! Ich hab's! Ich weiß, wo das Problem ist! Ich glaube, wir sind auf dem völlig falschen Dampfer!«

»Na, dann bitte«, sagte das Lichtwesen.

»Kurz bevor ich ... Also ich war auf der Durchreise in Paris, da habe ich im Fernsehen eine Boeing-Reklame gesehen. Es ging los mit viel schattigem Grün, sprudelndem Quell, auf Wiesen ausgerollten Teppichen, so eine Art islamisches Paradies, ewiges Picknick mit Huris und so. Wenn mich mein Gedächtnis nicht trügt, jedenfalls. Und dann erschien auf dem Bildschirm ein großes blaugraues Flugzeug und darunter die Zeile: Boeing. Being there is everything. Nur ihretwegen ist mir der Clip in Erinnerung geblieben – wieso zeigen die nach dem elften September einen solchen Scheiß, hab ich noch gedacht ...«

»Ja, und was hat das mit uns zu tun?« fragte Barbie.

»Diese Reklame sagt es doch. Everything. Was wir bis jetzt besprochen haben, war alles something. Das Paradies dagegen ist everything. Kapiert? Being there is everything!«

»Also wie jetzt?« fragte Desdemona. »Alles zusammen oder wie?«

»Alles zusammen und alles sofort«, bestätigte Montigomo. »Fi-... äh, Fisch essen und Fahrrad fahren zum Beispiel.«

»Ich verstehe eure Ironie«, erwiderte der Musterschüler, »aber genau darum geht es! Haargenau, wie ihr es sagt! Jede Auswahl erlegt Beschränkungen auf. Weil sie das andere ausschließt, wenigstens vorläufig. Dies zum einen. Zum anderen richtet sich die Art und Weise, in der wir genießen, nach dem, was unsere Sinnesorgane hergeben. Wünschen können wir uns nur das, was wir kennen. Was zumindest schon einmal im Bereich des Möglichen war ... Drücke ich mich verständlich aus?«

»Nicht sehr«, bekannte Mutter Heimat.

»Das Spektrum unserer Wünsche ist durch die Erfahrung unseres Körpers begrenzt. Wir erinnern uns an schöne Fahrradausflüge und an schönen Sex – weil wir Augen hatten, um zu sehen, Füße, um zu treten, und ... na ihr wißt schon. Aber die Vorstellung dessen, was zwischen beidem liegt und weder das eine noch das andere ist, will uns nicht gelingen! Das ist unsere Behinderung.«

»Vielleicht sollte man nicht gleich von Behinderung reden«, bemerkte das Lichtwesen, »aber ansonsten Kompliment! Eine glänzende Herleitung!«

Der Musterschüler strahlte. Nun freute es ihn sogar, daß das Lichtwesen mit dem Rücken zu ihm saß. Bei allem, was er über sich wußte, schien ihm diese Nichtachtung seiner Person eine überraschend annehmbare Form der Sühne im Jenseits zu sein, nur eine Art Läuterungsritual vor dem Eintritt in die ewige Glückseligkeit.

»Natürlich!« sagte er mit einem ergebenen Blick hinauf zum Sessel. »Egal, was wir uns ausgesucht haben: Anschließend wollen wir etwas anderes und dann noch etwas ganz anderes, und so hetzen wir immer weiter. Aber ist euch schon einmal der Gedanke gekommen, daß es unvergleichlich höhere Formen des Genusses geben könnte, die all das in sich vereinen, was wir einzeln aufgezählt haben? Würdet ihr es für möglich halten, daß der Film, den wir uns anschauen, auch gleichzeitig satt machen kann? Habt ihr euch schon einmal ausgemalt, wie es wäre, wenn der Kaviar, den wir verspeisen, die Einbildung animierte und eine unbändige Neugier auf das Innenleben jeder einzelnen verschluckten Kaviarperle erzeugte? Hat jemand von euch schon daran gedacht, einen Geschlechtsakt zu vollziehen, der zugleich höchste moralische Befriedigung mit sich bringt?«

»Na ja«, sagte Teletubby. »Den kannst du im Straflager in jeder Baracke finden.«

Mutter Heimat hüstelte streng, doch das Lichtwesen lachte so herzlich und so ansteckend, daß am Ende alle einstimmten.

»I-i-ih!« kreischte Barbie.

Alles schaute in ihre Richtung. Auf Barbies T-Shirt, dort, wo zuvor der Wunsch nach Hirnmassezuwachs formuliert gewesen war, befand sich jetzt etwas Feuchtes, Großes, das tatsächlich aussah wie die Hemisphären eines freiliegenden Gehirns: eine zweigeteilte Anhäufung grauvioletter Wölbungen, Windungen und Blutgefäße, glänzend und pulsierend.

»Was ist das?«

»Immer dasselbe«, sprach das Lichtwesen. »Die im Bewußtsein eingelagerten Samen der Vergangenheit schlagen aus. Ursachen werden zu Folgen.«

»Wieso Samen?« kreischte Barbie. »Ursachen und Folgen? Soll das heißen, ich hätte früher mit den Titten gedacht, oder wie?«

»Wahrscheinlich nicht«, erwiderte das Lichtwesen, »das ist es ja gerade. Wie konntest du nur dieses T-Shirt anziehen? Was hast du dir dabei gedacht?«

»Gar nichts! Nur so!«

»Das scheint genug gewesen zu sein. Die geringste Geistesregung kann hier bei uns sichtbare Gestalt annehmen. Tragt es mit Fassung, Freunde, bald habt ihr es hinter euch. Wir sind schon fast auf der Zielgeraden ... Und du zupf nicht daran herum, Liebes, denk einfach, du hättest ein nasses Shirt an, basta ... Hören wir, was unser Pfiffikus noch zu sagen hat! Wie sehen deine Schlußfolgerungen aus?«

Der Musterschüler begriff, daß er gemeint war.

»Ich habe das noch nicht zu Ende gedacht«, sagte er. »Aber Montigomo dürfte recht haben mit dem, was er sagt. Alles zusammen und auf einmal.«

»Wenn wir das aber gar nicht wollen?« wandte Desdemona ein. »Ich für mein Teil kann auf diese Schlangen an den Ohren sehr gut verzichten. An Prostatakrebs hätte ich auch kein Interesse. Zumal ich keine Prostata habe.«

»Dann verkünden wir doch einfach, wir möchten alles das, was uns gefällt. Und alles zugleich. Ginge das?«

»Natürlich«, sprach das Lichtwesen. »Warum nicht?«

»So einfach?« fragte Teletubby.

»Nein, warum einfach, wenn es auch kompliziert geht!« antwortete das Lichtwesen. Wieder großes Gelächter, selbst Barbie lachte unter Tränen mit.

»Ich versuche unser Anliegen noch einmal klar zu formulieren«, ergriff der Musterschüler wieder das Wort. »Wir möchten … Wir möchten in dem zu konsumierenden Produkt beziehungsweise der entsprechenden Dienstleistung all jene Qualitäten und Eigenschaften vereint sehen, die uns aus der Fülle sämtlicher zu Lebzeiten zur Lustgewinnung herangezogenen Mittel als besonders annehmlich in Erinnerung geblieben sind. Wobei diese Qualitäten und Eigenschaften synchron, ohne jegliche Grenzen und Hindernisse räumlicher, zeitlicher und sonstiger Art zur Wirkung kommen sollten.«

»Joi! Das ist mir ein Jurist!« brummelte Mutter Heimat schwer beeindruckt.

»So etwas gibt es nicht«, sagte Desdemona.

»Woher wollen Sie das wissen?« fragte der Musterschüler.

»Das weiß man einfach. Wenn es das gäbe, es wäre längst in allen Lifestyle-Journalen beworben worden.« Aus Desdemonas Mund klangen die Fremdwörter lustig, nach »steil« und »Schnallen«.

»Vielleicht wird es erst noch erfunden«, sagte der Musterschüler. »Nicht bloß vielleicht, ganz bestimmt sogar! Wenn schon wir hier darauf kommen, wird es der Menschheit auch einfallen!«

»Der junge Mann ist ein Prophet«, sprach das Lichtwesen. »Man findet keine Worte. Applaus, Applaus!«

Bereitwillig klatschten die Diskussionsteilnehmer in die Hände.

Sanft errötend, stand der Musterschüler auf und verbeugte sich. Doch der Zauber des Moments hielt nicht lange an: Als erste bemerkte Mutter Heimat, daß die Brille des Propheten von vielen kleinen Krallen umwuchert war – kurz und scharf, furchtbar anzusehen. Der Versuch, die Brille abzunehmen, scheiterte – das Gestell schien hinter den Ohren festgewachsen zu sein.

Derweil ging auch mit Teletubby Ungeheuerliches vor. Reihenweise rote Flecken zeichneten sich auf seinem Hemd ab, erst blaß, dann immer kräftiger und blutiger werdend, wie belichtetes Fotopapier, das man ins Entwicklerbad geworfen hat. Angewidert sah der Dicke an sich herab, streckte die Arme seitwärts ab, als fürchtete er, sich die Hände schmutzig zu machen. Man mußte den Eindruck gewinnen, der Ärmste wäre mit Stacheldraht umwickelt worden, den nun einer langsam straffzog, und die Dornen bohrten sich unter der Kleidung ins Fleisch. Zum Glück lenkte Montigomo die Anwesenden von dem unerfreulichen Anblick ab.

»Ich kann es mir nicht recht vorstellen, daß jemand so etwas erfindet«, sagte er. »Nicht mal in ferner Zukunft. Der Mensch bleibt doch trotzdem, wie er ist.«

»Na und. Das tut er seit Jahrtausenden, und trotzdem erfindet er jedes Jahr etwas dazu«, hielt Barbie dagegen. »Und jedesmal ist man überrascht. Ich bin mir sicher, in hundert Jahren werden Dinge erfunden, die können wir uns gar nicht vorstellen.«

»Aber meine Herren, das ändert die Sache radikal«, sagte Teletubby. »Das bedeutet ja, daß wir hier eine Wahl treffen müssen, ohne ausreichend informiert zu sein. Das wäre das gleiche, als sollte man im Restaurant bestellen und hat noch nicht mal in die Speisekarte geguckt.«

»Ja, wie sonst?« fragte die Dame mit dem Hündchen. »In der Zukunft steckt man nun mal nicht drin.«

»Wieso nicht«, sagte Barbie. »Wenn ich recht verstanden habe, dürfen wir uns alles wünschen, was uns genehm ist. Dann sollten wir uns zuerst mal den Überblick verschaffen, was so alles in Frage kommt. Das komplette Angebot abfragen, sozusagen.«

Aller Augen richteten sich auf das Lichtwesen. Das schwieg sich aus, obwohl man ihm ansah, daß es mit dieser Frage gerechnet hatte.

»Unser Jurist muß noch mal ran«, sagte Mutter Heimat. »Könntest du es uns nicht wieder so verklickern, daß es keiner mehr versteht?«

»Was wir in Erfahrung bringen wollen, ist«, begann der Musterschüler, »ob in der Zukunft mit einem Produkt oder einem Verfahren zu rechnen ist, das es ermöglichte, dem von uns vorhin formulierten Ideal nahezukommen? Der grenzenlosen Lust am grenzenlosen Konsum?«

»Das kommt mit Sicherheit«, sagte das Lichtwesen.

»Gut«, fuhr der Musterschüler fort, »ob sich dann vielleicht jetzt schon einmal ein Blick in diese Zukunft werfen ließe? Um zu verstehen, wovon die Rede ist? Eine gewisse Vorstellung zu bekommen? So ganz im groben?«

»Geht alles zu machen«, sagte das Lichtwesen. »Nur nicht erschrecken dabei!«

Im nächsten Augenblick war es mitsamt seinem Blütenkelchsessel verschwunden. Nur der Stengel mit den drei Seitentrieben stand noch da. Allerdings auf einer Bühne, in einem Saal voller Menschen, die alle in etwas wie Skianzügen verschiedenster Farbe steckten. Das war zumindest der Eindruck des Musterschülers, der sich in der ersten Reihe sitzen sah.

Außer dem metallenen Stengel stand noch ein Podium auf der Bühne. Die Skiläufer rings um ihn applaudierten frenetisch einem Redner, der dort oben stand und ebenso gekleidet war wie sie. Ungeachtet der Beifallsstürme setzte er seine Ausführungen fort, die man des Lärms wegen nicht verstand, doch lief der Vortrag in Leuchtschrift über einen großen Bildschirm, der die ganze Wand oberhalb des Podiums einnahm, und das in zehn verschiedenen Sprachen. Ganz oben, noch oberhalb des Streifens mit den chinesischen Zeichen, lief der englische Text:

... nourishment and entertainment will meet and unite in a single safe, colorful and crispy product, shimmering with nuances of taste and meaning ...

Die eigene Sprache befand sich viel weiter unten, außerdem hinkte die Übersetzung hinterher, was den Vorteil hatte, daß der Musterschüler den Text von Anfang an mitbekam:

Der unaufhaltsame Vorwärtsdrang der Menschheit, das Fortschreiten der großen technologischen Revolution werden unausbleiblich dazu führen, daß Brot und Spiele sich einander annähern und zu einem sicheren, knusprigen, ansehnlichen, geistig und geschmacklich gleichermaßen schillernden Produkt verschmelzen. Der Verbrauch dieses absoluten Produkts wird zu einem nie dagewesenen Akt, worin der überbordende Strom sexueller Ekstase, erfolgreiches Shopping, hochklassiger Hedonismus und hundertprozentiges Einverständnis mit allem, was auf der Leinwand und im Leben passiert, in eins finden. Dies wird der wahre Gipfelpunkt des materiellen Fortschritts sein, welcher der jahrhundertelangen geistigen Wanderschaft des Menschen einen endgültigen Sinn gibt, die Krönung jenes langen und quälenden Weges der Auferstehung aus dem Dunkel animalischer Existenz hin zur maximalen Selbstverwirklichung des Menschen als Spezies, es wird der Akt der höchsten Erfüllung sein, worin sich ...

Der englische Text wirkte eleganter und kam ohne die Euphemismen aus, mit denen sich der augenscheinlich improvisierende Synchronübersetzer behalf: Anstelle des *absoluten Produkts* stand dort *entertourishment,* und der Akt höchster Erfüllung, in dem alle irdischen Freuden zusammenfanden, hieß *shopulation.*

Der Musterschüler war neugierig, wie sich der Übersetzer beim letztgenannten Begriff aus der Affäre ziehen würde, sein Blick wanderte zum unteren Bildschirmrand – doch da verschwanden Saal und Podium so plötzlich, wie sie zuvor aufgetaucht waren, an ihre Stelle kehrte das Lichtwesen zurück. Der Blütenkelch, in dem es thronte, flammte im selben Moment auf, in dem die Skiläuferversammlung in der Finsternis untertauchte. Allein der Stengel blieb, wo er war, und dem Musterschüler kam der peinliche Gedanke, es könnte sich um eine Art Sendemast handeln, der eine Fata Morgana nach der anderen abstrahlte.

Ein paar Sekunden waren alle stumm damit beschäftigt, die Fassung wiederzugewinnen.

»Ja, sagen Sie mal«, brach Mutter Heimat das Schweigen, »was war denn das, was Sie uns da eben vorgeführt haben? Doch nicht etwa die Zukunft?«

»3D-Kino«, warf Teletubby lässig hin. »Oder eine Halluzination.«

Die Flecken auf seinem Hemd waren inzwischen grellrot.

»Scheint so, als bauten sie da das Paradies auf Erden«, meinte Desdemona. »Man könnte glatt neidisch werden.«

»Dazu besteht kein Grund«, sprach das Lichtwesen. »Selbst wenn es ihnen gelänge, das Paradies auf Erden zu errichten – was meint ihr denn, was euch im Himmel erwartet? Selbst das Beste, was von Menschenhand erschaffen wurde, bleibt ein Menschenwerk, denn …«

Das Lichtwesen machte eine Kunstpause.

»… wem sonst sollte es nützen?« vollendete es flüsternd seine rhetorische Frage und lachte.

»Trotzdem wüßte ich gern, was das war«, sagte die Dame mit dem Hündchen. »Kann mir das einer erklären?«

»Logisch betrachtet«, sagte Montigomo, »muß es um eine Apparatur gegangen sein, die genau das realisiert, wovon wir die ganze Zeit reden. Falls es nicht doch um einen neuen Zahnarztstuhl ging, was mich aber sehr wundern würde.«

»Vielleicht könnten Sie uns das erklären?« fragte Mutter Heimat zaghaft in Richtung Liliensessel.

»Wie ihr bereits scharfsinnig erraten habt«, sprach das Lichtwesen, »ging es um einen Apparat, der in fernerer Zukunft auf Erden auftauchen wird. In ihm wird sich der jahrhundertealte

Menschheitstraum verwirklichen, von dem die Menschheit all die Jahrhunderte nichts gemerkt hat, obwohl die Lösung so nahe lag, daß ihr sie heute ohne große Mühe, durch elementare logische Analyse gefunden habt. Es ist nicht einfach bloß eine Maschine. Es ist etwas viel Gewaltigeres ...«

»Ich hab's!« juchzte der Musterschüler. »Ich weiß es! Mir ist es eben eingefallen!«

Das Lichtwesen verstummte.

»Es geht um die Wiederkehr Christi! Das Jüngste Gericht!«

»Red keinen Unfug«, raunzte Montigomo.

»Aber ja doch«, fuhr der Musterschüler fort, »die Menschen warten darauf, daß Gott zu ihnen als Mensch zurückkehrt. So wie vor zweitausend Jahren. Warum sie das annehmen, kann eigentlich keiner erklären. Wozu sollte Gott in einen hinfälligen Menschenkörper schlüpfen wollen? Damit sie ihn wieder ans Kreuz nageln? Schönen Dank auch! Einmal hat gereicht!«

Er ließ einen Blick in der Runde schweifen.

»Ihr kennt doch diesen Ausdruck: Deus ex machina? Wenn ein griechischer Tragödienschreiber mit seinem Sujet nicht zurande kam, hat er den lieben Gott in einer speziellen Kulissenmaschine herabfahren und alle Knoten entwirren lassen. Das ist es, was die Menschheit braucht. Sie hat sich genauso hoffnungslos in den Fallstricken ihres Sujets verwirrt und weiß nicht mehr aus noch ein. Warum sollte der liebe Gott aus seiner Göttlichen Maschine uns nicht aufhelfen können? Er reicht uns die Hand, was sag ich: viele Hände! So viele, wie es Fernseher oder Kühlschränke gibt ... Wenn eine kaputtgeht, müssen zwei neue her ... Ist es so? Hab ich's erraten?«

»Die Schärfe deines Denkens ist ganz außerordentlich«, sprach das Lichtwesen. »Sagen wir es so: Du hast so sehr recht, wie ein Mensch nur recht haben kann, wenn er das Übermenschliche diskutiert. Tatsächlich werden bald nach dem Bau der Maschine wilde Gerüchte über das angeblich bevorstehende Jüngste Gericht kursieren. Aber das war nach der Erfindung des LSD auch nicht anders. Deswegen würde ich nicht sagen, daß du es getroffen hast. Oder nicht getroffen hast. Jede der Varianten läßt genügend Fragen offen.«

»Und was sagt zu diesem Punkt die Heilige Schrift?« fragte die Dame mit dem Hündchen.

»Die Bibel sagt: Der Wind bläst, wo er will«, sagte Montigomo. »Eine Maschine wird nirgends ausgeschlossen, soweit ich mich entsinne.«

»Was haben denn die in der Zukunft so hervorragend Gutes getan, daß sie dafür das Paradies auf Erden kriegen?« wollte Desdemona wissen.

»Nichts anderes als ihr«, sprach das Lichtwesen. »Es kommt einfach über sie.«

»So ist es«, bestätigte Montigomo. »Käme nur der ins Paradies, der es verdient hat, dann säße dort der liebe Gott allein und sonst keiner. Die Erlösung geschieht unabhängig von Verdiensten«, sagte er mit einem schrägen Blick hinauf zu dem Lichtwesen. »Sondern aus Barmherzigkeit. Und wenn das so ist, muß man sich nicht wundern. Barmherzigkeit kennt keine Grenzen. Ich denke, diesbezüglich hätte jeder von uns genug zu erzählen ...«

»Das kann man wohl sagen« bemerkte Desdemona und spuckte aus.

»Ich verstehe bloß eines nicht«, sagte der Musterschüler, um von dem heiklen Thema wegzukommen. »Wie genau soll das vor sich gehen? Erst bauen die Menschen den Apparat, dann setzt sich der liebe Gott hinein und kommt herabgefahren? Oder erscheint Gott selbst in Form einer Maschine?«

»Vielleicht erscheint Gott in Form der Maschine, die die Menschen für ihn bauen«, bemerkte Montigomo spitzfindig.

»Sagen Sie doch mal«, bat die Dame mit dem Hündchen und sah hinauf zu dem weißen Liliensessel. »Das ist eine spannende Frage.«

»Das kann ich nicht sagen«, erwiderte das Lichtwesen. »Das

ist eine sogenannte philosophische Frage. So wie die zum Jüngsten Gericht. Auf solche weiß ich nicht zu antworten. Die Begriffe, mit denen ihr operiert, verweisen nur auf sich selbst, und für sich genommen bedeuten sie gar nichts. Frag mich lieber irgendwas Konkretes, ja?«

»Wie heißt er denn, dieser Apparat?« fragte Teletubby.

»Es wird eine Menge Namen dafür geben. Sogar PlayStation 0 ist einer davon, was unser Wunderkind interessieren dürfte ...«

Der Musterschüler strahlte über das ganze Gesicht. Die Aufmerksamkeit, die das Lichtwesen seiner Person zukommen ließ, tat ihm gut.

»Aber das ist mehr scherzhaft gemeint. Meistenteils werden die Verbraucher ihn unter dem Namen Ultima Tool kennen – nach dem am weitesten verbreiteten Modell. Im Volksmund heißt er außerdem Paradiesmaschine. Und die technische Bezeichnung ist Globotron.«

»Woher dieses Wort?« fragte Mutter Heimat mit gefurchter Stirn. »Etwa wegen der Globalisierung?«

»Keine Sorge, mit Globalisierung hat das gar nichts zu tun«, erklärte das Lichtwesen. »Eher mit der angestrebten Kugelform. Der Apparat wirkt auf die G-Strukturen der Frontallappen im Gehirn. Die über die Nervenkanäle einlaufenden Signale werden dergestalt synchronisiert, daß eine sogenannte kognitive Resonanz entsteht. Infolgedessen tritt ein, was unser Wunderkind so geistreich skizziert hat. Aber das ist nur die physiologische Seite, die in unserem Fall nicht die geringste Rolle spielt. Ihr habt ja gar keinen Körper mehr ...«

»Soll das heißen, wir können das Ding gar nicht mehr ausprobieren?« fragte Barbie enttäuscht.

»Doch, doch«, sprach das Lichtwesen. »Das steht euch frei.«

»Moment. Jetzt verstehe ich gar nichts mehr«, sagte der Musterschüler. »Wir haben keine Frontallappen mehr. Wie will der Apparat dann bei uns wirken?«

»Das Jüngste Gericht«, sagte Montigomo, »erfaßt die Toten

genauso wie die Lebenden. In diesem Punkt sind sich alle Quellen einig. Das heißt, dieses Experiment wird uns in rein geistiger Dimension zugänglich sein. Sehe ich das richtig?«

»Ja«, stimmte das Lichtwesen zu. »So wird es wohl sein.«

»Aber was beinhaltet diese Prozedur genau?« fragte Montigomo. »Als geistige Erfahrung, meine ich?«

Das Lichtwesen dachte nach.

»Man könnte sagen«, kam die zögernde Antwort, »daß es eine Rückkehr ist. Zurück zum Ursprung jenes Glücks, von dem ihr beim Verbrauch eines jeden Produkts einen schwachen Abglanz empfunden habt.«

»Und hat diese ... Prozedur schon einen Namen?« fragte Teletubby. »Wie wäre es mit Globotomie?«

Desdemona brummte etwas, das wie »halt endlich den Mund« klang, doch das Lichtwesen ließ ein helltönendes Lachen hören – ihm schien die Unterhaltung richtig Spaß zu machen.

»Nennt es, wie ihr wollt«, sagte es, nachdem es sich wieder beruhigt hatte. »Das ist vollkommen egal.«

»Empfinden denn alle dasselbe?« wollte Montigomo noch wissen.

»Das werdet ihr gleich selber merken«, antwortete das Lichtwesen, »und dann erübrigen sich alle Fragen. Höchste Zeit anzufangen, Freunde! Viel Zeit bleibt uns nicht mehr.«

»Wie, jetzt gleich?« fragte Mutter Heimat.

»Was dachtest du?«

Ein leises Surren war zu vernehmen, und in den Blütenstengel kam Leben: Er begann grünlich zu leuchten, die Knospen an den drei Seitentrieben platzten auf. Die obere entfaltete sich zu einem Fächer aus silberglänzenden Plättchen, der wiederum sich umgehend zu einer Mulde krümmte, in die ein menschliches Gesicht genau hineinpaßte. Die mittlere Knospe, einen halben Meter darunter, verwandelte sich in eine senkrechte Scheibe in Form einer flachen Hand mit abgespreiztem Daumen. Die untere schließlich ließ nun an einen Fahrradsattel denken. Wie drei unterschiedlich geformte Wetterfahnen im Wind zeigten sie alle in die gleiche Richtung.

Die Verwandlung hatte nur wenige Augenblicke gedauert; dem Musterschüler war es wie eine Computeranimation vorgekommen. Der silbrige Fächer mit der eingepaßten Gesichtsform hatte für ihn Ähnlichkeit mit einem avantgardistischen Urinal, weshalb er geneigt war, das Ganze für eine Skulptur zu halten, die gewisse Elemente der New-Age-Ästhetik mit dem Gedankengut eines Marcel Duchamp verband. Doch er verzichtete darauf, diese Eindrücke dem Lichtwesen mitzuteilen.

Das grünliche Licht kam aus winzigen Löchern, die die gesamte Oberfläche des Apparates aufwies; darin sah man rund um die Konstruktion kleine Dampfsäulchen aufsteigen. Der Apparat dampfte wie die Truhe eines Eisverkäufers an einem heißen Sommertag, man konnte meinen, er atmete. Aus welchem Material er bestand, war schwer festzustellen, die Einzelteile hatten einen metallischen Glanz, doch auch polierter Stein oder gar Plastik konnten diesen Anschein haben. Und sowieso fragte sich der Musterschüler, ob die Materialfrage zu stellen einen Sinn hatte. Woraus ist das Jenseits gemacht? Darüber mochte man gar nicht nachdenken.

Barbie blickte angewidert auf ihre Brust.

»Ich bin die erste«, sagte sie entschlossen und erhob sich. »Was muß ich tun?«

»Geh ganz nahe an den Apparat heran«, sagte das Lichtwesen. »Nimm die untere Elektrode zwischen die Beine. Nein, nicht so. Stell dir vor, du setzt dich auf ein Fahrrad ... So ist es gut. Jetzt lege die Hände von beiden Seiten an die mittlere Elektrode an ... Und jetzt legst du das Gesicht in die obere. Stell dir vor, es wäre eine Maske, die du aufprobierst ...«

Mit angewinkelten Knien, die Handflächen wie zum Gebet aneinandergelegt, stand Barbie vor dem Apparat. Man wußte nicht, ob sie eine Sünderin vor der Beichte oder eine Schwimmerin vor dem Sprung ins Becken darstellte.

»Wird es weh tun?« fragte sie.

»Nein, ganz im Gegenteil«, antwortete das Lichtwesen sanft.

Schniefend beugte Barbie ihren Kopf nach vorn in das silberne kleine Urinal, bis ihr Gesicht ganz darin verschwunden war. Wieder hörte man es surren, so als liefen viele winzige Elektromotoren. Die Scheiben schmiegten sich dem Schädel an, umschlossen ihn von allen Seiten.

Gleich darauf geschah etwas ganz Unfaßbares.

Ein schlürfendes, schmatzendes Geräusch ertönte (es klang wie eine Flugzeugtoilette, nur viel lauter), und Barbie löste sich auf. Es sah aus, als wäre sie ein Rauch- oder Nebelschwaden, den die drei abstehenden Teile des Geräts blitzartig in sich einsogen: die Arme von der platten Stahlhand, Bauch und Beine von dem löchrigen Sattel, während Kopf und Rumpf im Scheibenfächer mit dem Gesichtsabdruck verschwanden.

»Schwuppdiwupp!« sagte das Lichtwesen. »So sieht es aus, das Glück.«

Betroffenes Schweigen. Teletubby sah seinen Nachbarn einem nach dem anderen in die Augen, als wollte er sich versichern, daß sie das gleiche gesehen hatten wie er. Die Dame mit dem Hündchen fing seinen Blick auf, zuckte mit den Schultern.

»Wo ist sie hin?« fragte Montigomo.

»Wie meinen Sie das?« fragte das Lichtwesen zurück.

»Ich meine, wo ist sie jetzt? Was ist mit ihrem Körper passiert?«

»Dasselbe wie mit deinem«, erwiderte das Lichtwesen. »Er ist tot. Begreift doch, was ihr für euren Körper haltet, ist nur ein Phantom, geboren aus der Trägheit des Geistes, eine Erinnerung, die unter dem Ansturm neuer Eindrücke allmählich verblaßt. Und Barbie hat eben soviel Neues erlebt, daß die Erinnerung an ihren Körper und alles, was mit ihm zusammenhängt, vollständig und unwiderruflich zerstoben ist. Und die Erinnerung an diese greulichen Hirntitten gleich mit. Apropos, Freunde, hat einer eine Ahnung, wie man mit so was denken kann? Vermutlich wie mit dem echten: links die Ratio, rechts ...«

»Das meine ich nicht«, fiel Montigomo ihm ins Wort. »Meine Frage war: Wo ist sie jetzt?«

»Diese Frage kann nur jeder für sich selbst beantworten und erst, nachdem er sich auf den Weg gemacht hat. Denkt nicht, daß ich euch etwas verheimliche. Da läßt sich wirklich nicht viel erklären.«

»Macht, was ihr wollt«, sagte Mutter Heimat, »ich jedenfalls laß mich nicht in diese Gaskammer verfrachten.«

»Ich auch nicht«, sagte die Dame mit dem Hündchen. »Wollen Sie uns verdampfen oder was?«

Das Lichtwesen lachte.

»Verdampfen werdet ihr ganz von allein und ohne fremde Hilfe«, sprach es. »Noch ein Stündchen oder zwei, dann passiert es. Wenn nicht Schlimmeres.«

»Was heißt Schlimmeres?« fragte Desdemona.

»Wer weiß. Schwer vorauszusagen, wohin sich ein verschreckter Geist verirrt. Er kann ein sprechender Konzertflügel werden, verdammt zu ewiger Einsamkeit. Oder zur Sumpfalge, die zehntausend Jahre lang immer nur den einen Gedanken denkt. Wenn nicht zu Veilchenduft, eingelötet in einem rostigen Topf. Oder dem Widerschein eines Sonnenuntergangs im Augapfel eines erfrorenen Alpinisten. Und für all dies gibt es immer noch Worte. Was aber soll man über das sagen, wozu es keine Worte gibt?«

»Konzertflügel? Veilchenduft? ...« Montigomo war außer sich.

»Das ist noch nicht das Ärgste. Ärger ist etwas anderes. Es ist absolut nicht gewiß, daß ihr, als ein im Kosmos verlorenes Hasenpfötchen, davon erfahren werdet, daß ihr dieses Hasenpfötchen seid, versteht ihr? Denn ihr seid nur solange ihr, wie ihr noch wißt, daß ihr ihr seid. Wenn ihr es nicht mehr wißt, seid ihr es auch nicht mehr, oder vielleicht doch?« Das Lichtwesen lachte leise. »Die bedeutendsten Philosophen der Menschheit sahen sich außerstande, diese Frage zu beantworten. Zumal sie selber schon nicht mehr wußten, wer sie waren ... Nein, im Ernst, keiner zwingt euch zu eurem Glück. Ihr habt eine Wahl getroffen. Das da ist die Tür, die dorthin führt. Tretet ein, solange ihr noch wißt, wie man das tut! Keiner weiß, was ihm geschieht, wenn er sich erst im Unendlichen verliert, von wo es kein Zurück mehr gibt.«

»Heißt das, es wird uns allen so ergehen wie dieser Ärmsten?« fragte die Dame mit dem Hündchen. »Ich meine, daß es uns so in Stücke fetzt?«

»Es kommt ganz darauf an, womit der Geist im letzten Augenblick befaßt ist. Das ist wie bei einem Feuerwerk: Die eine Leuchtkugel ist blau, die andere rosa. Aus einem Körper schießen Pfeile, aus dem anderen Girlanden.«

»Und es tut wirklich nicht weh?« fragte Teletubby.

»Seien Sie Manns genug, vergessen Sie Ihre Angst.«

Diese Aufforderung schien Teletubbys Ehre zu treffen.

»Wer sagt denn, daß ich Angst habe?« fragte er und stand auf.

Während er auf den Apparat zuging, sahen die anderen, daß sein Hosenboden wie von Säure zerfressen war: am Hintern, den Oberschenkeln und den Hüften waren große Löcher, durch die man den rotfleckigen Körper sah. Selbst schien er davon nichts zu wissen, da er keinen Versuch unternahm, seine Blößen zu bedecken. Montigomo ächzte vor Grausen, desgleichen die Dame mit dem Hündchen, doch Teletubby reagierte nicht darauf, er schien es als Reaktion auf sein plumpes Ungeschick zu werten. Der Sitz verschwand unter den Speckfalten seines Körpers, er nahm die Pose des gottesfürchtigen Schwimmers ein.

»Woran soll ich denken?« fragte er.

»Stell dir einen Garten vor, Bäume voll mit roten Äpfeln«, riet das Lichtwesen. »Nein, ich scherze. Obwohl, das wäre wirklich eine Möglichkeit. Oder irgendein anderes positives Bild. Von mir aus auch ein negatives. Es ist egal. Bitte den Kopf nach vorn beugen ...«

Teletubby schaute sich ein letztes Mal nach seinen Weggefährten um, es war, als suchte er in ihren Augen etwas zu lesen, doch anscheinend vergeblich. Seufzend ließ er den Kopf nach vorn in das Urinal sinken.

Diesmal ging alles ganz anders vor sich. Kaum lag Teletubbys Gesicht in der metallenen Vertiefung, begann sein Körper zu schwellen und dabei immer durchsichtiger zu werden, ähnlich wie ein Luftballon. Es war Sache eines Augenblicks: Die transparenten Beine lösten sich von dem perforierten Sitz und schwebten zur Decke, die Arme schnellten zur Seite wie Stummelflügel. Dann ertönte das gleiche Schmatzen wie beim vorigen Mal.

»Hat irgendwer was abbekommen?« erkundigte sich das Lichtwesen. »Nein, ich scherze ... Der Sitz wird übrigens desinfiziert ... Ich scherze immer noch.«

»Jetzt ich«, sagte Desdemona. »Mir fangen die Ohren an weh zu tun.«

An der Länge ihrer Ohrläppchen konnte man sehen, wie schwer die Reife geworden waren; auch sah man, daß sie sich bewegten. Kaum stand Desdemona in der vorgeschriebenen Stellung vor dem Apparat, als ein Zucken durch ihren Körper ging; in Sekundenschnelle verwandelte er sich in eine kurze dicke Knute, die durch die Luft fuhr und einmal kräftig knallte, ehe sie verschwand. Dem Musterschüler war so, als hätte er auf der Peitsche Schuppen und einen Zickzackstreifen gesehen, doch alles ging viel zu schnell, um es mit Bestimmtheit sagen zu können.

Als nächste machte sich Mutter Heimat auf den Weg in das grenzenlose Glück. Sie trat vor den Apparat und betrachtete ihn minutenlang aufmerksam von allen Seiten.

»Ach, wieviel lieber hätte ich den Tag erlebt, an dem die andere Maschine ihrer Bestimmung übergeben wird!« sagte sie dann.

»Das ist doch dasselbe!« erwiderte das Lichtwesen.

»Im Grunde schon«, stimmte Mutter Heimat ohne viel Enthusiasmus zu. »Wie man's nimmt.«

»Wo ist der Unterschied?«

Mutter Heimat zuckte die Achseln.

»Trotzdem«, sagte sie.

Montigomo hob die Hand.

»Ich hätte noch eine Frage. Darf ich?«

»Nur zu.«

»Vielleicht ist es die schnöde Neugier. Mich interessiert das einfach, und nachher dürfte es zu spät sein, noch Fragen zu stellen ...«

»Bitte ohne lange Vorrede, Schätzchen. Die Zeit drängt.«

»Mir ist eines noch schleierhaft. Wenn eine Seele ins Paradies kommt, widerfährt ihr das Beste vom Besten, heißt es. Aber kann sich denn das Beste vom Besten von Jahr zu Jahr ändern?«

»Wieso nicht?«

»Dann ist es nicht wirklich das Beste. Es würde bedeuten, das Paradies von heute ist anders als das Paradies von gestern und anders als das Paradies von morgen ... Das klingt doch wirklich seltsam ... Sollte man vermuten, daß die höchste Ordnung der Dinge den gleichen Sprüngen und Schwankungen unterworfen ist, wie sie auf Erden vorkommen?«

»Wie ist denn deine Meinung?« fragte das Lichtwesen.

»Ich kann es mir nicht vorstellen.«

»Das ist gut. Wo also ist die Frage?«

»Sie haben uns doch die Wahrheit erzählt? Über diese Maschine, die in der Zukunft erfunden werden wird?«

»Natürlich. Ich lüge nie.«

»Und denen, die vorher hier waren, auch?«

»Selbstverständlich.«

»Die haben also auch dieses Dings gesehen ... wie hieß es noch mal ... dieses Globotron?«

»Mein Lieber, für dich ist es das Globotron. Andere haben gar nicht danach gefragt, was es ist. Für sie war es einfach ... ein Wunder. Und das ist es ja auch.«

»Und was haben Sie dem alten Ägypter gezeigt? Oder dem Christen?«

»Jedem das Seine, wenn du mir den Kalauer gestattest. Aber nicht wir sind es übrigens, die diese Bilder vorführen. Ihr selbst seid es, versteht ihr? Der Ägypter hat seinen Unterweltfluß gesehen und wie neues Leben daraus aufstieg. Die Christen hockten inkognito in ihrem geliebten Apfelgarten und schauten sich die Wiederkehr Christi an und überhaupt noch mal den ganzen Videoclip, wo die höchste Seligkeit an ein paar Nägeln hängt. Heutzutage ist es einfacher, das gebe ich zu. Erzählte man euch geschulten Konsumenten etwas von der Liebe Gottes, ihr würdet höflich um eine ordentliche Visualisierung bitten. So wie ihr es ja auch getan habt. Mit Pragmatikern verfahren wir deshalb von Anfang an pragmatisch. Wobei es natürlich immer Ausnahmen gibt ... Kurz vor euch ist hier ein interessanter Passagier durchgekommen. Weiße Socken, Eselsohren am Schädel – ein kompliziertes Seelchen. Eine geschlagene Stunde hat er nicht lockergelassen. Ich hab gehört, spricht er, daß man im Bardo zum Lichte gehen muß. Wieso bekreuzigst du dich dann die ganze Zeit, hab ich ihn gefragt. Sicherheitshalber! spricht er ...«

Das Lichtwesen ließ sein ansteckendes Lachen hören.

Plötzlich erhellte eine große glutrote Stichflamme den Raum, dazu gab es einen ohrenbetäubenden Knall. Mutter Heimat, an die gerade keiner dachte, hatte sich davongemacht, ohne ein Wort. Eine Dampfwolke hing rund um den Apparat, die sich nur allmählich zerstreute.

»Mann, hat die mir einen Schreck eingejagt«, murmelte das Lichtwesen.

»Allen früheren Seelen haben Sie also die Unwahrheit gesagt?« fragte Montigomo.

»Wieso die Unwahrheit ... Paß auf, ich erkläre es noch ein letztes Mal von vorn, und dann hören wir auf mit dem Geschwätz, o.k.?«

»Gut«, sagte Montigomo. »Aber möglichst so, daß man es versteht.«

»Das Verstehen ist eure Sache, nicht meine«, sprach das Lichtwesen. »Die Brücke zum grenzenlosen Glück, über die wir hier reden, verbindet euch nicht mit etwas Außenstehendem, nicht mit einer in anderer Dimension existierenden Realität. Ich helfe euch nur dabei, den Weg zu euch selbst zu finden. Ich schließe das, was zeit eures Lebens das Ziel eurer Wünsche war, mit dem kurz, was wünscht. Es ist sozusagen ein Kurzschluß zwischen Subjekt und Objekt. Doch beide bleiben die Pole eines Magneten. Zwei Hälften eures Wesens, wie die zwei Gehirnhälften, wie rechte und linke Hand. Eure Träume, das seid ihr selber. Und wenn ihr etwas begehrt, das außerhalb von euch liegt, dann nur weil ihr nicht begreift, daß das Äußere nirgends anders als in euch gelegen ist, und das Innen hat ohnehin keinen Ort. Der Alptraum rings um euch her mag euch mitunter so undurchdringlich vorkommen, daß ihr euch sagt: Ich hab kein Glück im Leben ... Und vielleicht ist es dort auch nicht. Aber wenn ihr schon wißt, was es ist, was dort fehlt, dann muß es irgendwo sein. Und wenn ihr wißt, wie es sich anfühlt, dann heißt das, es existiert in euch. Das Paradies nämlich. Die Brücke zum Glück ist darum immer dieselbe. Weil die Punkte, die sie verbindet, unveränderlich sind. Nur die architektonischen Finessen unterscheiden sich von Epoche zu Epoche. Sie kann eine Vielzahl Pfeiler haben und absolut flach und gerade sein. Sie kann an Seilen hängen. Sie kann sich wölben wie ein Rad. Man kann sie sich mit Marmorstatuen schöner Frauen geschmückt vorstellen oder mit gräßlichen grauen Chimären. All das spielt keine Rolle, weil die Brücke eigentlich nur dazu da ist, überquert zu werden. Anschließend verschwindet sie. Wie sie aussieht, ist willkürlich, eine Nebensache, die zu Wahrheit oder Lüge in keinerlei Beziehung steht ...«

Montigomo gab das Grübeln noch nicht auf.

»Soll das heißen, den Christenmenschen der Vergangenheit habt ihr Jesus Christus gezeigt, wir kriegen irgend so einen Apparat zu sehen, und beides ist die Wahrheit?«

»So ist es.«

»Aber trotzdem ist doch entweder das eine oder das andere aktuell. Entweder dieses Jüngste Gericht oder jenes. Der Apparat kann nicht in derselben Welt wie der auferstandene Christus existieren. Was also geschieht tatsächlich?«

»Geschehen wird folgendes: Einer nach dem anderen steht auf, geht zum Globotron und bekommt das Beste vom Besten zu spüren, was Leben und Tod für euch aufgespart haben. Und dabei werdet ihr Antwort auf alle Fragen finden, das versichere ich euch. Denn eine Frage aufgrund ihrer Gegenstandslosigkeit zu vergessen, ist auch eine Antwort. Wie sie sich besser nicht denken ließe. Da sich die Frage doch ein für allemal erledigt hat.«

Das Lichtwesen hatte noch nicht zu Ende gesprochen, als Montigomo einen Entschluß faßte. Unverständliches vor sich hin murmelnd, ein Gebet vielleicht, ging er zu der Blüte, nahm die vorgeschriebene Stellung ein. Ein kurzes Knattern, und Montigomo verwandelte sich in drei regenbogenschillernde Dampffontänen – wie aus einem Riesenzerstäuber, der an jeder der Elektroden eine Düse hatte.

»Der reinste Frisörsalon!« sprach das Lichtwesen fröhlich. »So, und jetzt ist die Reihe an dir, mein Liebling. Du bist der Letzte. Komm zu deiner ultimativen PlayStation. Du bist mir wirklich ein Prophet. Wie hattest du es formuliert? Du würdest gern einmal Spiele spielen, bei denen alle Kicks auf ein Minimum an Zeit komprimiert sind. Vor dir steht die Konsole, mein Lieber. Wie speziell für dich angefertigt.«

Der Musterschüler betastete vorsichtig das Gestell seiner Brille. Der Stacheldraht schien eben lebendig zu werden, die Dornen regten sich träge, als müßten sie sich räkeln.

»Und wo ist die Dame mit dem Hündchen?« fragte er. »Das Hündchen ist noch da, da liegt es. Wo ist sie selber?«

»Schon dahingegangen.«

»Wann soll das passiert sein?«

»Während du gesprochen hast«, antwortete das Lichtwesen. »Du hast nicht auf sie geachtet.«

»Kann das sein?« fragte der Musterschüler mißtrauisch. »Und ihren Hund hat sie vorher ausgesetzt?«

»Frauen sind launische, unberechenbare, nichtswürdige Geschöpfe«, sagte das Lichtwesen. »So etwas wie Treue kennen sie nicht. Bestenfalls imitieren sie es, um sich unser Vertrauen zu erschleichen. Jetzt, wo wir unter uns sind, kann man offen darüber reden. Ist es nicht so?«

»Das würde ich nicht bestreiten«, sagte der Musterschüler. »Aber ich hätte noch eine Frage.«

»Frag!«

»Was kommt anschließend?«

»Wie anschließend? Woran anschließend?«

»Na, wenn das hier ... Wenn es vorüber ist. Was passiert dann mit mir?«

Das Lichtwesen schwieg einige Sekunden, es schien zu überlegen.

»Ach, das meinst du ... Nichts.«

»Wie bitte?«

»Überleg doch mal selbst. In Kürze geschieht dir das Beste vom Besten. Du kannst doch nicht wirklich wollen, daß es hinterher wieder schlechter kommt?«

»Nein.«

»Also kommt es auch nicht.«

»Wie das?«

»Eben so. Wozu auch. Die Zeit ist ein sehr subjektives Ding. Du bist klug genug, das zu verstehen. Wie lange hat deiner Meinung nach diese Focus-Group-Session gedauert?«

»Drei Stunden ungefähr«, schätzte der Musterschüler. »Vielleicht eher vier, wenn man die Warming-up-Runde mit einrechnet.«

»Irrtum, mein Lieber. In Wirklichkeit nur eine Sekunde.«

»Wie?«

»Jawohl. Daran siehst du, wie lang eine Sekunde sein kann. Und das war noch nicht das Äußerste. Aber jetzt ist es Zeit für dich.«

»Wieso sind Sie sich so sicher, daß ich dieser Hammelherde hinterherlaufe?« fragte der Musterschüler.

Das Lichtwesen antwortete nicht. Der Musterschüler starrte in die ihn umgebende Finsternis, als suchte er nach einem Fluchtweg. Plötzlich aber schrie er auf, faßte sich ans Gesicht.

»Deshalb«, sprach das Lichtwesen. »Es gibt eine Alternative. Aber die ist wie immer dialektisch zu sehen.«

Mit Mühe tastete sich der Musterschüler nach vorn zum Apparat, klemmte sich die untere Elektrode zwischen die Beine. Davon ließ der Schmerz fürs erste nach, er nahm die Hand vom Gesicht. Vor seinen Augen lag ein roter Schleier. Die Brillengläser waren vielfach gesprungen.

»Ich weiß nicht, worauf du noch wartest«, sagte das Lichtwesen. »Die Freiheit ist zum Greifen nah.«

Der Musterschüler sah auf die Metallstange vor seinem Gesicht und erblickte dort ein kleines Logo: *GLOBO* stand dort schwarz auf gelbem Grund, dazu in Rot der muntere Slogan: *Schöner sterben!*

»Letzte Frage«, sagte er. »Wirklich die allerletzte, Ehrenwort.«

»Ich höre«, sprach das Lichtwesen ergeben.

Der Musterschüler machte den Mund auf, doch in diesem Moment war seine Zeit abgelaufen. Die Brille wölbte sich urplötzlich nach innen, bohrte sich ihm in die Augen. Er heulte auf, versuchte sie sich aus dem Gesicht zu reißen, es mißlang. Daraufhin begann er die Hände vor sich zusammenzuschlagen, als applaudierte er dem Alptraum, der ihm nunmehr widerfuhr. Beim fünften oder sechsten Versuch bekam er die Plattenelektrode zu fassen. Er stieß den Kopf in die Mulde des silbernen Urinals, und im selben Moment …

Das Lichtwesen schien ein bißchen traurig zu sein. Eine Zeitlang saß es noch in seiner Blüte, wackelte sachte mit der Kapuze. Die Kapuze leuchtete mit der Zeit immer weniger, fiel in sich zusammen, und eine rundliche Verdickung wanderte den Metallstengel hinab, wie ein verschlucktes Kaninchen durch den Verdauungstrakt einer Boa. Als sie am Fuß des Stengels angekommen war, kollerte dort etwas hervor: Es sah aus wie eine Melone im runzligen Lederfutteral.

Gleichzeitig tauchte die Umgebung aus dem Dunkel. Ringsum, bis zum Horizont, dehnte sich Steinwüste. Einzelne glänzende Stiele ragten darin auf, unter denen längliche, lederhäutige Eier im Staub lagen, die ab und zu ein wenig ruckelten. Über einigen von ihnen prangten weiße Blüten, die ein rätselhaftes weißes Licht ausstrahlten, dabei jedoch in tintenschwarzen Kokons zu stecken schienen, so daß man sie nur schwach, wie durch verrußtes Glas sah.

Der Himmel über der Wüste war wolkenverhangen. Ein einziger Spalt zog sich durch die Wolkendecke, wie eine große Wunde, leuchtend violett, darin ein Pulsieren. Blaue Funkengarben stoben hervor. Sie regneten herab, umwirbelten die leuchtenden Blüten, nach kurzem, hysterischem Tanz verschwanden sie knisternd in den metallischen Stengeln. Nur hin und wieder brachen einzelne Funken aus den Wirbeln aus, trudelten zurück in den Himmel. Und immer dann ging durch die metallenen Blüten ein wellenartiges Beben, ein langgezogener Klagelaut flog über die Wüste hin, einem Hilferuf ähnlich oder einem Stöhnen, erfüllt von Mitleid mit den für immer verlorenen Seelen.

Das Kapitel *Die mazedonische Kritik der französischen Philosophie* wurde von Dorothea Trottenberg übersetzt.

Zitiert wird aus Übersetzungen von Peter Urban, Hermann Asemissen, Richard Wilhelm, Rolf-Dieter Keil und Swetlana Geier.

Die Übersetzung wurde gefördert vom Literarischen Colloquium Berlin mit Mitteln des Auswärtigen Amts und der Senatsverwaltung für Wissenschaft, Forschung und Kultur Berlin.